LA GARDIENNE DE MONA LISA

Du même auteur

Dans la collection Assassins sans visages,
les enquêtes d'Enzo Macleod
Un alibi en béton (2020, Rouergue en poche 2022)
Trois étoiles et un meurtre (2019, Rouergue en poche 2020)
L'Île au rébus (2017, Rouergue en poche 2018)
La Trace du sang (2015, Rouergue en poche 2017)
Terreur dans les vignes (2014, Rouergue en poche 2016)
Le Mort aux quatre tombeaux (2013, Rouergue en poche 2015)

Dans la collection Rouergue noir
Quarantaine (2021)
Rendez-vous à Gibraltar (2020)
La Petite Fille qui en savait trop (2019)
Je te protégerai (2018)
Les Disparus du phare (2016)
Les Fugueurs de Glasgow (2015)
L'Île du serment
(2014, Trophée 813 du meilleur roman étranger 2015)
Scène de crime virtuelle (2013, Babel 2015)

Trilogie de Lewis
La Trilogie écossaise, édition intégrale (2014)
L'Île des chasseurs d'oiseaux
(2010, Prix Cezam des lecteurs 2011)
L'Homme de Lewis
(2011, Prix des lecteurs du Télégramme 2012)
Le Braconnier du lac perdu
(2012, Prix Polar International du festival de Cognac 2012)

Série chinoise
La Série chinoise, édition intégrale, volume I (2015)
La Série chinoise, édition intégrale, volume II (2016)
Meurtres à Pékin (2005, Babel 2007)
Le Quatrième Sacrifice (2006, Babel 2008)
Les Disparues de Shanghai (2006, Babel 2008)
Cadavres chinois à Houston (2007, Babel 2009)
Jeux mortels à Pékin (2007, Babel 2010)
L'Éventreur de Pékin (2008, Babel 2011)

Livre illustré
L'Écosse de Peter May (2013)

Graphisme de couverture : Cédric Cailhol
Image de couverture : © Francis Leroy/hemis.fr
Titre original : *The Night Gate*

www.lerouergue.com

PETER MAY

LA GARDIENNE DE MONA LISA

UNE ENQUÊTE D'ENZO MACLEOD

Traduit de l'anglais (Écosse) par Ariane Bataille

ROUERGUE

Ce livre est dédié à la mémoire
de Maud Taillard.

« L'art est un mensonge qui nous permet de dévoiler la vérité. »
Pablo Picasso

Prologue

Émile Narcisse est satisfait de son apparence. La vanité a toujours été son point faible. Là où, peut-être, les autres ne voient qu'un homme très mûr, il perçoit toujours le jeune Émile dont le sourire ravissait les cœurs, dont les yeux bleus attiraient les regards. Après tout, soixante-cinq ans, ce n'est pas si vieux. Comme le bon vin, certains hommes s'améliorent avec l'âge. S'il n'était pas aussi obnubilé par son image dans le miroir pendant qu'il ajuste sa cravate et redresse son col, il pourrait entrevoir, au-delà, la certitude de la mort aux aguets. Mais l'orgueil et la cupidité le rendent aveugle à son destin.

Il a choisi une chambre à l'arrière de l'hôtel, avec vue sur la rivière. Ou, plutôt, sur les eaux lentes et noires de son bras secondaire, troublées seulement par le reflet des arbres de la petite île. De l'autre côté de cet îlot, la Dordogne grossie par des pluies récentes progresse à une allure majestueuse et cependant plus rapide vers l'ouest, en direction de l'Atlantique, à deux cent cinquante kilomètres de là. Mais il fait nuit à présent, on ne voit rien à travers la vitre.

Il regarde sa montre. C'est l'heure. Il éprouve un petit frisson d'excitation. Et aussi d'incrédulité. Est-il réellement possible qu'une chance pareille lui tombe du ciel ? Difficile à croire. Pourtant, il est là.

Le parquet craque doucement sous ses chaussures quand il descend d'un pas léger à la réception. L'hôtel est calme, la saison touristique un souvenir lointain. Sur le comptoir, une petite affiche rappelle aux clients que l'établissement fermera dans quelques semaines, pour un mois. Les congés annuels. Il rouvrira en décembre, à temps pour Noël et le Nouvel An, si le Covid permet de célébrer l'un et l'autre bien sûr.

Narcisse jette un coup d'œil aux doubles portes vitrées qui donnent sur le restaurant. Tables vides sous une lumière jaune et dure, nuit froide d'octobre derrière les fenêtres du mur d'en face. Pas encore sept heures et demie. Trop tôt pour s'attabler. Mais à son retour, il compte bien dîner et déboucher une bouteille de bordeaux pour fêter ça. Une voiture passe dans la rue. Il laisse tomber sa clé sur le comptoir, content qu'il n'y ait personne pour lui demander de mettre son masque. Il le touche du bout des doigts dans sa poche. Ce foutu machin étouffant le rend claustrophobe, il le déteste. Pourtant, c'est une barrière importante contre le virus, il le sait. Et à son âge, on ne peut pas se permettre de prendre des risques. Il ne voit pas l'homme assis au bar devant une bière à moitié bue, le visage caché par un quotidien régional.

Ce buveur solitaire attend que Narcisse soit sorti pour se lever et gagner rapidement une porte donnant sur la terrasse ; de là, il le regarde se diriger vers l'esplanade, son souffle s'élevant en volutes vers la lumière des réverbères. Il sait que ce fourbe prétentieux de marchand d'art ne se doute pas de sa présence. La colère enfle dans sa poitrine, une rage prête à déborder. On ne l'attend pas avant huit heures, mais il a déjà repéré, derrière une grille, un sentier qui traverse un jardin et, tout en haut, un portillon par lequel il pourra accéder directement à la terrasse située sur le côté de la maison.

À hauteur de la poste, Narcisse tourne à gauche, avant d'atteindre l'esplanade au-dessus de laquelle l'ombre du château se découpe sur le ciel étoilé. Il frissonne et resserre son col autour de son cou. Les habitations médiévales aux volets fermés se pressent autour de lui, réduisant le ciel à un ruban noir au-dessus de sa tête. L'air glacial, presque étourdissant à cause de l'odeur douceâtre de la fumée de feu de bois, lui brûle les narines.

À l'embranchement des deux rues, la grille du square est ouverte. Un ruban délimite des travaux en cours près du monument aux morts ; Narcisse voit la mince bande de plastique luire sous la lumière des réverbères et osciller doucement dans le vent froid qui s'enfile dans les ruelles du XVe siècle. Juste avant le square, il bifurque pour gravir la longue volée de marches en pierre menant à la maison. Devant la porte, un petit perron protégé par un toit est plongé dans l'ombre. Il s'arrête, respire à fond avant d'enfiler son masque, comme pour dissimuler son identité. C'est le moment de vérité, peut-être l'aboutissement de toute sa carrière. À gauche de la porte, les volets sont ouverts, mais seulement sur la nuit. Il n'y a pas de lumière derrière les vitres ; Narcisse éprouve son premier sentiment d'appréhension. Il soulève le heurtoir en fer forgé et frappe deux coups secs contre le bois. Il entend, à l'intérieur, leur écho étouffé par la nuit. L'appréhension cédant le pas à l'irritation, il frappe encore, plus fort cette fois. L'irritation se mue en colère, puis en frustration. N'était-ce donc rien d'autre qu'un canular sophistiqué ? Il empoigne le bouton de la porte et, à sa grande surprise, le sent tourner sous sa main. Le battant s'écarte dans l'obscurité.

– Il y a quelqu'un ?

Sa voix semble étrangement déconnectée de son corps.

Pas de réponse. Il franchit le seuil, tâtonne le long du mur à la recherche d'un interrupteur. Le trouve. Mais aucune lumière ne jaillit. Il jure à voix basse derrière son masque et lance de nouveau :

– Il y a quelqu'un ?

Toujours rien. Il avance d'un pas. Il sait qu'il se trouve dans la cuisine puisqu'il est déjà venu. Au fond, derrière une longue table, une autre porte donne sur un petit couloir qui conduit au grand salon. Mais il ne voit presque rien, ses yeux sont encore aveuglés par les réverbères qu'il vient de laisser derrière lui. La maison paraît froide et vide. Il sent la fureur monter en lui comme une flamme. Alors, il avance plus franchement, ses doigts rencontrent la table, qui le guide. Des formes commencent à se préciser autour de lui.

Un son semblable au glissement de la soie sur la soie le fait sursauter. Devant lui, dans le noir, un mouvement se concrétise en silhouette. Un bref éclat de lumière se reflète sur l'acier poli juste avant qu'il sente le fil acéré de la lame lui entailler le cou. Il n'éprouve pas une vraie douleur, juste une sensation de brûlure étrangement envahissante, et soudain il ne peut plus respirer. Il appuie ses deux paumes sur la blessure comme si elles pouvaient empêcher le sang de s'échapper. Il l'entend gargouiller dans sa trachée déchirée. Quelques minutes plus tôt il écumait de rage. À présent il comprend qu'il va mourir, mais il ne peut pas l'accepter. C'est tout simplement impossible. Sa conscience reflue rapidement vers les ténèbres, ses genoux se dérobent. La dernière chose qu'il voit avant de tomber face contre terre, c'est le visage de son assassin. Pris dans un rayon de lune fugace. Il n'en croit pas ses yeux.

Chapitre 1

SUD-OUEST DE LA FRANCE, OCTOBRE 2020

Un avis punaisé sur la porte avertissait que la maternité n'ouvrait que de 7 heures à 20 h 30 ; Enzo se demanda ce que devait faire une femme si elle perdait les eaux en pleine nuit. À moins que toutes les naissances n'aient été désormais programmées pour coïncider avec les horaires de travail ?

Il tint la porte à Sophie qui sortit à pas prudents, accrochée au bras de Dominique. Dehors, ils ôtèrent leur masque et virent leur haleine s'élever en volutes dans le vent froid remontant la rue Wilson depuis le Lot et le célèbre pont Valentré qui l'enjambe.

À six semaines du terme, Sophie rayonnait. Les examens étaient bons et elle avait contemplé son fils avec émerveillement sur les images de l'échographie. Néanmoins, à trente-cinq ans, après deux fausses couches et avec une pandémie toujours galopante, on ne pouvait jamais prendre trop de précautions.

Marchant derrière sa fille et la femme qui occupait une place si importante dans sa vie depuis neuf ans, Enzo fut submergé par une vague d'émotion. Elles s'entendaient comme mère et fille, mais la vraie mère de Sophie, Pascale, était morte en lui donnant le jour. Il se sentit osciller entre bonheur et regret. Un bref instant seulement. Car comment ne pas être heureux pour elles deux ?

Il écouta leur bavardage enthousiaste dans l'atmosphère fraîche de cette fin d'automne et éprouva une pointe de tristesse pour Dominique. Dès le début de leur liaison, il avait su qu'elle ne pouvait pas avoir d'enfant ; elle avait affirmé que ce n'était plus un problème. Pourtant, il voyait bien son regard quand elle croisait un bébé dans une poussette ou une femme enceinte, et savait que l'absence d'enfants représenterait toujours un manque dans sa vie.

D'une certaine manière, elle vivait par procuration la grossesse de Sophie. Enzo savait que, comme n'importe quelle grand-mère, elle anticipait avec une joie immense cette naissance imminente. Elle remplaçait aussi la mère que son fils, Laurent, n'avait connue que durant les premiers mois de sa vie. Même après toutes ces années, il ne parvenait toujours pas à effacer l'image de Charlotte, debout au-dessus de lui sous la pluie, un pistolet à la main. Se préparant à le tuer.

Ils dépassèrent des affiches plastifiées attachées à des grilles rouillées ; de l'autre côté de la rue, les branches étalées d'un pin parasol jetaient leur ombre sur la façade de la Banque de France. À hauteur de la poste, ils tournèrent à droite, vers la place Gambetta, et il entendit Sophie dire :

– Vivement que ce soit fini pour que je puisse boire à nouveau !

Il sourit. Tel père, telle fille.

Cinq minutes plus tard, ils traversaient le boulevard Léon-Gambetta, devant le théâtre de Cahors, pour descendre la rue Georges-Clemenceau jusqu'à la petite place de la Halle bordée d'arbres. Ces derniers étaient presque nus maintenant, leurs feuilles brunes et fragiles dérivaient dans les caniveaux. Il y avait toujours des tables et des chaises sur la terrasse de la pizzeria Le Lamparo, où quelques clients téméraires emmitouflés dans leurs manteaux s'installaient pour fumer ou éviter de porter un masque.

Une silhouette familière se tenait à la porte de l'immeuble d'Enzo. En uniforme, ses cheveux bruns soigneusement relevés sous son chapeau. Elle avait beau avoir pris un peu de poids, elle restait très séduisante. Ne l'ayant pas vue depuis plusieurs années, Enzo pensa aussitôt qu'un événement grave s'était produit. Mais son sourire, dès qu'elle le vit, le rassura. Instinctivement, il allait l'embrasser sur les deux joues quand il se retint pour respecter entre eux la distance réglementaire de deux mètres.

– Hello, Hélène, la salua-t-il, un peu gêné.

Une bonne quinzaine d'années s'étaient écoulées depuis qu'ils avaient failli entamer une liaison.

– Enzo ! s'écria-t-elle d'un air réjoui. Vous avez vieilli.

Il n'osa pas lui retourner le compliment.

– Papa a toujours été vieux, plaisanta Sophie. Depuis que je le connais.

– Mûr, corrigea Dominique.

Désespéré, Enzo écarta les bras :

– Ma vie est remplie de femmes qui ne cessent de me maltraiter.

Hélène l'examina plus attentivement et fronça les sourcils :

– Qu'est-ce qui est arrivé à vos cheveux ?

– Ils sont toujours là, dit-il en attrapant sa queue-de-cheval et en la peignant avec ses doigts comme pour se rassurer.

– Un peu moins épais, peut-être, mais ce n'est pas ce que je voulais dire. Votre mèche blanche. Elle a disparu !

Enzo fit la grimace. La mèche blanche qui striait sa chevelure brune, du front vers la nuque, avait été un trait caractéristique de son physique pendant la majeure partie de sa vie. Signe visible d'une maladie connue sous le nom de syndrome de Waardenburg, qui l'avait également doté d'un œil marron et d'un œil bleu, sans l'affecter davantage par ailleurs. À l'école, on le surnommait *La pie*.

– Toujours là, elle aussi. Mais on la voit moins dans tout ce gris.

– Dommage, dit Hélène en réprimant un sourire. Désormais vous êtes juste un Enzo Macleod ordinaire. Sans rien pour vous distinguer de n'importe quel autre Enzo Macleod.

– Sauf la queue-de-cheval, dit Sophie, et le caban, et le pantalon cargo.

– Et la musette de hippie en bandoulière, ajouta Dominique.

– Il a toujours l'air de débarquer des années soixante, renchérit Sophie.

Hélène parut remarquer pour la première fois son ventre proéminent.

– On dirait que Bertrand et vous avez bien travaillé.

– C'est pour le mois prochain, annonça Sophie avec un sourire ravi.

– Eh bien, félicitations.

– Vous montez ? demanda Enzo.

Hélène secoua la tête.

– Je ne veux surtout pas envahir votre bulle familiale, comme on dit aujourd'hui. J'ai juste un message à vous transmettre.

Sophie et Dominique poussèrent la porte de l'immeuble en brique d'où s'échappa un souffle d'air tiède et humide dans cette fin d'après-midi d'octobre.

– On se retrouve là-haut, alors, dirent-elles.

Une fois qu'ils furent seuls, Enzo demanda :

– Qui a un message pour moi ?

– Une vieille amie.

– Qui ça ?

– Le professeur Magali Blanc.

– L'archéologue médico-légale ? Pourquoi ne m'a-t-elle pas contacté elle-même ?

– Elle a perdu vos coordonnées, semble-t-il. Elle est installée à Paris maintenant, et sa demande d'aide pour vous trouver a atterri sur mon bureau.

Enzo fronça les sourcils.

– Qu'est-ce qu'elle veut de moi ? On n'a pas travaillé ensemble depuis des années.

– Elle semble engagée dans une affaire de meurtre assez intéressante, pas loin de chez vous.

Enzo balaya du regard la place et le petit bistro qui avait ouvert sur le parvis. Dominique et lui y déjeunaient souvent. Un peu plus loin, à l'ombre de la cathédrale aux dômes jumeaux, se trouvait le café Le Forum où il allait encore boire son express tous les matins. La vie dans le sud-ouest de la France, dans cette ville romaine bâtie deux mille ans plus tôt au creux d'un méandre du Lot, coulait aussi doucement que la rivière elle-même. Sans stress. Et il l'appréciait.

– Je suis loin de tout ça, soupira-t-il. Ça fait cinq ans que j'ai laissé tomber mon poste à Paul-Sabatier.

– Je croyais que les affaires non résolues étaient votre spécialité, dit-elle avec une certaine espièglerie.

Il plissa les yeux.

– Seulement quand je me fais piéger pour accepter un pari après avoir bu trop de verres de vin.

Il avait élucidé les sept meurtres du livre écrit par le journaliste Roger Raffin sur des affaires non résolues en France, mais Hélène et le préfet avaient gagné leur pari à cause d'un détail technique.

– Je n'aurais jamais pensé qu'un expert médico-légal aussi doué que vous perdrait un jour son amour des défis.

Enzo eut un petit sourire ironique :

– Vous êtes vraiment la reine de la provoc', Hélène, vous savez ? Bon, de quoi s'agit-il ?

– J'en étais sûre !

Elle jubilait.

– Hélène ! gronda-t-il, en signe d'avertissement.

– Une vieille affaire, Enzo.

– Si Magali est dessus, elle est même sûrement *très* vieille.

– Soixante-quinze ans, ou davantage.

Il fronça les sourcils.

– Ça remonte donc à la Seconde Guerre mondiale. Beaucoup de gens sont morts à l'époque. Qu'est-ce qui laisse penser qu'il s'agit d'un meurtre ?

– Les restes d'un officier supérieur de la *Luftwaffe*, le crâne troué par une balle, enterré à une faible profondeur dans un petit village médiéval des bords de la Dordogne ne cadre pas vraiment avec un scénario de guerre classique.

– On a peu de chance d'attraper le coupable maintenant.

Malgré lui, il sentait son intérêt s'éveiller.

– Je ne crois pas que ce soit l'objet de l'opération. C'est le travail des archéologues de démêler les mystères de l'histoire, non ? À mon avis, elle veut juste que vous jetiez un coup d'œil professionnel à la tombe, si on peut appeler ainsi ce trou, parce qu'elle n'a pas pu se rendre elle-même sur le site.

– Où est-ce ?

– Dans un village qui s'appelle Carennac. Au nord du département. À une heure de route d'ici, environ.

La nuit avait chassé la teinte plombée du ciel. Affalé dans le fauteuil de son père, Laurent grattait nonchalamment des accords sur la guitare de ce dernier quand il traversa la cuisine. Enzo s'immobilisa un instant sur le seuil pour regarder avec affection son fils, qui ne l'avait pas entendu arriver.

Laurent était un garçon dégingandé de onze ans, grand pour son âge ; en poussant tout d'un coup, il avait perdu les rondeurs de l'enfance. Il tenait de sa mère la masse de boucles brunes qui lui retombaient sur le front, et ne paraissait pas avoir hérité de son père le syndrome de Waardenburg. Ce gène défectueux avait sauté une génération : Alexis, le fils de Kirsty, sa fille écossaise, avait des problèmes d'audition. Malgré les tests prénataux que Sophie venait de passer et qui s'étaient révélés négatifs, une petite inquiétude planait.

Les longs doigts de Laurent dansaient sur le manche de la guitare. Son jeu semblait prometteur. S'approchant sans bruit par-derrière, Enzo lui retira brusquement l'instrument des mains.

– Hé ! protesta le garçon.

Enzo posa ses doigts sur les frettes et dit :

– Tu devrais essayer un *la* mineur septième diminué. C'est une très belle suite au *si*.

Il en fit la démonstration en caressant les cordes avec son pouce.

Laurent se redressa, regarda les doigts d'Enzo et lui arracha la guitare :

– Laisse-moi essayer.

Trouvant presque instantanément l'accord, il le répéta après un *si*.

– Cool.

– Exactement, acquiesça Enzo en reprenant la guitare.

– Hé ! grogna son fils à nouveau.

– Tu as des devoirs à faire.

– Oh, Da-ad.

Enzo perçut dans sa voix son propre accent traînant, typiquement écossais. Il parlait toujours anglais avec ses enfants. Mais, comme Sophie, Laurent était complètement français, culturellement et linguistiquement.

– Viens, Lo-lo, je vais t'aider à faire tes maths, proposa Dominique en s'asseyant à la table, les mains à plat sur la surface polie.

Elle avait pris l'habitude de l'aider à réviser ses leçons.

– Où est ton cartable ?

– Dans ma chambre.

– Eh bien, va le chercher.

– Oh, c'est obligé, maman ?

Dominique pencha la tête et haussa un sourcil, ce qui suffit à le faire lever de son fauteuil pour filer dans sa chambre, les poings enfoncés dans les poches.

Sophie, toujours en manteau, le croisa sur le seuil, et se dirigea vers la porte-fenêtre donnant sur la place pour coller le nez sur la vitre.

– Bertrand est en retard. Je vais mourir de chaud s'il n'arrive pas bientôt.

Puis, se retournant, elle lança :

– Alors, qu'est-ce que tu as l'intention de faire, papa ? Tu vas aller jeter un coup d'œil à la tombe ?

– Tu t'es décidé ? demanda Dominique en lui jetant un regard interrogateur.

Enzo se laissa tomber sur le fauteuil que venait de libérer Laurent et plaqua un accord sur la guitare.

– Je n'ai pas vraiment envie de voyager pendant cette foutue pandémie.

– Tout se passera bien si tu portes un masque, dit Sophie.

– Parle pour toi, Soph. Tu n'as pas l'âge de te retrouver dans la catégorie des gens à risque.

– Je peux t'accompagner, suggéra Dominique. On ira en voiture. Je conduirai. Nous n'aurons pas à nous mélanger avec qui que ce soit.

– Et Laurent ? Les écoles sont de nouveau fermées après la montée en flèche des nouveaux cas.

– Bertrand et moi, on peut s'occuper de lui, déclara Sophie.

Tous tournèrent la tête en même temps en entendant le cri de joie du garçon qui, son sac d'école dans une main et un grand sourire aux lèvres, lança un poing en l'air.

– Ouais ! Bertrand est un champion de *Resident Evil*.

Enzo jeta un coup d'œil à la manette de Playstation abandonnée par terre et pensa que, finalement, ce ne serait peut-être pas une si mauvaise idée de s'échapper de cette maison pendant quelques heures.

Chapitre 2

La vieille dame prend place dans son rocking-chair préféré qui, pour ce corps fragile, semble à son visiteur d'une dureté impitoyable adoucie seulement par un mince coussin fixé au dossier. Ses cheveux gris argent tirés en un chignon des plus stricts n'ont perdu ni leur brillance ni leur abondance. La peau fine et douce de son visage est rosie par la chaleur du feu dont les braises rougeoient dans le foyer noirâtre de l'imposante cheminée qui occupe presque tout le mur, au fond du salon.

Sa voix est frêle, comme son ossature. Mais soudain il se rend compte qu'à soixante-quinze ans, elle a juste dix ans de plus que lui. Les dix prochaines années le diminueront-elles de la même façon ?

Néanmoins, elle s'exprime avec clarté, assurance et fermeté en entamant le récit qu'elle a entendu de nombreuses fois, et sans doute répété aussi souvent pour un petit cercle discret d'amis intimes. Mûrement réfléchi, rodé, peaufiné jusqu'à lui donner une patine professionnelle.

Assis dans un fauteuil confortable, il croise les jambes et pose les mains sur ses genoux, à l'image de la narratrice ; la tête très légèrement penchée d'un côté, il l'écoute raconter son histoire.

*

Il s'appelait Paul Lange. Un homme qui ne prenait jamais la vie trop au sérieux. Il devait avoir dans les quarante ans. Quarante-deux ou quarante-trois, peut-être, il avait dû naître juste au début du siècle. Je suis sûre que, même dans ses rêves les plus fous, il n'avait jamais imaginé se retrouver dans une chaumière du nord de la France aux premières heures du 25 juin 1940, jour où l'armistice est entré en vigueur. Pourtant il se trouvait bien là, en train d'écouter Adolf Hitler relater les négociations du wagon de Compiègne. Probablement, en raison de son amitié avec Albert Speer, l'architecte préféré du Führer.

Un groupe d'admirateurs, artistes et architectes, s'était rassemblé autour de ce dernier, qui jubilait d'avoir retourné l'humiliation du traité de Versailles, infligée à l'Allemagne parce qu'elle avait perdu la Grande Guerre. Il expliquait comment il avait exigé de faire sortir d'un musée le wagon de chemin de fer dans lequel ce traité avait été signé, pour l'installer sur cette même voie ferrée de la forêt de Compiègne, comment il avait forcé les Français à accepter la défaite et signer un armistice qui couperait la France en deux.

Herr Hitler était très content de lui.

Lange se sentait impressionné. Il avait brièvement combattu pendant la Première Guerre, avant de traverser les années de déchéance et d'inflation incontrôlable imposées à l'Allemagne par ses vainqueurs. Des années sombres, troublées, balayées désormais par la victoire sur les Français en six petites semaines. L'honneur retrouvé. Mais à une heure du matin passée, Lange mourait d'envie de fumer une cigarette, comme la plupart de ses compagnons, certainement. Or personne ne fumait en présence du Führer, ancien fumeur ayant strictement interdit aux policiers en uniforme et aux soldats de la SA et de la SS de fumer en public, même en dehors de leur service. Il n'y a rien de pire qu'un ancien fumeur, pensait Lange, qui espérait pouvoir s'éclipser un peu plus tard pour en griller une tranquillement dans le jardin.

Mais pas tout de suite. Il était presque 1 h 35 quand Hitler ordonna d'ouvrir les fenêtres ; un souffle d'air chaud et humide envahit la pièce. Au loin, par-dessus le concert des grenouilles et des insectes, on entendait gronder le tonnerre. Un orage d'été quelque part au-delà de la vallée voisine, avec des éclairs qui zébraient le ciel menaçant. Puis, soudain, ils l'ont tous entendue. Claire et nette dans la nuit. La sonnerie de clairon annonçant la fin des combats.

– Un moment, s'il vous plaît, Paul. Je peux vous appeler Paul ?

Lange s'est étonné qu'Hitler connaisse son prénom.

– Bien sûr, Mein Führer.

Ce dernier l'a entraîné vers le bar et a rempli leurs verres. Scotch pour Lange, eau pétillante pour lui-même.

– Dans deux jours, a-t-il dit, je vais à Paris. Pas pour pavoiser. Il n'y aura pas de marche triomphale sur les Champs-Élysées. Juste en petit comité. Une visite très privée. On m'a dit que vous connaissiez bien cette ville.

Lange était à la fois surpris et un peu inquiet que le dirigeant allemand ait parlé de lui avec les autres.

– Oui, j'y suis allé souvent. (En levant les yeux, il s'est aperçu que Speer les observait et écoutait attentivement.) Aucun marchand d'art digne de ce nom ne se qualifierait de professionnel s'il ne connaissait pas les galeries et les salles des ventes de la capitale mondiale de l'art.

– Bien, bien. Il y a tant d'endroits à visiter, tant de choses à voir, mais si peu de temps. L'Arc de triomphe, la tour Eiffel, la tombe du Soldat inconnu, et bien sûr le tombeau de Napoléon aux Invalides. Par quoi me conseilleriez-vous de commencer ?

Lange a pris une profonde inspiration. Lourde responsabilité.

– Je commencerais par l'Opéra, monsieur. C'est l'un des plus beaux monuments du monde.

Hitler a souri et Lange a compris pourquoi ce petit homme d'apparence insignifiante inspirait autant de loyauté et d'envie de le suivre. Son charisme s'exprimait d'une manière extraordinaire dans un sourire qui semblait n'être que pour vous, dans ses yeux qui vous retenaient prisonniers de leur regard. Qui vous donnait l'impression d'être important.

– Bravo. C'est exactement ce que j'aurais choisi. Et, naturellement, nous terminerons par une visite du Louvre. Je rêve depuis toujours de faire la connaissance de Mona Lisa. Quoi qu'on puisse penser des Italiens, da Vinci est incontestablement l'un des plus grands artistes de tous les temps.

L'estomac de Lange s'est noué d'appréhension ; un rapide coup d'œil à Speer lui a permis de voir le même sombre pressentiment tordre la bouche de son ami. Manifestement, personne n'avait informé le Führer.

*

Trois jours plus tard, le 28 juin, à 5 h 30 du matin, la petite suite d'Hitler a atterri à l'aéroport du Bourget, au nord-est de Paris. On avait distribué à Lange et aux autres des uniformes vert-de-gris afin de donner à ce groupe disparate d'artistes, architectes et sculpteurs une allure militaire.

Sur le tarmac les attendaient trois berlines noires, dont la Mercedes-Benz Tourenwagen décapotable spécialement construite pour Hitler, avec ses trois rangées de sièges. Hitler a pris place devant, à côté de son chauffeur, l'officier SS Erich Kempka ; Lange, Speer et le sculpteur Arno Breker se sont assis sur les strapontins, et les adjudants d'Hitler sur la banquette arrière.

Lange regardait avec émerveillement les faubourgs lugubres et déserts de la cité déchue tandis que la petite procession progressait dans la lumière grise de l'aube. Bientôt, des monuments parisiens plus familiers ont commencé à surgir autour d'eux et Lange s'est senti étrangement déprimé à l'idée que tout cela venait de tomber sous contrôle allemand. Cette ville était tellement française. L'utilitarisme allemand ne pouvait que la ternir, lui retirer sa joie de vivre.

Kempka les a conduits directement au palais Garnier, place de l'Opéra, dans le neuvième arrondissement, où un colonel des troupes d'occupation allemande les attendait. Lange, qui connaissait bien le grand bâtiment néobaroque de Charles Garnier, s'est réjoui de voir Hitler admirer l'escalier monumental à l'ornementation excessive, le magnifique foyer, les élégantes dorures du parterre.

– Excellent choix, Paul, a-t-il murmuré en le prenant par le coude juste avant d'en sortir.

Et les voilà repartis en voiture vers la Madeleine, les Champs-Élysées, le Trocadéro. Le Führer a ordonné un arrêt à la tour Eiffel pour prendre des photos. Ensuite, devant le tombeau de Napoléon, où il est resté plusieurs minutes debout, tête baissée, dans une contemplation solennelle. Respect d'un dictateur pour un autre.

Finalement, ils sont arrivés au Louvre, sa vaste place du Carrousel, ses ailes jumelles reliant le palais original aux Tuileries. Lange et Speer, qui ne s'étaient pas parlé depuis la nuit de l'armistice, partageaient maintenant un silence tendu pendant qu'Hitler traversait à grandes enjambées la cour Napoléon en demandant à voir la *Mona Lisa*, ou *La Joconde* comme l'appellent les Français. S'efforçant de rester à sa hauteur, tête inclinée sur le côté, le colonel des troupes d'occupation lui parlait à mots rapides et feutrés. Lange et les autres suivaient, remplis d'appréhension.

Soudain, Hitler s'est immobilisé, les yeux assombris par la fureur, et a hurlé :

– Pourquoi ne m'a-t-on rien dit ?

Puis, il s'est tourné vers sa petite coterie d'artistes :

– Qui était au courant ?

– Au courant de quoi, Mein Führer ?

Lange a trouvé l'hypocrisie de Speer atrocement flagrante.

– Ces maudits Français ont vidé le musée. Il y a dix mois ! Expédié toutes les œuvres dans les châteaux de la Loire. En zone libre. Avec *La Joconde*.

Hitler postillonnait de rage. Lange est intervenu :

– J'imagine, monsieur, qu'ils les ont déménagées pour les protéger au cas où Paris serait bombardé. Qui aurait pu deviner que six semaines suffiraient à vaincre, presque sans combattre ?

Mais Hitler ne se calmait pas. Sa colère a macéré en un long silence dangereux jusqu'à ce qu'il rebrousse chemin, fende comme Moïse la mer Rouge les rangs de sa bande d'artistes, et piétine les ombres que le soleil levant jetait sur les pavés.

– La visite est terminée ! Jamais nous ne reviendrons dans cette maudite ville.

Un *nous* royal, sans doute.

Il n'y est jamais revenu.

La vieille dame se tait un long moment, puis elle se tourne vers son visiteur :

– Pourriez-vous ajouter du bois dans le feu, s'il vous plaît ? Il me semble que la température fraîchit.

– Bien sûr.

Il se lève de son fauteuil pour prendre trois bûches dans un panier et les jeter sur les braises. Des étincelles rouges dansent devant la pierre noircie ; les nouvelles bûches craquent, grésillent en dégageant une fumée qui s'échappe vers les hauteurs de la cheminée.

Quand il se rassied, la vieille dame contemple les bûches jusqu'à ce que les premières flammes les lèchent ; puis, satisfaite, elle se détend et poursuit son récit.

Une semaine plus tard, après leur retour en Allemagne, Lange a reçu une convocation inattendue : un rendez-vous avec Hitler dans sa résidence montagnarde, le Berghof, à Obersalzberg, dans les Alpes bavaroises.

Depuis Berlin, il a pris le train pour arriver en début d'après-midi à Berchtesgaden, où l'attendait la Mercedes-Benz d'Hitler. Si Erich Kempka se souvenait de lui, il n'en a rien montré ; il s'est contenté de le débarrasser de son sac et de le mettre dans le coffre avant de se lancer dans un trajet relativement court sur les contreforts boisés du Hoher Göll, qui chevauche la frontière entre la Bavière et le Land de Salzbourg en Autriche.

Il faisait chaud, l'air de la montagne grouillait de créatures volantes ; Lange a retiré son chapeau, sa veste, remonté les manches de sa chemise, et profité de la douceur du vent. La route était étroite ; Kempka devait employer tous ses talents de chauffeur pour négocier les virages avec la grosse Mercedes. Ils montaient toujours plus haut. Sur sa droite, Lange voyait les pentes boisées tomber à pic dans la vallée, des petits groupes de maisons qui ressemblaient à des jouets le long de l'horizon brumeux. Le paysage s'élevait autour d'eux en cimes à la fois douces et escarpées.

Depuis qu'il avait reçu son *invitation* pour le Berghof – un messager privé s'était présenté chez lui avec une enveloppe portant un sceau de l'État, et contenant une note manuscrite du Führer – Lange avait senti les muscles de son estomac se contracter progressivement. Et cela avait empiré jusqu'à se transformer en crampes. On ne l'aurait pas deviné en le regardant, mais il avait la bouche aussi sèche que du carton et le cœur qui battait la chamade. Sans avoir la moindre idée de ce que Herr Hitler pouvait lui vouloir, il redoutait le pire. Surtout après la débâcle du Louvre.

Pourquoi n'avait-on pas prévenu le Führer ? L'évacuation des œuvres du Louvre avait certainement été signalée par les services secrets allemands avant l'invasion de l'Europe de l'Ouest ; mais peut-être avait-on estimé qu'Hitler avait d'autres problèmes plus urgents à régler. L'invasion de la Pologne, la déclaration de guerre de la Grande-Bretagne, la démonstration de force des Russes. L'art ne paraissait pas une priorité. Pourtant les nazis y attachaient beaucoup d'importance et intervenaient sur le marché international pour augmenter leurs collections privées, comme si son influence civilisatrice pouvait, d'une certaine manière, tempérer leur barbarie intrinsèque.

Finalement, la voiture s'est engagée sur une route privée encore plus étroite pour s'arrêter un peu plus loin devant une guérite en pierre protégée par un toit de tuiles peu pentu ; un garde en uniforme a contrôlé leurs papiers. Le chalet d'Hitler était perché tout en haut, après un dernier virage en épingle à cheveux.

Lange a remis sa veste et son chapeau avant de gravir rapidement la volée de marches menant à une terrasse dallée où se tenait Hitler.

– Content que vous ayez pu vous libérer, Paul, a-t-il dit en lui tendant la main. Bienvenue dans ma petite retraite.

Lange a jeté un coup d'œil à la bâtisse impressionnante avec ses terrasses et ses balcons, en pensant qu'elle était tout sauf petite. Et que, de toute façon, il n'avait pas eu le choix d'accepter ou non l'invitation.

– Tout le plaisir est pour moi, monsieur.

Malgré la température, Hitler portait un costume marron sur une chemise blanche impeccablement repassée, avec une cravate bleue. Il avait le teint coloré, et semblait d'humeur beaucoup plus conviviale que lors de leur dernière rencontre ; il a invité Lange à pénétrer dans la fraîcheur de la maison.

Les murs du vestibule étaient couverts de tableaux, dont certains que Lange était surpris de reconnaître. Des portraits de Hindenburg, Frédéric le Grand, Bismarck. Une reproduction de Canaletto. Beaucoup de portraits de famille.

– Ma nièce, a précisé Hitler. Et là, ma mère.

Cette peinture terne n'était éclairée que par la pâleur du visage maussade et la blancheur d'une collerette. La femme avait les cheveux courts, ou bien attachés derrière la tête. Sa ressemblance avec son fils était frappante.

Ensuite, ils sont entrés dans le grand salon, une immense pièce haute de deux étages, avec un plafond en bois à caissons. À côté de la cheminée était accrochée une grande toile figurant une femme nue allongée et un petit cupidon armé d'un carquois qui s'apprêtait à tirer une flèche sur la beauté couchée. La désignant d'un geste fier, Hitler a lancé :

– Vous la reconnaissez ?

Lange a acquiescé en se demandant s'il lui faisait passer un test.

– Absolument, monsieur. *Vénus et Cupidon*, de Paris Bordone. Une œuvre magnifique de la Renaissance vénitienne.

– Bravo. Vous possédez votre sujet.

Inclinant modestement la tête, Lange a résisté à la tentation de signaler qu'il avait étudié l'histoire de l'art à Francfort.

– Personnellement, j'ai une préférence pour l'art classique, grec et romain, Paul. Il n'est pas contaminé par les Juifs, vous comprenez. Je trouve les impressionnistes détestables au plus haut point et, pour moi, les prétendus héros de l'art moderne, comme cet horrible Espagnol, Picasso, sont tout simplement les symboles du déclin de la société occidentale.

Lange tournait lentement le bord son chapeau entre ses mains, contre sa poitrine, manquant de confiance en lui-même pour oser parler. Avant la guerre, comme beaucoup de ses contemporains, il avait acheté et vendu un grand nombre d'œuvres d'art moderne. Désormais, la vente des œuvres modernes confisquées sur le marché international était considérée comme un moyen de lever des fonds pour l'effort de guerre.

– Venez.

Hitler l'a pris par le bras pour le conduire sur une vaste terrasse en pierre. De là, on avait l'impression d'être au sommet du monde, avec un panorama extraordinaire sur les Alpes bavaroises. Seule une poignée de nuages entourait l'un des pics, petits choux à la crème blancs sur un bleu immaculé. Les cimes les plus distantes se perdaient dans la brume de chaleur qui vibrait au loin.

Hitler s'est perché sur le muret, une jambe levée, l'autre toujours plantée sur le sol, et a dévisagé Lange d'un air songeur pendant si longtemps que ce dernier a fini par se sentir mal à l'aise.

– Vous êtes déjà allé en Autriche ?

– À Vienne, oui.

– J'ai grandi à Linz. Une belle ville.

Bien qu'il n'y ait jamais mis les pieds, Lange a hoché la tête.

– Le secret du succès dans la vie, Paul, c'est de connaître ses limites, et d'exploiter ses points forts. J'ai toujours regretté de ne pas avoir eu la chance d'être aussi doué pour la peinture que je l'aurais souhaité.

– Tout comme moi, monsieur, dit Lange avec un sourire de regret.

Surpris, Hitler a haussé les sourcils :

– Vous peignez ?

– Très mal.

– J'étais peut-être un peu meilleur que vous, alors, a-t-il plaisanté. Mais pas assez bon. Pas à mes yeux, en tout cas. Alors, je me suis consacré à la politique et au service de mon pays.

– Ce en quoi vous avez fort bien réussi.

Lange avait entendu dire qu'Hitler appréciait les éloges. Mais entre le compliment et la condescendance, la frontière était subtile. Le sourire du Führer suggérait que, parfaitement conscient de sa réussite, il n'avait pas besoin qu'on le lui dise.

– L'amour de l'art n'est jamais loin de mes pensées. Je l'ai dans l'âme, vous savez. Expression par excellence des plus belles qualités humaines, de l'esthétique et de la sensibilité, de l'expérience humaine, de la condition humaine. Tout ce qui nous distingue des animaux.

Tournant les yeux vers les cimes alpines, il a ajouté :

– J'ai un rêve, Paul. Le rêve de créer le plus fabuleux musée du monde. La huitième merveille du monde, où les gens viendront en pèlerinage pour rendre hommage au meilleur de l'art dont l'Homme est capable.

Puis il s'est arraché à la contemplation de son rêve lointain, a de nouveau fixé son regard sur Lange, comme pour rendre ce rêve plus concret, et ajouté :

– Je le bâtirai à Linz. Ce sera mon legs, mon empreinte. L'héritage du nazisme sous sa forme la plus pure. (Une pause.) Ça vous séduit ?

– Beaucoup, monsieur.

– Bien.

Rayonnant, Hitler s'est laissé glisser du muret.

– Mais quel hôte suis-je, qui ne vous a même pas offert à boire. Accordez-moi le temps d'aller chercher ma canne et mon chapeau et nous descendrons prendre un thé au Mooslahnerkopf.

Ils sont arrivés en vingt minutes au salon de thé en suivant un chemin qui serpentait entre les arbres. Coiffé d'un feutre marron, Hitler marchait d'un pas alerte en balançant sa canne et en racontant qu'il avait, autrefois, envisagé de détruire totalement Paris. Atterré, Lange haussait les sourcils, comme pour exprimer une simple surprise.

– Après l'avoir vue par moi-même, cependant, j'en ai perdu l'envie.

– J'aurais été très déçu que vous le fassiez, a-t-il risqué.

Hitler lui a jeté un coup d'œil sévère :

– Vraiment ?

– Au fil des ans, j'en suis arrivé à bien connaître Paris, monsieur. Il y a tellement de choses à admirer dans son histoire et son architecture.

– Certes.

Mais le Führer n'avait pas l'air convaincu. Le Mooslahnerkopf, son salon de thé préféré, se trouvait à flanc de coteau, au milieu des pins. C'était un bâtiment rectangulaire sans prétention, attenant à une tour conique ponctuée de fenêtres. Au lieu d'entrer tout de suite pour boire un thé au frais, à l'intérieur, Hitler s'est dirigé vers un promontoire herbeux en forme de fer à cheval où il a invité Lange à s'asseoir sur un banc. De là, on avait une vue magnifique sur le paysage, en contrebas. Lange a posé son chapeau à côté de lui, sur le bois, et desserré sa cravate. Cette marche dans la chaleur de l'après-midi l'avait mis en nage. Hitler, en revanche, paraissait très frais. Appuyé sur la balustrade qui délimitait la courbe du fer à cheval, il a de nouveau dévisagé Lange d'un air songeur. Entre son nid d'aigle perché au sommet, son salon de thé à quelques pas, le panorama à couper le souffle derrière lui, Hitler donnait l'impression d'un homme parfaitement dans son élément. Très proche d'un dieu. On aurait presque pu croire qu'il n'y avait rien au monde qu'il ne pût réussir.

– Vous vous demandez pourquoi vous êtes ici, n'est-ce pas ?

Le sourire de Lange dissimulait son agitation intérieure.

– Cela m'a effleuré l'esprit.

– Je veux *La Joconde*.

Sous le choc, Lange a senti un picotement parcourir sa peau. Il a retenu son souffle.

– Pas pour moi, comprenez bien. Pour le musée de Linz. Ce serait sa pièce maîtresse. Son couronnement. Où devrait se trouver le tableau le plus célèbre du monde sinon là ?

Estimant la question rhétorique, Lange n'a pas répondu.

– Et je veux que vous me l'obteniez.

Un filet de sueur a coulé le long de sa nuque.

– Pour l'Allemagne. (Le regard d'Hitler s'est reporté sur la splendeur du paysage.) Bien entendu, nous ne devons pas être considérés comme des voleurs. Ce serait un scandale international. (Ses yeux bleus et froids étaient à nouveau sur Lange.) Le tableau doit tout simplement disparaître. Dans la confusion de la guerre, ce ne devrait pas être trop difficile. Mais cela exige de la discrétion, du savoir-faire et, par-dessus tout, de la patience. Vous devrez donc attendre le moment propice, Paul. Le choisir avec soin. Cela pourra prendre un an, qui sait ? Mais sa disparition ne doit être en aucune manière liée au Reich. Ensuite, à une date ultérieure, on le verra réapparaître quelque part... (Un haussement d'épaules.) dans une salle des ventes, en territoire occupé, et nous le confisquerons pour l'exposer en lieu sûr, à Linz.

Un long silence s'est installé entre eux. Lange savait parfaitement qu'il ne s'agissait pas d'une requête, mais il ignorait ce qu'il devait répondre. Alors, hochant lentement la tête, il a dit :

– Bien entendu, monsieur.

– Parfait.

Hitler s'est éloigné de la rambarde, écartant un instant son rêve pour passer au côté pratique.

– Vous entrerez temporairement dans la Wehrmacht. Le grade de *Hauptmann* devrait suffire. Vous serez rattaché au service de la *Kunstschutz*. Je suppose que vous savez ce que c'est ?

Impassible, Lange a renchéri :

– Une admirable organisation de préservation des œuvres d'art des ennemis qui permettra de les rendre en bon état à la fin des hostilités.

Apparemment imperméable au sarcasme de son invité, Hitler a souri.

– Excellente définition, Paul. Vous serez un *Kunstoffizier*, dont le salaire et les frais seront payés par cette organisation, et vous jouirez d'un logement confortable à Paris. Et je veillerai à ce que mon bureau vous remette une lettre d'habilitation avec laquelle vous pourrez vous procurer tout ce dont vous aurez besoin.

Le soleil commençait déjà à baisser dans le ciel et leurs ombres à s'allonger sur l'herbe.

– Vous ne vous imaginez pas à quel point j'ai été déçu de ne pas pouvoir faire la connaissance de Mona Lisa à Paris. (Une courte pause.) Je compte bien ne pas être déçu une seconde fois.

L'implication des conséquences résultant d'une seconde déception a brièvement plané dans l'air chaud de cette fin d'après-midi alpine, avant qu'Hitler ne déclare en souriant et en tapotant la rambarde avec sa canne :

– Allons boire notre thé.

Lange s'est levé pour suivre son Führer, et compris que sa vie venait de changer inexorablement.

Chapitre 3

Elle demeure un long moment les yeux dans le vague, perdue dans des pensées et des souvenirs qu'elle ne partagera pas avec lui, pense-t-il. Puis, soudain, elle se détourne comme si elle venait de se rappeler sa présence.

– Voulez-vous une tasse de thé, monsieur ?

Sans attendre sa réponse, elle se lève avec raideur de son fauteuil :

– Je vais m'en préparer une, si ça ne vous ennuie pas.

Son visiteur sourit.

– Pas le moins du monde.

Il aimerait bien un café, mais ne veut pas la déranger.

Elle revient s'asseoir quelques minutes plus tard, et tend le bras pour poser son mug par terre.

– Encore trop chaud, dit-elle.

Ses mains osseuses agrippent les accoudoirs.

– Alors, où en étais-je ? Ah, oui. Londres. Juillet 1940.

Et elle reprend le fil de son récit.

Georgette était une jeune femme fougueuse. Enfin, pas si jeune que ça, je suppose. Bien que mes vingt-huit ans me paraissent bien loin aujourd'hui. Pareil pour vous, si je puis me permettre. Comment la décrire ? Ni grande ni petite. Une fille maigre, sans beaucoup de hanches. Un tantinet garçon manqué, disons. Elle aimait porter ses cheveux courts, ce qui n'était pas vraiment à la mode alors. Des cheveux sombres, épais, abondants. Une jupe plissée qui s'arrêtait aux genoux, des chaussures plates, une vieille sacoche de cuir en bandoulière, de l'épaule droite à la hanche gauche. Sèche. Vigoureuse, de corps comme d'esprit. On y réfléchissait à deux fois avant de lui chercher des noises.

Elle se retrouvait bloquée à Londres depuis plusieurs semaines, frustrée et préoccupée par les nouvelles venues de France. La défaite face aux Allemands, un armistice qui déchirait la France en deux et laissait la plus petite moitié administrée par le régime collaborationniste de Pétain aux ordres du Troisième Reich. La zone libre, ça s'appelait. Mais pas si libre que ça.

Londres connaissait un de ces étés moites où l'humidité stagne dans l'air, où le soleil est presque obscurci par la brume dans un ciel incolore. Georgette était assise dans le bow-window de l'appartement de sa mère, à Kensington ; un rayon de soleil entrant en biais par la vitre emprisonnait les particules de poussière en suspension. Elle avait essayé de se tourner vers les amis les plus influents de sa famille pour trouver un travail quelconque et participer à l'effort de guerre. Sans succès. Elle était en train d'écrire une lettre à un certain général Charles de Gaulle. À l'enterrement de sa mère, un vieil ami de son père, membre du corps diplomatique, lui avait appris que de Gaulle venait de créer les Forces françaises libres, basées à Londres. Apparemment, il avait lancé, via la BBC, un appel aux Français pour leur demander de résister à l'occupation nazie. Mais elle l'avait raté comme, semblait-il, la plupart de ses compatriotes. Elle s'adressait à lui en dernier ressort.

Elle venait juste de s'y atteler quand la sonnette de la porte d'entrée l'a interrompue. Agacée, elle s'est avancée pieds nus sur le parquet, et a ouvert à un porteur de télégramme en uniforme.

– Pour vous, madame, a-t-il dit en lui tendant une enveloppe. Signez là.

Il lui a demandé d'apposer sa signature sur un carnet, puis s'est aussitôt éclipsé ; Georgette se demandait qui pouvait bien lui envoyer un télégramme.

De retour à sa table, elle l'a déchiré et s'est assise, bouche bée, en lisant : *Prière assister réunion avec général de Gaulle demain 11h STOP 4 Carlton Gardens SW1 STOP*

Qu'est-ce que ça signifiait ? Une réponse à sa lettre, avant même qu'elle l'ait écrite ? Il était télépathe ? D'autre part, ça ressemblait plus à un ordre qu'à une invitation. Bien qu'elle fût en train de lui écrire pour obtenir un travail, elle en a ressenti une certaine irritation.

Elle ne connaissait pas cet homme. Lui, en revanche, avait l'air de tout savoir sur elle – enfin, du moins, où la trouver. Ses sourcils sombres se fronçaient au-dessus de ses yeux marron.

Le lendemain, le temps était plus clair. Une petite brise soufflait sur Pall Mall et caressait les jambes nues de Georgette. Des jambes très blanches, qui avaient peu vu le soleil cette année. Son visage, bronzé d'habitude en été, était blafard. Les taches de rousseur qui éclaboussaient son nez, héritage génétique de sa mère, n'en ressortaient que davantage. Mais elle était jolie et, malgré sa pâleur, attirait les regards partout où elle allait.

Sa jupe bleue ondulant dans le vent, elle a pris à gauche Waterloo Place, puis à droite Carlton House Terrace. Au début de la rue bordée d'arbres dont les trottoirs étaient tachetés de soleil se dressait l'élégante façade classique en pierres blanches de la Royal Society.

Dans Carlton Gardens, deux soldats français montaient la garde de part et d'autre d'un mur construit devant le porche d'entrée du numéro quatre. Elle a sorti le télégramme de sa sacoche pour le montrer au premier ; avec un sourire, il lui a fait signe d'entrer et lancé en français un *bonne journée* qui l'a réjouie. C'était bon d'entendre sa langue.

À l'intérieur, tout le monde parlait français ; elle était ravie de pouvoir faire de même. Une femme entre deux âges vêtue d'un tailleur sombre l'a emmenée par un escalier étincelant au premier étage, puis à droite dans un couloir où une porte était ouverte. Un cliquetis étouffé s'en échappait. La femme a frappé deux coups avant d'introduire Georgette dans la pièce. Assise derrière une machine à écrire Royal posée sur un bureau couvert de papiers, une autre femme, plus jeune, a braqué sur elle un regard insistant, apparemment surprise par la vision de cette gamine aux cheveux courts vêtue d'un cardigan bleu marine sur une chemise blanche au col ouvert, avec une sacoche en cuir marron plaquant sa jupe sur sa cuisse. D'une main, elle a désigné une chaise :

– Il vous recevra quand il sera libre.

Comme si c'était moi qui avais demandé un entretien, a pensé alors Georgette avec une pointe d'agacement.

Impatiente, elle ne tenait pas en place et sentait sur elle les fréquents coups d'œil que la secrétaire lui jetait à la dérobée ; elle a fini par soutenir le regard de celle-ci, la défiant en silence de continuer. La femme a détourné les yeux vers son clavier. Ces derniers temps, c'était sur ce genre de petites victoires que se construisait la vie de Georgette. Elle n'avait, bien sûr, aucune idée de ce qui l'attendait.

Elle a sursauté quand la porte s'est brusquement ouverte sur un homme immense, obligé de courber la tête pour ne pas se cogner au linteau. Il portait un uniforme sombre, serré à la taille par un ceinturon de cuir, une chemise grise et une cravate plus foncée d'une couleur indéfinissable. Ses cheveux bruns et brillants plaqués en arrière étaient séparés, à gauche, par une raie. Son visage allongé s'ornait d'un nez d'une longueur incroyable au-dessus d'une moustache soigneusement taillée. La sévérité de son expression était adoucie par la chaleur particulière des yeux marron mouchetés d'orange qui se tournaient vers la visiteuse. Georgette s'est levée précipitamment.

– Mademoiselle Pignal ?

À peine capable de détacher son regard de ses oreilles gigantesques, elle a hoché la tête. Aux Beaux-Arts de Bordeaux, on lui avait enseigné que, dans un portrait, le sommet de l'oreille devait s'aligner sur les sourcils et le lobe sur le bas du nez. Les oreilles du général de Gaulle transgressaient toutes les règles, même pour un homme doté d'un aussi grand nez.

– Entrez, a-t-il dit avec un mouvement de la tête vers son sanctuaire.

Elle l'a suivi dans un vaste bureau dont les hautes fenêtres donnaient sur la rue. La lumière de l'extérieur dessinait des bandes étroites sur une table qui paraissait avoir survécu de justesse au passage d'un ouragan. La pièce empestait la fumée de cigarette ; des volutes bleutées stagnaient encore en l'air.

Il s'est laissé tomber dans un fauteuil pivotant qui a oscillé en craquant ; un rayon de soleil projetait l'ombre de son nez sur le côté de son visage. Derrière lui, une grande carte de France était accrochée au mur. Du menton, il l'a invitée à prendre place sur une chaise placée devant un guéridon où se trouvait un téléphone ; elle s'est timidement assise au bord.

Le général a examiné Georgette tout en sortant de sa poche de poitrine un paquet de cigarettes dont il a fait jaillir la dernière d'une chiquenaude, et qu'il a allumée avec un briquet américain en cuivre gravé.

– Vous savez pourquoi vous êtes ici ?

– Je devrais ?

– J'espère que non. Mais il est difficile de savoir en qui on peut avoir confiance ces temps-ci.

Puis il a écarté le fouillis amoncelé devant lui pour en extraire un dossier couleur chamois, le feuilleter et en retirer la première page.

Georgette s'est penchée en avant :

– C'est mon dossier ?

– Oui.

– Ça m'étonne qu'il soit si épais.

– Moi aussi, a-t-il répliqué posément.

Baissant les yeux vers la feuille qu'il tenait entre ses doigts, avec sa cigarette, il a lu :

– Marie Georgette Pignal. Née en août 1912. De mère anglaise, et de père français, Georges Pignal, qui travaillait dans les services diplomatiques. Élevée à Bordeaux, mais parlant couramment anglais et français.

Georgette a poussé un soupir exaspéré.

– Vous m'avez fait venir ici pour me dire des choses que je sais déjà ?

– Non, mademoiselle. Je vous ai demandé de venir pour évaluer ce qui se cache entre les lignes. (Imperturbable, il s'est reconcentré sur la feuille.) Il semble que vous ayez obtenu un résultat remarquable au baccalauréat. Quarante-deux sur quarante-cinq.

– Ça vous surprend ?

– D'après ce que j'ai vu jusqu'ici, oui. Mais j'ai appris à ne jamais juger un livre à sa reliure. (Il a continué sa lecture.) Vous êtes diplômée de l'école des Beaux-Arts de Bordeaux, et votre père est mort deux semaines exactement avant que vous ayez été brillamment reçue au concours d'entrée de l'école des Beaux-Arts de Paris. Il aurait sans doute été très fier de vous.

Lèvres serrées, Georgette se mordait l'intérieur des joues. La mort de son père avait brisé son adolescence, la cicatrice qu'elle en avait gardée était encore sensible au toucher. Mais elle était déterminée à ne pas se trahir devant ce pisse-froid. Bien que quelque chose lui disait qu'elle ne s'en sortait pas si bien.

Il a saisi la feuille dans la main gauche, libérant la droite afin de tirer une longue bouffée de sa cigarette.

– Après votre diplôme des Beaux-Arts de Paris, vous avez passé deux ans à l'École du Louvre. (Il a levé les yeux.) Qu'avez-vous étudié ?

– Ce n'est pas dans mon dossier ?

– Je vous pose la question, mademoiselle.

– L'histoire de l'art.

– Mais vous avez interrompu vos études.

– Je me suis portée volontaire pour emballer les œuvres qui devaient être évacuées du Louvre en août dernier. Ensuite, plutôt que de retourner à l'école, je me suis engagée dans l'armée de terre.

– Pourquoi ?

– Une guerre allait éclater. Je voulais défendre mon pays contre une invasion allemande.

Il a émis un bruit qui aurait pu passer pour un gloussement, mais on ne voyait aucun signe d'amusement sur son visage.

– Toute seule ?

– Eh bien, peut-être oui, a-t-elle répondu avec un sourire sardonique, puisque le sous-secrétaire d'État à la Défense nationale s'est enfui à Londres quand les Allemands sont arrivés à portée de fusil.

S'il y avait eu le moindre soupçon d'amusement sur le visage du général, il aurait disparu sur-le-champ car, visiblement hérissé, le général a aboyé :

– La capitulation de Pétain. L'armistice. La collaboration. Si je ne m'étais pas enfui, il m'aurait fait mettre aux arrêts pour m'être opposé à lui.

– Je sais, a-t-elle dit en souriant maintenant qu'elle sentait se modifier entre eux l'équilibre du pouvoir. Et je sais aussi que vous portez votre alliance à la main droite parce que vous avez failli perdre la gauche à la suite d'une blessure pendant la dernière guerre.

De Gaulle a jeté un bref regard à son anneau.

– Comme vous aviez l'air de savoir qui j'étais, j'ai pris la liberté de me renseigner sur vous en venant. Les archives de Fleet Street sont une mine d'informations, et ouvertes au public.

Il a longuement tiré sur sa cigarette d'un air pensif, puis demandé tout en soufflant la fumée :

– Et *vous*, pourquoi avez-vous quitté le pays ?

– Je suis sûre que vous le savez aussi, général. On m'a accordé un congé exceptionnel pour me permettre d'assister à l'enterrement de ma mère, à Londres. Puis les Allemands sont arrivés. (Encore profondément frustrée à cette idée, elle a soupiré.) Et je me retrouve bloquée ici.

– Comme moi.

De Gaulle s'est levé de son fauteuil, approché de la fenêtre, et a baissé les yeux vers la rue verdoyante.

– Vous voulez toujours servir votre pays ?

– Évidemment ! a-t-elle claironné d'une voix indignée.

Alors, en se retournant, il a proposé :

– Si on allait prendre l'air ?

Il y avait peu de circulation sur le Mall dont la chaussée rouge se remarquait davantage en l'absence des voitures. Laissant l'arche de l'Amirauté derrière eux, ils se dirigèrent vers l'ouest. Très haut, maintenant, au-dessus des arbres de St James's Park, au sud, et de Green Park, au nord, le soleil accrochait plus loin les courbes et les angles du palais de Buckingham. La lumière diffusée à travers le feuillage dessinait des formes changeantes sur le trottoir, devant eux.

Georgette se sentait minuscule à côté de cet homme. Elle lui arrivait à peine à l'épaule ; sa taille et sa présence l'intimidaient beaucoup plus que lorsqu'elle était assise de l'autre côté de son bureau. Il paraissait encore plus grand avec son képi dont la visière projetait une ombre profonde sur son visage. Ils marchaient depuis un moment dans un silence qu'elle trouvait inconfortable quand il s'est décidé à parler, la prenant totalement au dépourvu :

– Que savez-vous sur *La Joconde* ?

Elle a mis quelques secondes à se remettre de sa surprise.

– J'ai aidé à l'emballer avant qu'elle soit expédiée vers un château de la Loire.

– Chambord, d'après ce que j'ai compris.

– C'est exact. On pensait que tout serait beaucoup plus en sécurité à l'extérieur de Paris. À l'abri des bombes, et hors de portée des Allemands.

– Rien en France n'est hors de portée des Allemands, grogna de Gaulle.

Pendant qu'il s'arrêtait pour allumer une nouvelle cigarette, elle attendait patiemment qu'ils se remettent en marche. Il avait éveillé sa curiosité.

– Vous avez donc aidé à emballer le tableau ?

– Oui. Dans une boîte en peuplier fabriquée sur mesure, rembourrée de velours rouge, puis enfermée dans une caisse. Toutes les caisses ont été codées en utilisant un, deux ou trois points de couleur indiquant leur contenu. Jaune pour les pièces de très grande valeur, vert pour les œuvres majeures, rouge pour les trésors mondiaux. La caisse de *La Joconde* a été marquée de trois points rouges, la cote la plus élevée. La seule dans la catégorie rouge à en avoir trois.

– Je suppose, puisque vous avez étudié l'histoire de l'art à l'École du Louvre, que vous connaissez tout sur sa provenance ?

– Je sais absolument tout sur *La Joconde*, général.

– Racontez-moi.

Il fumait sa cigarette, le regard fixé droit devant lui, mais Georgette savait que ses grandes oreilles ne rateraient pas un mot de ce qu'elle dirait.

– Mona Lisa était l'épouse d'un gentilhomme italien, Francesco del Giocondo. D'après certains experts, le portrait accroché au Louvre ne serait pas le premier que Vinci fit d'elle.

D'autres experts émettent l'hypothèse qu'il s'agit en réalité d'un autoportrait féminisé.

De Gaulle a ralenti et l'a regardée :

– Vraiment ?

Elle sourit.

– À mon avis, c'est hautement improbable. Il y a tellement de fumée autour de ce tableau qu'on n'y verra probablement jamais clair.

Il a poussé un soupir et accéléré les pas.

– Ce qu'on sait avec certitude, a repris Georgette, c'est que *La Joconde* a été peinte à l'huile par Léonard de Vinci sur un panneau de peuplier de 77 centimètres par 53, vers 1503, environ seize ans avant sa mort. En 1515, il a accepté la protection du roi François Ier, et mis près de trois mois à faire le voyage jusqu'en France à dos d'âne, en emportant avec lui de nombreux carnets de dessins, des œuvres inachevées, et *Mona Lisa*. Certains pensent qu'elle aussi était inachevée et que Vinci ne l'a terminée qu'une fois installé en France. Au fil des siècles, le tableau a appartenu à François Ier, mais aussi à Louis XIV et Napoléon Bonaparte qui, à ce qu'on raconte, couchait avec elle dans sa chambre... Enfin, pas au sens biblique.

Aucune trace de sourire n'a déridé le visage du général. À vrai dire, il paraissait presque ne pas avoir entendu. Puis, brusquement, il s'est arrêté et tourné vers Georgette :

– *La Joconde* appartient à la France. Peinte par un Italien, certes, mais elle ne doit son existence même et sa survie qu'à la République.

Sa véhémence était surprenante.

– Et maintenant, les Allemands la veulent !

Georgette a froncé les sourcils.

– Ils la veulent ?

– Plus particulièrement Hitler. Il la veut comme pièce maîtresse d'un super musée qu'il projette de faire construire dans sa ville de Linz, en Autriche.

– Comment le savez-vous ?

– Les services secrets britanniques ont leurs sources à Berlin. D'après elles, Hitler a chargé un expert en art de la lui procurer par tous les moyens possibles.

Georgette était choquée.

– Il ne peut pas faire ça ! Ça révolterait le monde entier.

– Raison pour laquelle ils ne se contenteront pas simplement de la prendre. Mais ils trouveront le moyen de l'obtenir, rien n'est plus certain. Et nous ne pouvons pas les laisser faire. La France est dépositaire de la peinture la plus célèbre au monde, mademoiselle. Nous l'avons protégée pendant des siècles, malgré les guerres et les catastrophes naturelles. Aujourd'hui, nous devons la sauver des nazis.

Tout en écrasant sa cigarette sous sa chaussure lustrée, il a levé le visage vers le ciel.

– Dieu sait que j'ai déjà assez à faire pour essayer de sauver mon pays de la destruction. C'est pourquoi je vous passe le relais et vous confie la responsabilité de sauver *La Joconde*.

Georgette a écarquillé les yeux.

– À moi ?

– Je n'aurai désormais plus le temps de m'en occuper, ni même d'y penser. Mais je veux que ce soit votre raison d'être. Votre action à mener pour votre pays, et dont personne d'autre ne peut se charger. Retournez en France pour la protéger. Veillez sur elle comme si votre vie en dépendait. Je suis en contact avec Jacques Jaujard, le directeur du Louvre. Il vous réservera une place d'attachée de conservation quel que soit l'endroit où *La Joconde* échouera.

Quand il a posé une main sur son épaule, elle a éprouvé la sensation étrange d'être choisie par le destin.

– Mademoiselle, nous nous battons contre les Allemands, non seulement pour la France, mais pour la civilisation. C'est peut-être un petit geste de défi dans un monde en guerre, mais il a une signification plus large. (Il a ôté sa main.) Quel entraînement avez-vous suivi quand vous vous êtes enrôlée dans l'armée ?

En proie à une confusion de pensées et de peurs, Georgette pouvait à peine parler. Elle a secoué la tête et fait la grimace.

– Conditionnement physique de base, maniement des armes. Mais ils n'avaient pas l'intention de laisser une femme s'approcher du front avec un fusil. On m'a appris à conduire en me disant que je serais affectée aux cuisines.

Le général a hoché la tête d'un air grave.

– Dans ce cas, je vais demander aux Anglais de vous trouver une place dans un cours d'entraînement des SOE.

– SOE ?

– *Special Operations Executive*. Direction des opérations spéciales. Une nouvelle organisation formée par les Britanniques afin d'entraîner les agents qui seront parachutés en France pour y mener des actions de sabotage et de surveillance derrière les lignes ennemies.

Il l'a regardée d'un air sceptique :

– Vous allez devoir apprendre à vous débrouiller toute seule.

Puis, pour la première fois, ses yeux énigmatiques se sont éclairés d'un semblant de sourire quand il a ajouté :

– Et à sauter d'un avion à 3 000 mètres.

Chapitre 4

À Carennac, Dominique gara la Citroën d'Enzo sur la castine de l'esplanade. Le ciel était clair, le froid vif. Dans leur dos, s'élevaient à pic les murs du château du XVIe siècle ; devant eux, une légère brume persistante montait de la rivière et s'évaporait au soleil.

Les arbres presque entièrement dénudés jetaient des ombres filiformes sur le gravier blanc jonché de feuilles mortes qui crissèrent sous leurs pieds quand ils descendirent de voiture. Enzo attrapa le guide Michelin qu'il avait étudié pendant le voyage. En entrant dans le village, depuis la route principale, ils avaient dépassé deux hôtels, dont l'un était fermé pour la saison, et un petit magasin qui proposait aussi des cafés. Mais l'endroit était désert.

Dominique dit, en regardant autour d'elle :

– Où est passé tout le monde ?

– D'après le guide, la population dépasse à peine les 400 habitants en dehors de la période touristique. Je suppose que ce chiffre englobe les fermes et les maisons des alentours. En été, par contre, des centaines de milliers de visiteurs affluent.

– Pourquoi ? Qu'est-ce qui les attire ici ?

– Le château, une église du XIe siècle avec un cloître et un tympan du XIIe siècle.

– Un tympan ?

– Une partie du fronton, précisa Enzo en feuilletant les pages. Et, au bord de l'eau, il y a aussi la tour où Fénelon aurait écrit son célèbre *Télémaque*.

Dominique fit une grimace :

– Jamais entendu parler.

– Moi non plus, dit Enzo.

– Peut-être pas si célèbre que ça, alors. Par où passe-t-on ?

– Je ne sais pas trop. Allons au bout de l'esplanade.

Dominique glissa son bras sous celui d'Enzo et le serra contre elle pendant qu'ils avançaient dans le soleil du matin vers l'endroit où la route virait brusquement à gauche. À l'angle, une arche donnait sur une ruelle pavée et pentue qui longeait l'église Saint-Pierre ; une volée de larges marches en pierre menait à un portail au tympan sculpté élaboré supporté par des colonnes marquant l'entrée de l'édifice. Enzo sentit presque le souffle des siècles s'exhaler de l'intérieur obscur.

De l'autre côté de la route, un pont assez long enjambait un ruisseau. À l'entrée du pont, un petit bistro était fermé, tout comme la boutique de souvenirs voisine. Un escalier condamné par une corde descendait vers un restaurant en terrasse. Enzo comprit la tristesse de l'abandon décrit par Francis Cabrel dans sa chanson « Hors-saison ».

Ils marchèrent entre les hautes maisons à colombages bordant la rue étroite qui s'enfonçait au cœur du village. Leurs ombres s'allongeaient devant eux sur la chaussée et une odeur de feu de bois emplissait l'air. Manifestement, les quelques habitants de cet enchevêtrement de maisons en pierre construites au fil des siècles autour de l'église étaient tous chez eux, au chaud, autour du poêle ou devant la cheminée.

Une petite femme apparut soudain à un tournant, un panier en osier au bras. Ses cheveux foncés striés de gris tirés en arrière sous un foulard dégageaient un visage profondément ridé, encore tanné par le soleil de l'été depuis longtemps disparu.

Lorsqu'Enzo lui demanda si elle pouvait leur indiquer le square, elle hocha la tête sans rien dire en direction d'une rue en pente raide qui montait sur leur gauche entre des façades en encorbellement si proches les unes des autres qu'elles empêchaient le soleil de pénétrer.

La veille au soir, au téléphone, Magali avait précisé à Enzo que les restes de la Seconde Guerre mondiale avaient été découverts dans un square situé au centre du village. Une tempête avait récemment fait tomber un arbre, dont les racines, arrachées à la terre, avaient soulevé un mélange d'ossements, de cuir et d'autres vestiges.

Au sommet de la rue, ils parvinrent à un Y dont la branche droite continuait à monter et la gauche descendait. Entre les deux se trouvait, au-delà d'une grille en fer et de quelques marches, un petit carré de verdure délimité par de vieux arbres noueux. Une croix montait la garde à l'entrée.

Leur attention fut immédiatement attirée par l'éclat des gyrophares de plusieurs véhicules de police et d'une ambulance. Des gendarmes en uniforme se tenaient sur un perron couvert, en haut de l'escalier d'une maison qui donnait directement sur le square. La porte était ouverte et, dans le silence de l'automne, un brouhaha de voix en sortait.

Sa curiosité aussitôt en éveil, Dominique lança :

– Qu'est-ce qui se passe là-bas ?

Mais Enzo ne voulait pas le savoir.

– Ça ne nous regarde pas, répondit-il en lui prenant la main pour monter les marches et entrer dans le jardin.

Sur leur gauche, trois bancs étaient installés entre de vieux arbres, parmi les amas de feuilles mortes que la tempête avait fait tomber prématurément. Sur leur droite, un petit monument aux morts, ressemblant à un empilement de roches, était flanqué de quatre arbres. La Grande Guerre avait ravi dix-neuf âmes à ce village. La suivante, seulement une. Pourtant, quelqu'un d'autre était mort ici. Un étranger, loin de chez lui. Au fond du jardin se dressait une vieille chapelle transformée en salle d'exposition, fermée pour la saison. Sur sa droite, presque contre le mur, gisait le squelette de l'arbre abattu. La zone soulevée par les racines, et recelant la tombe cachée, avait été sécurisée par un ruban en plastique ; une bâche étalée par-dessus protégeait la terre de la pluie.

– Un tilleul, dit Enzo. J'ai l'impression qu'il était mort depuis un moment.

Il prit d'abord une série de clichés du site avec son téléphone avant de se rapprocher pour photographier en détail le terrain retourné. Il s'accroupit, écarta de la main les feuilles mortes, ramassa un tesson de terre cuite incurvé et décoloré. Plusieurs autres morceaux de tailles variées jonchaient le sol bouleversé.

Dominique s'accroupit à côté de lui.

– Un indice quelconque ?

– Probablement les fragments d'une ancienne conduite en argile.

Il se releva, sortit de la zone d'herbe arrachée par les racines et se baissa de nouveau. Délicatement, il découvrit les restes de la canalisation qui, enterrée à une soixantaine de centimètres de profondeur, continuait au-delà de la chapelle, infime dépression dans l'herbe.

– Oui, la voilà.

De la terre compacte l'obstruait. Il jeta un coup d'œil en arrière, là où la motte racinaire dépassait du sol. Elle avait soulevé les os et brisé en même temps l'ancienne conduite.

Il se releva, prit encore plusieurs photos.

– Alors, qu'en déduisez-vous, Holmes ? demanda Dominique en glissant son bras sous le sien.

– Élémentaire, mon cher Watson. Le corps était enterré sous la conduite.

– On a creusé dessous pour cacher le cadavre ?

Enzo secoua la tête.

– Non. On l'a enseveli avant qu'elle soit posée. À mon avis, la tranchée était déjà préparée et les tueurs de notre malheureuse victime en ont profité pour y cacher le cadavre. S'ils avaient creusé une tombe fraîche ici, tout le monde l'aurait vue.

Dominique hocha la tête.

– Donc, sachant que la conduite de drainage serait installée et la tranchée refermée, ils l'ont simplement approfondie, puis ils ont recouvert le corps de terre. Ni vu ni connu.

– C'est sans doute un cantonnier employé par la mairie qui s'est chargé des travaux. Donc, théoriquement, il devrait suffire de rechercher dans les archives municipales la période à laquelle ils ont été effectués pour avoir la date approximative du meurtre. À un ou deux jours près.

– Ce qui n'est pas si mal au bout de soixante-dix ans et quelques, dit Dominique avec un grand sourire.

– Monsieur Macleod ?

La voix qui retentit dans l'air froid les fit sursauter. En se retournant, ils virent un gendarme traverser la pelouse en courant. Un homme jeune. Dans les trente-cinq ans, estima Enzo. Ses cheveux châtain clair clairsemés étaient coupés ras pour tenter de dissimuler une calvitie envahissante. Presque aussi grand que lui, il portait une courte polaire bleu marine, barrée sur la poitrine et les manches par les bandes blanches caractéristiques, et un ceinturon en cuir noir d'où pendaient des clés. Il serrait sa casquette entre ses mains. Enzo remarqua, sur son épaulette, les trois barrettes du rang de capitaine. Un masque bleu clair pendait à l'une de ses oreilles.

L'espace d'un instant, Enzo cru qu'il allait lui serrer la main, mais, se reprenant brusquement, le gendarme s'arrêta net. Il rayonnait comme un écolier ébloui.

– Monsieur Macleod, c'est véritablement un immense plaisir.

Après un rapide coup d'œil à Dominique, qu'il salua à peine, il concentra son regard sur Enzo.

– Je vous ai reconnu grâce à ma collection de coupures de presse. J'ai suivi toutes vos enquêtes, je me suis même fait un album. Extraordinaire, monsieur, tout simplement extraordinaire.

Embarrassé par cette effusion soudaine, Enzo dansait d'un pied sur l'autre. Il vit un petit sourire étirer les lèvres de Dominique.

– Ce n'est pas ce que la police a pensé à l'époque, dit-il.

– Si je le pouvais, je vous serrerais la main, continua le gendarme. Je suis le capitaine Michel Arnaud. Basé à Vayrac, juste de l'autre côté de la rivière.

Ses yeux bleu pâle étincelaient littéralement.

Préférant changer de sujet pour mettre fin à son embarras, Enzo indiqua du menton les véhicules de police et les hommes présents devant la maison voisine.

– Qu'est-ce qu'il se passe ?

Il évita de croiser le regard de Dominique à qui il venait juste de déclarer que ça ne les regardait pas.

– Un meurtre. Mais tout frais, celui-là. Il date d'hier soir.

– Familial ? demanda Enzo bien que cela ne l'intéressât pas spécialement.

– Oh, non. Absolument pas. Tout le contraire, en fait. Très déconcertant, et très sanglant.

Une inspiration soudaine éclaira son visage.

– Si je vous emmenais voir ? J'apprécierais beaucoup votre avis d'expert.

Enzo secoua la tête.

– Je ne crois pas, capitaine. J'ai laissé tomber ce genre de choses.

– Oh, allez, Enzo. Ça ne te ferait pas de mal de ne pas perdre la main.

Enzo lança à Dominique un regard qui aurait pu tuer sur place le commun des mortels.

– D'ailleurs, que faites-vous ici ? s'étonna Arnaud.

– Une collègue de Paris, archéologue médico-légale, m'a demandé de venir jeter un coup d'œil à cet endroit où des restes de la Seconde Guerre mondiale semblent avoir été découverts.

– Ah, oui. Le squelette dans les racines. La tempête a fait tomber cet arbre la semaine dernière. Les os étaient pris dans la motte. Je pense qu'il a été planté après que le corps a été enterré. De toute façon, il était déjà mort depuis un bon moment et aurait déjà dû être abattu. Une espèce de champignon. Il a fallu qu'on détermine depuis quand les restes se trouvaient là, à cause du crâne troué par une balle. Mais on s'est vite rendu compte que c'était de l'histoire ancienne. On a reçu l'ordre de recueillir tout ce qu'on pouvait et de l'envoyer à Paris. Pas un boulot des plus agréables.

– Certes.

Une agitation sur les marches de la maison les fit se retourner en même temps ; deux hommes descendaient une housse mortuaire sur un brancard, en direction de l'ambulance.

– Ils emportent le corps. Enfin. Le médecin-légiste a mis un temps fou à arriver, et la scientifique a presque fini. Venez, je vais vous montrer la scène de crime.

Il leva une main pour arrêter Dominique, qui s'apprêtait à les suivre.

– Votre fille ferait peut-être mieux de rester ici.

– Ma femme, corrigea Enzo, la mine sombre.

Arnaud rougit jusqu'à la racine des cheveux.

– Oh.

– Et ce n'est pas une scène de crime sanglante qui l'effraiera, capitaine. Dominique a été elle-même gendarme pendant assez longtemps.

Soudain, le visage du capitaine s'éclaira :

– Dominique Chazal ! Vous étiez l'officier chargée de l'enquête sur le meurtre de Marc Fraysse, le chef étoilé au Michelin.

Elle inclina la tête.

– Toutes mes excuses, madame. Je ne savais pas, dit-il en essayant de se rattraper. C'est encore mieux, alors, d'avoir une paire d'yeux supplémentaire sur ma scène de crime.

Gêné, il passa devant eux pour leur montrer le chemin.

– Venez.

Enzo lança un regard noir à Dominique tandis qu'ils le suivaient.

Arnaud aboya un ordre ; les policiers qui traînaient en haut des marches se dispersèrent rapidement. Enzo, Dominique et le capitaine grimpèrent sur le perron couvert, évitant les zones où des rubans entouraient plusieurs empreintes partielles de pas. Un vieux pied de vigne tout tordu montait jusqu'au toit, quelques grappes flétries restaient accrochées à ses branches sans feuilles. Sur le muret, des restes de géraniums fanés par l'automne débordaient de plusieurs pots. De là-haut, la vue sur l'arbre déraciné était parfaite ; Enzo le prit à nouveau en photo. Arnaud refixa son masque autour de son oreille ; Enzo et Dominique mirent les leurs. Impossible de respecter la distanciation physique ici. Ni dans la maison.

– Que je vous explique, avant d'entrer, dit Arnaud.

Enzo soupira intérieurement. Ce n'était pas ainsi qu'il avait envisagé sa journée.

– Je vous en prie.

Arnaud sortit un carnet pour le consulter.

– La propriétaire est une vieille dame célibataire de soixante-quinze ans, Anny Lavigne. Elle est née dans cette maison et y a vécu toute sa vie. Elle en a hérité il y a vingt ans, quand sa mère octogénaire est décédée.

Levant le nez de ses notes, il poursuivit :

– Anny a passé une licence d'anglais à l'université de Toulouse Capitole. Elle l'a ensuite enseigné pendant presque toute sa carrière au lycée de Saint-Céré.

– Saint-Céré ? l'interrompit Dominique.

Légèrement agacé, Arnaud précisa :

– Une ville à une vingtaine de minutes d'ici, en amont de la rivière. (Il referma son carnet.) Sa mère et elle ont beaucoup voyagé quand elles étaient plus jeunes. Anny est à la retraite depuis plus de dix ans. C'est un personnage bien connu au village. Tous les ans, elle organise des concerts dans l'église pendant le festival de musique ; elle poursuit l'œuvre de sa mère, qui a fait venir plusieurs fois l'orchestre de chambre de Heidelberg. Sa demi-sœur cadette est morte quand elle avait quarante ans, en laissant une fille adolescente, Élodie, qui s'est mariée jeune et a maintenant elle-même un fils adolescent. Élodie est une chanteuse d'opéra amateur ; elle donnait des concerts impromptus chez sa tante. Ils attiraient pas mal de monde. Surtout des Parisiens en vacances, l'été, dans leurs résidences secondaires.

Ses yeux souriants se firent rêveurs.

– Elle chante très bien. J'ai assisté à plusieurs de ses concerts.

Puis, se reprenant, il balaya du regard les maisons qui les entouraient.

– Carennac est demeuré dans un triste état pendant des années – à moitié en ruine, pour ainsi dire. C'est l'argent des héritiers fortunés qui a permis de telles restaurations. Et aussi les efforts de l'association des *Amis de Carennac*.

Enzo observa la maison d'Anny Lavigne.

– On dirait qu'on a dépensé pas mal d'argent pour la restaurer, elle aussi.

Arnaud hocha la tête.

– En plusieurs étapes, je crois. À l'origine, la partie habitable de la maison devait occuper uniquement ce niveau. Au fil des années, des chambres ont été aménagées dans le grenier, et un garage dans la cave.

– Pas de terrain ? demanda Dominique.

– Non, madame. Mais il y a une assez belle terrasse sur le côté de la maison dont on peut profiter en été, bien qu'elle manque d'intimité vu qu'elle donne directement sur le square. En fait, comme presque personne n'y va, c'est quasiment un jardin privé.

– Puisque vous parlez d'Anny au présent, j'en déduis que ce n'est pas elle la victime.

– Non, non. Si ce n'est que le meurtre a été commis dans sa maison, et que c'est elle qui a découvert le corps. En attendant qu'on ait fini d'analyser la scène de crime, elle s'est réfugiée au Fénelon, le seul hôtel encore ouvert en ce moment. Comble d'ironie, c'est là que sont descendus la victime et le principal suspect.

Surpris, Enzo haussa les sourcils.

– Vous avez déjà un suspect principal ?

Mais Arnaud ne paraissait pas du tout s'en réjouir.

– Malheureusement, nous ne savons pas où il est. Et nous n'avons pas non plus la moindre idée de la raison pour laquelle il a fait ça. Ce qui est étrange, c'est qu'Anny ne l'avait jamais vu. En revanche, la victime était venue chez elle un peu plus tôt dans la journée.

– Qui est-ce ?

– Un marchand d'art de Paris, Émile Narcisse. Connu, apparemment, enfin pas de moi.

– Ni de moi, dit Enzo. (Il jeta un coup d'œil interrogateur à Dominique, qui secoua la tête.) Et votre suspect ?

– Un jeune Allemand d'une vingtaine d'années. De Berlin. Un certain Hans Bauer. Vous vous demandez peut-être ce qu'ils faisaient chez Anny. On n'en sait rien. Ils séjournaient tous les deux au Fénelon, mais pas ensemble. Hier soir, Narcisse a été vu en train de quitter l'hôtel, seul, juste avant 19 h 30. L'art est l'unique connexion qu'on a trouvée entre eux. Bauer possède une petite galerie d'art à Berlin. Mais les amis de Narcisse affirment que ce dernier n'a jamais mis les pieds dans la capitale allemande. Et, à notre connaissance, c'est la première fois que Bauer vient en France.

– Où se trouvait Anny le soir du meurtre ?

– Chez une amie, à Vayrac. À quelques minutes à pied de la gendarmerie, en fait. Cette amie est venue la chercher en voiture, puis l'a raccompagnée chez elle après dîner. C'est à ce moment-là qu'Anny a découvert le corps dans sa cuisine.

– Pourquoi Bauer est-il le principal suspect ? demanda Dominique.

Arnaud se gratta la tête.

– Il a réglé sa note et quitté l'hôtel hier soir avant la découverte du corps, alors qu'il avait réservé une table pour le dîner. Comme personne ne l'a vu sortir de l'hôtel ni entrer au cours de la soirée, il est impossible de dire où il se trouvait à l'heure du meurtre. Mais, après son départ, en allant vérifier sa chambre, le propriétaire a découvert des traces de sang partout, y compris dans la douche. Le labo de Saint-Céré a déjà confirmé qu'il s'agit de celui de Narcisse.

Enzo siffla doucement.

– Eh bien, c'est assez fascinant. Comment Narcisse a-t-il été tué ?

– Gorge tranchée, artères et trachée sectionnées.

– Beaucoup de sang, donc.

– Des traces de glissade là où il s'est répandu sur le sol, des empreintes de pas allant vers la porte, des empreintes de main sur la porte. Et dehors, sur les marches, comme vous pouvez le constater. Apparemment, Bauer a dérapé sur le sang et perdu l'équilibre. Il est tombé. Il devait en être couvert.

– Quelle négligence. Comment savez-vous que Bauer est tombé dans le sang ?

– Il y avait ses empreintes digitales ensanglantées sur la porte, monsieur Macleod.

– Comment avez-vous pu le démontrer ? demanda Dominique.

– Bauer a un casier judiciaire en Allemagne. Agression. Un incident assez mineur, apparemment, à l'adolescence. Mais ses empreintes sont enregistrées. On a vérifié sur le FAED.

Enzo était impressionné.

– Vous avez réagi très vite.

Arnaud s'autorisa à savourer ce compliment un bref instant avant de se rembrunir.

– Pas assez vite, pourtant. Bauer s'est volatilisé. Hier, il est arrivé à Brive par le train, en provenance de Paris ; à Brive, il a pris la correspondance pour Biars-sur-Cère, une petite ville proche d'ici. De là, un taxi l'a conduit à Carennac. S'il était reparti par le train, comment aurait-il rejoint la gare sans appeler un taxi ? À pied, il faudrait plus de deux heures, et de toute façon, à cette époque de l'année, il n'y a pas de train le soir, aussi tard.

– Il a peut-être volé une voiture, suggéra Dominique.

– Aucun vol de voiture signalé, madame. Et on est très isolés ici. Il n'a pu aller nulle part à pied. Certainement pas sans être vu. (Il fit un geste vers la porte ouverte.) On y va ?

La maison avait la forme d'un L inversé dont le jambage inférieur était en grande partie occupé par la cuisine. Une longue table en bois entourée d'une dizaine de chaises, au moins, prenait presque tout l'espace. D'une étagère suspendue au plafond pendaient des casseroles, des poêles et des guirlandes d'ail. À gauche, sous les fenêtres, s'alignaient un évier, une cuisinière et un long plan de travail. Enzo remarqua, à côté des brûleurs, un bloc moderne de couteaux de tailles variées. L'une des six fentes était vide. Il y avait aussi des bocaux remplis d'herbes et d'épices, une huche à pain, un râtelier contenant une demi-douzaine de bouteilles de vin. Au-delà de la table, une porte donnait sur un petit couloir où Enzo aperçut les premières marches d'un escalier qui montait vers les chambres du grenier. Au bout de ce couloir, saupoudré par les fragments de lumière colorée diffusée à travers des vitraux, un vaste salon paraissait remplir le jambage principal du L. Au fond, une porte, ouverte, communiquait avec la terrasse.

La flaque et les éclaboussures avaient été sécurisées, la table repoussée contre le mur pour faire de la place. C'était un vrai carnage. Le tueur avait clairement dérapé sur le sang, perdu l'équilibre et chuté avant de se précipiter vers la porte. La position du corps s'imposait d'elle-même par l'absence de sang sur le sol à l'endroit où il était tombé. Telle une ombre macabre projetée par la mort.

Manifestement, le sang avait jailli des artères sectionnées et projeté des giclures sur le plancher.

Dominique se faufila dans le couloir et gagna le salon. Arnaud jeta un regard anxieux à Enzo :

– Qu'en pensez-vous ?

– Le corps était allongé sur le ventre ?

Arnaud hocha la tête.

– Eh bien, d'après la position du corps et la direction des éclaboussures de sang, il semble assez évident que le tueur l'a approché de face, le bras sans doute tendu en avant, et lui a tailladé le cou avec une lame très affûtée. Le sang a forcément jailli sur lui. Mais pourquoi n'est-il pas ressorti par la porte latérale, de l'autre côté de la maison, au lieu de piétiner le sang qui inondait le sol en essayant d'enjamber l'homme qu'il venait de tuer ?

– La panique, sans doute, dit Arnaud. De toute façon, il ne pouvait pas voir le sang.

– Pourquoi ?

– Parce que la maison était plongée dans le noir. Quelqu'un avait coupé le courant au compteur.

Enzo hocha la tête :

– Ce qui expliquerait pourquoi Narcisse n'a pas vu la lame arriver.

Il s'accroupit avec raideur et observa de plus près la flaque de sang et les traces de dérapage.

– Est-ce que je peux prendre des photos, pour pouvoir les examiner en détail plus tard ?

Arnaud accepta avec joie :

– Bien sûr, monsieur. Nous n'avons pas beaucoup de meurtres par ici. Ce n'est pas vraiment ma spécialité.

Enzo sortit son téléphone, prit rapidement une douzaine de clichés, se releva avec difficulté en se tenant à la table, et dit avec un petit sourire triste :

– Les joies de la vieillesse.

Puis il tira de sa poche une paire de gants en latex et les enfila avec l'aisance d'un habitué.

– J'en ai toujours une paire sur moi en ce moment pour éviter de toucher des choses dans les espaces publics. Ça vous ennuie si je jette un coup d'œil à ce bloc de couteaux ?

– Allez-y. Celui qui manque est probablement l'arme du crime. Mais rien ne le prouve.

Enzo s'avança vers le plan de travail en faisant attention où il mettait les pieds.

– D'après mon expérience, les couteaux de cuisine français sont toujours émoussés. (Il sortit un des couteaux du bloc, qui résista légèrement.) Mais pas ceux-ci. C'est un bloc auto-aiguisant. Chaque fois qu'on en tire un, sa lame est affûtée. Mortel. Avec un instrument pareil, ouvrir une gorge n'exige pas beaucoup d'effort.

La voix de Dominique leur parvint alors depuis le fond de la maison :

– Si vous avez terminé, tu devrais venir voir.

Enzo lança un regard interrogateur à Arnaud, qui hocha la tête. Tout en ôtant ses gants, il traversa le couloir et entra dans le salon. La taille de la pièce était impressionnante et en quelque sorte accentuée par l'insignifiance du piano à queue placé au fond, dans un angle. Sur trois côtés, les vitres des fenêtres étaient en réalité des vitraux aux motifs éclatants qui illuminaient l'espace d'un kaléidoscope de lumière multicolore. Des niches à l'éclairage indirect contenaient des objets exotiques : une poupée africaine sculptée, des poteries anciennes, un bouclier, des copies en bois des figurines de Lewis du XIIe siècle. Des œuvres d'art originales décoraient les murs de pierre, des tapis marocains et chinois recouvraient les dalles anciennes. L'espace était divisé de différentes manières par l'agencement des tables, fauteuils et coffres en bois cloutés. Des coussins aux broderies chatoyantes jonchaient le sol devant une énorme cheminée noircie.

La réaction d'Enzo fit sourire Arnaud.

– C'est un vrai musée vivant, dit-il. Une salle d'exposition de tous les objets et souvenirs qu'Anny et sa mère ont rapportés de leurs voyages. C'est ici que sa nièce recevait les Parisiens en été.

Enzo regarda avec curiosité le capitaine dont l'expression était de nouveau lointaine. Il baissa les yeux vers sa main gauche et n'y vit aucune alliance. Il était célibataire. Jamais marié, peut-être, ou divorcé.

– Vous étiez un auditeur assidu ?

Derrière son masque, le sourire d'Arnaud éclaira ses yeux.

– Oh oui. Anny et ma mère étaient amies depuis longtemps. Nous étions toujours invités.

Soudain, il fronça les sourcils :

– Monsieur Macleod, je viens juste d'avoir une idée.

Enzo craignit le pire.

– Accepteriez-vous de nous seconder comme consultant sur ce crime ?

Anticipant un refus qu'il pressentait, il leva aussitôt une main pour le court-circuiter :

– Nous manquons réellement d'expérience sur ce genre d'affaire, et ce serait un privilège immense, monsieur – un honneur –, de bénéficier de votre perspicacité.

Avant que le refus franchisse les lèvres d'Enzo, Dominique lança à son tour :

– Tu devrais accepter, Enzo. Tu te plains de ne rien avoir à faire en ce moment.

– C'est faux ! protesta-t-il.

L'ignorant, elle ajouta :

– Comme ça, je ne t'aurai plus dans les pattes. Surtout avec Laurent qui ne bouge plus de la maison pour l'instant. (Un grand sourire étira son masque.) Allez, tu sais que tu en meurs d'envie.

Il sembla à Enzo qu'il serait inutile de le nier. Il poussa un grand soupir et jeta au capitaine un regard réticent. Cependant, son intérêt s'était éveillé, même s'il refusait de l'admettre.

– Je pourrais toujours jeter un coup d'œil. Juste un coup d'œil. Rien de plus.

En redescendant la rue vers le bureau de poste, Enzo fusilla Dominique du regard et grommela entre ses dents :

– Merci.

– Pas de quoi, répondit-elle, ravie.

Parvenus au pied de la colline, ils prirent à gauche en direction de l'esplanade, achevant ainsi le tour de la partie basse du village, qui leur paraissait maintenant beaucoup plus grand qu'ils ne l'avaient d'abord imaginé.

– Arnaud et la nièce d'Anny... commença Enzo, cherchant le nom de cette dernière.

– Élodie.

– Oui, Élodie. Ils doivent être à peu près du même âge. Il a dit qu'elle avait un fils adolescent.

– Elle est mariée, pas lui. Si on en juge par l'absence d'alliance.

– Tu as remarqué ? s'étonna-t-il.

– Il en pince pour elle, c'est évident.

– Un amour à sens unique.

– Ou pas.

Cette fois, il haussa les sourcils.

– Je n'y avais pas pensé.

– Parce que tu n'es pas une femme, Enzo, dit-elle en glissant son bras sous le sien.

– Dieu merci !

Chapitre 5

La vieille dame se tait depuis un bon moment ; il hésite à la relancer de peur de rompre le charme et risquer de la voir mettre un point final à son récit.

– Puis-je me faire un café ? finit-il par demander.

Elle lève soudain les yeux.

– Je vous le prépare tout de suite.

Elle pose les mains sur les bras de son fauteuil pour se lever. Mais il la devance.

– Non, non, je suis sûr que j'arriverai à me débrouiller seul. (Il commence à bien connaître la cuisine.) Voulez-vous du thé pendant que j'y suis ?

Elle secoue la tête, se renfonce dans son rocking-chair, apparemment contente de le laisser s'occuper de son café. Il remarque qu'elle a à peine touché à son thé. Il doit être complètement froid maintenant, malgré la proximité du feu. Les bûches qu'il y a jetées un peu plus tôt se sont transformées en braises et diffusent une chaleur qui doit lui brûler les jambes. Il se souvient de celles de sa grand-mère, marbrées à force de rester trop près du foyer. Ses jambonneaux, il les appelait.

– Je mets une autre bûche ?

– Oui, s'il vous plaît.

Quand il revient avec son café, le bois flambe ; elle n'a pas bougé d'un pouce. Tandis qu'il se rassied dans son fauteuil, elle balance lentement la tête vers lui.

– Vous êtes déjà allé sur l'île de Lewis, monsieur ? C'est dans les Hébrides extérieures, en Écosse.

– Je sais. Non, je n'y suis jamais allé.

– Un endroit rude, à ce qu'on dit. Le premier à accueillir les tempêtes qui se renforcent tout au long des cinq mille kilomètres de l'océan Atlantique. Un coupe-vent pour le continent.

Il se demande où diable cela peut les mener, mais il s'oblige à maîtriser son impatience et attend qu'elle reprenne le fil de son récit. Ce qu'elle finit par faire...

La pauvre Georgette a été malade comme un chien pendant les six heures de traversée à bord du ferry qui reliait Mallaig à l'île de Lewis. Jamais elle n'était allée dans un endroit plus au nord et à l'ouest, et ça ne lui plaisait pas. La veille, le voyage en train de Londres à Fort William avait été long et ennuyeux. Le mauvais temps l'avait privée des vues magnifiques qu'offre la côte ouest des Highlands d'Écosse. Le reste du trajet, de Fort William à Mallaig, s'était déroulé presque entièrement dans la bruine qui tombait du ciel ; ensuite elle avait passé une nuit plutôt mauvaise dans une pension bon marché de la ville.

Le black-out était toujours en vigueur à l'heure où le ferry avait quitté le quai, à l'aube, en négociant un passage difficile autour de l'île de Skye avant d'aborder un Minch houleux. Malgré la pluie et les embruns, elle était restée presque tout le temps sur le pont, son manteau battant furieusement autour de ses jambes, dos au vent, secouée par des haut-le-cœur.

Le vent s'apaisait un peu quand, enfin, ils avaient navigué sous le vent de la côte est de l'île. Le port de pêche de Stornoway émergeait de la brume ; les silhouettes sombres des caps, au nord et au sud, étaient brièvement apparues puis s'étaient évanouies dans les marais sans relief de l'arrière-pays. Georgette avait les jambes qui tremblaient quand elle a descendu la passerelle d'un pas chancelant. Arrivée sur le quai, elle sentait encore le sol tanguer. Même si, sous ses pieds, le béton était solidement coulé dans le rocher.

Lessivés par une traversée aussi agitée, les autres passagers la bousculaient pour débarquer en vitesse ; attendus par leurs proches, amis ou famille, ils n'ont pas tardé à disparaître, avalés par le *smirr*, le crachin qui balayait la ville. Elle entendait des moteurs tourner au ralenti, puis accélérer dans la demi-pénombre du jour ; quelques minutes seulement semblaient s'être écoulées quand elle s'est retrouvée toute seule, mouillée, abandonnée, avec sa valise en carton trempée à la main. Une route contournait la ville par le sud, bordée de maisons et de boutiques qui paraissaient peintes sur de la gaze, irréelles, quasi transparentes ; elle y a guetté les lumières du véhicule qui, lui avait-on dit, viendrait la chercher.

Au bout d'une quinzaine de minutes, le grondement distant d'un moteur a fini par se faire entendre et elle a vu un camion militaire bâché débouler sur le quai. Un jeune soldat au visage jovial et rougeaud a ouvert en grand la portière côté passager et tendu le bras pour l'aider à monter.

– Z'avez l'air un peu mouillée, mon chou.

– Vous ne seriez pas en meilleur état si vous aviez passé six heures sur le pont d'un ferry à vous vider l'estomac dans la tempête et attendu ensuite vingt minutes sous la pluie qu'on vienne vous chercher.

Elle s'est hissée sur le siège passager, sa valise sur ses genoux, et lui a jeté un regard noir :

– Vous êtes en retard.

Il a eu un grand sourire.

– Z'êtes de mauvais poil, hein ? Les traversés peuvent être un peu rudes. On sait jamais quand le ferry va se pointer.

Il a enclenché la première en malmenant la boîte de vitesses, fait demi-tour sur l'étroite langue de terre entre le port intérieur et l'avant-port, puis repris la route. À marée haute, flanc contre flanc dans le port intérieur, les chalutiers et les petits bateaux de pêche surplombaient le quai. Au-delà de l'étendue d'eau où se reflétait un ciel plombé, se dressait la silhouette sombre d'une colline plantée d'arbres encore plus sombres ; de l'ombre de cette colline émergeaient les lumières d'un bâtiment d'aspect hostile, qui avaient du mal à percer les ténèbres.

En baissant la tête pour le regarder, le soldat a dit :

– Lews Castle. C'est là que vous logez.

– Et c'est là que vous êtes cantonné ?

– Non. Nous, on est à la base de la RAF, du côté de Point, a-t-il répondu avec un geste vague en direction de l'ouest. Je croyais que vous étiez française. C'est ce qu'on m'a dit. Et me voilà en train de causer anglais.

– Désolée de vous décevoir.

– Pas déçu du tout, mon chou. Qu'vous soyez française ou pas.

Malgré elle, Georgette a rougi. Pour masquer son embarras, elle s'est empressée de demander :

– Qu'est-ce qu'il y a dans ce château ?

– Des soldats blessés en convalescence dans une aile. Y en a qui viennent des plages de Dunkerque. Des infirmières y habitent, j'crois. Et aussi des gradés de la RAF, et pis une école d'entraînement. J'sais pas trop, on nous dit rien.

Ils ont traversé en pétaradant la ville déserte, suivi la courbe du port intérieur, dépassé des vitrines faiblement éclairées sous un alignement de toits interrompu par quelques clochers.

– Où sont les gens ?

Il s'est tourné à moitié vers elle et a lancé en lui faisant un clin d'œil :

– Vous mettriez le nez dehors par une journée comme celle-là si vous étiez pas obligée ? Vous savez, depuis trois mois que je suis là, le temps est toujours aussi pourri.

Après avoir laissé le port intérieur derrière eux, ils ont tourné à gauche pour grimper entre les arbres sur une route étroite qui menait à l'arrière du château. Le camion s'est arrêté en vibrant de toutes ses tôles, et le chauffeur a appuyé pendant au moins trois secondes sur le klaxon.

– Z'êtes arrivée, mon chou, a-t-il dit en tendant le bras pour lui ouvrir la portière. On se reverra plus tard.

Pas si je t'aperçois la première, a pensé Georgette.

Alors qu'il démarrait bruyamment, un autre jeune soldat, qui n'avait pas l'air d'aimer la pluie, a surgi d'une porte dérobée. Des fenêtres du rez-de-chaussée provenait une lumière jaune avalée par celle, encore plus faible, du jour.

– Miss Pig Nall ?

– Pignal, a-t-elle rectifié.

– Suivez-moi, mademoiselle.

Il s'est hâté de retourner à l'intérieur. Sans aucune cérémonie, même pas l'offre de porter sa valise.

Elle a soupiré et s'est dépêchée de le rattraper dans une vaste cuisine où du personnel en tablier blanc voltigeait de marmite fumante en marmite fumante ; des odeurs alléchantes s'en échappaient et emplissaient l'air d'une buée qui ruisselait sur les vitres. Son estomac gargouillait. Cela faisait longtemps qu'il était vide mais elle craignait de ne pas pouvoir le satisfaire avant longtemps.

La pluie gouttait de ses vêtements sur le sol brillant pendant qu'elle s'efforçait de suivre le soldat dans une galerie qui courait tout le long du bâtiment et passait sous des voûtes aux corniches élaborées. Un large escalier les a ensuite menés, quelques étages plus haut, à un grenier labyrinthique. Au bout d'un étroit corridor, le soldat a ouvert la porte d'une chambre minuscule mansardée éclairée par une simple lucarne.

– C'est la vôtre. Les toilettes sont à l'autre bout du couloir. Briefing en bas dans quinze minutes.

– Attendez. Je suis trempée jusqu'aux os. J'ai besoin de me laver et de me changer. En un quart d'heure, c'est impossible.

– Quinze minutes, mademoiselle, a-t-il répété avec indifférence en lui passant devant pour rebrousser chemin.

Le cœur serré, elle a examiné la chambre qui serait la sienne pendant qui savait combien de temps. Mobilier basique de couleur indéfinissable. Linoléum vert et froid, papier peint aux motifs si ternes et délavés qu'ils n'étaient plus qu'un souvenir. La fenêtre donnait sur un toit plat et, au-delà, sur des créneaux ; encore plus loin, le port intérieur se perdait dans le brouillard. Elle a jeté sa valise sur le lit et s'est assise tristement à côté, mains croisées sur les genoux ; les ressorts rouillés ont grincé sous le matelas plein de bosses. Et elle s'est demandé ce qu'elle faisait là.

Le soldat qui lui avait montré sa chambre l'a conduite dans un petit salon, à côté de la salle de bal maintenant transformée en salle à manger. Le dîner y était servi à cinq heures.

Dans le petit salon, une demi-douzaine de chaises étaient regroupées devant un tableau noir à trépied ; d'un côté de la pièce, deux fenêtres offraient une vue sur la ville, en contrebas. En entendant la porte s'ouvrir, quatre jeunes femmes assises autour d'un sous-officier baraqué, debout au tableau, ont tourné la tête et scruté Georgette avec un intérêt non dissimulé. Dès que la porte s'est refermée, le militaire a avancé le menton et ses lèvres pâles ont esquissé un sourire sarcastique.

– Notre retardataire est sans doute Miss Pig Nall, a-t-il ironisé avec un accent de Newcastle presque incompréhensible.

– Pignal, a rectifié Georgette. Et si on ne m'avait pas fait attendre une demi-heure sous la pluie, je ne serais pas en retard.

Ce qui a déclenché quelques petits rires étouffés chez les jeunes femmes. D'un regard, le sous-officier les a réduites au silence, puis il a croisé les bras.

– Ah oui ? Et je suppose que vous étiez obligée de vous changer et de vous remaquiller ?

– Bon, je suis là maintenant, a-t-elle répliqué d'un ton maussade.

– Oui, vous êtes là. Dieu seul sait pourquoi. Ces jeunes femmes, elles, savent pourquoi elles sont ici. Moi aussi. Mais je n'ai pas la moindre foutue idée de qui vous êtes, ni de ce que vous venez faire dans mon château. Peut-être auriez-vous l'amabilité de nous éclairer, *mam'selle*. Si votre anglais vous le permet, évidemment.

Georgette s'est hérissée.

– Je crois que vous vous apercevrez vite...

Ostensiblement, elle a regardé les trois galons cousus sur la manche de son pull kaki, et jugé que ce type d'une bonne quarantaine d'années ne dépasserait jamais ce grade qu'il devait déjà avoir atteint depuis longtemps.

– ... sergent, n'est-ce pas ?

– Connolley, a-t-il grogné.

– Eh bien, sergent Connolley, vous vous apercevrez vite que je parle un anglais bien plus correct que le vôtre. Quant à la raison de ma présence dans *votre* château, si vos supérieurs n'ont pas jugé bon de vous éclairer à ce sujet, je ne le ferai pas non plus. Cette information dépasse vos compétences, j'imagine.

Dans la pièce, tout le monde a retenu son souffle. Le sergent fulminait. Mais il se contenait. Il se vengerait en temps voulu.

– Eh bien, Pig Nall, nous serons donc obligés de vous entraîner pour n'importe quelle éventualité, hein ? Ce qui signifie que vous devrez travailler deux fois plus dur que les autres. (Il a eu un sourire menaçant.) On va bien s'amuser. Asseyez-vous.

Rouge de colère et d'humiliation, Georgette s'est laissée tomber sur une chaise et a senti les yeux des autres jeunes femmes la fixer. Le sergent Connolley a tourné le dos et gribouillé quelque chose à la craie sur le tableau.

– À un moment ou un autre, vous serez déposées derrière les lignes ennemies, ou au pays, pour notre grenouille ici présente. Avant tout, on va travailler votre condition physique. Mais je vais aussi vous familiariser avec cette petite beauté.

Quand il s'est écarté, elles ont vu qu'il avait écrit au tableau : Westland Lysander.

– C'est un monomoteur léger capable de décoller et d'atterrir de nuit sur des pistes très courtes. Une échelle est fixée au fuselage sous le cockpit, derrière le pilote. Vous allez apprendre à descendre cette échelle plus rapidement que vous n'auriez jamais pu l'imaginer. La vitesse est la clé. L'avion ne peut tout simplement pas rester au sol plus de quelques minutes. Vous devrez en sortir *vite*.

Georgette a froncé les sourcils.

– Je croyais que j'allais être parachutée en France.

Le visage de Connolley s'est plissé en un grand sourire :

– Vous ? Parachutée ? Qui vous a dit ça ?

Georgette a compris que de Gaulle s'était gentiment moqué d'elle. Mais même si elle se sentait idiote, elle était plutôt soulagée.

Le parquet ciré de l'ancienne salle de bal disparaissait sous les tables entourées d'hommes en uniforme, d'infirmières, de soldats avec un bras en écharpe ou une jambe dans le plâtre ; l'un d'eux, au visage atrocement brûlé, attirait tous les regards. Non des regards curieux, mais des regards effrayés. La guerre peut réserver parfois un sort pire que la mort.

Georgette et les femmes de son groupe se sont attablées près de l'une des hautes fenêtres aux vitres encore zébrées de pluie, qui éclairaient la pièce. Le ciel s'était un peu dégagé et le soleil, encore haut dans le ciel de fin d'été, répandait une lumière fragmentée sur les collines, la ville, le port intérieur. Au-delà s'étendait un paysage spectaculaire, en direction du Minch où d'étincelantes flaques dorées frémissaient à la surface de l'eau.

Mais aucune des jeunes femmes ne regardait la vue. Pour la première fois réunies loin de l'œil vigilant du sergent Connolley, elles étaient impatientes de savoir qui étaient leurs compagnes de voyage sur cette route difficile. Avides de lier de nouvelles amitiés dans l'espoir de dissiper leurs propres peurs et trouver dans la camaraderie le courage nécessaire pour affronter un avenir incertain.

– Tu es vraiment française ? a demandé l'une d'elles à Georgette.

– Moitié, moitié. Mais j'ai grandi en France.

Elle a serré tour à tour la main de chacune :

– Georgette. Mes amis anglais m'appellent George.

Il s'avérait que toutes les quatre parlaient français et mouraient d'envie de le pratiquer avec elle. Les présentations se sont donc faites dans sa langue. Ce qui leur a procuré un sentiment immédiat de complicité et de sororité. Personne d'autre ne pourrait comprendre ce qu'elles disaient.

Alice, une jolie blonde à l'accent distingué, semblait à la fois étrangère aux autres et les intimider. Elle venait de Londres où son père occupait un poste élevé dans l'amirauté. Précisément lequel, elle n'aurait su le dire. Georgette était impressionnée par son accent quand elle s'exprimait en français ; elle lui donnait vingt-deux ou vingt-trois ans.

Joan, issue de la classe moyenne de Manchester, paraissait à peine sortie de l'adolescence. Ses cheveux raides et bruns étaient coupés en frange au-dessus d'un visage banal. Mais son sourire plein de charme et son rire communicatif la rendaient tout de suite sympathique. Georgette a éclaté de rire quand, avec son franc-parler et sa maîtrise de l'argot français, elle a déclaré :

– Un vrai salopard ce sergent. Mais s'il est comme ça avec nous, les femmes, c'est parce qu'il a une toute petite bite.

– Comment tu le sais ?

Les yeux de Georgette pétillaient. Elle se réchauffait en leur compagnie.

– Ses petits pieds, George. Tu n'as pas remarqué ? C'est un signe, sûr.

Elles se sont esclaffées, leur tension se relâchait.

Une autre fille, saisissante avec ses longs cheveux noirs sur les épaules et ses yeux bleu cobalt, a levé les mains :

– Il va m'adorer, alors. Mon frère affirme que les hommes *adorent* les femmes qui ont des petites mains. (Son visage au teint coloré s'est fendu d'un grand sourire.) Pour des raisons évidentes.

Cette fois, leurs éclats de rire ont attiré l'attention de toute la salle ; aussitôt, elles ont rapproché leurs têtes et baissé la voix.

– Je m'appelle Mairi, a dit la fille aux petites mains, en anglais cette fois, avec un accent que Georgette eut du mal à situer. Je vis sur la route de Ness, au nord de l'île. Et j'adore la façon dont ce tout-puissant sergent Connolley parle de *son* château, alors qu'il se trouve sur *ma* putain d'île.

Elles ont pouffé pour éviter de nouveaux froncements de sourcils en provenance des autres tables.

Georgette a alors compris l'origine de son accent.

– Tu parles le gaélique ?

– Je n'ai pas parlé anglais avant d'aller à l'école, George.

– Tu vis ici ? a demandé Joan, sur un ton légèrement incrédule.

– Oui, je suis née et j'ai grandi à Ness. Puis mes parents m'ont envoyée à l'école ici, à Stornoway. L'institut Nicholson. Les pires années de ma vie. Dans une piaule, loin de la maison. (Un sourire a chassé ce mauvais souvenir.) Mais ça ne m'a pas empêchée d'être la meilleure de l'école. Incroyable comme il est facile de berner les gens.

Ensemble, elles se sont alors tournées vers la seule du groupe qui ne s'était pas encore présentée.

– Rebecca, a dit celle-ci en rougissant.

Elle était plus âgée que les autres, d'une bonne dizaine d'années ; une certaine lassitude marquait son visage.

– D'où tu viens, Becky ? a demandé Joan.

– Abergavenny.

Devant leur mine étonnée, elle n'a pu s'empêcher de sourire brièvement.

– À deux heures de Cardiff, au pied des Black Mountains.

– Oh, galloise, a dit Alice. Je m'interrogeais sur ton accent.

Puis, jetant un coup d'œil à l'annulaire gauche de Rebecca où se voyait une légère marque claire, elle a ajouté :

– Je vois que tu as retiré ton alliance. C'est pour augmenter tes chances auprès du sergent ?

Les autres ont ri, mais le visage de Rebecca est devenu encore plus pâle et ses yeux ont plongé vers ses mains jointes devant elle.

– Je l'ai retirée parce que mon mari est mort, a-t-elle expliqué très calmement. Il est parti en France avec le Corps expéditionnaire britannique, l'année dernière, en septembre. (Elle s'est mordu la lèvre.) Un des premiers à avoir été tué pendant la bataille de France, il y a trois mois.

Un silence très gêné a suivi.

Le lendemain matin, le vent était tombé sur la côte est, mais il pleuvait sans discontinuer ; vêtues d'un short et d'un T-shirt kaki, les cinq jeunes femmes attendaient derrière le château que le sergent Connolley veuille bien se montrer. Elles ont vite été trempées ; leurs chaussures de course en cuir devenaient de plus en plus lourdes en se gorgeant d'humidité.

– Où il est ? a grogné Joan.

– Je parie qu'il le fait exprès, a dit Mairi.

Toutes les cinq sautillaient sur place pour se réchauffer.

Enfin, un bruit de moteur s'est fait entendre, un vrombissement régulier sous la pluie, avant qu'une jeep bâchée émerge des arbres sur un chemin boueux. Elle s'est arrêtée près d'elles et le sergent en a bondi, protégé par une cape imperméable dont il avait rabattu la capuche. Il dégoulinait comme si lui aussi était resté sous la pluie.

– Bonjour, mesdames.

Penché vers l'intérieur de la jeep, il a commencé à en sortir des sacs à dos de l'armée qu'il a posés par terre.

– Prenez ça.

Alice a été la première à en soulever un.

– Mon Dieu, c'est lourd.

La voix étouffée de Connolley est sortie de l'intérieur de la jeep :

– Vous allez me faire pleurer, ma chère.

Rebecca a enfilé le sien et fait la grimace.

– Qu'est-ce qu'il y a dedans ?

– Des cailloux, a répondu Connolley en se retournant. Pour simuler le chargement que vous aurez à porter sur le terrain.

En voyant leurs têtes, il a ajouté avec un grand sourire :

– Vous vous entraînez pour être en forme. Pour survivre dans n'importe quelle situation. C'est ce qui vous sauvera la vie. (Il a levé les yeux vers le ciel plombé qui déversait ses larmes incessantes sur les malheureuses.) J'ai jalonné un parcours de drapeaux et de flèches. Ça doit faire dans les cinq kilomètres. Il y a tout un réseau de sentiers dans les bois, mais ils ne sont pas bien entretenus, alors attention aux trous. Une flaque peut cacher un creux de deux centimètres comme de quinze. N'allez pas vous casser une cheville.

Il a contourné la jeep pendant qu'elles ajustaient les sacs sur leurs épaules, et désigné une trouée dans les arbres, au-delà de laquelle les bois paraissaient très sombres.

– Vous démarrez là-bas. Suivez les flèches. Je compte vous voir revenir dans moins d'une heure.

– Vous ne venez pas avec nous ? s'est étonnée Georgette.

– Non, a-t-il répondu avec son sourire ironique. Pourquoi ? Je vais vous manquer ?

Elle a secoué la tête.

– Je me disais juste que c'était peut-être au-dessus de vos forces.

Son sourire s'est aussitôt évanoui.

– On verra qui est capable de quoi.

*

L'odeur de végétation humide en décomposition emplissait l'air, ainsi que la respiration rauque des filles qui s'enfonçaient dans les bois, les courroies des sacs irritant leur peau tendre à travers le coton mouillé. Très vite, elles se sont entendues pour régler leur allure les unes sur les autres, ne pas courir trop vite, avancer en file le long des chemins étroits, prenant tour à tour la tête du peloton, puis passant en queue.

C'était dur. Georgette a commencé à réciter dans sa tête un poème tiré d'un livre que sa mère lui avait offert pour son treizième anniversaire. Incapable de s'en souvenir précisément, elle a improvisé quelques vers qu'elle se répétait comme un mantra pour s'aider à endurer la souffrance.

Les bois sont profonds.
J'ai une promesse à tenir.
Et un long chemin avant de dormir.

La promesse de Georgette – promesse qu'elle ne pouvait partager avec personne – c'était de sauver *La Joconde*. Elle se demandait si, un jour, elle pourrait la tenir et dormir sans redouter d'échouer.

Elle essayait de ne plus y penser, de se concentrer plutôt sur la pluie qui mouillait son visage, le battement de ses pieds sur le sol mou et trempé, le bruit de forge de sa respiration, le croassement des corbeaux quelque part dans la canopée.

Soudain, un cri de douleur est venu briser sa concentration et elle a failli se cogner à Mairi, juste devant elle, quand la petite troupe s'est immobilisée. En tête, Alice par terre, couverte de boue, le visage ruisselant de larmes, se tenait la cheville.

– Putain de putain de merde ! murmurait-elle.

Entendre ce vocabulaire de caserne s'échapper d'une bouche aussi bien éduquée les a toutes choquées.

– Elle est cassée ? a demandé Rebecca.

Alice a secoué la tête.

– Je ne crois pas. Juste tordue. C'est trop bête !

Georgette s'est avancée pour la relever. Elle se savait la plus en forme du groupe.

– On ne doit plus être très loin, a-t-elle dit en regardant sa montre. Partez devant, les filles, je vais aider Alice à rentrer au château.

Les autres se sont regardées, hésitant à les laisser en arrière. Mais Georgette a insisté.

– Allez-y. N'offrez pas à ce salaud sarcastique une excuse pour se montrer encore plus vache avec nous.

Une fois leurs camarades parties, et le martèlement de leurs pieds devenu un simple écho entre les arbres, Alice a essuyé ses larmes et dit à Georgette :

– Je suis désolée, George. Sincèrement.

– Hé, si on ne s'occupe pas les unes des autres, qui le fera ?

Elle a jeté sur son épaule gauche le sac de sa camarade et, soutenant cette dernière avec son bras droit, l'a aidée à sortir des bois à pas lents et douloureux.

Quand elles sont arrivées au château, une bonne vingtaine de minutes après les autres, elles ont trouvé celles-ci blotties à l'abri et au chaud devant l'entrée des cuisines, leurs sacs à dos jetés en tas à côté de la jeep dont le moteur tournait au ralenti. Assis au volant, Connolley fumait une cigarette.

Dès qu'elles ont vu apparaître Alice et Georgette, elles ont voulu se précipiter à leur rencontre, mais le sergent a bondi de la jeep en aboyant :

– Restez où vous êtes !

Debout, mains sur les hanches, il regardait les deux retardataires approcher. Il a laissé Georgette lancer le sac d'Alice sur le tas mais l'a empêchée de se débarrasser du sien.

– Gardez-le, Pig Nall. Décidément, c'est une habitude chez vous d'arriver en retard.

– Elle m'aidait, a plaidé Alice.

Sans l'écouter, Connolley a montré du pouce le château et sifflé entre ses dents :

– Je vous avais dit de regarder où vous posiez les pieds, non ? Allez donc faire bander le vôtre chez le doc.

Rebecca s'est avancée pour accompagner Alice.

Alors, sous la pluie, il y a eu un long face-à-face entre Connolley, qui fixait Georgette d'un œil sombre, et Georgette, qui se demandait quand il se déciderait enfin à l'autoriser à se délester du poids qui lui meurtrissait le dos. Il se grattait le menton.

– Puisque j'ignore pour quelle raison je vous entraîne, il faut que vous soyez doublement en forme, a-t-il décrété en inclinant la tête vers le départ du circuit. Recommencez.

Du groupe des filles s'est échappé un hoquet de consternation.

– Ce n'est pas juste ! a protesté Joan.

Menaçant, le sergent s'est tourné vers elle :

– Vous voulez la suivre ?

Sa question restant sans réponse, le petit sourire sarcastique est réapparu sur ses lèvres :

– C'est bien ce que je pensais.

– Et pourquoi pas vous ? a lancé Georgette. Vous avez peur que je vous batte ?

Il s'est esclaffé :

– Je pourrais boucler deux circuits pendant que vous en finissez à peine un, ma chère.

– Eh bien, on n'a qu'à vérifier.

Brusquement, comme si on avait tourné un bouton, il est redevenu sérieux.

– Entendu.

Il a retiré sa cape imperméable et le pull qu'il portait dessous, pour rester en maillot de corps blanc et pantalon de camouflage.

– Donnez-moi votre sac.

Georgette était soulagée. Elle avait une chance d'éviter une humiliation totale si elle se libérait de ce fardeau supplémentaire. Il le lui a pris des mains, l'a posé par terre pour l'ouvrir et a commencé à le remplir de cailloux prélevés d'un autre sac.

– Qu'est-ce que vous faites ?

– J'égalise, Pig Nall. Je suis beaucoup plus lourd que vous. Faudrait quand même pas que vous ayez un avantage sur moi, hein ?

Le cœur plein de haine, Georgette avait envie de hurler. Un coup d'œil vers les autres lui a révélé leurs visages horrifiés. Mais elle n'a rien dit.

Quand il a eu fini de remplir son sac, elle l'a ramassé sans un mot et jeté sur ses épaules. Le poids la tirant en arrière, elle était obligée de se pencher en avant pour garder l'équilibre. Elle fixait Connolley sans broncher. Pendant un moment, elle a presque cru le déstabiliser par son attitude de défi, mais il a souri et simplement dit :

– C'est parti.

Il l'a dépassée au petit trot en direction du bois.

Georgette a serré les dents et suivi. Elle voyait les muscles de son dos qui se dessinaient sous le maillot mouillé, sa foulée qui s'allongeait facilement. Elle était certaine qu'il n'aurait aucun mal à courir les dix kilomètres plus vite qu'elle ne serait capable d'en courir cinq avec ces cailloux sur le dos. Mais elle était déterminée à ne pas faiblir. Quoi qu'il arrive, elle terminerait la course. Même si c'était une victoire à la Pyrrhus, ce serait une victoire.

Connolley a disparu en un clin d'œil. Elle l'entendait s'enfoncer dans les bois, puis s'éloigner de plus en plus, jusqu'à ne plus percevoir aucun bruit en dehors de sa propre respiration, de la pluie, de la boue qui giclait sous ses pieds, et du rire hystérique d'une bande de corbeaux au-dessus de sa tête.

Trouvant son rythme, elle a repris le mantra de son premier circuit. *J'ai une promesse à tenir, une promesse à tenir, et un long chemin avant de dormir, avant de dormir.* Il l'empêchait de penser à sa souffrance en déclenchant un engourdissement à la fois physique et mental qui engloutissait sa conscience.

Elle n'avait plus aucune notion du temps et s'apercevait à peine qu'il ne pleuvait plus. Le vent s'était levé dans les hauteurs ; il déchirait les nuages, ouvrait des trouées à travers lesquelles le soleil tentait d'apparaître brièvement. La lumière se réfléchissait sur les gouttelettes suspendues aux feuilles et aux branches, comme des lampes magiques dans la forêt, ici et là des rayons s'infiltraient entre les troncs, et du sol montait une brume légère qui planait en nappes dorées.

À travers les arbres, elle apercevait maintenant la forme sombre et imposante du château. Tel le coureur de fond en vue de la ligne d'arrivée, elle a failli trébucher et tomber. Elle y était presque. Et soudain, Connolley l'a doublée à longues foulées rapides, légères. Elle ne l'avait pas entendu approcher.

– Mon deuxième tour ! On peut recommencer demain, si vous voulez.

Au déjeuner, l'ambiance était morose autour de la table, triste petite oasis de silence au milieu de l'animation bruyante de la salle à manger. Alice, avec sa cheville bandée, ne pourrait pas suivre l'entraînement pendant plusieurs jours. Accablée par le sentiment d'être responsable de ce qui était arrivé à Georgette, elle ne cessait de lui jeter des coups d'œil coupables.

De son côté, Georgette gardait ses pensées pour elle, dissimulant sous un silence frémissant la rage qui la brûlait.

Connolley était attablé avec d'autres sous-officiers, à l'autre bout de la salle ; chaque fois que son rire fusait, les filles échangeaient des regards chargés de ressentiment. Racontait-il la manière dont il avait humilié l'insolente petite Française et démontré ses qualités d'athlète ? En tout cas, le sergent et ses amis s'amusaient bien.

– C'est tout simplement injuste, a fini par déclarer Joan.

Un murmure d'approbation s'est élevé autour de la table, mais personne ne trouvait rien d'autre à dire. Les cinq jeunes femmes, maintenant en treillis et bottes de l'armée, avaient le visage propre, brillant, rougi par le froid de la pluie et le feu de la colère.

Un homme élégant d'une cinquantaine d'années, en tenue décontractée, pull et pantalon kaki, s'est approché de leur table. Ses cheveux gris clairsemés étaient plaqués en arrière sur son crâne étroit, et sa moustache argentée soigneusement taillée paraissait rattachée à son nez. Georgette a repéré sur ses épaulettes deux étoiles surmontées d'une couronne.

– Bonjour, les filles, a-t-il lancé gaiement. Je suis le colonel Smith. Plus ou moins responsable de cette opération. Bienvenue à Stornoway l'ensoleillée.

Il a marqué une pause, pour leur laisser le temps de rire, mais devant leur absence de réaction, il s'est hâté d'enchaîner :

– Je suis content de voir que vous vous êtes intégrées. Nous sommes très rigoureux ici ; vous allez toutes bénéficier de l'entraînement dispensé par le sergent Connolley. Un type bien, un des meilleurs. (Il a jeté un coup d'œil par la fenêtre.) Je vois que le ciel s'éclaircit un peu cet après-midi. Ça fait une différence, hein ?

L'atmosphère sinistre de la tablée n'avait pas pu lui échapper, mais il choisissait manifestement de l'ignorer. Il a enfoncé les mains dans ses poches et dit :

– Bon. Mon bureau est juste au-dessus. S'il y a un problème, venez m'en parler. Profitez bien de votre séjour.

Sur ce, il s'en est allé, sans doute soulagé d'échapper à l'ambiance des nouvelles recrues. Rebecca s'est penchée au-dessus de la table pour demander à Georgette, en français :

– Pourquoi tu n'as rien dit, George ?

Mairi a posé sa main sur la sienne :

– Tu aurais dû lui parler. Si tu ne le fais pas, je m'en chargerai.

Mais Georgette a secoué la tête.

– Je suis assez grande pour me défendre toute seule.

Le soleil baignait la pelouse en pente douce qui descendait vers les arbres et le sentier longeant la courbe du port intérieur.

Toujours en treillis, les cheveux retenus par des épingles à l'intérieur des bérets verts enfoncés sur leurs visages renfrognés, les filles se tenaient sur une terrasse herbeuse au pied du château. Obéissant aux ordres du sergent Connolley, elles étaient au garde-à-vous depuis près de cinq minutes et le vent fraîchissait. Le sergent était retourné à l'intérieur du château en les laissant alignées, raides comme des piquets, conscientes des visages curieux qui, dans leur dos, les observaient à travers la vitre.

Du coin de l'œil, Georgette voyait sur sa droite, attenante au château, une longue serre peinte en blanc ; elle se demandait si on y cultivait les produits servis à table. Après ses efforts physiques du matin, elle avait mal partout et ne rêvait que d'une chose, s'écrouler sur son lit pour dormir. C'était bien pire que tout ce qu'elle avait enduré dans l'armée de terre en France, mais l'air qu'elle respirait était si pur qu'il l'enivrait presque. On était fin août, la fraîcheur se faisait déjà sentir. Même s'il faisait jour plus longtemps, aussi loin au nord, le soleil paraissait un peu anémique et les habitants un peu pâles. Dans la baie, au-delà de Stornoway, la mer se hachait au fur et à mesure que le vent forcissait, et le soleil s'y reflétait en diamants étincelants jusqu'au Minch.

– Repos !

Le beuglement de Connolley leur est parvenu, porté par la brise. Le sergent s'avançait à grandes enjambées sur la pelouse.

– On va commencer par apprendre les bases de l'autodéfense. Quelques gestes simples qui pourront un jour vous sauver la vie. (Gloussement.) Aucun homme ne s'attend à ce qu'une fille soit capable de le flanquer par terre. L'effet de surprise vous donnera un avantage.

Les mains sur les hanches, il les dévisageait d'un air songeur :

– J'ai besoin d'une volontaire.

Comme personne ne faisait mine de bouger, il a pointé le doigt vers Georgette en riant.

– Pig Nall, ce sera vous.

Georgette a senti les autres filles la regarder. Elles se doutaient de ce qui allait suivre. Tout en se demandant si elle serait capable d'en encaisser davantage, elle a respiré à fond et avancé d'un pas :

– À vos ordres !

Elle ne savait même pas où elle avait trouvé la force de parler.

Connolley lui a fait signe de venir plus près. Elle s'est approchée prudemment.

– Ce qu'il faut retenir. Primo, une position en équilibre. Debout, genoux fléchis, jambe dominante en arrière. (Il leur montrait.) Gardez les coudes à un angle légèrement inférieur à quatre-vingt-dix degrés, et les mains toujours devant le visage. Contractez les abdos, parce que vous ne savez jamais quand on va vous frapper. Mais vous pouvez prévoir ce moment en fixant les yeux sur la poitrine de l'opposant. Conservez ses épaules et ses hanches dans votre champ de vision périphérique. (Il s'est redressé.) Ne serrez pas les poings. Votre bras sera crispé et votre réaction plus lente. Par contre, serrez les mâchoires et baissez le menton. Ça réduira les dégâts sur la bouche et les dents. Quand vous bougez, vous devez constamment penser à rester en équilibre. Ça veut dire des petits pas, jamais croiser les pieds, et maintenir un centre de gravité très bas.

Se tournant vers Georgette, il a souri :

– Compris ?

Elle a répondu par un regard maussade.

– Bien. Voyons comment vous vous débrouillez.

Il a immédiatement adopté la position fléchie, mains ouvertes à hauteur du nez. Georgette l'a imité et ils ont commencé à se tourner autour en une espèce de danse au ralenti. Elle lui jetait sa haine au visage, pensant un instant qu'elle pourrait le désarçonner.

– Regardez ma poitrine, pas mes yeux, a-t-il beuglé.

Comme elle baissait les yeux, il a bougé si vite qu'elle n'a pas eu le temps de réagir. Une main a saisi le col de sa vareuse, l'autre s'est glissée derrière elle pour l'attraper par la taille, et d'un mouvement de côté, il l'a fait pivoter sur sa hanche. Georgette s'est retrouvée par terre, sur le dos, le souffle coupé. Puis il l'a écrasée de tout son poids. Elle voyait son regard lubrique, son sourire, sentait son haleine chaude sur sa peau. Si elle en avait eu la force, elle lui aurait craché au visage.

Mais, déjà debout, il s'adressait aux autres filles :

– Mettez-vous par deux. Je vais vous montrer comment j'ai procédé pour que vous puissiez essayer chacune à votre tour.

Allongée par terre, Georgette tentait toujours de reprendre sa respiration. Il s'est alors baissé, une main tendue pour l'aider à se remettre sur ses pieds. Mais elle s'est écartée en roulant sur le ventre et relevée toute seule, muscles bandés, prête à subir un nouvel assaut.

– Repos, Pig Nall. On va le décomposer en deux temps.

Il a fait un pas en avant pour saisir son col de la main gauche.

– Le secret, c'est de pivoter sur le côté en avançant, de façon à présenter votre hanche à votre opposant et à le dépasser.

Pour vous aider, vous attrapez ce que vous pouvez dans son dos. S'il a une ceinture, c'est parfait.

Glissant son bras droit autour d'elle, il a saisi les plis de sa vareuse. Soudain elle virevoltait de nouveau sur sa hanche avant de s'écraser dans l'herbe. Resté debout, cette fois, il a de nouveau tendu la main pour l'aider. De nouveau, elle l'a refusée. Il a secoué la tête et souri.

– Vous n'apprenez pas vite, hein, Pig Nall ?

Elle s'est remise sur ses pieds tant bien que mal, haletante, s'efforçant de ravaler ses larmes de frustration. Derrière le sergent, à l'intérieur du château, elle voyait plusieurs des sous-officiers qui déjeunaient avec lui les observer, se réjouir de son humiliation.

C'était plus que de la colère, plus que de la frustration, plus que de l'humiliation. Elle n'avait ni le mot ni la voix pour exprimer ce qu'elle éprouvait. Tout ce qu'elle pouvait faire, c'était fermer les yeux, serrer les dents, et l'affronter à nouveau.

Le visage enfoui dans l'oreiller, elle étouffait ses sanglots. La vexation infligée par le sergent Connolley était déjà assez dure, elle ne voulait pas, en plus, que les autres filles sachent à quel point il l'avait blessée. Elle ignorait depuis combien de temps elle pleurait dans le noir. Mais le ciel s'était dégagé et la lune illuminait la moitié de la pièce.

Le dîner avait été silencieux ; Georgette s'était retirée dans sa chambre presque aussitôt après. Elle se sentait si cassée, si meurtrie qu'elle avait du mal à supporter la compagnie de ses camarades d'entraînement. Si elle avait pu, elle aurait fait durer la nuit éternellement, afin d'éviter l'indignité qui l'attendait sans aucun doute le lendemain. Rester éveillée la ferait paraître plus longue, mais le manque de sommeil épuiserait les ressources physiques et mentales dont elle aurait besoin. Ses paupières gonflées se fermaient déjà, elle savait qu'elle ne tarderait pas à s'endormir.

Un léger coup frappé à la porte l'a fait sursauter et lui a paru absurdement sonore dans le silence feutré du château. Elle s'est redressée, a rapidement essuyé ses joues mouillées de larmes et chuchoté en se levant :

– Qui est là ?

Un murmure a répondu :

– Mairi. Laisse-moi entrer, George.

Elle a soupiré et déverrouillé la porte. Mairi s'est glissée promptement dans la chambre. Comme Georgette, elle portait un simple pyjama en flanelle ; ses pieds nus claquaient doucement sur le linoléum quand elle est allée s'asseoir sur le lit. Georgette est restée dos à la fenêtre pour dissimuler son visage. En s'appuyant d'une main sur l'oreiller, l'îlienne a certainement senti qu'il était humide car elle l'a vite retirée et a dévisagé sa nouvelle amie française. Elle comprenait bien sûr que Georgette avait pleuré ; sans rien dire, elle a tapoté la couverture, à sa gauche.

– Viens t'asseoir à côté de moi.

À contrecœur, Georgette a obéi et croisé les bras. La chaleur qu'elle sentait émaner de Mairi lui faisait prendre conscience qu'elle avait froid. Cette dernière a dû s'en apercevoir aussi car elle s'est un peu rapprochée.

– Mon frère a un mot pour les gens comme Connolley. Un mot anglais. Qui commence par un C. Il n'en existe pas en gaélique. Nous avons beaucoup trop de respect pour les parties intimes des femmes.

Georgette n'a pas pu s'empêcher de sourire malgré tout.

– Écoute, il se trouve qu'on est libres le week-end prochain, on pensait aller sur la plage de Uig, samedi.

– Où est-ce ?

– Au sud-ouest de l'île. À marée basse, le sable est découvert sur des kilomètres. S'il ne pleut pas, nous irons faire voler des cerfs-volants et nous déjeunerons chez ma grand-mère.

– Qui ça, *nous* ?

– Nous toutes, a répondu Mairi dont le visage luisait au clair de lune. En ce moment, mon frère est en permission et il a réussi à trouver une jeep. On se serrera pour tenir toutes les cinq. Il nous y conduira. Alasdair te plaira. Il est amusant. Et beau garçon. Il a passé son adolescence à repousser les filles. (Elle a souri.) Pas très difficile, cela dit.

Puis, elle a ajouté en baissant la voix :

– Il est rattaché à une unité de forces spéciales entraînée pour opérer derrière les lignes ennemies. Alors, il vaut mieux ne pas le provoquer.

Dans le noir, Georgette a haussé les sourcils et lâché, amusée :

– Comme si j'avais l'habitude de *provoquer* les gens.

Les jours suivants, la perspective de la balade prévue le samedi à Uig était la seule chose qui permettait à Georgette de tenir. Comme une sortie de prison temporaire. Une libération conditionnelle accordée pour bonne conduite.

Elle s'efforçait de se comporter au mieux. Mais si elle faisait ressortir le pire chez le sergent Connolley, ce dernier réussissait exactement la même chose avec elle. Ils ont fini par s'ignorer. Les jours se déroulaient en un cycle interminable de courses autour des terres du château avec des sacs lestés de cailloux, et de prises pour se jeter mutuellement par terre sur la pelouse. Connolley continuait à utiliser Georgette comme partenaire de ses démonstrations. Elle n'offrait aucune résistance et cela l'aidait chaque fois à amortir sa chute.

Après deux séances de nuit en intérieur, il les a emmenées visiter le Westland Lysander qui les déposerait en France, à des dates différentes. Ce léger monomoteur était jugé trop rapide pour l'observation d'artillerie, trop lent et pataud pour éviter les chasseurs, mais parfait pour les décollages et les atterrissages courts clandestins.

Aucune des filles n'avait jamais volé.

– Ce n'est pas dangereux ? a demandé Joan.

Connolley a souri.

– Je vais vous dire, mon chou : on en a envoyé 175 au-dessus de la France et de la Belgique au printemps ; il en est seulement revenu 57.

Loin de les rassurer, cela les a poussées à méditer ce soir-là sur leur propre mortalité, dans l'obscurité de leur mansarde.

En se réveillant le samedi matin, Georgette a vu sa chambre baignée de la lumière d'un soleil qui semblait peindre toute l'île en doré. Il n'y avait pas un nuage dans le ciel ; elle se demandait si elle avait jamais vu un bleu aussi limpide et profond. En se reflétant sur la faible houle du Minch, il transformait le gris ardoise en azur cristallin. Son moral est remonté en flèche.

Les filles ont bavardé avec animation autour de la table du petit déjeuner avant de partir à pied sur l'étroite route qui descendait à la ville, à la rencontre d'Alasdair. Elles étaient à peu près à mi-chemin quand il est apparu au détour d'un virage, au volant de sa jeep camouflée grise et verte. Il a freiné dans un crissement de pneus, sauté à terre, serré sa petite sœur Mairi entre ses bras et l'a fait tournoyer avant de la reposer par terre pour la regarder avec un amour évident.

– Alasdair, voici la bande.

Elle a fait les présentations. Alasdair a serré solennellement la main de chacune, jusqu'à Georgette dont Mairi l'a prévenu qu'elle était française.

– Comment dit-on *ciamar a tha thu* en français ?

Devançant Mairi, Georgette a dit :

– *Comment allez-vous.*

– Tu parles gaélique ? a-t-il demandé dans cette langue.

Mairi s'est esclaffée :

– Mais non ! Je leur ai appris quelques phrases de base.

Alasdair a regardé Georgette. Il avait les mêmes yeux bleu cobalt que sa sœur mais, à la différence de celle-ci, une masse de cheveux blonds indisciplinés. Manifestement, l'armée avait eu beau essayer de les dompter à coups de rasoir, ils repoussaient en boucles extravagantes. Son sourire était irrésistible.

– Dis, comment un monsieur salue-t-il une dame en France ? Il faut que je le sache au cas où.

Se retenant de sourire, Georgette a répondu :

– En l'embrassant sur les deux joues.

– Bon, j'ai intérêt à m'entraîner dès maintenant, alors.

Et il s'est penché pour l'embrasser sur chaque joue. Elle a respiré l'odeur de son après-rasage, senti la douceur de sa peau. Bien qu'il fût sans doute plus jeune de trois ou quatre ans, elle a immédiatement éprouvé une sensation de papillonnement dans le ventre.

– Dans certaines régions, c'est trois.

– Oh.

Il l'a embrassée une troisième fois. Les autres filles gloussaient.

– Et dans d'autres, c'est quatre.

– Ça suffit ! a lancé Mairi en lui jetant un regard noir. Il est temps de partir.

Alasdair a sauté dans la jeep, tourné la tête vers Georgette et tapoté le siège à sa gauche.

– En voiture, mesdames. Il va falloir vous serrer un peu.

Georgette est montée à côté de lui avant que Mairi puisse se glisser entre eux. Elle paraissait très possessive à l'égard de son grand frère. Alice, Joan et Rebecca se sont tassées à l'arrière. En trois manœuvres, la jeep a fait demi-tour et les six jeunes gens ont poussé des cris de joie, ravis de sentir le soleil sur leurs visages et le vent dans leurs cheveux.

Très vite sortis de la ville par une route étroite, en direction de la côte est, ils ont d'abord roulé au milieu d'hectares de tourbières sans relief, interrompues par des petits étangs, des lochs miniatures où se reflétait le bleu du ciel. Des moutons broutaient au milieu des bruyères violettes et divaguaient régulièrement sur la chaussée.

Georgette pensait qu'Alasdair conduisait beaucoup trop vite, mais, appuyée contre lui, trouvait ça exaltant.

Arrivés à Leurbost, ils ont emprunté une route encore plus étroite, et traversé le village d'Achmore, un ensemble de maisons donnant l'impression d'avoir été enfilées sur une corde puis alignées sur plus d'un kilomètre. À leur gauche, le paysage plongeait à travers une plaine miroitante composée à moitié d'eau et de terre. Tout au fond, une ligne de montagnes sombres montait dans le ciel clair.

– C'est Uig, là-bas, a hurlé Mairi par-dessus le rugissement du vent. Et l'île de Harris, plus loin.

Georgette sentait que les autres partageaient son sentiment d'aventure intrépide dans un pays étrange. Ses premières impressions de l'île n'avaient pas été particulièrement favorables. Mais maintenant, elle la trouvait magique. Elle aurait voulu crier, libérer toute la colère et la frustration refoulées au cours de la semaine. Et elle avait du mal à se retenir.

Arrivés à un endroit au nom aussi long qu'imprononçable constitué de plusieurs séquences de consonnes, ils ont bifurqué vers le sud. L'océan Atlantique scintillait sous le soleil, à l'ouest. La route serpentait sans fin entre collines, lochs et criques. Georgette s'est alors rendu compte que, depuis leur départ, ils n'avaient pas rencontré un seul arbre. Ni croisé un seul véhicule.

Dans un virage en épingle à cheveux, ils ont vu l'eau bleue étinceler sur leur droite, et aussi une petite ferme abandonnée sur la tourbière au-dessus des rochers.

– Little Loch Roag, a annoncé Mairi. C'est un bras de mer. En Norvège, on appellerait ça un fjord, je suppose.

Il semblait s'étendre à l'infini vers le nord, avant qu'ils ne l'abandonnent derrière eux pour couper à travers une plaine marécageuse, morne, déserte, et descendre vers un minuscule village de pêcheurs et l'église de Miavaig.

Ensuite, ils ont suivi une longue vallée qui s'incurvait au bord d'un lit de rivière caillouteux encadré de part et d'autre de pentes abruptes. Et ils ont fini par déboucher sur Timsgarry. L'imposant Uig Lodge aux murs peints en jaune se dressait fièrement sur un promontoire dominant la plus grande plage que Georgette avait jamais vue. Au loin, les vagues bleues et blanches se brisaient entre deux caps rocheux.

– Marée basse ! s'est écrié Alasdair. Parfait pour les cerfs-volants !

Il s'est engagé sur une petite route sinueuse qui les a conduits à l'extrémité de la baie, puis sur une piste sablonneuse dans les dunes jusqu'au *machair* bordant la plage. Quand ils sont descendus de la jeep, Georgette a senti le vent tirer ses cheveux en arrière, plaquer contre elle son pantalon et son chemisier. Il était frais sur le visage, mais adouci par le soleil. Elle n'avait plus éprouvé une telle sensation de bien-être depuis son départ de France.

De sous la banquette arrière, Alasdair a tiré plusieurs courtes baguettes de bambou qu'il a rapidement assemblées en forme de cerf-volant avant de se tourner vers les filles :

– Vous savez ce qu'est un cerf-volant ?

– Un quadrilatère formé de deux paires de côtés adjacents d'égale longueur, a répondu Georgette.

Tout le monde l'a regardée avec étonnement. L'espace d'un instant, Alasdair a semblé perplexe, puis son visage s'est éclairé d'un grand sourire.

– Non, je voulais dire, à quoi ça sert ?

Georgette a haussé les épaules avec coquetterie.

– À voler, bien sûr.

En riant, elles ont aidé le garçon à tendre des toiles de coton de différentes couleurs sur les armatures en bambou, puis à fixer les longs rouleaux de fils.

– Quand il faisait beau, on venait ici avec nos cerfs-volants tous les samedis. On dormait chez notre grand-mère et on allait à l'église là-bas, sur la colline.

À l'autre bout de la baie, la pierre grise presbytérienne d'une religion bornée se dressait contre le vent. Plus près du rivage, une grande maison blanche était posée au milieu des rochers ; Georgette a cru distinguer des pierres tombales perdues au milieu des herbes.

Faire décoller les cerfs-volants dans un vent aussi fort n'était pas facile, mais une fois en l'air, ils vrombissaient, petites taches de couleur virevoltant contre le bleu. Alasdair et les filles couraient sur le sable, dos au vent et à la mer, en suivant la trajectoire erratique des aéronefs dont les fils s'effilochaient et tiraillaient leurs mains rougies, et en poussant des hurlements de joie.

La matinée s'enfuyait beaucoup trop vite, filait presque sans qu'ils s'en aperçoivent. À un moment, Alasdair a hoché la tête vers le cap et dit :

– La marée s'inverse. Il est temps d'aller déjeuner. On pourra encore les faire voler un peu cet après-midi.

Ils ont jeté les cerfs-volants à l'arrière de la jeep, et sont partis à pied à travers le *machair* dont les hautes herbes tourbillonnaient comme de l'eau dans le vent, en direction d'une longue maison basse au toit de chaume, installée sur une hauteur et entourée d'un mur en pierres sèches écroulé. Des moutons grimpaient sur le fouillis des pierres éparpillées à la recherche des plantes qui poussaient entre elles. L'odeur de la tourbe brûlée parfumait l'air, mais la fumée elle-même se perdait dans le vent et on ne la voyait même pas s'échapper du trou percé dans le chaume. Celui-ci était lesté par des pierres attachées à des cordes : plusieurs moutons broutaient une bande herbeuse recouvrant le sommet du mur.

Stupéfaite, Joan s'est exclamée :

– Votre grand-mère habite ici ?

Alasdair s'est mis à rire :

– Tout le monde habitait ce genre de maison sur l'île. On les appelle des *blackhouses*.

– Je ne vois pas de fenêtres, s'est étonnée Alice.

– Parce qu'il n'y en a pas, a expliqué Mairi en souriant. Les vaches vivent à une extrémité, Granny à l'autre. Et elle s'éclaire encore avec des lampes à huile.

– Vous vivez aussi dans une *blackhouse*, Alasdair et toi ? a demandé Rebecca.

– Non, Dieu merci ! a dit Alasdair. Notre ancienne *blackhouse* a été convertie en hangar agricole. Nous, on a grandi dans une *whitehouse*. Qui ressemble davantage aux maisons que vous connaissez. (Il a regardé la *blackhouse* de sa grand-mère.) Mais quelques habitants résistants y vivent encore.

Il a baissé la tête pour franchir la porte unique, située sur le côté, appelé sa grand-mère en gaélique, et fait signe aux filles de le suivre.

Une petite entrée sombre distribuait à droite l'étable, à gauche l'habitation. L'endroit était envahi de fumée de tourbe suffocante ; Georgette a vite eu les yeux larmoyants. Alasdair les a fait entrer dans ce qu'il appelait la chambre à feu. C'était une grande salle au sol dallé, équipée de vieux meubles trapus alignés le long des murs. Un feu de tourbe couvait au centre, sous une grosse marmite noircie accrochée à une chaîne pendue aux poutres. Le soleil pénétrait en oblique par l'orifice percé dans le chaume, emprisonnant la fumée bleue dans son rayon. Au-delà du foyer, une table en bois carrée était dressée pour sept ; derrière, par une porte ouverte dans une cloison en bois, on apercevait ce qui ressemblait à une chambre à coucher.

Granny était une femme minuscule vêtue d'une jupe et d'une veste matelassée de couleur sombre. Elle portait un long tablier blanc, et un fichu gris par-dessus un épais chignon d'un blanc pur. Son visage tanné était buriné, mais son sourire la rajeunissait de plusieurs années.

– *Fàilte*. Bienvenue. Vous arrivez à point. La marmite est fin prête.

Georgette a jeté un coup d'œil au chaudron suspendu au-dessus du feu en se demandant comment ils allaient se servir. Néanmoins, ça sentait bon. Enfin, d'après ce qu'elle pouvait sentir malgré la puanteur de la fumée.

C'était un ragoût d'agneau aux pommes de terre.

– Cultivées sur *lazy beds*, a annoncé Granny sans expliquer ce que ça signifiait.

Vite habitués à la fumée, ses invités se sont rendu compte qu'ils étaient affamés dès qu'ils ont commencé à goûter ce plat merveilleux.

Après déjeuner, Granny leur a servi du thé au lait très chaud dans de grandes tasses en porcelaine.

– Quel est cet endroit à l'autre bout de la baie ? a alors demandé Joan. Où il y a la grande maison blanche. De la plage, on dirait un ancien cimetière.

– *Baile-na-cille*. Eh oui, c'est bien un ancien cimetière. On ne l'utilise plus aujourd'hui. Mais on raconte que Coinneach Odhar est né dans cette maison au XVIIe siècle.

Mairi a froncé les sourcils.

– Dark Kenneth ?

Elle n'avait jamais entendu cette histoire.

– Oui, on l'appelle aussi le Brahan Seer parce qu'il était capable de voir l'avenir à travers le trou d'une pierre à sorcière. Il paraît qu'il a prédit la bataille de Culloden et les Highland Clearances[1], et beaucoup d'autres choses encore à venir.

Alasdair a souri :

– Tu inventes, Granny.

– Non, je n'invente pas ! a-t-elle protesté en le fusillant du regard. C'était un Mackenzie. Comme nous. On peut suivre sa descendance à travers les siècles.

---

1 16 avril 1746 à Culloden en Écosse. Highland Clearances signifie littéralement « évacuations des Highlands » – au XVIIIe siècle, les petits fermiers ont été déplacés de force pour faire place aux grands élevages de moutons (note de la traductrice).

À son tour, Mairi s'est mise à rire :

– Oh, Granny, tu ne vas pas nous dire que toi aussi tu peux voir l'avenir ?

La vieille dame a secoué la tête.

– Non, je ne peux pas, *a ghràtdh*. Mais parfois, je vois de la lumière autour des gens. Un peu comme un halo. Ou du noir. Comme un nuage ou du brouillard. La lumière est de bon augure, pas le noir.

– Tu ne nous en avais jamais parlé, a dit Mairi.

– Je ne voulais pas vous effrayer quand vous étiez petits. Mais demandez à vos parents. Ils savent.

– Voyez-vous de la lumière ou du noir autour de quelqu'un à cette table ? a voulu savoir Alice.

Alasdair s'est levé.

– Ce n'est pas une très bonne idée. Si on veut refaire voler les cerfs-volants, on a intérêt à y aller avant que la mer soit trop haute.

Mais personne n'a bougé.

– Je vois du noir autour d'une seule tête, a dit Granny dont le regard voltigeait vers Georgette, qui a soudain senti le froid l'envelopper, comme la brume montant d'une rivière à l'aube.

Mairi a bondi sur ses pieds :

– Alasdair a raison. La mer sera bientôt pleine. Venez avant que la journée soit perdue.

Tout le monde s'est précipité dehors, en clignant des yeux dans le soleil de l'après-midi ; le vent, qui avait forci, emportait la fumée et les paroles de la vieille dame. Mais Georgette en sentait encore sur elle l'empreinte glacée. Faire voler des cerfs-volants ne lui disait plus rien. Pendant que les autres les sortaient de la jeep, elle a déclaré :

– Je vais me promener. À plus tard.

Et elle s'est éloignée dans les dunes. Les filles se sont regardées, conscientes de l'effet dégrisant des paroles de Granny.

D'un imperceptible mouvement de la tête, Mairi a fait signe à Alasdair de la suivre.

Georgette avançait à longues enjambées dans les hautes herbes piquantes, les bras serrés autour d'elle pour se réconforter, ses pieds s'enfonçant dans le sable mou. Elle ne s'est pas tout de suite aperçue qu'Alasdair lui emboîtait le pas. Surprise, elle a levé la tête et, à la vue de son sourire d'une franchise absolue, elle s'est aussitôt sentie mieux.

– Ne fais pas attention à Granny. Elle a toujours fait peur à tout le monde.

– Bof, je ne crois pas à ces trucs-là, a-t-elle répliqué en haussant les épaules d'une manière peu convaincante.

– Évidemment. Pourquoi y croirais-tu ? Personne ne peut savoir ce qui va arriver. Surtout dans le monde d'aujourd'hui. On a tous un nuage au-dessus de la tête. La guerre.

Ils ont marché un moment sans parler.

– Quand j'aurai terminé mon entraînement, a repris Alasdair, on m'enverra en mission, je ne m'attends pas forcément à en revenir. Je l'espère, c'est tout. Je ne veux même pas y penser. Je préfère me concentrer sur ce que je dois accomplir. Si je reviens en un seul morceau, on m'expédiera ailleurs. Comme tous ces jeunes braves qui, en ce moment, meurent en plein ciel au-dessus du sud de l'Angleterre. La seule récompense pour être resté en vie, c'est de repartir la risquer encore, et encore. (Il a secoué la tête.) En temps de guerre, on ne peut vivre qu'au présent, George. Mais ce n'est pas une mauvaise manière de vivre sa vie, après tout.

Elle a hoché la tête et ils ont continué en silence pendant quelques minutes. Au-delà des dunes, on voyait l'océan se précipiter sur la vaste étendue de sable doré. L'eau n'était pas profonde, une trentaine de centimètres au plus, écumante, étincelante dans le soleil de l'après-midi.

– On t'entraîne pour quoi ? a-t-elle fini par demander.

– Aucune idée. Et même si je le savais, je ne pourrais pas te le dire.

– C'est quel genre d'entraînement ?

– Le même que le vôtre, j'imagine, probablement plus dur. Combat en armes et sans armes. Comment rester en vie. Tuer ton ennemi avant qu'il te tue.

Soudain, elle a trébuché et s'est affalée par terre. Immédiatement, il s'est penché sur elle pour l'aider à se relever. Elle s'est mise à rire :

– Quelle idiote !

Tout en brossant le sable de son pantalon, elle a remarqué qu'Alasdair lui tenait toujours le bras. Elle s'est redressée. Son visage était si proche du sien qu'elle pouvait sonder la profondeur de ses yeux d'un bleu incroyable à la recherche de l'âme qui était derrière. Lui la fixait sans ciller ; l'intensité de son regard l'a alarmée. Si elle le soutenait plus longtemps, elle était sûre qu'ils s'embrasseraient. Alors, s'obligeant à rompre le charme, elle a détourné la tête et repris sa marche dans les dunes. En quelques enjambées, il était de nouveau à côté d'elle.

Il y avait maintenant entre eux une tension qui crépitait presque dans le vent. Elle n'osait pas le regarder. Puis, elle a fini par lui demander :

– Tu as peur ?

– Oh, oui.

En lui jetant un bref coup d'œil, elle a vu qu'il était sincère. Ça l'a étonnée. Les grands garçons n'admettent jamais qu'ils ont peur.

– Moi aussi.

– Mais je suis doué. Dans ce domaine, je veux dire. Alors l'autre gars devrait avoir beaucoup plus peur que moi.

La mer était haute à présent ; des nuages se rassemblaient sur l'horizon, à l'ouest. Les filles avaient depuis longtemps rangé les cerfs-volants ; allongées sur le *machair* à l'abri de la jeep, elles prenaient un bain de soleil. Joan et Rebecca fumaient en regardant le vent faire rougeoyer le bout de leurs cigarettes et balayer la fumée de leurs lèvres.

Mairi commençait à s'agiter ; Georgette et Alasdair étaient partis depuis plus d'une heure. Elle n'arrêtait pas de regarder sa montre et de scruter les dunes pour voir si elle les apercevait.

– Mais où sont-ils passés ?

– Détends-toi, a dit Alice. Ils ont dû trouver un coin abrité pour baiser comme des fous.

Les autres ont pouffé de rire ; Mairi n'a même pas souri.

– C'est bien ce qui m'inquiète.

Joan l'a rabrouée :

– Hé, du calme, Mairi. Rien de plus normal entre un garçon et une fille.

– C'est mon frère, a-t-elle grommelé entre ses dents.

– Ton frère est un grand garçon, a plaisanté Rebecca. Je suis sûre que ce n'est pas sa première fois.

Mais Mairi s'est renfrognée.

Une quinzaine de minutes ou davantage se sont écoulées avant que n'apparaissent les silhouettes de Georgette et Alasdair entre les dunes. Bras dessus bras dessous, ils riaient et bavardaient comme s'ils se connaissaient depuis toujours. Mairi s'est relevée d'un bond en leur lançant un regard suspicieux :

– Où étiez-vous ? Vous êtes couverts de sable.

Gênée, Georgette a chassé les grains dorés de ses vêtements et secoué ses cheveux.

– On a trouvé un coin abrité du vent au bout du cap. On s'est juste allongés pour discuter. Pas vrai, Alasdair ?

– On ne s'est pas rendu compte qu'il était si tard. On ferait bien de rentrer.

Tout en s'entassant à l'arrière de la jeep, Joan, Alice et Rebecca échangeaient des regards et jetaient à Georgette des coups d'œil envieux. Mairi réussit à s'immiscer entre Alasdair et Georgette, qu'elle fusilla du regard tandis que son frère accélérait sur la piste en direction de la route.

Le retour semblait durer plus longtemps que l'aller ; l'humeur joyeuse était retombée. Ils parlaient peu, préoccupés par le front nuageux montant de l'ouest. Les innocents nuages blancs qui moutonnaient plus tôt à l'horizon avaient noirci et prenaient une allure sinistre prometteuse de pluie.

Le dimanche, il faisait un vent à décorner les bœufs ; des nuages noirs roulaient au-dessus de la lande, une pluie drue fouettait Stornoway et assombrissait les pierres du château. Le lundi matin, le vent s'était calmé, mais la pluie continuait à tomber avec un crépitement régulier et monotone.

Les filles se tenaient en un groupe compact à l'arrière du château. Trempées, déjà déprimées de se retrouver là, avant même que le sergent Connolley les envoie courir leurs cinq kilomètres dans les bois, avec leurs sacs lestés. Évidemment, quand elles en étaient revenues, il avait pris le sac de Georgette pour y rajouter des cailloux, et lui avait ordonné de faire un deuxième tour.

– Je vous avais prévenue que ce serait double entraînement pour vous, Pig Nall. Et qui sait quels dégâts ces deux jours de congé auront infligés à votre forme physique.

Mairi, Rebecca, Joan et Alice lui ont jeté un regard noir, mais Georgette a hissé le sac sur son dos puis, sans un mot, elle est repartie.

Au déjeuner, elles se sont attablées une fois de plus en silence, une ombre obscurcissait leur sentiment de camaraderie. Et elles ne pouvaient s'empêcher d'entendre la conversation animée qui provenait de la table de Connolley, à l'autre bout de la salle à manger. Soudain, Alice a déclaré :

– J'en ai assez. Ce n'est pas pour ça que je me suis engagée.

Elle avait été recrutée par un oncle qui n'était pas réellement son oncle mais un très bon ami de son père, à cause de son don pour les langues et de son aptitude physique. Elle appartenait à un club local de coureurs de cross et avait gagné quelque part un steeple-chase. Connolley s'était montré indulgent pendant une semaine à cause de sa cheville, mais maintenant elle avait repris l'entraînement complet.

– Je suppose qu'on peut s'en aller quand on veut, a dit Joan.

Alice a secoué la tête.

– Je ne peux pas décevoir mon père. Il en serait mortifié.

Pour sa part, Georgette savait que même si elle le voulait, il n'était pas question qu'elle laisse tomber.

Après déjeuner, elles se sont rassemblées comme d'habitude sur la pelouse, devant le château. Il avait enfin cessé de pleuvoir, mais un ciel plombé menaçait Stornoway. Couleur d'étain poli, le Minch paraissait ruminer au loin de sombres pensées.

– Pig Nall, avancez !

Georgette a obéi, la mine maussade. Connolley s'est tourné vers les autres :

– La façon la plus rapide de mettre fin à un combat non armé est de neutraliser votre opposant. Par n'importe quel moyen. Mais il faut viser le visage de l'opposant, le frapper aussi fort et autant de fois que vous le pouvez. Ça répond à un triple objectif. Primo, un bon coup sur la tête étourdit n'importe qui. Deuzio, il le met sur la défensive. Tertio, il le déséquilibre. Mais vous devez vous rappeler une chose. Un crâne, c'est vachement dur. Il fera autant de mal à votre main que votre main lui en fera. Alors, visez la partie la plus sensible. L'une de vous sait laquelle ?

– Le nez, a répondu Mairi.

– Exact. Un bon coup sur le nez le fera saigner et pleurer, si bien qu'il ne vous verra plus très nettement. Maintenant, on va voir comment percer les défenses de l'opposant pour réussir à le frapper au visage.

Il a pivoté à moitié vers Georgette qui l'a pris au dépourvu en bondissant de son angle mort sur son dos, et en refermant les jambes autour de son ventre. Du bras droit, elle lui a bloqué le cou, en se retenant à son biceps gauche, pendant que, de sa main gauche, elle poussait de toutes ses forces l'arrière du crâne. En rapprochant les coudes, elle pouvait exercer une énorme pression sur le cou.

Déséquilibré par ce poids inattendu, il a chancelé et s'est effondré par terre. Heureusement pour Georgette, ils ont atterri sur le côté avant qu'il ne réussisse à rouler sur le dos pour la piéger sous lui. Comme elle gardait les jambes fermement croisées autour de son ventre, il avait beau ruer et se démener, il n'arrivait pas à se libérer de l'étranglement qu'elle lui infligeait.

Son poids paralysait Georgette. Mais elle savait qu'il lui suffisait de tenir bon encore quelques secondes. Dans dix, tout au plus, Connolley commencerait à perdre connaissance car le sang qui alimentait son cerveau par les carotides ne pouvait plus circuler.

Elle entendait les filles crier, sans trop savoir si elles l'encourageaient ou lui demandaient d'arrêter. En sentant la résistance du sergent faiblir, elle a su qu'un nuage noir s'abattait sur lui. Dans une seconde ou deux, il perdrait conscience. Encore une ou deux secondes, et il serait mort.

Elle a relâché sa prise et tenté de le repousser. Un poids mort. Enfin, il a toussé, crachoté, haleté, basculé pour se mettre à genoux, appuyé sur ses poings crispés. Georgette s'est relevée en titubant, au-dessus de lui, le souffle court, triomphante.

– Vous avez raison, sergent, a-t-elle crié. Aucun homme ne s'attend à ce qu'une fille soit capable de le flanquer par terre. Et c'est peut-être là sa faiblesse.

Il a fixé sur elle un regard meurtrier :

– Vous avez failli me tuer, espèce de salope.

Georgette a regardé le château et aperçu les copains de Connolley derrière l'une des grandes fenêtres. Ils ne riaient plus.

– Vous avez un putain de bol que je ne l'aie pas fait.

*

La bière moussait dans le goulot des petites bouteilles brunes que les filles entrechoquaient avant de renverser la tête en arrière pour avaler le liquide froid et pétillant. Georgette n'avait rien goûté d'aussi bon depuis très longtemps. Elles s'étaient entassées dans sa mansarde pendant que tout le château dormait. Mairi avait réussi à introduire en douce cinq bouteilles achetées par Alasdair ; depuis l'incident de l'après-midi elles n'avaient pas encore eu l'occasion de se réunir pour les boire.

La journée d'entraînement avait été interrompue, et Georgette convoquée dans le bureau du colonel, au premier étage. Ce dernier lui avait passé ce qu'il imaginait être un savon tandis qu'elle se tenait au garde-à-vous. Mais elle avait à peine entendu ce qu'il disait. Elle n'écoutait pas. Après coup, elle se rappelait seulement sa voix stridente lui assénant que si elle se trouvait là c'était juste pour *faire une fleur aux Français*, et la traitant de *petite garce ingrate*. Elle s'en fichait. Lui faire courir dix kilomètres par jour chargée d'un sac à dos rempli de cailloux et la jeter régulièrement sur la pelouse mouillée du château ne l'aiderait pas à mieux accomplir la tâche que de Gaulle lui avait confiée. Elle était contente d'avoir humilié cette brute de Connolley sous les yeux de ses pairs et devant les autres filles. Il l'avait amplement mérité.

Mais elle avait aussi appris quelque chose. Quelque chose sur elle-même qui l'effrayait plus qu'elle n'osait se l'avouer. Elle était capable de tuer un être humain. Quelques secondes de plus, le sergent n'aurait pas survécu, et elle savait qu'elle avait vraiment eu envie de le voir mort.

Néanmoins, elle était contente de l'avoir épargné. Pour lui, l'humiliation était probablement pire que la mort, et elle lui collerait à la peau jusqu'à la fin de ses jours.

Remplie d'admiration, Joan a murmuré :

– Qui t'a appris un truc pareil ?

Georgette a souri et regardé Mairi :

– C'est ton frère.

Incrédule, Mairi a froncé les sourcils :

– Quand ça ?

– Samedi. Sur la plage, derrière les dunes.

Rebecca en est restée bouche bée :

– On pensait que lui et toi... tu vois... ?

– Je suis sûre que c'est ce qu'il espérait, s'est esclaffée Georgette. Mais pendant tout ce temps, je lui ai demandé de m'enseigner cette clé d'étranglement. Ça s'appelle une prise en quatre, apparemment. Un truc qu'il a appris à l'entraînement. On est devenus très intimes. J'ai passé la moitié du temps avec les jambes autour de lui. Mais peut-être pas tout à fait comme il l'avait imaginé.

Mairi a éclaté de rire, soulevant un chœur de *chut !* Puis aussitôt plaqué sa main sur sa bouche pour étouffer son hilarité. Elle avait l'air soulagée. Dès qu'elle a retrouvé son sérieux, elle a demandé :

– Et qui t'a appris à jurer comme ça, George ?

– Ma mère. Elle était écossaise.

Étendue dans le noir, fatiguée, et étrangement comblée, Georgette n'avait pas envie de dormir. Les événements de la journée tournaient en rond dans sa tête ; elle ne pouvait s'empêcher d'imaginer ce que le lendemain lui réserverait.

Comme cela se produit souvent quand on pense ne pas pouvoir trouver le sommeil, il vous tombe dessus sans prévenir. Un coup sur la porte l'a réveillée en sursaut ; elle s'est demandé depuis combien de temps elle s'était assoupie. Il faisait encore nuit noire. Elle a cligné des yeux plusieurs fois tandis qu'on frappait encore.

– Pig Nall ! criait une voix dans le couloir.

Se glissant hors de la tiédeur du lit, elle a frissonné au contact glacé du linoléum sous ses pieds et ouvert la porte. Le jeune soldat qui lui avait montré sa chambre le premier jour se tenait sur le seuil. Il portait une épaisse veste de camouflage par-dessus son treillis, et un béret enfoncé sur son visage maussade.

– Faites vos bagages, Pig Nall, vous partez.

– Quoi ? Maintenant ?

– Maintenant.

Il a fallu moins de dix minutes à Georgette pour s'habiller et fourrer le peu d'affaires qu'elle possédait dans sa vieille valise en carton cabossée. Elle a juste pris le temps d'asperger d'eau froide son visage aux traits tirés par le manque de sommeil, et pâli par le froid.

Ensuite, elle s'est dépêchée de suivre le soldat dans le couloir lugubre du grenier, en s'efforçant de ne pas se laisser distancer dans l'escalier qu'il descendait quatre à quatre.

– Où est-ce que je vais ?

– Le ferry part dans une demi-heure.

– Quoi ?

– Vous m'avez parfaitement entendue.

Tout le long de la galerie du rez-de-chaussée, les veilleuses se reflétaient sur le sol poli, les cuisines obscures sentaient le vieux chou. Un camion l'attendait derrière le château, son moteur au ralenti résonnait dans le noir et vomissait dans l'air froid de la nuit des nuages d'oxyde de carbone balayés par le vent.

Une lumière brillait à l'intérieur de la cabine. Le même chauffeur qui était venu la chercher sur le quai s'est penché et lui a tendu la main pour l'aider à monter. Sa peau était jaunie par la lampe, ses yeux bouffis par le manque de sommeil. Cependant, il a souri :

– Voilà qu'on se retrouve, *mam'selle*. Paraît qu'on a fait sa vilaine fille.

Georgette a posé la valise sur ses genoux tandis que l'autre soldat claquait la portière derrière elle.

– Ah bon ?

– En flanquant un bon coup de pied au cul d'un certain sergent, à ce qui paraît.

– Peut-être qu'il le méritait, a-t-elle lancé avec un petit sourire.

– Pour sûr.

Le moteur a vrombi, le camion a fait demi-tour et roulé entre les arbres sur la bande de macadam défoncé qui serpentait jusqu'à la ville. Les feuilles tombaient comme de la neige devant les phares. Septembre annonçait que l'hiver arriverait de bonne heure.

Stornoway était plongé dans l'obscurité du black-out ; sous la lumière de la lune la surface ondulée du port intérieur paraissait presque vivante. Les premières lueurs de l'aube pointaient lorsqu'ils ont atteint le port extérieur, et à peine Georgette était-elle montée à bord du ferry que tout le ciel s'embrasait. À l'horizon, des nuages bas s'étiraient comme un long collier de boules sombres grises et bleues sur un lavis rouge qui jetait des reflets de feu sur la mer. Presque comme si l'île se mettait sur son trente-et-un pour lui dire adieu.

La traversée a été agitée, mais pas autant qu'à l'aller. Assise à l'intérieur, Georgette s'est blottie dans un coin pour tenter de se réchauffer et dormir un peu.

Elle est arrivée au milieu de la matinée à Mallaig, où elle a dû attendre l'après-midi la correspondance de Fort William. Plusieurs heures passées au buffet de la gare lui ont laissé le temps de réfléchir à l'avenir. Où elle allait, et quand elle irait. Personne ne lui avait donné la moindre indication sur son emploi du temps des prochains jours. Juste des consignes à suivre à la lettre, à chaque arrêt.

Elle sentait la dépression l'envelopper. Elle n'avait nulle part où chercher du réconfort. Personne à qui se confier ou avec qui partager ses peurs. La tâche impossible confiée par de Gaulle. Les dangers auxquels elle devrait faire face une fois déposée, enfin, en France occupée. Avec la mort de son père et maintenant celle de sa mère, elle était une orpheline de vingt-huit ans. Elle n'avait pas de foyer. Pas de famille au sein de laquelle se réfugier. Elle ne pouvait compter que sur elle-même. Jamais elle ne s'était sentie aussi petite, aussi seule. Bouchon à la dérive au milieu d'un océan d'incertitude, ballotté par des forces sur lesquelles elle n'avait absolument aucun contrôle. Soudain une immense tristesse s'empara d'elle à l'idée de ne plus revoir Mairi, Joan, Alice, Rebecca. Alasdair. Le destin les avait réunis pendant une courte semaine en cette première année de guerre, et il les expédiait en des endroits différents, à des moments différents, vers un avenir incertain. Qui, parmi eux, survivrait, à supposer qu'il y ait des survivants ? Mais Georgette était la seule sur laquelle la vieille dame de la *blackhouse*, à Uig, avait vu un nuage sombre ; elle a repoussé cette pensée au fond de son esprit en frissonnant.

Le train de nuit pour Londres l'a déposée à l'aube à la gare d'Euston. Elle remerciait Dieu d'avoir, au moins, le temps de retourner chez sa mère à South Kensington pour prendre un bain, se changer et mettre des vêtements propres dans sa valise avant qu'on ne vienne la chercher en début de soirée pour l'emmener vers une destination non révélée.

Cette fois, le soldat qui a frappé à sa porte était français. Mais il est demeuré maussade et muet pendant tout le temps qu'il a conduit de Londres vers le sud. Ils dépassaient de nombreux véhicules militaires. Assise sur le siège passager de la Citroën noire, Georgette lui jetait de temps en temps un coup d'œil. Il ne devait pas avoir plus de vingt-trois ou vingt-quatre ans ; échoué en terre étrangère pendant que sa mère patrie était occupée par un envahisseur barbare. Ça ne devait pas plus lui plaire qu'à elle.

– Où va-t-on ? a-t-elle fini par demander après avoir vu plusieurs panneaux indiquant Chichester.

De toute évidence, sa voix venait de rompre un dialogue intérieur car il l'a regardée d'un air étonné, comme s'il découvrait soudain sa présence.

– Tangmere.

– Qu'est-ce qu'il y a là-bas ?

– C'est l'un des aérodromes utilisés par la RAF pour repousser la *Luftwaffe*. Si on n'arrête pas les Allemands dans le ciel, il ne leur faudra pas longtemps pour traverser la Manche et envahir le pays.

Georgette n'avait jamais réfléchi sérieusement à l'éventualité de la Grande-Bretagne tombant aux mains des nazis. Cela lui paraissait inconcevable. Mais elle n'avait jamais imaginé non plus son cher Paris sous la botte de l'envahisseur. Ça la rendait malade.

Il faisait nuit lorsqu'ils ont atteint le petit village de Tangmere, en plein black-out, et se sont finalement arrêtés devant une maison couverte de lierre, en face des grilles de l'aérodrome.

– C'est là.

– Là où ?

– Où on m'a dit de vous déposer. On vous attend.

En descendant de la Citroën, elle a senti un air beaucoup plus doux que sur Lewis, comme si l'automne n'avait pas encore atteint l'extrémité sud des îles britanniques. De l'autre côté de la route, des rangées d'avions découpaient leurs silhouettes sombres sur le tarmac ; les moteurs rugissaient au rythme des décollages et des atterrissages ; la forme trapue des hangars se découpait sur le ciel limpide. Elle s'est retournée en entendant la voiture repartir – le chauffeur ne lui avait même pas dit au revoir – et a examiné le cottage si typiquement anglais, avec son lierre qui virait déjà au rouille. Les fenêtres du rez-de-chaussée et des étages étaient noires ; c'est seulement quand elle a frappé à la porte qu'une lumière a jailli dans la nuit. Un jeune homme en blouson de cuir d'aviateur l'a vivement tirée à l'intérieur pour refermer derrière elle.

– Par ici. Miss Pignal, n'est-ce pas ?

Pour une fois, on prononçait son nom correctement.

– C'est moi.

Il l'a emmenée dans un salon brillamment éclairé. Le long des murs, de vieux fauteuils en cuir confortables étaient orientés vers une grande cheminée où luisaient les braises d'un feu. Sur le manteau s'alignaient des bouteilles de bière, dont deux posées sur une grosse pendule en bois qui carillonnait lorsque Georgette est entrée. Des livres de poche et d'autres reliés, tous en piteux état, remplissaient les étagères d'une bibliothèque installée sur le même mur que la cheminée – à l'exception de celle du haut, où trônait une maquette d'avion, à côté d'un portrait encadré de Churchill. La pièce était chaude et accueillante.

Quand le jeune homme s'est tourné vers elle, elle l'a vu nettement pour la première fois. Des cheveux châtain clair rejetés en arrière dégageaient son grand front. Il avait des sourcils bien dessinés et des yeux tristes.

– Chef d'escadron Hugh Verity, a-t-il dit en lui tendant la main. Vous pouvez demander une tasse de thé à la cuisine et vous changer là-haut, si vous voulez. Je vous piloterai plus tard.

Tout se passait si vite qu'elle a demandé :

– Me piloter où ?

– En France, bien sûr. Nous décollerons un peu après minuit. La lune était pleine il y a trois nuits, la météo est bonne, donc les conditions de vol devraient être parfaites.

Le Lysander peint en noir s'inclinait dans un ciel si clair que Georgette avait l'impression qu'elle aurait pu toucher les étoiles. Jamais elle n'avait vu la Voie lactée si nette, comme une fumée traversée d'une averse d'étincelles argentées jaillissant d'une galaxie en feu. Pendant la traversée, la lune s'était reflétée sur les eaux sombres de la Manche ; à présent, elle baignait des champs aux contours imprécis, puis la profonde forêt de la vallée de la Loire.

Le vol avait été exaltant, mais maintenant, il fallait se préparer à l'atterrissage. À l'arrière du cockpit, l'espace était juste suffisant pour accueillir le volume de son manteau et sa valise. La même valise cabossée qui l'avait accompagnée jusqu'au nord de l'Écosse dans les Hébrides extérieures. Une courte échelle était fixée au fuselage sous le cockpit. Dès que l'appareil aurait touché le sol, elle savait qu'elle devait en sortir très vite. Mais elle ne savait absolument pas ce qui l'attendait en bas. Quand l'avion a de nouveau viré pour piquer sur une prairie fraîchement fauchée et atterrir, son exaltation s'est muée en une peur presque suffocante.

L'atterrissage s'est révélé encore plus mouvementé qu'elle ne l'avait anticipé. Les roues du Lysander ont rebondi plusieurs fois et bringuebalé dans les ornières avant de se stabiliser. Lorsque l'appareil s'est enfin immobilisé, Verity a tourné la tête et lancé avec un pâle sourire :

– Bonne chance.

Georgette était déjà dehors, sur l'échelle. Elle a jeté sa valise et sauté le dernier mètre. À peine avait-elle touché le sol que le chef d'escadron faisait ronfler le moteur pour gagner le bout du champ, faire demi-tour et redécoller.

Une silhouette sombre émergeait des bois, sur sa gauche. Georgette a ramassé sa valise et couru dans sa direction, consciente que le Lysander prenait de la vitesse derrière elle. Elle a jeté un coup d'œil par-dessus son épaule quand il s'est envolé dans la splendeur de la nuit.

Son contact était un homme pas très grand d'une trentaine d'années, en habits râpés de paysan, une casquette tachée de sueur sur la tête. Il a empoigné sa valise et ordonné :

– Suivez-moi.

Et ils ont couru se réfugier à l'abri des arbres.

Georgette a mis quelques instants à adapter ses yeux à l'obscurité soudaine. L'homme trottait juste devant elle au milieu des broussailles, sur un sentier sans doute tracé par des animaux. Ils ont continué ainsi jusqu'au moment où, alors qu'elle croyait ses poumons sur le point d'éclater, il a brusquement sauté dans le lit asséché d'un cours d'eau pour s'accroupir entre les pierres qui bordaient une des rives. Elle l'a imité, son manteau traînant entre les rochers. Quand elle l'a rejoint, il a posé un doigt sur ses lèvres.

Ils sont restés ainsi plusieurs minutes, jusqu'à ce que leur respiration se calme. Le ronronnement lointain du Lysander s'était évanoui ; un silence épais pesait sur la forêt. Autour d'eux, la lune tachetait de lumière les rochers.

Le visage tendu, l'homme a regardé Georgette et dit sur un ton ironique :

– Bienvenue en zone libre. Dans une France qui ne ressemble pas à celle que vous avez connue, et qui est tout sauf libre. Je m'appelle Lucien.

Il lui a serré la main ; la sienne était rêche et froide.

– Nous n'avons pas encore reçu vos papiers, vous ne pouvez pas aller à Paris.

– À Paris ? Je croyais que les tableaux avaient tous été expédiés ici, dans la Loire.

Il a secoué la tête.

– Je ne suis pas au courant. Vous devez vous rendre à Paris. Mais pas tout de suite.

– Qu'est-ce que je suis censée faire, alors ? a-t-elle demandé, terriblement déçue.

– On vous a préparé un lit dans le grenier d'une ferme, à environ cinq kilomètres d'ici. Il faudra y rester cachée en attendant vos papiers.

– Ça va durer combien de temps ?

– Je n'en sais pas plus que vous. Ça peut prendre des jours. Des semaines. Des mois. Allez savoir ?

Une écrasante sensation de désespoir s'est abattue du ciel sur les épaules de Georgette.

Chapitre 6

Dès le premier confinement imposé en mars, Zoom était devenu l'outil de communication universel incontournable entre amis ou membres d'une famille. Enzo n'en avait jamais entendu parler, mais depuis que Dominique avait chargé le logiciel, il voyait ses filles tous les jours – Kirsty à Paris, Sophie à Cahors – alors que personne n'avait le droit de sortir de chez soi. Facile à utiliser, Zoom semblait pouvoir accepter un nombre illimité de participants par séance – tous apparaissant en vignettes sur l'écran et celui qui parlait étant automatiquement mis en avant. Dix ans plus tôt, pensa Enzo, une telle technologie aurait paru futuriste. Aujourd'hui, on trouvait ça normal. Ça faisait partie de ce que tout le monde appelait la *nouvelle normalité*.

Ils n'étaient que trois à participer à cette séance. Enzo et Dominique à Cahors, Nicole à Gaillac. Nicole avait été l'assistante de recherche d'Enzo pendant ses enquêtes sur les affaires criminelles du livre de Raffin, et aussi son élève la plus brillante à l'université Paul-Sabatier de Toulouse dont il avait créé le département de sciences médico-légales. Si elle avait décidé de faire évaluer son QI, elle aurait probablement battu tous les records ; Enzo ne connaissait personne plus doué qu'elle pour repêcher une information dans l'éther grâce à son extraordinaire talent de navigatrice sur Internet. Malheureusement – du point de vue d'Enzo – elle n'avait pas voulu se lancer dans la criminalistique, choisissant, à la place, d'épouser un vigneron rencontré à Gaillac, et de lui donner une flopée d'enfants.

En réalité, elle n'en avait que trois. Pourtant on aurait dit qu'ils étaient bien plus nombreux derrière elle, à courir, hurler, se jeter des objets à la tête. Dans le fond, il entendait Fabien les gronder, et sa voix irritée indiquait qu'il commençait à perdre patience.

Comme si de rien n'était, Nicole bavardait sans relâche. Cela faisait un moment qu'Enzo et elle ne s'étaient pas parlé. Un peu plus tôt dans la journée, il lui avait envoyé un mail pour lui demander si elle pouvait dénicher des informations sur la victime et le suspect de l'affaire de Carennac, puis organiser une séance Zoom. À présent, il subissait un feu roulant de questions sur Sophie et sa grossesse, Bertrand et la situation de sa salle de sport en pleine pandémie, Kirsty, Raffin et le petit Alexis à Paris, et bien sûr Laurent – qui grattait bruyamment la guitare de son père à l'autre bout de la pièce.

– Nicole, Nicole, on peut revenir au meurtre ?

Par-dessus son épaule, il cria ensuite à Laurent :

– Tu peux arrêter ?

Mais le volume sonore de la guitare sembla s'amplifier.

– Oh, monsieur Macleod, vous n'êtes pas drôle. Boulot, boulot, boulot. Pour quelqu'un qui a pris sa retraite depuis cinq ans, vous êtes toujours aussi obsédé.

– Oh, c'est nouveau, Nicole, intervint Dominique. Voilà des mois qu'il tourne en rond dans l'appartement en se lamentant qu'il s'ennuie, et en se remémorant le bon vieux temps où des gens essayaient de le tuer.

– Pas du tout ! protesta Enzo en la fusillant du regard.

Elle rit et dit à Nicole :

– Au moins, avec cette enquête, il est peu probable que sa vie soit menacée.

– Émile Narcisse, insista Enzo. Que pouvez-vous me dire sur lui ?

Nicole fronça les sourcils et scruta son écran, navigant hors Zoom pour consulter son document de recherche.

– Émile Narcisse... (Ses yeux voltigèrent d'un côté à l'autre de l'écran.) Né en 1955, à Annonay, petite ville industrielle pas très loin de Lyon. Fils unique d'une professeure d'art et d'un fonctionnaire.

Elle regarda Enzo et ajouta :

– Vous saviez que c'est à Annonay que les frères Montgolfier ont inventé leur ballon à air chaud ?

– Non, Nicole, je ne le savais pas, soupira Enzo. Parlez-moi plutôt d'Émile Narcisse.

– Oui, oui, j'y arrive. (Sa tête bougea de haut en bas au fur et à mesure qu'elle lisait.) Apparemment encouragé par sa mère, il a acheté son premier tableau à l'âge de quatorze ans. Lorsqu'il a ouvert sa collection privée au public en 2005, elle comptait plus de 1 300 pièces. En 2008, il a fait don de 300 tableaux de cette collection à l'État français. D'une valeur avoisinant, à l'époque, les 63 millions d'euros.

Enzo émit un petit sifflement.

– Manifestement un homme aux moyens considérables, lança Dominique.

– Sa fortune personnelle a été estimée à plus de 500 millions.

– Voilà déjà un mobile, dit Enzo. Qui hérite ?

Nicole secoua la tête.

– Personne. Il était fils unique. Il ne s'est jamais marié, et vivait seul.

– Vous pouvez parier qu'un cousin éloigné va sortir de l'ombre pour revendiquer ses droits.

Nicole, dont les yeux parcouraient l'écran à toute vitesse, semblait consulter d'autres documents :

– Il avait une galerie à New York. Récemment, il en a ouvert une deuxième à Paris, rue des Filles-du-Calvaire, dans le Marais. Malgré sa formation classique, il s'est presque exclusivement occupé d'art contemporain ces dernières années ; il exposait beaucoup de jeunes peintres américains. Son nom est célèbre dans le monde de l'art international, monsieur Macleod, même si vous et moi n'avons jamais entendu parler de lui. Mais il a attiré l'attention du grand public il y a environ sept ans, quand il a mis la main, en Suisse, sur des œuvres d'art pillées par les nazis.

– Je me rappelle avoir lu un article à ce sujet, souffla Dominique.

– Découvertes à Genève, dans un appartement, poursuivit Nicole. Elles avaient appartenu au fils d'un des marchands d'art d'Hitler, un certain Anton Weber, qui les avait écoulées au compte-gouttes sur le marché pendant des années pour financer un train de vie coquet. Narcisse en avait vendu un certain nombre, sans en connaître la provenance, selon lui. Cette découverte a eu lieu le jour où il s'est rendu à Genève pour un rendez-vous-déjeuner avec Weber prévu de longue date. Ne voyant pas Weber arriver, Narcisse est allé sonner chez lui. Personne n'a répondu ; alerté par une odeur de gaz, il a appelé la police. Lorsque les policiers ont enfoncé la porte, ils l'ont trouvé mort.

– Suicide ?

– Apparemment. Et l'appartement s'est révélé bourré à craquer d'œuvres spoliées pendant la Seconde Guerre. La plupart dérobées en France à des collectionneurs juifs par les ravisseurs d'œuvres d'art d'Hitler, une organisation baptisée ERR. Vous voulez savoir ce que ça signifie ?

Il n'y avait pas plus consciencieuse que Nicole.

– De toute façon, vous allez me le dire.

– *Einsatzstab Reichsleiter Rosenberg*. L'équipe d'intervention du gouverneur du Reich Rosenberg. Alfred Rosenberg était l'idéologue du parti nazi. Il a créé l'ERR pour confisquer le patrimoine culturel des pays occupés pendant la Seconde

Guerre mondiale. Dans l'appartement de Weber, il y avait des tableaux de Claude Monet, Paul Cézanne, Henri Matisse, Paul Gauguin, Edvard Munch et bien d'autres peintres aussi célèbres. D'une valeur telle qu'ils n'avaient pas de prix. Narcisse a été chargé de retrouver les héritiers des propriétaires légitimes et, dans le cas où il n'y en avait pas, de les faire passer en salle des ventes. La plupart ont été achetés par des musées et des galeries, quelques-uns par des collectionneurs privés.

– Narcisse prélevait une commission, j'imagine, dit Enzo.

– Exact, confirma Nicole. Il a été très actif sur le marché jusqu'à... eh bien... jusqu'à ce qu'il soit tué. Il opérait depuis sa galerie du Marais.

Pensif, Enzo se gratta la tête.

– Qu'est-ce qu'un type pareil fabriquait chez une vieille dame dans un petit village du sud-ouest de la France ? Et Hans Bauer ?

Nicole fit la grimace.

– Il y a beaucoup moins d'infos sur Herr Bauer, monsieur Macleod. Vingt-cinq ans. Diplômé de l'*Universität der Künste* de Berlin. C'est l'université des arts. Il a fallu que je cherche. Bauer a eu quelques problèmes pendant son adolescence – condamné pour agression à l'âge de dix-huit ans. D'après les coupures de presse que j'ai pu trouver, c'est uniquement grâce à l'argent et à l'influence de sa mère qu'il a réussi à éviter la prison. Mais, depuis, il semble s'être assagi. Aujourd'hui, il dirige une petite galerie d'art à Berlin ; sa mère en est la propriétaire.

Un fracas et un cri perçant détournèrent l'attention de Nicole.

– Oh, bon sang. Quel gâchis ! (Elle se retourna vers Enzo.) Il faut que je me sauve, monsieur Macleod. Delphine vient de renverser son dîner par terre. Je crois que Fabien va la tuer !

Son image s'effaça aussitôt de l'écran. Dominique ferma l'application et regarda Enzo :

– Qu'est-ce que tu en penses ?

Il secoua la tête.

– Je ne sais pas. Mais si je devais hasarder une hypothèse – ce que je me garderai de faire – je dirais que ça a quelque chose à voir avec l'art.

Elle lui fit un grand sourire :

– Tu m'en diras tant.

Enzo se renfonça dans son fauteuil, les doigts croisés derrière la tête.

– Pourtant, ce qui me chiffonne dans cette scène de crime, c'est que Bauer se retrouve couvert d'une telle quantité de sang. Il y a un truc qui m'échappe, c'est sûr. (Il se pencha en avant.) Mais nous n'avancerons pas tant que nous ne saurons pas ce que ces deux hommes faisaient dans la maison.

Laurent continuait à gratter la guitare de son père, en essayant d'enchaîner une suite improbable d'accords. Enzo se retourna et lui suggéra :

– Si tu essayais un *fa* dièse mineur 7 après le *mi* ?

Son fils le regarda comme s'il était fou :

– Quoi ?

– Essaye.

Le garçon se concentra sur la position de ses doigts pour jouer l'accord une fois, puis il le reprit à la suite du *mi*, et son visage s'éclaira :

– Ça marche !

Enzo sourit.

– Est-ce que je mets le poisson au gril maintenant ? demanda Dominique.

Enzo l'avait préparé avant la séance Zoom. Un filet de poisson blanc avec un jus de citron vert, du gingembre et des grains de raisin blanc coupés en deux. Les pommes de terre étaient déjà cuites à l'eau.

– Oui, dit-il. Cinq ou six minutes, ça suffira. Il faut que je jette un coup d'œil aux photos que j'ai prises dans la maison de Carennac.

Pendant que Dominique s'affairait à la cuisine, il s'approcha de la table et ouvrit son iPad. Déjà synchronisés, les clichés pris avec son téléphone seraient plus faciles à analyser sur un écran plus grand.

De nouveau il secoua la tête. Cela n'avait aucun sens. Bauer avait attaqué sa victime de face et lui avait tranché la gorge, probablement avec le couteau absent du bloc. Narcisse s'était écroulé dans une mare de son propre sang entre la table et l'évier. Pourquoi Bauer se serait-il faufilé dans cet espace étroit au lieu de fuir par la porte de la terrasse située derrière lui ?

Lunettes de lecture demi-lune perchées sur le bout du nez, il observa plus attentivement les taches de sang du sol et fronça les sourcils, deux profonds sillons se creusèrent lentement entre ses yeux.

Chapitre 7

BERLIN, ALLEMAGNE
DIX JOURS AVANT LE MEURTRE

Bauer était dans son petit bureau, au fond de la galerie, quand il apprit la mort de sa mère.

Il reposa le téléphone sur son support, se renversa dans son fauteuil et pivota vers la grande fenêtre qui donnait sur l'espace d'exposition, en contrebas. La vitre lui renvoya son pâle reflet. Il trouva qu'il avait l'air d'un fantôme avec ses cheveux blonds rejetés en arrière au-dessus de son front trop blanc. Il s'obligea à concentrer son regard sur la galerie. Murs blancs, plafond blanc, sol blanc, tout ce blanc éblouissait ses pupilles dilatées. Une rangée de projecteurs fixés au plafond éclairait les murs et le travail d'un jeune artiste allemand en herbe découvert fin 2019. Mais ce qui aurait dû assurer à ce dernier un démarrage saisissant avait été gâché par la pandémie.

Bauer avait été obligé de fermer la galerie conformément au plan d'alerte de l'Institut Robert Koch appliqué par le gouvernement en mars, deux jours seulement avant le lancement de l'exposition. Et lorsque les restrictions avaient finalement été assouplies, il n'avait eu l'autorisation de la rouvrir que sur rendez-vous. Avec port du masque obligatoire. Les visiteurs ne s'étant guère précipités au cours de l'été, il avait promis à l'artiste de prolonger l'exposition jusqu'à la fin de l'année. Pour le moment, elle suscitait très peu d'intérêt, mais il n'avait rien d'autre pour la remplacer. Le virus avait plongé le monde de l'art dans une crise terrible, et Bauer ne savait pas s'il pourrait encore faire tourner la galerie pendant longtemps.

Il s'était toujours dit que sa mère continuerait à la financer quoi qu'il arrive. Car, après tout, n'était-ce pas en réalité son fils qu'elle finançait ?

Maintenant, elle n'était plus là. Et il n'aurait probablement plus jamais à se soucier d'argent.

Il jeta un coup d'œil à l'ordinateur portable ouvert devant lui sur le bureau, et à l'ébauche d'un nouveau site web destiné à améliorer l'image de la galerie. Peut-être devrait-il tout simplement la fermer et la vendre. Mais, alors, que ferait-il de sa vie ?

Pendant plusieurs minutes, il fixa l'écran en se demandant pourquoi la mort de sa mère ne produisait sur lui aucun effet. Était-il réellement si insensible ? Ses yeux le piquaient mais restaient secs. Rabattant d'un geste brusque le couvercle de l'ordinateur, il se leva, empoigna son manteau et son écharpe accrochés près de la porte et dévala l'escalier sur ses jambes grêles. La fille qui accueillait les visiteurs et s'occupait de la gestion de la galerie leva des yeux surpris, légèrement coupables. Il la vit pianoter à toute vitesse sur le clavier de son ordinateur dont l'écran reflétait une lumière vive sur son visage. Elle devait probablement jouer, ou chatter avec des amis sur un réseau social quelconque.

– Je rentre chez moi pour la journée, Erika. S'il n'y a pas d'autres rendez-vous, vous pouvez fermer.

Elle lui lança un regard ravi et sourit.

Dehors, un vent froid soufflait de Boxhagener Platz. Sur le trottoir d'en face, la trattoria italienne où il déjeunait d'habitude presque tous les jours était fermée. Elle n'avait pas rouvert depuis le confinement ; les tables et les chaises installées en été sur le trottoir étaient empilées contre la façade, poussiéreuses, oubliées.

À partir d'aujourd'hui, pensa Bauer, je suis orphelin.

Son appartement, de style wilhelminien, situé au troisième étage d'un immeuble rénové, sur Paul-Lincke-Ufer, offrait une vue grandiose à travers les arbres dénudés du canal. Bauer n'aurait jamais pu se l'offrir. Sa mère l'avait acheté dix ans plus tôt, en guise d'investissement, puis loué jusqu'à ce que son Hans chéri sorte diplômé de l'université et désire un endroit à lui. Il le partageait maintenant avec Lise qui, il en était persuadé, ne restait que pour son argent.

Ses talons résonnèrent sur le carrelage de l'entrée magnifiquement restaurée de l'immeuble puis tout au long de l'escalier en marbre. Arrivé au troisième étage, il tourna sa clé dans la serrure et poussa la porte de l'appartement.

– C'est moi, Lise.

Dans le salon inondé de lumière, le soleil entrait à flot par plusieurs fenêtres alignées côté rue, et au milieu desquelles une porte-fenêtre donnait accès à une terrasse. À un bout de la pièce, deux canapés entouraient une immense télévision murale. À l'autre, étaient installés un bureau et un ordinateur permettant à Bauer de travailler chez lui. Des tapis orientaux couvraient le parquet ciré ; de surprenantes œuvres modernes réalisées par de jeunes artistes allemands et américains décoraient les murs. Depuis l'ouverture de la galerie, Bauer se constituait sa collection particulière.

Assise au bureau, devant l'ordinateur de Hans, Lise se redressa en sursaut car elle ne s'attendait pas à le voir revenir avant au moins deux heures. Surprise par son arrivée, elle rougit. Elle avait un visage séduisant, des yeux sombres légèrement écartés, des lèvres pulpeuses. Ses cheveux noirs, à la frange droite, tombaient en rideau sur ses épaules pour cacher l'ecchymose.

Il s'arrêta sur le seuil :

– Qu'est-ce que tu fais ?

Aussitôt, il lut la panique dans ses yeux.

– La batterie de mon iPad est à plat. J'avais besoin de faire des recherches sur Internet. (Elle se dépêcha de rabattre le couvercle et se leva.) Je ne t'attendais pas si tôt.

– Non, évidemment, hein ?

En trois enjambées, il fut sur elle. Il attrapa l'ordinateur, le cala sur son bras et l'ouvrit. Ses doigts glissèrent sur le trackpad pour le relancer : Lise avait ouvert l'historique de ses propres recherches sur Internet. Il braqua sur elle des yeux bleus menaçants, et sentit la colère se répandre dans tout son corps comme une eau glacée lâchée d'une vanne.

– Tu m'espionnais !

Elle contourna le bureau, pour en faire un obstacle entre eux.

– Non, franchement, Hans. Je vérifiais juste mon propre historique.

– Tu n'as pas d'historique sur cet ordinateur. Du moins, tu ne devrais pas.

L'air d'un lapin apeuré, Lise balaya la pièce du regard comme pour chercher une issue de secours. Le soleil de la fin d'après-midi l'éclairait à contre-jour, laissant son visage dans l'ombre.

– Non, non, je t'assure.

– Tu mens ! (Sa voix se répercuta dans la quiétude de la pièce.) Tu m'espionnais, putain, pas vrai ?

Il jeta l'ordinateur sur le bureau et s'avança vers elle.

Elle se déplaça vivement sur les tapis exotiques si doux sous ses pieds nus, mais il se jeta sur elle. Consciente qu'elle ne pouvait lui échapper, elle leva ses deux poings devant son visage, coudes serrés contre les côtes. Il l'empoigna et la propulsa violemment de l'autre côté de la pièce. Quand sa tête heurta le mur avec un bruit sourd, sinistre, son univers ne fut plus que douleur et explosion de lumière. Elle glissa par terre, se roula en boule pour se protéger contre ses coups de pied, et s'entendit supplier :

– Je t'en prie, Hans, non. S'il te plaît. S'il te plaît.

Les stores baissés occultaient la lumière de cette fin de journée, mais les derniers rayons du soleil s'infiltraient tout autour. Lise était allongée sur le lit au milieu d'un chaos de draps chiffonnés, le visage pressé contre l'oreiller. Bien que ses larmes aient depuis longtemps séché, un sanglot s'arrachait par intermittence de sa poitrine, étouffé par la plume.

Honteux, assis tête basse au bord du lit, Bauer se tordait les mains ; ses jointures étaient meurtries, ses doigts blancs à force d'être torturés. D'une voix à peine audible dans le calme feutré de la chambre, il souffla :

– Je suis vraiment désolé, Lise. Sincèrement, je regrette. Tu sais que je n'en avais pas l'intention.

Ce qui la fit rouler finalement sur le côté pour le fixer avec une expression des plus étranges. Elle paraissait minuscule et vulnérable, recroquevillée ainsi sur le lit. D'une voix encore plus ténue, elle répliqua :

– Tu es toujours désolé, Hans. Toujours. Tu n'en as jamais l'intention. Jamais.

Il plissa les yeux et secoua la tête.

– Je sais, je sais ! Je ne comprends même pas pourquoi tu restes avec moi.

Rassemblant ses forces et son courage, elle prit une longue inspiration tremblotante et dit :

– Je ne peux pas.

– Tu ne peux pas quoi ?

– Rester avec toi. Plus maintenant. Ce n'est pas possible, Hans. Je n'en peux plus. Impossible.

Elle ne savait pas à combien de reprises elle avait répété la même chose. Mais cette fois, elle se jurait que c'était la dernière.

– Merde, Lise, ne me quitte pas. Ça ne se reproduira plus, je te le promets.

– Combien de fois me l'as-tu déjà promis ?

Il se tourna, tendit la main pour écarter doucement ses cheveux de son visage, et vit la nouvelle ecchymose qu'il lui avait faite, la plus ancienne jaunissait derrière. Il se sentait plus honteux que jamais.

– Je ne sais pas ce qui me prend, murmura-t-il. Je ne comprends vraiment pas. C'est comme un voile rouge de fureur qui s'empare de ma volonté. Ce n'est plus moi. Je n'arrive pas à l'empêcher.

Elle hésita, consciente que ce qu'elle allait dire risquait de ranimer les flammes de la colère qui avaient provoqué l'attaque.

– C'est pour ça que tu fais des recherches sur le gène du mal ?

Autant avouer qu'elle l'espionnait.

Mais la honte de Hans surpassait sa colère. Il baissa de nouveau la tête.

– Ça n'existe pas. C'est un mythe.

– Mais tu y crois assez pour chercher sur Internet.

Désespéré, il haussa les épaules.

– J'ai juste besoin de comprendre pourquoi, Lise. Pourquoi je suis comme ça.

– Et tu as trouvé quelque chose ?

– Rien de concluant. Peut-être une sorte de prédisposition génétique pour la violence, mais (il lui lança un regard implorant, comme s'il cherchait sa sympathie) personne dans ma famille n'a eu ce genre de problème à ma connaissance. Mon père était une poule mouillée d'après ce qu'on dit. Je me souviens à peine de lui. Je n'avais que six ans quand il est mort.

– Il était beaucoup plus vieux que ta mère, n'est-ce pas ?

– Vingt ans de plus. Je sais, c'est beaucoup. Elle n'avait pas encore quarante ans quand il a eu son deuxième infarctus.

– Et *sa* famille ?

Il haussa les épaules.

– Je ne sais pas grand-chose sur elle. Sa mère était la douceur incarnée. Il l'aimait beaucoup. Je ne l'ai pas connue, bien sûr. Et son père est mort avant sa naissance. Ce qui arrivait souvent pendant la guerre.

– Et ta mère ?

Il ressentit la première bouffée d'émotion depuis qu'il avait appris la nouvelle. Peut-être n'était-il pas aussi desséché qu'il le croyait, après tout. Il serra les lèvres, en essayant de la lui cacher, mais une grosse larme roula sur sa joue.

Lise fronça les sourcils, surprise et confuse. Jamais elle n'avait vu Hans pleurer. Elle se redressa, malgré tout inquiète.

– Qu'est-ce qu'il y a ?

Incapable de croiser son regard, il détourna les yeux.

– C'est pour ça que je suis rentré plus tôt. Elle est morte cet après-midi.

Le fait de le dire sembla ouvrir une vanne, les larmes se mirent à ruisseler sur son visage.

– Elle était malade depuis si longtemps que j'aurais dû m'y attendre. Mais, au fond, je n'y étais pas préparé.

Il se dépêcha d'essuyer ses joues avec le dos de ses mains, et respira à fond pour se contrôler.

– Je vais être obligé de fermer la galerie pendant un moment, le temps de m'occuper de l'enterrement et de la succession. Je sais qu'elle m'a choisi comme exécuteur testamentaire.

Il regarda Lise dans les yeux et déclara solennellement :

– Nous allons être très riches, Lise, toi et moi.

Il ne restait presque plus de feuilles aux arbres du cimetière de Mariendorf, à un peu plus d'un quart d'heure de marche de la villa de sa mère, sur Röthspitzenweg. Elle avait dû passer devant très souvent.

Cette femme aux opinions tranchées n'avait pas beaucoup d'amis, comme le prouvait le nombre restreint de personnes venues lui dire adieu par cette belle journée froide de la mi-octobre. Si certains visages lui disaient quelque chose, Bauer ne connaissait en réalité personne. Pas même le pasteur. Sa mère n'avait jamais été une fidèle pratiquante.

Il se tenait à l'écart, conscient encore une fois du peu d'émotion que suscitait en lui la mort de sa mère. Les larmes qu'il avait versées devant Lise étaient peut-être une aberration. De soulagement plus que de chagrin.

Elle n'était pas venue avec lui. Prétextant une réunion au théâtre Gorki où elle travaillait comme maquilleuse. Malgré tous ces mois de chômage dus au coronavirus, elle avait pu continuer à exercer son art. Sur elle-même. Au bout de presque deux ans, elle était devenue habile à dissimuler aux autres les fruits de sa relation avec Bauer.

Il était content d'être seul. Il n'aurait pas aimé retourner dans la maison de sa mère avec quelqu'un après les funérailles. Il voulait pouvoir fouiller dans les cendres de son passé en privé, se vautrer dans ses souvenirs, pleurer sans honte s'il en avait envie.

Le vent était froid, mais le soleil dispensait encore un peu de chaleur ; il leva son visage pour le sentir sur sa peau, en se demandant comment le monde pouvait continuer à tourner après la disparition de la femme qui l'avait enfanté.

Mariendorf était un quartier chic du sud de Berlin. Sa mère y avait acheté une maison au début des années 2000 et, s'inspirant des méthodes américaines, l'avait fait démolir pour la remplacer par une grande villa rose et blanche ; entourée d'un vaste terrain privé, elle faisait écho à la période art déco des années 1930.

De hautes fenêtres étroites épousant la courbe de sa façade jetaient de longues lames de lumière sur le parquet ciré de l'immense salon. Bauer erra distraitement entre les meubles confortables et les cabinets en laque de Chine aux incrustations de nacre élaborées. Sa mère avait une passion pour le style oriental. Qui laissait Bauer de marbre.

Il avait passé ici presque toute son adolescence, bouillonnant de rage, en proie à des accès de violence qui avaient éloigné de lui tant d'amis d'enfance. Se déchaînant sans réfléchir à chaque contradiction, chaque affront imaginaire. Le cadeau de l'appartement et de la galerie était, sans l'ombre d'un doute, de la part de sa mère une manière de le guider vers une carrière sûre et responsable, de le détourner de la violence qui lui avait valu une condamnation pour agression à l'âge de dix-huit ans. Une stupide bagarre de bar dans le but d'impressionner une fille qui ne s'intéressait même pas à lui. Il était allé trop loin.

Sa mère avait eu raison. En fin de compte, il s'était révélé être, aux yeux de ceux qui le connaissaient, un jeune homme sérieux et responsable, capable de se tailler une carrière dans le monde de l'art moderne. Sa violence s'exprimait désormais en privé, exclusivement derrière des portes fermées.

Il évita de penser aux blessures infligées à la fille qu'il prétendait aimer. Il n'avait jamais l'intention de lui faire mal, et chaque fois la douleur du regret l'accablait.

La lumière réfractée par les vitres dépolies de la cuisine semi-ouverte mouchetait les plans de travail étincelants de propreté. Il ouvrit le frigo, en sortit une des bouteilles de bière que sa mère gardait toujours pour ses visiteurs, et entendit un *pffft* quand il la décapsula.

Il but la bière au goulot tout en déambulant de pièce en pièce. Le salon de TV, sur l'arrière, voisin de la salle à manger des grandes occasions. Le second salon de réception, côté est. Les tableaux qui le décoraient ne correspondaient pas à ses goûts. Ceux de sa mère étaient très classiques.

Un grand escalier en bois ciré s'incurvait vers la galerie du premier étage qui entourait le hall d'entrée. Il hésita un instant devant la porte de son ancienne chambre avant de la pousser et de revisiter le Hans malheureux qu'il avait été pendant sa misérable adolescence. Rien n'avait changé, bien qu'il n'y eût pas dormi depuis plusieurs années. Mêmes posters sur les murs. Groupes de heavy metal et idoles gothiques. Sa guitare électrique, au-dessus de son lit. Sa mère l'avait achetée pour l'encourager, comme elle le faisait pour tout. Au bout d'une semaine, il avait cessé d'essayer d'en jouer.

Sur une commode trônait un vieil ours en peluche de son enfance, usé jusqu'à la corde. Elle avait dû le trouver quelque part, dans un placard ou dans une boîte, et l'avait mis là en souvenir du petit garçon poli qu'il avait été avant de devenir un monstre.

Il se reconnaissait peu dans cette chambre. C'était celle d'un autre, dans une autre vie sur laquelle il n'avait aucune envie de s'appesantir. Il ferma résolument la porte sur cette part de lui-même qui n'existait plus.

La chambre de sa mère, en revanche, était encore pleine d'elle. Son parfum familier, rose et miel. Ses cheveux argentés entre les dents d'un peigne sur la coiffeuse. À un moment donné, après que son lit avait été fait, et avant qu'on l'emmène à l'hôpital, elle s'était allongée, laissant une empreinte parfaite de son corps sur la mollesse de la couette, de sa tête sur l'oreiller. Bauer en fut presque effrayé. Comme si sa mort était un canular, et qu'elle était là, en train de le regarder revisiter une vie qu'ils avaient autrefois partagée.

Il se hâta de passer dans la petite pièce adjacente où elle conservait tous ses papiers et gérait son existence solitaire. Un grand tiroir contenait des dossiers suspendus qu'il ouvrit un par un sur le bureau. Factures, polices d'assurance, plans originaux de l'architecte de la maison. Une évaluation de celle-ci récemment demandée à un agent immobilier local, soupçonnant peut-être qu'elle ne serait pas encore très longtemps de ce monde. Un joli 1,4 million d'euros. Il souffla doucement entre ses lèvres. Il était presque certain d'hériter. Même après les frais de succession, il lui resterait une petite fortune. En ajoutant à cela son appartement et la galerie, son patrimoine immobilier ferait de lui un homme riche. Bauer se sentit envahi d'un sentiment de plaisir coupable.

Il savait que sa mère s'était retrouvée en possession de biens considérables à la mort de son père, bien qu'il ne sût pratiquement rien de la façon dont ce dernier avait fait fortune. Il savait, aussi, qu'elle conservait des valeurs – bijoux, obligations, et probablement du cash – dans un coffre-fort mural dissimulé derrière une reproduction de Rubens. Et même si elle s'était donné beaucoup de mal pour le lui cacher, il savait aussi qu'elle gardait la combinaison scotchée sous le tiroir du milieu de son bureau. Les parents croient toujours qu'ils peuvent dissimuler des choses à leurs enfants, ils se trompent à tous les coups.

Le Rubens une fois déposé par terre, il écouta les leviers cliqueter tandis qu'il tournait le cadran, jusqu'à ce que la porte s'ouvre enfin et qu'une étrange odeur de renfermé lui saute au nez.

Il y trouva comme il s'y attendait un coffret à bijoux et un portefeuille d'obligations d'État qui, au premier coup d'œil, semblaient offrir la perspective d'une belle somme d'argent. Mais il fut surpris d'y découvrir également une vieille boîte à chaussures, quasiment intacte, qu'il posa soigneusement sur le bureau. À une extrémité était écrit à la main, dans un style démodé, le nom de son père. *Klaus Bauer*. Il retira un par un tous les documents qu'elle contenait. Une collection de lettres, affranchies dans les années 1930 et 1940, encore dans leurs enveloppes d'origine, jaunies, fragilisées par l'âge, entourées d'un ruban rose. Une demi-douzaine de carnets reliés en cuir noir, rassemblés par un élastique desséché qui se cassa dès qu'il le manipula. Plusieurs documents officiels roulés, maintenus par un élastique qui, lui aussi, se cassa. Il les aplatit sur le bureau ; c'étaient des actes de naissance et de décès.

Bauer tira une chaise et s'assit afin de les examiner plus attentivement. La plupart des noms lui étaient inconnus. Mais il trouva l'acte de naissance de son père. Klaus Bauer, fils de Lisbeth Bauer et... Il fronça les sourcils. Le père de son père était enregistré sous le nom de Karlheinz Wolff. Un homme qui n'avait pas transmis son nom à son fils. Klaus semblait avoir pris le nom de sa mère. Bauer parcourut les autres certificats, mais ne trouva nulle part la trace de Karlheinz Wolff.

Il reporta alors son attention sur les lettres entourées d'un ruban rose. Quelque chose, pourtant, l'empêcha de le dénouer tout de suite. Il éprouvait la curieuse sensation de jouer avec le destin. Les carnets noirs s'étaient éparpillés en vrac. Il en prit un au hasard pour le feuilleter et comprit aussitôt qu'il s'agissait d'une espèce de journal. À nouveau, il hésita à le lire, comme s'il risquait, d'une certaine façon, de dévoiler des secrets qu'il valait mieux laisser dans l'ombre où ils étaient restés pendant toutes ces années à l'intérieur du coffre-fort de sa mère.

Mais lorsqu'une vieille feuille de papier cassante, pliée en deux, tomba des pages du carnet qu'il tenait, la tentation fut trop forte. Il la ramassa et, les doigts tremblants, la déplia doucement. C'était une lettre. Adressée à son père. Ses yeux se portèrent directement au bas de la page ; elle était signée par la mère de ce dernier, Lisbeth.

Mon très cher Klaus,

J'ai souvent voulu te dire la vérité, mais le courage m'a toujours manqué. Je me sens misérable d'avoir attendu aussi longtemps, et de choisir avec lâcheté de te parler depuis ma tombe. Je te demande pardon.

Peut-être as-tu vu, depuis, ton acte de naissance original. Si c'est le cas, sache à quel point je suis navrée. Celui que tu as toujours eu en ta possession a été modifié par mes soins à une date ultérieure afin d'y mentionner « père inconnu ». Tu verras sur l'original que ton père s'appelait Karlheinz Wolff. Karlheinz était marié, il avait une famille ; mais pendant la dernière guerre, nous avons été amants et, après lui, je n'ai plus jamais aimé un autre homme. Je l'ai indiqué comme étant ton père, non seulement parce que c'était vrai, mais parce que je ne voulais pas le perdre. À sa dernière permission, au printemps 1944, nous avons passé ensemble un merveilleux week-end dans la Forêt-Noire. On entendait parler de l'invasion des Alliés, et nous ne savions pas du tout à quelle date nous pourrions nous revoir. Quand j'ai appris qu'il avait été porté disparu au cours d'une mission en France, je savais déjà que j'étais enceinte. J'espérais de tout mon être que la nouvelle de sa disparition était fausse, mais je ne l'ai jamais revu, et j'ai juré que jamais je n'épouserais un autre homme.

Plus tard, j'ai regretté d'avoir fait inscrire son nom sur ton acte de naissance. Pendant la guerre, Karlheinz avait travaillé au service d'Hermann Göring ; après la guerre, il n'aurait pas été judicieux de divulguer un lien quelconque avec le chef de la Luftwaffe *et créateur de la Gestapo. Dans la confusion de cette période, il ne m'a pas été difficile de modifier ton acte de naissance. Je l'ai fait pour nous protéger tous les deux.*

Maintenant, tu connais la vérité, et je peux reposer en paix pour l'éternité en sachant que tu es enfin au courant de ton véritable héritage. Je te laisse les lettres qu'il m'a écrites, ainsi que les carnets qu'il m'a confiés la dernière fois où nous nous sommes vus, afin que tu puisses mieux le connaître.

Mon Klaus chéri, je t'ai aimé de tout mon cœur, comme j'ai aimé ton père avant toi. Que Dieu te protège.

Ta mère aimante,
Lisbeth

Bauer relut la lettre deux fois. Sa main tremblait. Ainsi son père était un enfant illégitime. Un scandale familial. Le fruit d'une liaison adultérine. Et *son* père avait travaillé pour Hermann Göring. Il pouvait seulement imaginer à quel point sa grand-mère avait été anxieuse de cacher ce lien pendant la période qui avait suivi la guerre. Mais, étrangement, il voyait un signe du ciel dans tout cela, dans sa propre connexion avec l'histoire. À trois générations d'écart.

Il prit l'un des carnets, caressa du bout des doigts sa reliure en cuir craquelée, tenté de l'ouvrir immédiatement. De commencer tout de suite à le lire. Pour découvrir qui était le père de son père. Mais il hésita. Ça pouvait attendre. Il voulait d'abord en savoir davantage sur cet homme. Afin de pouvoir le situer dans son époque et dans l'histoire, avoir un contexte pour la lecture de ses écrits. L'excitation lui coupait le souffle. Ainsi, il était le petit-fils de Karlheinz Wolff, un fidèle collaborateur de l'infâme Hermann Göring.

Chapitre 8

La pâleur de Sophie contrastait d'une manière frappante avec la couleur foncée des mèches de cheveux qui retombaient devant son visage. Ses yeux noyés dans l'ombre paraissaient plus foncés eux aussi. Elle n'avait pas dormi de la nuit.

Dispersé par les masques, leur souffle se transformait en buée au contact de l'air froid de ce matin d'octobre. Enzo ouvrit la porte de la maternité pour sa fille, qui s'y engouffra. Dominique s'apprêtait à la suivre quand la jeune femme se retourna et leva la main :

– Ça va. Pas besoin de m'accompagner.

– Tu es sûre ? demanda Dominique en échangeant un rapide coup d'œil avec Enzo.

– Si les nouvelles sont mauvaises, je préfère les entendre toute seule.

– Ce ne seront pas de mauvaises nouvelles, ma chérie, la rassura Enzo.

Sophie n'arriva même pas à sourire.

– Bertrand sera bientôt là, dès qu'il aura garé la voiture. Attendez-nous ici. Ça ne devrait pas durer plus d'une demi-heure.

Sur ce, elle disparut à l'intérieur du bâtiment.

Dominique et Enzo restèrent une bonne minute sans parler, puis ce dernier regarda sa montre :

– On ne dispose pas de beaucoup de temps pour voir la médecin-légiste. On a intérêt à se dépêcher.

Ils descendirent la rue Wilson, vers le pont Valentré, afin de contourner l'hôpital. Ni l'un ni l'autre n'avaient envie d'évoquer les crampes qui avaient empêché Sophie de fermer l'œil de la nuit, pas plus que le coup de téléphone paniqué de Bertrand à 6 heures du matin. Quand il avait arrêté sa voiture devant le Lamparo, où Dominique et Enzo l'attendaient, il était encore plus livide que sa compagne. À presque quarante ans, il portait encore sur le visage les marques des clous et des anneaux qui l'ornaient – à l'horreur absolue d'Enzo – à l'époque où il avait rencontré Sophie. Après un début épineux, le vieux cerf et le jeune daguet se vouaient finalement un respect mutuel et, maintenant, leur relation tenait davantage de celle d'un père et de son fils. Enzo aurait fait n'importe quoi pour Bertrand. Cependant, face à l'éventuelle perte d'un autre bébé, il était impuissant et évitait même d'y penser.

– Tu es sûr que ça ne la dérangera pas que j'assiste à l'entrevue ? demanda Dominique.

Enzo haussa distraitement les épaules :

– C'est une vieille amie.

Il avait un peu de mal à se concentrer sur l'affaire de Carennac alors que sa fille risquait de faire une troisième fausse couche. Mais ce meurtre l'empêchait au moins de se laisser obnubiler par cette idée. Trente minutes d'attente sur les marches de la maternité lui auraient paru durer une éternité.

– C'est tout à fait irrégulier, Enzo.

Laurence Vidal n'était pas grande. Assise sur son bureau, au premier étage du bâtiment principal de l'hôpital, elle s'était déjà équipée d'une charlotte, d'une blouse et d'un masque en vue de l'autopsie qu'elle devait pratiquer quelques minutes plus tard. C'était une jolie femme d'une quarantaine d'années, aux yeux verts souriants dans un visage narquois. Elle posa ses notes de synthèse et, tout en balançant les jambes, soumit Enzo à un examen attentif :

– Ce n'est pas juste. Tu te bonifies avec l'âge. À moins de cacher quelque chose sous ton masque, tu es encore plus séduisant qu'à l'époque où tu me courais après dans tout le labo.

Malgré lui, Enzo rougit et jeta un regard gêné à Dominique :

– Elle plaisante.

Curieuse, Laurence Vidal demanda :

– Qui est-ce ?

– Ma femme. Dominique.

Les sourcils de la médecin-légiste remontèrent vivement.

– Tu veux rire ? Toi, marié ? Depuis quand ?

Dominique répondit à sa place :

– Depuis que j'ai pu le persuader d'arrêter de courir dans tous les sens pour résoudre des affaires classées et se mettre en danger.

La pathologiste sourit et lança, les yeux pétillants :

– Alors, vous avez réussi là où nous avons toutes échoué.

Embarrassé, Enzo dansait d'un pied sur l'autre :

– Nous n'avons pas beaucoup de temps, Laurence.

– Moi non plus, dit-elle en sautant de son bureau pour aller prendre un dossier dans un classeur. J'ai autopsié Narcisse hier après-midi et je ne sais vraiment pas si je dois te faire part de mes découvertes, Enzo.

– Je *suis* consultant officiel sur cette affaire, Laurence. Si tu veux appeler le capitaine Arnaud...

Elle l'interrompit d'un geste de la main.

– Oui, oui, d'accord, je te crois.

Cependant, elle ne put s'empêcher de loucher vers Dominique.

– Dominique a été gendarme pendant quinze ans, dit-il. Elle m'assiste.

Loin de paraître convaincue, elle hocha la tête et ouvrit le dossier qu'elle tenait à la main.

– La victime est morte d'une blessure létale en travers de la gorge. Celui qui a fait ça ne plaisantait pas, Enzo. Il n'avait pas l'intention de menacer, ni de lutter, mais de tuer. Incontestablement. À mon avis, il se tenait debout face à la victime. Celle-ci n'a aucune coupure sur les mains, les bras, ou ailleurs. Pas de contusions, rien qui puisse suggérer une bagarre ou une tentative de se défendre.

– Donc, Narcisse ne s'attendait pas à cette attaque.

Elle secoua la tête.

– Apparemment non. (Elle tourna une page.) Une seule plaie. Énorme. Une incision, de la gauche du cou vers l'avant, qui a totalement sectionné l'artère carotide commune gauche. C'était déjà assez grave, mais la lame a également tranché les jugulaires externe et interne gauches, et le muscle sterno-cléido-mastoïdien gauche.

Enzo dit à Dominique, en tordant le cou pour lui montrer :

– C'est ce gros muscle que tu vois en travers.

– Merci pour la leçon d'anatomie, Dr Macleod, plaisanta la pathologiste, visiblement amusée, avant de poursuivre sa lecture. Plusieurs muscles infra-hyoïdiens ont été eux aussi endommagés, et la lame a entaillé à moitié la pomme d'Adam ainsi que le haut de la trachée. Narcisse n'avait aucune chance. La pression artérielle de son cerveau a dû chuter très rapidement. Je n'ai pas vu de photo de la scène de crime, mais il devait y avoir du sang partout.

– En effet.

– Il n'aura pas survécu longtemps. Notamment à cause d'une importante embolie gazeuse due aux blessures des jugulaires. (Elle leva les yeux de ses notes.) L'air aspiré dans les veines va directement au cœur dont il remplit le côté droit. (Elle secoua la tête.) Après ça, difficile de bien pomper.

Elle referma le dossier, le laissa tomber sur le bureau, et ajouta :

– C'est une blessure dévastatrice, causée par une lame très tranchante, et avec force.

Enzo avait l'air songeur.

– Bon, en dehors du fait que le tueur était fort, y a-t-il autre chose que tu serais en mesure de nous apprendre sur lui ?

Le Dr Vidal se rétracta immédiatement :

– Désolée, je n'aurais pas dû dire ça. Je ne le pensais pas vraiment. Non, je ne peux rien t'apprendre sur lui, en fait, pas même s'il était fort ou non. Je pratique de profondes incisions tous les jours sur les gens que j'ouvre pour les autopsier, et ça ne demande pas beaucoup de force. Je n'ai qu'à guider le couteau. Tant qu'elle est aussi tranchante qu'un rasoir, la lame effectue quatre-vingt-dix pour cent du boulot.

Enzo pensa aussitôt au bloc de couteaux auto-aiguisant posé sur le plan de travail de la cuisine ; il en manquait un, le chef.

– Vous pouvez nous dire s'il était droitier ou gaucher ? demanda Dominique.

Confus, Enzo sourit derrière son masque.

– Dominique était une excellente enquêtrice, Laurence, mais elle n'a pas été confrontée à beaucoup de meurtres.

Gênée, cette dernière rougit. Le Dr Vidal répondit avec un geste de dédain :

– Bien sûr que je peux dire s'il était droitier ou gaucher. Comme tout le monde, non ? (Elle sourit à Dominique.) Je ne peux simplement pas me prononcer.

Comme elle commençait à enfiler des gants en latex, Enzo sortit de sa sacoche une grosse enveloppe en papier kraft.

– J'ai imprimé des photos prises sur la scène de crime, Laurence. J'aimerais beaucoup savoir ce que tu penses des taches de sang.

– Très rapidement, alors. Mais j'imagine que ton expertise en la matière est largement supérieure à la mienne.

– Peut-être. Cependant, tu as probablement vu beaucoup plus de sang que moi.

Il étala les tirages sur le bureau ; elle se pencha en avant pour examiner la scène ensanglantée rendue encore plus macabre par les couleurs de l'imprimante.

– Ici, tu peux voir sur le sol les éclaboussures du sang gouttant sous la pression de la blessure initiale, dit Enzo. Et là, l'endroit où il s'est accumulé. La police pense que ces traces sont celles du tueur qui, paniqué, a glissé sur le sang avant de tomber en voulant sortir au plus vite de la maison.

– Pas très malin de sa part.

– Effectivement.

Il déplaça les tirages jusqu'à ce qu'il trouve celui qu'il cherchait.

– J'ai agrandi celles-ci. Qu'en penses-tu ?

Le Dr Vidal se pencha un peu plus pour scruter plusieurs gros plans de minuscules gouttes de sang périphériques, sur les bords de la tache principale. Certaines étaient intactes, d'autres brouillées par les pieds du tueur sans doute. Elle leva les yeux vers Enzo.

– Qu'est-ce que je suis censée chercher ?

Il montra du doigt les taches brouillées.

– Si tu regardes attentivement, tu peux constater que les contours extérieurs de ces gouttelettes sont plus ou moins intacts, alors que le centre est flou, ou étiré, ou sali par les pieds du tueur.

Elle s'exclama derrière son masque :

– La vache. Rien ne t'échappe, hein, Enzo ?

Dominique observa à son tour les gouttes de sang et fronça les sourcils.

– Qu'est-ce que vous voyez que je ne vois pas ?

– Le sang sèche relativement vite, expliqua Enzo. Le bord extérieur de gouttelettes comme celles-ci doit sécher en deux ou trois minutes. Le centre met plus longtemps.

– Parfois, au cours d'une autopsie, dit le Dr Vidal, une ou deux gouttes de sang tombent par terre. Si j'attends quelques minutes pour les essuyer, j'efface presque tout du premier coup. Mais les contours secs, eux, demeurent ; il faut les essuyer une nouvelle fois, ou même les gratter pour les enlever.

Comprenant aussitôt, Dominique s'étonna :

– Alors, le tueur n'aura pas essayé de se sauver immédiatement ?

– Exact, dit Enzo. Les gouttes périphériques étaient déjà partiellement sèches. Il a dû s'écouler plusieurs minutes, au moins, avant qu'il décide de s'enfuir. Donc toute cette théorie selon laquelle Bauer, paniqué, aurait glissé sur le sang dans sa précipitation de vouloir quitter la maison tout de suite après le meurtre ne tient pas debout.

– Qu'est-ce que ça signifie, alors ?

– Aucune idée, répondit Enzo en rassemblant les tirages.

Le Dr Vidal ouvrit la porte :

– Tu me tiens au courant, bien sûr, Enzo. Mais pour l'instant, j'ai rendez-vous avec un cadavre.

Enzo et Dominique se hâtaient de remonter la rue Wilson lorsque Sophie et Bertrand émergèrent de la maternité. Leurs sourires de soulagement indiquaient clairement que leurs craintes les plus terribles étaient sans fondement. Sophie se jeta dans les bras de son père et enfouit son visage dans sa poitrine.

– J'avais tellement peur, papa.

– Qu'est-ce qu'ils t'ont dit ? demanda Dominique.

Ce fut Bertrand qui répondit :

– Que c'était un cas particulièrement sérieux de ce qu'on appelle les contractions de Braxton-Hicks. Des contractions de l'utérus. Rien d'inquiétant tant qu'il n'y a pas de saignement ni de perte des eaux.

– On m'a fait une nouvelle échographie. Le bébé va bien.

– Dieu merci, souffla Enzo sans la lâcher.

Elle s'agrippait à lui aussi fort qu'il la serrait, et cela lui rappela toutes ces fois où, petite, après une chute ou une contrariété, elle se collait à lui comme une sangsue et ne voulait plus le lâcher. Jamais.

– La voiture est à des kilomètres, dit Bertrand. Vous attendez avec Sophie pendant que je vais la chercher ?

Sophie finit par libérer son père et déclara :

– Je peux y aller avec toi.

– Tu es sûre ? s'inquiéta Bertrand.

– Je ne suis pas infirme. Donne-moi le bras, on marchera doucement.

– Bien, nous, nous rentrons à pied, dit Enzo.

Il suivit des yeux le couple qui s'éloignait bras dessus bras dessous et disparut bientôt à sa vue. Comme il poussait un léger soupir, Dominique lui serra la main :

– Tout ira bien.

Les yeux tournés vers le bas de la rue Wilson, la rivière et le pont, Enzo regardait la brume monter entre les arbres.

– Je ne sais pas ce que je ferais s'il lui arrivait quoi que ce soit.

– C'est peut-être une bonne chose, au fond, que tu aies l'affaire de Carennac pour t'occuper l'esprit.

L'air absent, il hocha la tête.

– Peut-être.

Soupirant à nouveau, il se tourna vers Dominique et la serra dans ses bras.

– Et je ne sais pas ce que je ferais sans toi.

– Tu courrais probablement après les jeunes médecins-légistes, plaisanta-t-elle.

Cela le dérida un peu, puis son sourire penaud s'effaça lentement.

– Cet après-midi, je retourne à Carennac, décida-t-il. Il faut que je jette de nouveau un coup d'œil à cette scène de crime. Et j'aimerais aussi m'entretenir avec la vieille dame. Anny Lavigne.

– Tu veux que je vienne avec toi ? On pourrait emmener Laurent, je lui ferais visiter le village.

Il secoua la tête.

– Non, je préfère que tu restes ici au cas où il arriverait quelque chose à Sophie. Elle a beau adorer son père, c'est d'une mère dont elle a besoin en ce moment.

Chapitre 9

Retardé par un problème de plomberie survenu dans son appartement, Enzo partit plus tard que prévu et arriva à Carennac en début de soirée. Des lumières brillaient à l'intérieur du Fénelon quand il passa devant lentement en voiture. Mais, au-delà de la terrasse déserte, il vit à travers les doubles portes vitrées que le restaurant était vide.

La brume montant de la rivière formait des halos jaunes autour des réverbères de l'esplanade. Il n'y avait pas d'autre véhicule en vue ; les fenêtres du château et des maisons environnantes étaient noires. Englué dans un brouillard d'automne, le village offrait une allure spectrale, véritable fantôme des siècles passés. Cependant, l'odeur de fumée dont était imprégné l'air froid et humide prouvait qu'il n'avait pas été entièrement abandonné à l'Histoire.

Enzo boutonna son manteau jusqu'au cou et se dépêcha de traverser la chaussée étroite, devant la poste, vers la maison d'Anny. Des bâtisses médiévales se dressaient de chaque côté, ne laissant voir qu'une petite tranche de ciel. La lune gibbeuse était voilée et sa lumière tamisée par le brouillard quand il atteignit l'espace empierré précédant le square. Le long des grilles, les silhouettes tordues et floutées des vieux arbres se découpaient contre le ciel nocturne ; à la porte, la croix de pierre jetait son ombre allongée sur le macadam.

Il se demanda s'il aurait dû prévenir Arnaud de sa venue, au cas où la maison aurait été fermée à clé. C'était une scène de crime, après tout. Mais, pour l'instant, il n'avait pas envie de partager ses idées avec le gendarme. En tout cas il n'avait pas besoin de s'inquiéter ; malgré le ruban jaune « gendarmerie nationale – zone interdite » tendu en travers de la porte, celle-ci s'ouvrit sur l'obscurité dès qu'il tourna la poignée.

Quand il la poussa, l'haleine de la maison lui sauta au nez. Faibles effluves corporels, de cuisine, d'humidité. Et l'odeur métallique si caractéristique du sang. Il se faufila sous le ruban. En pénétrant à l'intérieur, il pensa immédiatement que c'était ainsi que la victime était entrée dans cette maison deux soirs plus tôt. À peu près à la même heure. Et passer de cette façon de la lumière de la rue à l'obscurité revenait à foncer en aveugle dans l'inconnu. Ou, dans le cas de Narcisse, à passer de vie à trépas.

Laissant la porte ouverte derrière lui, Enzo avança de trois pas dans la cuisine avant que ses doigts rencontrent le plateau de la table, sur sa droite. Cependant, ses yeux mettant un temps fou à s'accommoder, il ne voyait toujours rien. Narcisse n'avait pas dû aller plus loin lorsque la lame avait jailli des ténèbres pour l'égorger.

Un bruit quelque part devant lui le figea sur place ; son cœur se mit à battre la chamade. Complètement affolé, il imagina la même lame surgissant de la nuit pour lui ôter la vie, comme elle avait tué Narcisse.

– Qui est là ?

Sa voix mourut dans le silence dès qu'elle sortit de sa bouche.

Il tendit aussitôt le bras derrière lui et trouva l'interrupteur. Une lumière jaune et dure inonda la pièce ; au bout de la table se tenait un chat noir, au dos arqué, ses grands yeux verts fixés sur lui. Un long soupir de soulagement s'échappa des lèvres d'Enzo tandis que les battements de cœur irréguliers continuaient à lui marteler les côtes. Mais il se laissa encore surprendre quand l'animal sauta d'un bond dans sa direction pour s'échapper par la porte, faisant voler au passage lettres, factures et publicités posées sur la table.

Enzo n'eut pas le temps de se retourner que l'animal avait déjà disparu ; il se demanda s'il avait été témoin du meurtre. De toute façon, ce n'était pas lui qui les aiderait. Il se baissa pour ramasser tout ce qui était tombé par terre, et s'aperçut que quelqu'un avait maladroitement essayé de laver le sang répandu sur le plancher. Il en ressentit une pointe d'agacement. La victime était à peine refroidie ; il n'y avait pas eu d'arrestation. C'était encore une scène de crime dans une enquête en cours. Heureusement qu'il avait pris des photos.

En se redressant, il repéra contre le mur du fond un seau en plastique ensanglanté et un balai à franges. Celui ou celle qui avait tenté d'effacer les traces avait sous-estimé la résistance du sang absorbé par le bois. Selon toute vraisemblance, cette manifestation matérielle du meurtre perpétré dans la cuisine leur survivrait à tous. Tache omniprésente sur le futur, souvenir qu'un homme était mort à cet endroit.

Un homme, pensa Enzo, dont la présence dans cette maison demeurait un mystère.

Il enjamba les traces de sang et se dirigea vers le grand salon. La lune brillait à travers les vitraux. Une lumière morte. La lumière de la nuit qui n'éclaire qu'en noir et blanc. Lueurs décolorées et ombres profondes. Mais sa faible luminescence lui permit de traverser la pièce jusqu'à la porte du fond. Elle n'était pas verrouillée. Un large rayon de lune, brisé par son ombre, vint se déposer sur les dalles de pierre du sol quand Enzo l'ouvrit et sortit sur la terrasse ; celle-ci s'étendait vers la droite et s'élargissait assez pour recevoir une table en bois contre laquelle plusieurs chaises avaient été renversées.

Au-delà, la vieille chapelle et le square étaient noyés dans une clarté brumeuse. Un auvent en tuiles romaines abritait le seuil ; tout de suite à gauche un escalier en pente très raide rejoignait un étroit passage entre les maisons, totalement plongé dans le noir.

Après une seconde d'hésitation, Enzo descendit vers les ténèbres. À gauche, le passage longeait la maison et rejoignait la rue où les marches qu'il avait gravies quelques minutes plus tôt étaient cachées à sa vue. Il tourna à droite et avança en s'éclairant avec la torche de son téléphone jusqu'à un virage serré à partir duquel le chemin grimpait entre jardins et maisons vers la route traversant la partie haute de Carennac. La silhouette silencieuse de l'auberge du Vieux Quercy abandonnée dominait le village.

En face de lui, un petit portail donnait sur le jardin d'une imposante maison qui se dressait sur sa gauche. Il n'y avait ni lumière ni signe de vie. Quand il actionna le loquet, le battant s'écarta. Un chemin pavé descendait vers une grande grille, au bas de la pente, une cinquantaine de mètres plus loin. Au-delà, il apercevait les réverbères de la rue empruntée en arrivant, celle qui passait devant le Fénelon.

Sa connaissance des lieux étant très approximative, il décida de revenir en plein jour afin de se faire une idée plus précise de la topographie.

En revenant sur ses pas, il sursauta à la vue des yeux luisants du chat noir pris dans le faisceau lumineux de son téléphone. Surgi des ténèbres, l'animal le fixa un moment avant de s'éclipser dans la nuit. Sans savoir pourquoi, Enzo en eut la chair de poule ; il se dépêcha de remonter l'escalier, rentra dans le salon, traversa rapidement la cuisine et retrouva dehors la clarté des réverbères. Il éteignit avant de refermer la porte derrière lui.

Son haleine tourbillonnant autour de sa tête comme de la fumée, il dévala les marches et fila vers la rue. En l'atteignant, il hésita une minute. Si Anny n'était pas retournée chez elle, elle était encore probablement au Fénelon. Il tourna donc à droite, en direction des lumières de l'hôtel qui se reflétaient sur la terrasse et la chaussée.

Avant de pénétrer dans la chaleur de l'auberge, il mit son masque. D'une porte située sur sa droite, derrière un haut comptoir en bois, surgit un jeune homme qui lui souhaita la bienvenue et demanda d'une voix étouffée par son masque en coton bleu :

– Une table pour une personne ?

Bien qu'il fût très tenté de dîner, Enzo secoua la tête :

– Je cherche Anny Lavigne.

Le jeune homme hocha la tête vers la salle à manger :

– Près de la fenêtre.

En fait, il n'y avait qu'une seule cliente, Anny Lavigne, assise à une table pour deux. L'alignement des fenêtres devait offrir une belle vue sur la rivière, le jour. Mais pour l'instant, c'était le noir absolu de l'autre côté des vitres.

Enzo s'avança sur le carrelage et s'arrêta respectueusement à deux mètres de la table. Perdue dans ses rêveries, elle ne l'avait pas vu venir, et ne leva les yeux qu'au dernier moment.

– Mademoiselle Lavigne ?

Deux yeux marron lui lancèrent un regard déconcerté.

– Excusez-moi, on se connaît ? Je suis désolée, mais ma mémoire me joue des tours.

– Non, mademoiselle. Et c'est moi qui vous demande pardon de vous déranger au milieu de votre dîner. Je m'appelle Enzo Macleod. Je travaille comme consultant auprès du capitaine Arnaud, sur le meurtre commis dans votre maison.

Une expression douloureuse voleta sur son visage et, l'air presque déçu, elle dit :

– Oh. Je pensais qu'on se connaissait peut-être. Voulez-vous vous joindre à moi ?

– J'aimerais beaucoup. Mais je dois rentrer chez moi ce soir, et un dîner m'y attend.

– Où habitez-vous ?

– À Cahors.

Surprise, elle haussa les sourcils.

– C'est à une bonne heure de route d'ici. Vous dînez tard.

Il hocha la tête.

– Et je ne veux pas courir le risque de m'approcher trop près de vous. À nos âges, nous sommes vulnérables au virus.

Elle soupira.

– Oui. Je commence à craindre que ce mode de vie auquel nous sommes obligés de nous plier – masques, distanciation physique, bulle familiale et amicale – se prolonge trop pour moi. Et d'être contrainte de terminer cette longue vie passionnante passée à parcourir la moitié du monde, enfermée entre mes quatre murs.

Elle marqua une pause, puis ajouta avec un petit sourire :

– Asseyez-vous au moins à la table voisine. Un peu de compagnie me ferait plaisir.

Enzo tira une chaise pour s'installer à l'autre bout de la table voisine, contre les vitres.

– Savez-vous quand je serai autorisée à rentrer chez moi ? demanda-t-elle. Je n'ai pas trop envie de passer mes derniers jours au Fénelon.

Un sourire chaleureux fit étinceler ses yeux, qui paraissaient maintenant mouchetés de vert, et elle passa ses mains tavelées par l'âge dans son abondante chevelure argentée négligemment rassemblée sur la nuque.

– C'est si difficile de sauver les apparences sans les lotions, potions et armes de destruction qu'on a à portée de main dans son boudoir.

Amusé par son humour plein d'autodérision, Enzo sourit :

– Eh bien, il me semble qu'on a déjà commencé à s'attaquer au nettoyage du sang.

Aussitôt, il s'interrompit en se rendant compte de sa maladresse.

– Je vous demande pardon, je ne voulais pas vous choquer.

– Oh, vous savez, monsieur Macleod, j'ai vu le corps de ce pauvre homme baignant dans une mare de sang sur le sol de ma cuisine ; alors, après ça, je ne vois pas trop ce qui pourrait me choquer. Ils ont réussi à faire partir les taches ?

Il secoua la tête.

– C'est bien ce que je pensais. Le sang part très facilement du corps, mais pas du plancher. Je le couvrirai peut-être d'un tapis.

– À mon avis, dit Enzo, si vous demandez au capitaine Arnaud, il vous laissera probablement retourner chez vous demain dans la journée. (Il hésita.) Mais ce serait peut-être préférable d'attendre encore un peu. J'y réfléchirais moi-même à deux fois avant de me réinstaller dans une maison où un meurtre violent vient d'être commis.

– Le temps devient une denrée rare à mon âge, monsieur Macleod. Je vis seule depuis la mort de ma mère. Et de toute façon, la maison est pleine de fantômes. Alors, un de plus ou de moins ne fera pas une grande différence.

Puis, avec la même étincelle dans les yeux :

– Macleod. C'est un nom écossais, n'est-ce pas ?

– En effet, mademoiselle.

– Ah ! Pour l'amour du ciel, arrêtez avec vos *mademoiselle* ! s'écria-t-elle en levant les mains. J'ai l'impression d'être une vieille fille. (Elle sourit.) Même si j'en suis une. Appelez-moi madame, ou Anny. Qu'est-ce qu'un Écossais comme vous fait en France ?

– C'est une longue histoire. Mais j'habite ici depuis plus de trente ans.

Elle hocha la tête.

– Et pourquoi êtes-vous consultant sur un meurtre ?

– Parce que la science médico-légale était ma spécialité. Avant de prendre ma retraite, j'ai pu appliquer de nouvelles méthodes à d'anciennes affaires qui laissaient la police française perplexe depuis des années.

– Et vous les avez résolues ?

– Presque toutes.

– Bravo ! Que voulez-vous savoir, alors ?

– Le capitaine m'a dit que, le soir du meurtre, vous dîniez à Vayrac chez une amie.

– Oui. Marie-Christine. Nous nous connaissons depuis longtemps. Nos mères étaient déjà amies avant nous.

– Elle est venue vous chercher, puis elle vous a raccompagnée ?

– J'ai arrêté de conduire, monsieur Macleod. Je ne me sens plus en sécurité sur les routes depuis un vilain accident. Désormais, je compte sur mes amis.

– Et c'est en rentrant chez vous que vous avez découvert le corps dans votre cuisine ?

– Oui.

Ses lèvres pâlirent quand elle les pressa l'une contre l'autre, son regard devint vitreux et se perdit au loin tandis qu'elle revivait la scène qui l'avait accueillie ce soir-là.

– Le capitaine m'a également dit que Narcisse, la victime, était passé vous voir un peu plus tôt dans la journée.

Elle acquiesça.

– Vous le connaissiez ?

– Pas avant qu'il frappe à ma porte. Mais j'en avais entendu parler, bien sûr, comme je l'ai découvert quand il s'est présenté.

– Qu'est-ce qu'il voulait ?

– Apparemment, il écrivait un livre sur Rose Valland. Il savait que ma mère avait travaillé avec elle pendant la guerre.

– Rose Valland ?

Le nom paraissait familier à Enzo, mais il était incapable de le situer.

– Rose travaillait à la Galerie nationale du Jeu de Paume à Paris pendant l'Occupation. Les nazis utilisaient l'endroit comme centre de tri des œuvres d'art volées aux collectionneurs français, avant de les expédier en Allemagne. À leur insu, Rose enregistrait chaque pièce qui transitait par là. Notant où elle était envoyée, à quelle date. Ainsi, après la guerre, elle a pu se rendre en Allemagne, retrouver leur trace et les rendre à leurs propriétaires légitimes. Une légende dans le monde de l'art, mais peu connue du grand public, hélas.

– Et votre mère a travaillé avec elle ?

– Brièvement. Plus tard, elle a écrit ses souvenirs de cette période – jamais publiés, bien sûr – mais je ne pense pas qu'ils apportent un éclairage nouveau sur les activités de Rose Valland. J'ai dit à monsieur Narcisse que comme j'étais invitée à dîner chez une amie ce soir-là, je jetterais un coup d'œil aux papiers de ma mère le lendemain matin et que, s'il voulait repasser dans l'après-midi, je partagerais mes découvertes avec lui. On dirait qu'il est revenu plus tôt que prévu.

– Et l'Allemand, Hans Bauer, celui que la police soupçonne d'être l'assassin… ?

Elle secoua la tête.

– Je ne sais rien du tout de ce jeune homme, monsieur Macleod. Ce qu'ils faisaient tous les deux dans ma maison est un grand mystère.

Ses sourcils se froncèrent soudain, Enzo crut un instant qu'elle allait pleurer.

– D'une certaine façon, je me sens littéralement… violée, déclara-t-elle avec un regard affligé.

Elle parut alors à Enzo d'une extrême fragilité, et même vulnérabilité, assise toute seule dans cette salle à manger vide et froide tandis que les traces sanglantes d'un meurtre violent étaient encore fraîches sur le sol du seul endroit qu'elle avait jamais considéré comme sa maison. Il hésita à lui poser la question qui lui brûlait les lèvres, puis le fit tout de même :

– Votre amie, Marie-Christine. J'aimerais lui parler si vous le permettez.

– Pourquoi ? s'étonna-t-elle.

– C'est mon métier, Anny. La science médico-légale est l'étude des moindres détails. Votre amie peut avoir vu quelque chose ce soir-là en venant vous chercher, ou en vous raccompagnant. Quelque chose qu'elle n'a même pas enregistré consciemment. Vous accepteriez de me donner son adresse ?

– Bien sûr. Je ne suis pas certaine qu'elle pourra vous apprendre grand-chose. La moitié du temps, cette pauvre Marie-Christine ne voit rien de ce qui l'entoure.

Puis, sortant son téléphone pour y chercher les coordonnées, elle ajouta :

– Je vous la donne.

– Cette semaine a été riche en événements, poursuivit Enzo. Un meurtre chez vous, les restes d'un cadavre découverts dans le square voisin. Vous n'avez aucune idée de l'identité de celui qui a été enterré là, je suppose ?

Elle lui jeta un regard surpris :

– Comment le pourrais-je ? Je dois avouer que je n'y ai guère fait attention. Il paraît que cela remonte aux années 1940. Qui que ce soit, il se trouvait sûrement déjà là avant ma naissance.

L'estomac d'Enzo ne cessa de gargouiller pendant les dix minutes que dura la traversée de la plaine inondable de la vallée de la Dordogne. Puis pendant la traversée du petit village de Bétaille, avec son église en brique fièrement plantée à flanc de coteau. Enfin le long de la voie ferrée jusqu'à Vayrac. Il trouva le Chemin Creux en face de la quincaillerie, dépassa un parking vide et une maison non terminée dont toutes les fenêtres étaient éclairées. On lui avait raconté un jour qu'on n'était pas redevable de la taxe foncière tant que les murs extérieurs n'étaient pas crépis. Ce qui expliquait pourquoi un aussi grand nombre de nouvelles constructions avaient cet aspect inachevé.

Il gara sa voiture à moitié sur le trottoir, sous la faible lueur d'un vieux réverbère, et traversa la rue pour remonter la petite allée de gravier menant à la maison de Marie-Christine Bourges. Apparemment, elle y vivait seule.

Les volets étaient fermés, mais une lumière brillait derrière la vitre de la porte d'entrée. Il frappa, mit son masque et recula d'un pas. Une lampe s'alluma au-dessus de lui, l'aveuglant presque, avant qu'une petite dame âgée en robe de chambre rose apparaisse sur le seuil, le visage presque entièrement caché par un masque.

– Je ne peux rien vous dire de plus que ce que j'ai déjà raconté à la police, lança-t-elle.

– Comment savez-vous ce que j'allais vous demander ?

– Anny m'a appelée. Pour me dire que vous étiez en route.

– Je voulais juste vous poser quelques questions, madame.

– Eh bien, ne vous imaginez pas que vous allez entrer. Restez dehors et gardez vos distances.

Enzo soupira en sentant les premières gouttes de pluie tomber du ciel. La lune avait depuis longtemps disparu derrière les nuages qui s'amoncelaient du nord-ouest. Il devait faire vite.

– On m'a dit que vous viviez seule.

– Je suis veuve, précisa-t-elle comme pour insister sur le fait qu'elle n'était pas une vieille fille comme son amie de l'autre côté de la rivière.

– Donc, quand Anny est venue dîner, vous n'étiez que toutes les deux ?

– Exact.

– À quelle heure êtes-vous passée la chercher ?

– Elle m'avait dit d'être là à 7 h 25.

– Quel horaire précis. Un peu curieux, non ?

Marie-Christine secoua la tête.

– Pas de la part d'Anny, non. Tous les soirs, elle regarde à la télé une émission qui se termine à cette heure-là. Et elle n'est pas du genre à aimer attendre. En fait, j'avais même un peu peur d'être partie trop tard de chez moi. Anny est tellement à cheval sur la ponctualité. Mais non, je suis arrivée à 7 h 25 pile. J'ai regardé ma montre.

– Donc, elle vous attendait ?

– Oui. Elle a dévalé les marches et sauté dans la voiture dès que je me suis arrêtée.

– Il y avait quelqu'un d'autre dans la rue ?

– Je n'ai pas vu âme qui vive en traversant le village, monsieur. Carennac est une vraie ville fantôme en dehors de la saison touristique. On n'a croisé personne en repartant. J'ai remonté la rue pour rejoindre la route principale, à l'école primaire. Il n'y avait pas d'autres voitures non plus. En fait, je ne crois pas avoir croisé un seul véhicule en traversant la vallée.

La pluie commençait à tomber dru. Enzo leva la tête et la vit strier le halo de la lampe au-dessus de la porte. Il cligna des yeux pour l'en chasser.

– À quelle heure l'avez-vous raccompagnée chez elle ?

Elle réfléchit, en fronçant les sourcils.

– Je ne sais pas exactement. Deux heures plus tard, peut-être. Et heureusement que c'est moi qui conduisais. Parce qu'Anny aime bien boire quelques verres de vin.

– Donc, vous êtes arrivées à Carennac vers dix heures moins le quart, disons ?

– Quelque chose comme ça.

– Et vous l'avez déposée au pied de son escalier.

– Oui. Mais je la regarde toujours monter les marches et j'attends qu'elle allume avant de m'en aller. Parfois, elle n'est pas très stable sur ses jambes.

– Alors, que s'est-il passé ?

– Eh bien, je l'ai vue disparaître dans l'ombre, sur le perron. Mais elle n'a pas allumé. Je m'apprêtais à aller voir si tout allait bien quand je l'ai entendue crier. J'ai bondi de la voiture et couru jusqu'en haut de l'escalier.

Elle marqua une pause, les yeux brillants au souvenir de cette scène, avant de poursuivre :

– Anny était debout sur le seuil. Elle tenait son téléphone à la main, et dans la lueur du téléphone, j'ai vu un homme par terre. Et du sang partout. Je n'aurais jamais imaginé que le sang pouvait être aussi foncé, monsieur. Il avait l'air presque noir.

Enzo sentait maintenant la pluie tremper son manteau et dégouliner de ses cheveux sur son visage, puis goutter de son menton. Mais son attention se concentrait sur la vieille dame, à la recherche des micro-signes que Charlotte lui avait appris à déceler, et se rendant compte pour la première fois à quel point un masque peut dissimuler les expressions faciales. Malgré tout, il voyait dans ses yeux que ce souvenir engendrait une détresse sincère.

Chapitre 10

BERLIN, ALLEMAGNE
UNE SEMAINE AVANT LE MEURTRE

La nuit était tombée. Bauer voyait les lumières de la rue se refléter sur les eaux noires du canal et, au-delà, celles de la ville diffusées par les nuages bas. Il se retourna vers son ordinateur, placé sous sa lampe de bureau. Le reste de la pièce était plongé dans le noir. Quelque part dans l'appartement, il entendait Lise marcher, ouvrir et fermer des placards, des tiroirs.

Un curseur clignotait sur le courrier ouvert à l'écran. La réponse des archives diocésaines de Wurtzbourg. Il leur avait écrit pour demander l'autorisation de consulter les documents de sa famille et ceux de l'homme que sa grand-mère avait désigné comme étant le père de son fils sur l'acte de naissance original de Klaus Bauer. Karlheinz Wolff.

Un administrateur lui fixait un rendez-vous le surlendemain à 9 heures du matin. Il était habituel, semblait-il, de nommer un *Mitarbeiter*, ou bénévole, pour aider le visiteur à se repérer dans le labyrinthe des archives du diocèse. Ce serait une femme, Greta Jung, qui l'attendrait à l'heure dite devant la porte du bâtiment.

Toujours efficace, le service des archives lui communiquait l'adresse mail de celle-ci pour lui envoyer en PDF tous les documents en sa possession qu'il pouvait scanner afin qu'elle se prépare. Plusieurs de ces documents étaient étalés sur son bureau, à cheval sur le cercle de lumière. Les scans eux-mêmes étaient prêts sur son écran. Il irait chercher le reste des papiers chez sa mère le lendemain, et demanderait à Lise de les envoyer.

Après avoir confirmé son rendez-vous, il attacha la première tranche des pièces jointes à son courrier. Une fois le mail parti, suivi dans son sillage par un *vvvouffff* de gauche à droite, comme une traînée sonore, il sélectionna dans son dock l'application Google Maps.

Le trajet de Berlin à Wurtzbourg, par l'A9 et l'A71, lui prendrait cinq heures. Il rabattit le couvercle de l'ordinateur et se leva. L'unique autre lumière de l'appartement venait de la chambre. Traversant le couloir, il poussa la porte. Lise sursauta et se détourna de la commode aux tiroirs ouverts. Sur le dessus s'empilaient des sous-vêtements et des T-shirts pliés. S'il avait été moins distrait, il aurait pu interpréter sa nervosité comme de la culpabilité. Mais il avait l'esprit ailleurs.

Il se laissa tomber sur le lit :

– Je vais à Wurtzbourg, demain. Comme j'ai rendez-vous de bonne heure, j'y passerai la nuit. Je serai absent pendant presque deux jours. (Il marqua une pause.) Tu veux venir avec moi ?

– Non, répondit-elle très vite.

Puis, se hâtant de justifier sa réponse trop rapide, elle ajouta :

– Demain, j'ai un rendez-vous de préproduction au théâtre. On se lance dans la préparation en espérant qu'on aura l'autorisation de rouvrir pour Noël.

Il hocha la tête. Soulagé, même s'il ne l'aurait pas avoué. Cette recherche dans le passé, qui risquait de jeter une lumière inattendue sur son présent, était une affaire trop personnelle. Il n'était pas sûr de vouloir partager avec quelqu'un ce qu'elle pouvait révéler.

Mais Lise verbalisa sa pensée :

– Tu crois peut-être que… ta prédisposition pour la violence est un héritage de ton grand-père paternel.

Bauer lui jeta un coup d'œil très bref avant de détourner son regard, de crainte de croiser le sien.

– Difficile à dire tant que je n'en sais pas plus sur lui.

– Mais tu penses que c'est une possibilité.

Il hocha la tête, hésitant à l'admettre. En réalité il avait presque peur de savoir. Dans un sens, ce serait un soulagement. D'apprendre que son comportement était conditionné par quelque chose qui échappait à son contrôle. Mais alors, si c'était le cas, il avait cette violence dans ses gènes et on ne pouvait rien y faire.

Wurtzbourg, capitale du district de Basse-Franconie en Bavière, était nichée dans la vallée du Main. Sa vieille ville présentait un enchevêtrement de toits rouges et de flèches dominé par la forteresse de Marienberg. Il bruinait quand Bauer parcourut à pied, sous les arbres noircis du Hofgarten, la courte distance séparant son hôtel des archives et de la bibliothèque du diocèse, situées sur Domerschulstraße.

Levé à 6 heures, il avait à peine dormi et passé trois heures à trépigner d'impatience dans la salle du petit déjeuner de l'hôtel, en buvant du café et en regardant les infos télévisées qui passaient en boucle et se répétaient toutes les quinze minutes. Stimulé par la caféine et l'excitation, il était sur les nerfs et ne ressentait pas la moindre fatigue.

En avance à son rendez-vous avec la bénévole, il fit les cent pas sur le trottoir, devant l'entrée principale de l'imposant immeuble en verre et acier à l'angle de Bibrastraße. En levant les yeux, il pouvait voir, à travers les grandes fenêtres, des chercheurs assis à des bureaux, face à des écrans d'ordinateurs, tapotant sur des claviers. Les histoires de plusieurs millions de gens d'Europe centrale et au-delà remontant aussi loin que les années 1700, étaient conservées sur disques durs et microfiches, ensevelis dans les profondeurs du bâtiment. Mais une seule l'intéressait, ainsi que le lien génétique menant directement à lui.

– Herr Bauer ?

Il se retourna, surpris de se trouver devant une jolie jeune femme aux cheveux bruns et lisses tombant sur les épaules, à la bouche rouge comme une estafilade dans son visage pâle. Elle portait un court manteau bleu marine sur des leggings verts. Un masque jaune pendait à son oreille. Ses yeux bleus souriants étaient troublants, ils semblaient le transpercer. Elle ne devait pas avoir plus de vingt ou vingt et un ans.

– Oui. Greta Jung ?

Elle acquiesça et accrocha aussitôt l'élastique du masque sur l'autre oreille.

Soudain gêné de ne pas porter le sien, il se dépêcha de le sortir de sa poche.

– On entre directement ?

Elle secoua la tête et tapota une chemise orange coincée sous son bras. Tout sur elle paraissait peint avec des couleurs primaires ou secondaires.

– Inutile. J'ai effectué toutes les recherches hier ; en fait la majeure partie de ce que vous voulez savoir sur votre grand-père peut se trouver sur Internet. J'ai compilé un dossier à votre intention. Vous avez déjà pris votre petit déjeuner ?

– Non, mentit-il.

L'idée de partager un petit déjeuner avec cette fille lui plaisait.

– Parfait. Moi non plus. Je meurs de faim. Il y a un café à cinq minutes d'ici. Le Zweiviertel. Ils en font des géniaux. Je vous montrerai le dossier là-bas.

Tout en marchant, elle lui raconta qu'elle était étudiante à l'université de Wurtzbourg, où elle suivait des cours d'informatique. Travailler à temps partiel comme bénévole lui offrait à la fois l'occasion de s'amuser et de s'entraîner.

Dans le café, ils s'assirent à bonne distance l'un de l'autre autour d'une table située sous une ardoise où un menu avait été inscrit à la craie. Greta Jung commanda une assiette de viande froide, une corbeille de croissants et un café qu'on lui servit dans un grand verre révélant des couches alternées de lait, café et crème Chantilly. Bauer lui ayant proposé de l'inviter, elle semblait prête à en profiter au maximum. Pour sa part, il n'avait pas faim et se contenta d'un expresso, histoire de se recharger en caféine. Il le but d'un trait, remit son masque, puis regarda la jeune fille manger goulûment et parler en même temps. La plupart des étudiants, se rappela-t-il, n'avaient pas les moyens de s'offrir des petits déjeuners aussi somptueux.

– Karlheinz Wolff, commença-t-elle, est né à Dresde en 1898. Son père était architecte, sa mère artiste aquarelliste. Il avait un frère aîné et une jeune sœur. La famille est venue s'installer à Wurtzbourg juste avant la déclaration de la guerre de 1914, et Wolff a servi dans l'armée sur le front de l'Ouest pendant les deux dernières années ; il a reçu la croix de fer pour acte de bravoure. Après la guerre, il a fait des études artistiques à l'université de Francfort. Son frère, Hildebrand, est devenu conservateur d'un musée régional de Brême, et ses parents ont exaucé le souhait de sa sœur en l'inscrivant aux Beaux-Arts de Paris et en l'installant dans un petit appartement.

Elle leva les yeux de la tranche de saucisson plantée sur les dents de sa fourchette, à mi-chemin de sa bouche, et sourit :

– L'art semble avoir la cote dans la famille, on dirait. Jusqu'à vous, deux générations plus tard.

Sidéré, il demanda :

– Comment le savez-vous ?

Elle haussa les épaules.

– J'ai fait quelques recherches sur vous hier soir. Vous possédez une galerie à Berlin.

Il se sentit mal à l'aise à l'idée de savoir que quelqu'un d'autre avait fouillé dans sa vie. Mais elle ne lui laissa pas le temps de s'appesantir là-dessus car elle ouvrit aussitôt la chemise orange sur la table tout en glissant la tranche de saucisson dans sa bouche.

– Une histoire intéressante, celle de sa sœur Erika, dit-elle en feuilletant quelques pages. Ah, nous y voilà. Elle semble avoir eu une liaison avec un homme plus âgé. Un critique d'art célèbre à Paris, Georges Picard. Marié, père de plusieurs enfants. (Elle regarda Bauer en haussant les sourcils.) Il y a des hommes incapables de la garder dans leur *Lederhose*, hein ?

Son franc-parler embarrassa Bauer.

– Ensuite ?

– Elle s'est retrouvée enceinte. Et comme il ne voulait pas quitter sa femme et sa famille, elle s'est suicidée.

Manifestant peu de compassion, Greta Jung ajouta avec désinvolture :

– Très dramatique. Bref, Karlheinz est devenu fou furieux. C'était sa petite sœur, après tout. Alors, avec un groupe d'amis, il est allé à Paris, où il a presque tué Picard. Il l'a accosté dans un bar et, d'après ce qu'on raconte, l'a carrément réduit en bouillie. Il était réputé pour avoir un sale caractère. Si ses amis ne l'avaient pas entraîné dehors, il l'aurait certainement achevé. Ils ont été obligés de lui faire quitter la France en douce avant que la police ne l'arrête.

Bauer sentit ses joues le brûler comme si on l'avait giflé. Dans une crise de colère, son grand-père avait failli tuer l'homme qu'il rendait responsable du suicide de sa sœur. Était-ce une manifestation de ce même tempérament explosif qui l'avait affligé durant toute sa jeunesse, et encore maintenant ? Une intempérance conduisant à la violence ?

– Hello ? Vous êtes toujours avec moi ?

Greta Jung le regardait d'un air interrogateur.

– Je continue ?

– Oui, je vous en prie.

Elle consulta ses notes et poursuivit :

– Après avoir obtenu son diplôme à Francfort, il est parti travailler dans le musée de son frère, à Brême. C'est là qu'il a rencontré l'homme qui allait changer sa vie. L'industriel Guido Fischer. Vous avez déjà entendu parler de lui ?

Il secoua la tête.

– Moi non plus. Il a fallu que je cherche. (Elle vida son verre.) Vous croyez que je pourrais avoir un autre café ?

– Bien sûr.

Bauer fit signe au serveur. Greta se replongea dans son dossier.

– Fischer avait inventé des joints pour moteur et des plaquettes de frein en une espèce d'amiante tissé. L'armée s'est jetée dessus pendant la Première Guerre, au moment où l'approvisionnement en produits manufacturés dans les usines britanniques s'est évidemment tari. À la fin de la guerre, il était devenu fabuleusement riche, et tous les membres du gouvernement le courtisaient. Ensuite, quand les nazis sont arrivés au pouvoir, ils se sont rendu compte qu'ils allaient avoir besoin de lui pour alimenter la puissante machine de guerre édifiée dans les années trente.

– Comment Karlheinz a-t-il fait sa connaissance ?

– Les frères Wolff préparaient une exposition d'art contemporain au musée où Hildebrand travaillait. Guido Fischer était lui-même collectionneur – et si un homme de son importance demande une visite privée en avant-première, il l'obtient. C'est là que Karlheinz l'a rencontré la première fois. Fischer désirait acheter plusieurs des œuvres exposées. Karlheinz lui a proposé de négocier leur achat en son nom. Étant donné son statut de frère du conservateur, il pouvait les obtenir à un prix inférieur à celui du marché. Apparemment, Hildebrand l'a très mal pris, mais Fischer, lui, était ravi et Karlheinz est très vite devenu son marchand d'art officieux. Au cours des années suivantes, la relation entre les deux hommes s'est approfondie jusqu'à évoluer en une affection réelle, presque comme entre un père et son fils.

Elle releva la tête et observa Bauer avec un tel intérêt qu'il se réjouit de porter un masque.

– C'est grâce à la protection de Fischer que Wolff n'a pas été inquiété par les nazis pour ses origines juives.

Sidéré, Bauer plissa les yeux :

– Ses origines juives ?

Elle se mit à rire.

– Eh oui, il avait une grand-mère juive. La famille s'était convertie depuis longtemps au catholicisme, mais les nazis s'en fichaient. Pour eux, le judaïsme était dans le sang, alors quand Hitler est arrivé au pouvoir, les gens comme Wolff, et les siens, ont été étiquetés *Mischlinge*. Métis. Pour n'importe quelle autre famille, c'était un arrêt de mort. Mais avec un ami tel que Guido Fischer, ce malheureux accident de naissance a tout simplement été relégué aux oubliettes. (Elle rit de nouveau.) Sinon, comment un *Mischling* aurait-il pu devenir le marchand d'art du deuxième personnage du Parti après Hitler.

– Göring ?

– Oui. Un homme doté, apparemment, d'un appétit insatiable pour les œuvres d'art. (Elle sourit.) Volées, dans leur plus grande majorité.

Bauer se sentait vidé. L'insomnie de la nuit précédente plus les cinq heures de route entre Wurtzbourg et Berlin se faisaient sentir. Mais son esprit bouillonnait toujours, aussi effervescent qu'un cachet d'aspirine dans un verre d'eau. Tout au long du voyage de retour, il avait ressassé ce que Greta Jung lui avait raconté. La chemise orange était posée à côté de lui sur le siège passager ; il regrettait de ne pas avoir pris le train pour pouvoir s'y plonger sans attendre. Il mourait d'impatience de l'ouvrir.

Après avoir garé sa voiture sur son emplacement réservé, sous les arbres bordant le canal, il traversa la rue en direction de son immeuble. Il arrivait à Berlin plus tôt que prévu ; le jour commençait juste à décliner, quelques nuages éparpillés, roses et violets, se fondaient dans un ciel de plus en plus foncé. Sous son bras, il serrait le dossier orange de Greta Jung. Préoccupé comme il l'était par tout ce qu'il avait appris dans la journée, il remarqua à peine les deux hommes en train de charger des sacs et des cartons à l'arrière d'une camionnette stationnée le long du trottoir.

Il les dépassa, pénétra dans le hall et monta l'escalier quatre à quatre jusqu'au troisième étage. L'appartement lui parut étrangement froid, comme si le chauffage ne s'était pas mis en marche automatiquement. Une seule lumière s'infiltrait dans l'entrée par l'entrebâillement de la porte de la chambre.

– Lise ?

N'obtenant aucune réponse, il traversa le couloir et poussa la porte en grand.

Lise était penchée au-dessus d'une valise remplie à ras bord posée sur le lit, qu'elle essayait désespérément de fermer. Elle tourna vers lui des yeux apeurés, assombris par ses pupilles dilatées, et fit un bond de côté comme si elle s'était brûlée. Immobile sur le seuil, il la regarda d'un air consterné.

– Qu'est-ce que tu fais ?

Elle passa la langue sur ses lèvres sèches, mais ne répondit pas. Bauer avisa alors la penderie ouverte, les cintres nus qui se balançaient dans le vide, les tiroirs dépouillés de leur contenu. Toutes les affaires personnelles de Lise avaient disparu de la commode. Ses yeux revinrent à sa partenaire de presque deux années et il sentit cette vieille colère familière monter en lui.

– Tu me quittes ?

Une expression paniquée se peignit sur le visage de Lise, qui jeta un coup d'œil à sa valise et prit sa décision sur-le-champ. L'abandonner et se sauver. Elle courut vers la porte. Mais Bauer l'attrapa au passage par le bras, la fit pivoter violemment et la lança sur le lit.

– Tu allais partir sans un mot ? s'écria-t-il d'une voix étranglée par la colère et l'incrédulité. Me laisser rentrer dans une maison vide ? Après tout ce que j'ai fait pour toi ?

– Tout ce que tu as jamais fait pour moi, c'est du mal !

Elle savait que les mots qu'elle lui jetait à la figure ne feraient qu'attiser sa rage. Elle dégringola du lit et tira d'un coup sec sur la fermeture Éclair de sa valise dont elle attrapa la poignée.

– Je ne sais vraiment pas pourquoi je suis restée aussi longtemps avec toi.

– Rien à voir avec mon argent, je présume, dit-il d'une voix soudain chargée de sarcasme.

– Ce n'est pas *ton* argent, d'abord, cracha-t-elle. De toute façon je n'en ai rien à foutre. J'ai cru que je t'aimais, va savoir pourquoi. Mais je n'ai jamais compris comment un homme adulte doté d'un minimum d'amour-propre peut vivre aux crochets de sa mère. En attendant qu'elle meure pour hériter.

– Petite salope !

La fureur l'envahit. Il marcha sur elle, poing levé, prêt à frapper, comme il l'avait déjà fait tant de fois. Mais des bras puissants l'agrippèrent et le plaquèrent dos au mur, que sa tête heurta avec un craquement sonore. Deux jeunes hommes, à peu près de son âge, envahissaient la pièce, tendus, remontés comme des ressorts.

L'un des deux se tourna à moitié vers la fille et cria :

– Va-t'en, Lise !

Alors, seulement, Bauer reconnut les deux types qui chargeaient la camionnette devant l'immeuble.

– Qui êtes-vous, putain ? Sortez de chez moi !

– Va-t'en, Lise ! hurla de nouveau l'homme dont la grosse voix résonna autour de la pièce.

– Mais pour qui vous vous prenez, bon Dieu ? beugla Bauer.

Celui qui avait hurlé à Lise de s'en aller s'avança avec un sourire mauvais, les poings serrés.

– Je suis le frère aîné de Lise. Tu le saurais si tu t'étais donné la peine de rencontrer sa famille. Elle en a terminé avec toi, enfoiré ! Et tu vas recevoir ce que tu mérites.

Son ami fit un pas sur le côté ; les deux hommes coincèrent Bauer de telle façon qu'il ne pourrait en frapper qu'un seul à la fois.

Survolté par la fureur autant que par la peur, il se raidit. Il savait qu'il allait recevoir une raclée mais n'avait pas l'intention de tomber sans se battre.

Au moment où elle quittait l'appartement, Lise l'entendit pousser un hurlement à glacer le sang, suivi d'un vacarme suggérant une violence extrême à l'issue sanglante. Elle refoula les larmes qui menaçaient de l'aveugler et descendit l'escalier en tirant sa valise derrière elle.

Plusieurs heures s'écoulèrent avant que la douleur qui lui vrillait la tête ne se calme. Sa lèvre inférieure, ouverte par une incisive cassée, avait encore saigné abondamment longtemps après le départ de ses agresseurs. Il avait un œil presque fermé, bien qu'il fût certain d'avoir atténué le gonflement et l'hématome en y appliquant un sachet de légumes sorti tout droit du congélateur. Ses côtes le faisaient tellement souffrir à chaque mouvement qu'il se demandait s'il n'en avait pas plusieurs brisées ou fêlées. Il soupçonnait les grosses bottes qui l'avaient bourré de coups, à partir de l'instant où il s'était finalement écroulé par terre, d'avoir encore plus endommagé ses bras quand il avait essayé de se protéger avec.

Malgré tout, lui aussi avait réussi à les amocher ; les articulations de ses deux mains, enflées et couvertes de bleus, le prouvaient.

Plusieurs cachets de paracétamol l'avaient aidé à surmonter la douleur, et c'était seulement maintenant qu'elle commençait à s'effacer en arrière-plan, cessant de prendre le pas sur tout le reste. Assis dans le salon obscur, il buvait à petites gorgées, avec précaution, un verre de whisky et d'eau gazeuse rempli à ras bord de glaçons dont le contact engourdissait ses lèvres.

Sa rage avait fini par s'apaiser et céder la place à l'apitoiement sur soi ; il sentit les premières larmes tièdes couler sur son visage contusionné. Le verre tremblant dans sa main, il ferma les yeux, essaya de se ressaisir. À travers les vitres qui occupaient tout un mur de l'appartement, les lumières de la ville dessinaient sur le sol les formes allongées des fenêtres. C'est alors que le sentiment de l'avoir perdue le frappa de plein fouet.

Lise était partie. Fin de l'histoire. Elle ne reviendrait jamais, et il savait que c'était entièrement de sa faute. Les regrets qu'il éprouvait toujours après ses explosions de violence contre elle le hantaient à présent. Ainsi qu'une tristesse sincère pour tout ce qu'il lui avait fait subir, et s'était infligé par la même occasion, en fin de compte. Sa mère aussi était partie. À part lui, il n'avait plus personne à qui s'en prendre.

Il traversa la pièce avec raideur pour aller remplir son verre à la cuisine. Quand il revint, il s'affala dans le fauteuil pivotant. Dès qu'il alluma la lampe de son bureau, ses yeux le firent souffrir ; il les ferma pour les rouvrir lentement afin de les habituer peu à peu à la lumière. Plus tôt, il avait réuni les feuilles qui avaient volé sur le sol de la chambre pour les replacer dans le dossier orange, posé maintenant sous le cercle lumineux. Il le tira à lui et l'ouvrit. Les photocopies des documents retrouvés par Greta Jung dans les caves des archives de Wurtzbourg, les tirages papier d'obscures pages web dénichées au cours de sa recherche de détails sur Karlheinz Wolff. L'histoire de sa sœur Erika, de sa première rencontre avec l'industriel Guido Fischer. Il existait une page Wikipédia sur Fischer, où Wolff était mentionné ; on disait qu'il était devenu marchand d'art pour Hermann Göring. Mais aucune explication sur la manière dont c'était arrivé.

Hors de sa portée, et en dehors de la flaque de lumière sur son bureau, les carnets de Wolff s'empilaient en un tas désordonné. Ombres silencieuses du passé, gisant dans le noir, l'invitant à les lire. Il les contempla un très long moment avant de finir par succomber à la tentation. Son fauteuil grinça quand il se pencha en avant pour les tirer à la lumière. Puis, après s'être de nouveau adossé, il les feuilleta l'un après l'autre afin de les classer par ordre chronologique. Il n'était pas assez concentré pour leur accorder tout de suite son entière attention, mais il parcourut rapidement quelques-unes des premières entrées et fut frappé par la similitude entre l'écriture de Wolff et la sienne.

Wolff semblait avoir commencé son journal au cours de ses premières années d'université. Les premières pages révélaient un manque de confiance en soi très juvénile, un nombrilisme quasi obsessionnel. Une conscience grandissante de son caractère explosif, de sa propension à la violence quand il se mettait en colère. Bauer trouva cette lecture pénible. Il avait sous les yeux des mots qu'il aurait pu choisir pour se définir lui-même, et pourtant écrits par un homme qui le précédait de deux générations.

La fascination de Wolff pour sa sœur frisait la passion ; cela ressortait clairement dans tous les passages qui la concernaient. D'une manière assez malsaine. Erika était belle, douée, irréprochable. Elle lui manquait terriblement après être partie s'installer à Paris ; il décrivait les nuits d'insomnie où il pensait à elle. Et les rêves où elle figurait flirtaient parfois avec l'érotisme.

Bauer évita le récit de son voyage à Paris avec ses amis pour la venger du critique d'art qui l'avait mise enceinte. Ça le touchait de beaucoup trop près. Il sauta les pages jusqu'à ce qu'il trouve ce qui l'intéressait vraiment. La description de sa première rencontre avec l'homme à la tête de la *Luftwaffe*, l'aviation allemande. Celui qu'Hitler avait nommé *Reichsmarschall* au début de la guerre, lui donnant ainsi la préséance sur tous les autres officiers des forces armées allemandes. Hermann Göring. Présenté par Greta Jung, dans le café de Wurtzbourg, comme un voleur d'œuvres d'art.

Chapitre 11

Bauer boit une gorgée de whisky et se penche dans le cercle de lumière pour lire.

Journal de Wolff : mercredi 21 août 1940

Guido m'a emmené à Carinhall dans son fabuleux cabriolet Mercedes-Benz 320, d'un bleu pastel sublime ; nous avons mis un peu plus d'une heure depuis Berlin, avec la capote baissée et le vent dans nos cheveux. Belle journée d'été ensoleillée, Guido était de bonne humeur. La Wehrmacht a déferlé sur l'Europe occidentale. La France est tombée. La *Luftwaffe* de Göring s'apprête à balayer du ciel la force fragile des Spitfires, au-dessus du sud de l'Angleterre ; on a commencé à bombarder Londres pour affaiblir les Anglais avant l'invasion imminente.

À quarante-deux ans, je me sentais aussi nerveux qu'à mon premier jour dans les tranchées. J'avais mis mon plus beau costume, avec une chemise blanche impeccablement repassée et une cravate bleue, et ciré mes chaussures pendant vingt minutes au moins jusqu'à ce que j'y voie mon reflet. J'allais rencontrer le deuxième homme le plus puissant d'Europe.

Guido trouvait mon anxiété divertissante. Il adore me taquiner. Il a passé presque tout le voyage à critiquer mon sens de l'humour, ou plutôt son absence. D'après lui, Göring était d'une compagnie agréable et avait hâte de me connaître. Pour sa part, Guido est régulièrement invité au pavillon de chasse.

– Il l'a fait construire en 1934 dans la forêt de la Schorfheide, comme résidence privée, m'a-t-il expliqué, les yeux fixés sur la route. Il lui a donné le nom de sa première femme, Carin, trois ans après sa mort. Mais depuis, il l'a beaucoup agrandi. Maintenant, c'est une résidence d'État officielle et un pavillon de chasse.

Il m'a regardé pour ajouter avec un regard amusé :

– Entièrement payé par le peuple allemand, bien sûr.

La campagne dégagée était peu à peu remplacée par la grande forêt du nord de Berlin qu'on appelle la Schorfheide ; on a fini par s'arrêter devant les guérites des sentinelles du domaine de Carinhall où on a contrôlé nos papiers avant de nous autoriser à aller plus loin. Une longue route droite coupait à travers les arbres. Au bout, j'ai vu un groupe de bâtiments miroiter dans la chaleur du jour. Plus loin se trouvait le lac Dölln ; des oiseaux tournoyaient paresseusement dans le ciel au-dessus de l'eau.

– Ce sont les ailes réservées au personnel, au médecin et au dentiste, a dit Guido. Il y a un sauna, un gymnase, une piscine intérieure. Et, bien entendu, le train miniature de Göring. (Il a éclaté de rire.) Pas loin d'une centaine de mètres de rails avec des tunnels, des ponts et même des avions. Il y a aussi un cinéma, si ça vous dit de regarder un film pendant qu'on est là.

En voyant mon expression – air bête et bouche ouverte, j'imagine – il a secoué la tête. J'étais allé plusieurs fois chez Guido, mais il a beau être riche, ce n'est rien en comparaison. Même dans mes rêves les plus fous, jamais je n'aurais pu imaginer une chose pareille.

Après avoir dépassé les dépendances, on est entré dans une vaste cour au fond de laquelle se dressait un impressionnant bâtiment peint en blanc. Au centre d'un bassin carré, un sanglier monté sur un socle témoignait de sa vocation originelle de pavillon de chasse. De chaque côté de l'encadrement en pierre d'une entrée monumentale flottaient les drapeaux du Parti. Des cerfs grandeur nature en position couchée flanquaient la porte.

Guido a garé la voiture à côté d'autres véhicules et coupé le moteur. Puis il s'est tourné vers moi pour me prévenir :

– Hermann est d'une compagnie agréable, comme je vous l'ai dit. Mais il peut aussi se révéler imprévisible. (Il a baissé la voix comme si on pouvait nous entendre.) Vous vous souvenez probablement du putsch de la Brasserie, à Munich, quand Hitler a essayé de prendre le pouvoir une première fois, en 1923. Un désastre. Un coup d'État raté. Beaucoup de membres du Parti ont été tués par la police et Hitler a été condamné à cinq ans de prison. Hermann, qui y participait, a été blessé dans la fusillade. Une vilaine blessure qui s'est infectée. Les médecins lui ont donné de la morphine contre la douleur. Depuis, le pauvre homme a développé une dépendance. Ça dure encore, après toutes ces années.

Une fois descendu de voiture, Guido s'est penché vers l'intérieur et a murmuré, tout en secouant la tête :

– L'addiction à la morphine complique les choses, Karlheinz. Elle excite le système nerveux, engendre une activité excessive de certaines glandes. Elle peut provoquer des débordements d'énergie. Et parfois un orgueil démesuré.

À ma grande surprise, il m'a fait un clin d'œil et souri.

– Voilà qui définit à la perfection *der dicke Hermann*. On ne sait jamais comment on va le trouver.

Sur ce, il s'est redressé et, reprenant sa voix normale, m'a lancé :

– Venez, mon ami. Il est temps de rencontrer le *Reichsmarschall*.

Je pense que ça l'amusait d'attiser les braises de mon anxiété, de me rendre encore plus nerveux que je ne l'étais déjà. Traiter notre hôte de « gros Hermann » juste avant que je lui sois présenté était clairement et malicieusement destiné à me perturber.

Dans le grand hall sombre, nous avons été accueillis par un domestique en chemise blanche et gilet. Il avait l'allure d'un maître d'hôtel. J'ai été prié de signer le livre d'or posé sur un lutrin de l'autre côté de la porte. Énorme, lourd à ouvrir, et dont les pages dégageaient un mélange des odeurs laissées par la cohorte des visiteurs au fil des ans.

– Vous voilà en glorieuse compagnie, jeune homme, a plaisanté Guido tandis que, penché sur le livre, j'apposais mon nom, la date, et ma signature. Si vous jetez un coup d'œil en arrière vous constaterez que ces pages ont vu défiler des personnalités aussi prestigieuses que l'ancien président des États-Unis Herbert Hoover, le duc et la duchesse de Windsor, Benito Mussolini, les rois de Bulgarie, de Roumanie, de Yougoslavie. Désormais, tout le monde pourra se vanter d'y avoir également vu votre nom.

Un long couloir dallé nous a fait passer entre des murs ornés d'œuvres d'art classiques ; j'en ai reconnu plusieurs pour les avoir étudiées aux Beaux-Arts de Francfort. Il y avait aussi des sculptures et des vases sur des socles en marbre, éclairés par une lumière zénithale afin d'atténuer les ombres.

Finalement, on nous a introduits dans la *Jagdhalle*, un immense salon de réception aux poutres apparentes, qui s'élève jusqu'au faîtage du toit. Il mesure soixante-cinq mètres cinquante de long, m'avait dit Guido en venant, mais je ne me rendais pas compte de ce que cela représentait avant d'y pénétrer. Une énorme cheminée occupe presque tout le mur du fond. Des tapis recouvrent les parquets cirés entre des groupes de meubles rembourrés, des ensembles de trois et cinq fauteuils aux motifs discrets disposés autour de tables basses, une très longue table de salle à manger devant le foyer. Sur toute la longueur de la pièce, des lustres électriques pendent des poutres transversales. Ponctuant le mur de façade, des ramures sont accrochées au-dessus de chaque fenêtre cintrée, et sur le mur d'en face, des chaises de cérémonie et de longues tables en bois attendent sous des tapisseries majestueuses et des toiles inestimables.

Allongé sur un canapé, à l'autre bout du salon, Göring lisait le journal. Il portait la tunique d'été en coton blanc dans laquelle il apparaît sur beaucoup de photos. C'est un homme grand, corpulent, au visage plein et rond, aux cheveux noirs teints, huilés, lissés en arrière au-dessus d'un large front.

Guido s'est penché en murmurant :

– Il élève des lions ici, vous savez. Alors, faites attention de ne pas le contrarier.

Quand Göring nous a vus, il a posé son journal à côté de lui et s'est levé pour nous saluer. J'ai eu l'impression que la traversée de cette *Jagdhalle* durait une éternité avant d'arriver jusqu'à lui. En m'approchant, j'ai reconnu la croix de fer fixée au col de sa tunique, et la fameuse décoration « Pour le Mérite » pendue à un lacet de cuir. Son teint rougeaud trahit un excès de bonne chère et une tension dangereusement élevée. Ses doigts boudinés parés de bagues tape-à-l'œil en or et en argent ont vigoureusement serré ma main.

En sa présence, je me suis senti petit, mais baigné dans la chaleur de sa bonhomie et de ses yeux bleus souriants.

– Herr Wolff, a-t-il dit. Je suis ravi de vous rencontrer enfin. Guido m'a tellement parlé de vous.

– Rien qu'en bien, j'espère, monsieur.

Il a souri à Guido :

– Herr Fischer est la discrétion incarnée... (Puis se retournant vers moi.) Puis-je vous appeler Karlheinz ?

Je dois avouer qu'il m'a décontenancé. Même si je l'avais voulu, je n'étais pas en position de refuser. Et pourquoi l'aurais-je fait ?

– Bien sûr.

Alors, il m'a pris par le bras pour m'entraîner un peu plus loin et me montrer un tableau à la place d'honneur sur le mur qui faisait face aux fenêtres. Haut de presque deux mètres, il représente une belle femme en tenue de chasse sur un fond de ciel bleu clair. Son haut col est relevé, un faucon posé sur son bras gauche a les ailes déployées.

– Qu'en pensez-vous ? a-t-il demandé.

– Magnifique.

– Vous le connaissez ?

– *La Fauconnière* de Hans Makart.

Guido m'avait fourni la liste des œuvres que Göring appréciait le plus. Je l'avais révisée en vue de cette visite. Aussi ai-je pu lui dire :

– Un cadeau de Herr Hitler, il y a deux ans, je crois. À l'occasion de votre quarante-cinquième anniversaire.

Göring a lancé à Guido un regard entendu et lâché :

– Bien joué, Guido.

Puis son sourire s'est effacé quand il a ajouté :

– Voudriez-vous nous laisser maintenant, s'il vous plaît ?

En fait, je crois que la stupéfaction de Guido a dépassé la mienne. Je l'ai vu s'étouffer de surprise.

– Bien sûr, *Reichsmarschall*, a-t-il répondu.

Soudain, leurs rapports semblaient beaucoup plus formels. Guido m'a fait un signe de tête avant de retraverser tout le grand salon et disparaître finalement par la porte du fond.

– Venez boire un café, a proposé Göring.

Le domestique en gilet qui nous avait introduits attendait à une distance respectable. Avec un geste désinvolte dans sa direction, Göring a lancé :

– Du café pour mon invité, Daniel.

Puis il m'a redirigé vers le canapé, où se voyait encore l'empreinte de son ample postérieur, et s'y est laissé tomber.

– Asseyez-vous.

Un peu gêné, je me suis installé dans un fauteuil, face à lui, en regrettant amèrement l'absence de Guido.

Göring paraissait distrait. Cherchant sur lui, puis autour de lui sur le canapé, quelque chose qu'il ne trouvait pas. Je me taisais, j'avais l'impression qu'il avait oublié ma présence.

Le café est arrivé sur un plateau que Daniel a posé sur la table basse entre nous. Il a rempli deux tasses, s'est incliné et éclipsé. Émergeant de sa distraction, Göring a brandi une main vers le pot de crème :

– Servez-vous.

J'ai versé une petite goutte de crème dans mon café et bu une gorgée. Il était plutôt bon, mais Göring ne s'y intéressait pas. Il fixait sur moi son regard troublant :

– Êtes-vous amateur de moderne, Karlheinz ?

Comme je ne comprenais pas et fronçais les sourcils, il a précisé :

– D'art moderne.

– C'est mon activité principale, monsieur.

– Ce n'est pas ce que je vous demande.

J'ai paniqué un peu, puis, tout en m'interrogeant sur la réponse correcte à donner, j'ai décidé que l'honnêteté serait la meilleure politique.

– Oui, mais pas tout. J'admire beaucoup les impressionnistes, infiniment moins les artistes dans la veine de Picasso ou Dalí.

– Vous n'ignorez pas que Herr Hitler considère l'art moderne dans sa totalité comme un art dégénéré, symptôme de la décadence de la civilisation occidentale.

– Je l'ai lu, monsieur.

– Nous avons accumulé de vastes quantités d'œuvres, Karlheinz. Confisquées. La plupart à des collectionneurs juifs. Le Führer les aurait détruites. Mais ces œuvres ont une valeur financière intrinsèque sur le marché international ; Herr Hitler s'est laissé persuader que leur vente enrichirait les caisses de la guerre. J'aimerais que vous vous chargiez de ces ventes au nom du Reich.

J'étais abasourdi. Pourquoi moi ? D'accord, j'étais le marchand d'art de Guido Fischer, mais là, ça se situait à un niveau de responsabilités entièrement différent. Je ne savais pas quoi dire.

Göring souriait, comme s'il lisait dans mes pensées.

– Du moins, ce sera votre couverture.

– Ma couverture ?

– Cette guerre va repousser les frontières de l'Allemagne à travers toute l'Europe, Karlheinz. Une redistribution du pouvoir. Et des richesses. (Il a marqué ostensiblement une pause.) Et de l'art. Notre Führer a un plan remarquable pour bâtir ce que tout le monde appelle un super musée, à Linz en Autriche. Les plus belles œuvres du monde y seront exposées. (Nouvelle pause précédant le plus inattendu.) Il veut la *Mona Lisa* de da Vinci comme pièce maîtresse de sa collection.

Mon expression a dû trahir le plus grand étonnement car il a souri.

– Vous connaissez, me semble-t-il, un certain Paul Lange, marchand d'art.

Rien que la mention de ce nom a suffi à convoquer les nuages noirs d'une colère ancienne. Je suis persuadé qu'il en a vu l'ombre sur mon visage.

– Oui, monsieur. Nous avons étudié l'art ensemble à Francfort.

– Herr Hitler a affecté Lange au *Kunstschutz* de Paris. Il lui a demandé d'obtenir la *Mona Lisa* pour son Führermuseum. Par n'importe quel moyen.

– Lange ?

Ma stupéfaction dépassait ma réticence.

– Oui, Lange.

– Mais vous savez certainement où se trouve *La Joconde*. Pourquoi ne pas vous contenter de la prendre ?

Ma naïveté a fait sourire le *Reichsmarschall* :

– Parce que cela soulèverait le plus grand tollé international, Karlheinz. Cela reviendrait à nous laisser accuser ouvertement d'être des pilleurs de trésors nationaux. (Il a gloussé.) Nous devons agir avec prudence. Ou nous entrerons dans l'histoire comme de très grands hommes d'État, ou nous y entrerons comme les pires scélérats qui soient. Aussi l'acquisition de cette œuvre doit-elle s'effectuer avec subtilité, diplomatie et, de préférence, discrètement.

Il est retombé pendant un long moment dans le silence, en me regardant, ou plutôt en regardant à travers moi. C'est du moins ce qu'il m'a semblé. J'avais du mal à croire que j'étais assis là, dans la fosse aux lions pour ainsi dire, choisi pour confident par le lion lui-même. Moi, un *Mischling*. Un amateur d'art moderne. Tout ce que les nazis trouvent abject. Terrifié, je me suis demandé où cela me conduirait.

– Je la veux.

J'ai froncé les sourcils.

– Vous voulez quoi, monsieur ?

– La *Mona Lisa*. Je la veux pour ma collection. Même si personne d'autre ne le sait jamais. Même si personne d'autre ne la voit jamais. Elle sera à moi, je pourrai la regarder chaque fois que j'en aurai envie. Et *moi* seul saurai où se trouve la disparue. (Nouvelle pause avant le coup de grâce.) Je veux que vous me l'apportiez avant que Lange ne l'obtienne pour Hitler.

Il a dit cela avec un sourire plein de chaleur, mais ses mots m'ont glacé le sang.

– Ce sera notre secret, Karlheinz. Juste vous et moi.

À cet instant, j'ai compris qu'il pouvait être mortellement dangereux de partager un secret avec un homme pareil.

Mais maintenant qu'il m'avait mis dans la confidence, je ne pouvais plus m'esquiver. Il m'avait engagé, que je le veuille ou non. Je n'avais aucune possibilité de refuser.

– Vous accepterez, bien sûr, que je vous nomme officier de la *Luftwaffe*. Cela paiera votre salaire et vous ouvrira toutes les portes dont vous aurez besoin. Vous serez attaché à l'ERR, à Paris. Vous connaissez cette organisation ?

Je savais très bien que la raison d'être de l'ERR était la confiscation d'œuvres d'art, objets, manuscrits et livres dans tous les territoires occupés. Acquisition sous couvert de protection.

– Oui, monsieur.

– C'est à moi qu'elle rend des comptes, en définitive. Vous serez donc investi de cette autorité. Vous connaissez Paris, je crois.

– En effet. C'est *la* capitale mondiale de l'art.

– Parfait. L'ERR veillera à vous procurer un bureau et un logement. (Il s'est avancé au bord du canapé pour se pencher vers moi.) Je vous accorde toute ma confiance, Karlheinz. Guido fait le plus grand éloge de votre discrétion ; je vais vous demander d'observer aussi cette discrétion vis-à-vis de Guido. Personne, je dis bien *personne* ne doit être au courant.

Sur ce, il a attrapé une clochette et l'a agitée vigoureusement.

Daniel a presque immédiatement surgi d'une porte située à côté de la cheminée, avec un paquet enveloppé de papier marron qu'il a posé sur la table basse, puis il s'est retiré. Göring l'a poussé vers moi en souriant.

– Un cadeau. Allez, ouvrez-le.

C'est avec une grande appréhension que j'ai déballé le paquet. Il contenait un blouson d'aviateur en cuir noir, avec bande élastique à la taille, larges revers et un col qu'on pouvait relever pour se tenir chaud. Le regard étonné que j'ai lancé à Göring a paru l'amuser.

– Habituellement, seuls les pilotes le portent, a-t-il dit. Mais comme je vous l'offre, vous pouvez l'enfiler avec fierté. J'ai cru comprendre que vous aviez reçu la croix de fer pour acte de bravoure pendant la dernière guerre.

– Exact.

– Alors, vous pourrez l'épingler avec honneur sur le côté gauche de ce blouson afin que personne ne doute de votre courage.

Tout en parlant, il manipulait distraitement la décoration bleu et or « Pour le Mérite », connue aussi sous le nom de « Blauer Max », pendue à son col. Malgré moi, j'ai frissonné d'excitation. Je ne serais plus un simple spectateur de cette guerre des guerres. J'avais une raison d'en faire partie, et une fonction importante à remplir.

Bauer partage l'excitation de son grand-père. Ses doigts tremblent en sautant les pages du journal jusqu'à la soirée qui précède le départ de Wolff pour Paris.

Lundi 16 septembre 1940

Ce soir, je suis resté avec Lisbeth, dans son appartement. Nous n'avons pas tiré les rideaux, le même clair de lune qui se reflétait sur la surface sombre du Main inonde sa chambre. J'ai dit adieu à ma femme et à mes enfants ce matin ; ils croient que je suis déjà en route vers Paris.

J'écris ceci, assis à son bureau, devant la fenêtre donnant sur la rivière, pendant qu'elle dort entre les draps tièdes qui se sont enroulés autour de nous dans la frénésie de nos ébats amoureux. Je l'aime intensément et pas une fois je n'ai ressenti ces pulsions primaires qui m'ont fait lever la main sur Kersten. On dit que votre partenaire peut faire ressortir le meilleur de vous. Mais aussi le pire. Je suis heureux d'échapper au pire que Kersten fait surgir en moi, et très triste de quitter ma Lisbeth. Je sais que je dois être honnête avec elle. Je lui dois la vérité. Mais je ne peux tout simplement pas rompre le pacte de silence que m'a imposé Herr Göring.

Pendant le trajet du retour, de Carinhall à Berlin, le mois dernier, c'est tout ce que j'ai pu opposer aux questions de Guido.

Il savait pertinemment que Göring ne s'était pas contenté de me charger de vendre sur le marché international, au nom du Reich, des œuvres d'art moderne confisquées. Quand il a compris que je ne lui dirais rien, il s'est tu. Depuis, il me bat froid.

Néanmoins, je déborde d'enthousiasme. Car demain, je m'envole pour Paris. J'y suis retourné plusieurs fois depuis qu'on m'a arraché à cette infâme ordure qui a mis Erika enceinte. Mais toujours incognito. Je n'ai plus jamais osé l'approcher. Désormais, c'est différent. Désormais, le pouvoir est de mon côté et non de celui des autorités françaises. J'ai souvent entendu dire que la vengeance est un plat qui se mange froid, sans comprendre. Jusqu'à aujourd'hui.

L'entrée suivante se situe à la fin de la première journée de Wolff dans la capitale française. Bauer a depuis longtemps oublié la douleur et l'humiliation de sa raclée. Il dévore des yeux les pages du journal de son grand-père.

Mardi 17 septembre 1940

Ce que j'ai trouvé le plus extraordinaire en arrivant à Paris ce matin, c'est cette impression de normalité. Si l'on peut dire qu'il est normal de voir des soldats allemands en faction au coin des rues de la capitale française et un bâtiment sur deux orné de la svastika. En réalité, je crois que j'ai été frappé par l'absence de la tension à laquelle je m'attendais. Les rues grouillent de voitures et de piétons vaquant à leurs occupations quotidiennes comme d'habitude. Ou tout comme.

Ce que j'ai perçu, peut-être, c'est une excitation nerveuse couvant sous la surface. Une certaine fébrilité dans l'atmosphère de la Ville lumière. Mais, au moins superficiellement, on ne devinerait jamais qu'on est en guerre et que Paris est occupé.

Tout en marchant sur le trottoir du boulevard Haussmann, j'étais conscient d'attirer des regards hésitant à me montrer un trop grand intérêt. Je détonnais, je crois, par ma silhouette élégante et exotique, au milieu de ces soldats désœuvrés en uniforme vert-de-gris coiffés du casque réglementaire. Comme Göring l'avait prévu, j'avais fixé avec une fierté farouche ma croix de fer sur le côté gauche de mon blouson d'aviateur, et l'aigle brodé de la *Luftwaffe* sur le côté droit ; les galons de mes épaulettes indiquaient le grade de *Hauptmann*. Je ne m'étais pas encore habitué à la culotte élargie au niveau des cuisses et rentrée dans mes bottes en cuir noir mais j'avançais, je suppose, avec une assurance qui frisait l'arrogance. La France était tombée presque sans combattre, et nous avions le dessus. Je revenais à Paris avec un certain sentiment de supériorité.

J'ai aperçu mon reflet dans la vitrine de l'hôtel Commodore en approchant de l'entrée, à l'angle de la rue Laffitte. Avec la visière de ma casquette de la *Luftwaffe* baissée sur mon front et mon pistolet dans son holster en cuir, je me suis trouvé l'air assez impressionnant. Le genre d'homme qu'il vaut mieux ne pas provoquer.

En m'engouffrant sous la marquise de l'hôtel, j'ai failli me cogner à Bruno Lohse. Le Commodore avait été réquisitionné par l'ERR qui en avait fait son quartier général parisien. J'imaginais qu'en plus des bureaux, il offrait également des logements à certains membres du personnel ; je me demandais si j'en ferais partie.

Je connais Lohse depuis longtemps. Avant la guerre, on fréquentait les mêmes marchés d'art, et même s'il n'est ici, à l'ERR de Paris, que numéro deux après le baron Kurt von Behr, avec le grade de *SS-Hauptsturmführer* et la bénédiction de Göring, c'est lui le pilleur d'œuvres d'art du Reich dans la capitale française.

Aujourd'hui, il n'était pas en uniforme. Il portait un costume gris léger à double boutonnage, une chemise blanche au col retourné sur une cravate bleu foncé, et un feutre assorti incliné avec chic sur ses cheveux brun à la coupe impeccable. Il doit bien avoir treize ans de moins que moi, mais se comporte comme s'il considérait que sa supériorité est incontestable.

Il m'a tout de suite reconnu, bien sûr. Il devait déjà savoir que je venais ici pour Göring. Mais le fait de ne pas être au courant de ce qui m'amène précisément doit lui taper sur les nerfs. Nous avons bloqué l'entrée un instant pendant qu'il me toisait de la tête aux pieds et des pieds à la tête.

– J'ignorais que tu avais gagné tes ailes, Wolff. J'imagine que tu es ici en sinécure ?

Il a poussé la porte, je l'ai suivi dans le hall puis dans un salon circulaire, sous une incroyable coupole en vitrail qui diffusait de merveilleux filaments de lumière sur les quelques tables où des officiers assis par groupes de deux ou trois buvaient du café.

– Je suppose qu'on va m'attribuer un bureau, Bruno.

Brusquement, il s'est arrêté et a pivoté sur ses talons. Je l'ai presque heurté. Et, baissant la voix, il m'a dit :

– Tu n'appartiens que de nom à cette organisation, Wolff. N'attends rien de moi. J'ai assez à faire sans devoir satisfaire les caprices d'un parasite.

– Je transmets au *Reichsmarschall* ?

Il m'a lancé un regard assassin ; j'ai vu la fureur bouillonner derrière ses yeux noirs. Mais il n'a pas eu l'occasion de l'évacuer car nous avons été interrompus par une voix laconique que je ne connais que trop bien.

– Tiens, tiens, je tombe pile à l'endroit où il faut se trouver dans le beau monde parisien, ces jours-ci. Tout le gratin y est réuni.

Lohse et moi nous sommes retournés. Paul Lange nous regardait en souriant d'un air moqueur. J'ai été surpris de le voir en uniforme de l'armée, sa casquette entre les mains. Il était bronzé et semblait très en forme, plein de l'assurance d'un homme qui agit avec la bénédiction du Führer. Sa simple vue m'a donné envie de lui sauter dessus. Mais je me suis forcé à lui rendre son sourire.

– Bonjour, Paul. Tu es ici en vacances ?

– Qu'est-ce que tu *fais* ici ? a grondé Lohse.

Avec un regard cinglant, Lange lui a répondu :

– J'avais rendez-vous avec ton patron, le *Hauptsturmführer*.

Puis il a ajouté d'un air condescendant :

– Je suppose que le numéro deux n'est pas toujours au courant de ce qui se passe au sommet.

Je me suis retenu pour ne pas éclater de rire. Quoi que je pense personnellement de Lange, je le tiens pour un type d'une intelligence bien supérieure à celle de Lohse, et qu'il l'humilie m'a réjoui. Ensuite, c'est moi qui suis devenu la cible de ses sarcasmes.

– Tu es venu te joindre aux pilleurs, c'est ça, Karlheinz ? Dans le repaire des voleurs du Commodore ?

– Simple mariage d'intérêt, ai-je rétorqué, sachant à quel point cette conversation devait horripiler Lohse.

– Oui, j'ai entendu dire que tu trempais dans les arrangements extraconjugaux ces temps-ci. (J'ai senti mes joues rougir.) Moi, je suis du bon côté, celui du *Kunstschutz*, au Majestic, à l'autre bout de la ville. C'est peut-être aussi bien qu'on ne travaille pas dans le même bâtiment.

– Je ne savais pas que vous vous connaissiez tous les deux, a lancé Lohse.

– On était ensemble à l'université, à Francfort, ai-je expliqué en ayant du mal à dissimuler l'animosité dans ma voix.

Ce qui n'a pas échappé à Lohse.

– Bon, j'ai mieux à faire que de perdre mon temps avec deux anciens élèves d'une université de second ordre. Adresse-toi au service du personnel pour un bureau et un logement.

Après un bref signe de tête et un claquement de talons, il s'est éloigné.

Ce qui nous a laissés en tête à tête, Lange et moi, sous la splendeur de la coupole du Commodore.

– Je suis surpris qu'un *Mischling* comme toi travaille pour le Parti, a lâché Lange en remettant sa casquette.

Involontairement, j'ai regardé autour de moi au cas où quelqu'un l'aurait entendu, avant de préciser à voix basse :

– Je ne suis pas membre du Parti.

– Le contraire m'aurait étonné.

– Et toi ?

– Évidemment. On fait ce qu'il faut pour survivre, aujourd'hui. (Il a hésité un instant, puis un étrange sourire a flotté sur ses lèvres.) J'ai entendu dire que Herr Göring tient absolument à mettre la main sur le tableau que les Français appellent *La Joconde*.

– Vraiment ? ai-je fait, choqué mais déterminé à ne rien laisser paraître.

– Oui. Et j'imagine que Herr Hitler ne serait pas content du tout s'il disparaissait. Ce n'est un secret pour personne qu'il aimerait le voir accroché à Linz.

J'ai croisé son regard sans ciller :

– À moins, bien sûr, qu'il ne *disparaisse* entre les mains de quelqu'un à *son* service.

Et voilà. Cartes sur table. Objectif commun, à des fins différentes, pour des maîtres différents. L'affirmation de Göring selon laquelle l'acquisition de la *Mona Lisa* était un secret, juste entre lui et moi, semblait à présent lointaine et dérisoire.

Lange s'est contenté de sourire.

– Eh bien, puisque le Louvre n'arrête pas de la déplacer en zone libre, j'imagine qu'il pourrait s'écouler un certain temps avant qu'elle ne tourne son sourire énigmatique vers un nouveau maître.

Chapitre 12

Bauer se recula et s'adossa au fauteuil, détournant les yeux de l'intensité dure de la lumière que la lampe jetait sur les carnets. Toutes les douleurs qu'il ressentait semblaient fusionner en une souffrance générale. Meurtri, contusionné, épuisé, il se serait volontiers évadé dans le sommeil. Mais l'excitation générée par ce qu'il venait de lire chassait toute velléité de s'arrêter là.

Il se pencha de nouveau en avant pour ouvrir le dernier carnet, sautant ainsi quatre années de guerre. Les entrées étaient désormais beaucoup plus brèves, rédigées à la hâte. L'écriture étudiée et soignée de Wolff devenait inégale, négligée. On percevait une incertitude, un changement dans le déroulement des événements. La dernière note, antérieure au Jour J du débarquement de juin, terminait abruptement le journal. Ce devait être à ce moment-là qu'il avait regagné l'Allemagne, en permission, et laissé ses carnets aux bons soins de sa maîtresse, Lisbeth, future grand-mère de Hans.

Avant cela, au printemps 1944, il semblait avoir retrouvé la trace de *La Joconde* dans un château du sud-ouest de la France, où elle était apparemment sous la garde d'une certaine Georgette Pignal. D'une écriture de plus en plus irrégulière, Wolff racontait qu'il avait entendu dire que cette jeune femme était spécialement chargée par de Gaulle de protéger le tableau afin qu'il ne tombe pas aux mains des nazis. Il la soupçonnait également d'être, d'une manière ou d'une autre, de mèche avec Lange, son ennemi juré. La raison pour laquelle il le croyait n'était pas claire, mais Bauer supposa que la réponse devait figurer dans des entrées précédentes.

Wolff signalait qu'elle passait ses nuits dans ce château alors qu'elle semblait habiter un village du nom de Carennac.

Que le journal de son grand-père se termine là, si brusquement et sans conclusion, était rageant. Bauer sentit la frustration monter des tréfonds de son être. Mais il n'avait rien, ni personne, contre qui se déchaîner, aucune cible sur laquelle évacuer son dépit. Il laissa tomber le carnet sur le bureau, réveilla son ordinateur d'un doigt glissé sur le trackpad et ouvrit son navigateur pour activer Google. Ses doigts abîmés s'étant ankylosés, il eut un peu de mal à taper *Carennac* dans la fenêtre de recherche.

Immédiatement, son écran se remplit de liens vers des sites touristiques qui décrivaient le village comme la quintessence de la France provinciale dans la vallée de la Dordogne, avec ses maisons médiévales et son église romane. Plusieurs sites le classaient parmi les plus beaux villages de France. Des images montraient des toits pentus couverts de tuiles rouges, des tours et des tourelles dominant des murs de pierre couleur miel. La page Wikipédia indiquait une population permanente de 408 habitants.

Bauer soupira. Il perdait son temps. Il allait abandonner lorsque, tout en bas de la page, un lien vers l'article d'un quotidien local attira son regard. Ce journal, *La Dépêche du Midi*, avait publié trois jours plus tôt, en page intérieure, un article intitulé : « MACABRE DÉCOUVERTE SOUS UN ARBRE MORT : UN CADAVRE DATANT DE LA DERNIÈRE GUERRE ». Bauer le sélectionna, le copia et le soumit au traducteur Google pour comprendre de quoi il s'agissait. Aussitôt son intérêt se réveilla et il bascula l'article entier vers le logiciel de traduction.

Un arbre mort déraciné par la tempête a révélé les restes d'un corps enterré dans un square de Carennac au cours de la dernière guerre.

Les objets en cuir et en métal retrouvés avec les ossements conduisent les experts à penser qu'il s'agit du cadavre d'un officier de l'armée de l'air allemande. Une balle dans le crâne aurait causé sa mort.

Tous les restes, extraits de ce qui semble être une tombe peu profonde creusée à la hâte, ont été recueillis et envoyés à Paris où ils seront analysés par un archéologue médico-légal.

Ces trois brefs paragraphes firent se hérisser les poils de sa nuque et s'affoler les rouages de son cerveau. Son cœur s'emballa douloureusement. Était-il possible que ces restes soient ceux de Karlheinz Wolff ? Un officier de l'armée de l'air allemande, pensait-on. *Porté disparu*, les termes exacts de Lisbeth relatant les dernières nouvelles qu'elle avait eues de son amant en France. Bauer savait, par son journal, qu'il était allé là-bas. Quelqu'un l'avait-il abattu d'une balle dans la tête puis enterré à la hâte ? À un jet de pierre du château où se trouvait *La Joconde*. Mais qui, et pourquoi ?

Il se prit la tête entre les mains et respira profondément pendant de longues minutes. Mais, c'est ce qu'il lut ensuite, à propos de l'occupante de la maison voisine du square, qui le poussa à reprendre les premiers carnets. Sa fatigue s'était envolée. La douleur se repliait à la lisière de sa conscience. Il remplirait son verre. Encore. Et encore. Peu importait le temps qu'il lui faudrait pour lire le journal de son grand-père de la première à la dernière page.

Chapitre 13

Il lui demande s'il doit rajouter du bois. Elle est restée si près du feu que les braises doivent la chauffer encore. Mais il sent que la température baisse.

Surprise, elle lève les yeux.

– Vous avez froid, monsieur ?

– Un peu.

Peut-être parce que le soleil a été englouti par un nuage automnal et que sa chaleur dispensée plus tôt à travers les vitres s'est dissipée.

– Mais faites donc, dit-elle.

Il se lève avec raideur, prend deux bûches dans le panier et les pose soigneusement dans l'âtre en se demandant si elles vont prendre.

– Utilisez le soufflet, conseille-t-elle.

Le soufflet est posé contre un pan noirci de la cheminée. Il le saisit, le dirige vers les braises, les regarde rougeoyer et lancer des étincelles à chaque bouffée tandis que la première fumée s'élève des nouvelles bûches. Satisfait de constater que le feu repart, il retourne s'asseoir. La faim le distrait un instant, mais très vite il se laisse absorber, une fois de plus, par son récit…

Au bout de trois mois passés dans le grenier de la planque, Georgette devenait folle. Le toit de la vieille ferme délabrée fuyait quand il pleuvait. Elle mourait de froid dès que le vent d'automne soufflait. Le risque de sortir sans papiers était décuplé par la possibilité que des collabos informent les autorités.

Elle lisait jusqu'à en avoir mal aux yeux, et se livrait chaque jour à des exercices pour rester en forme. La plupart du temps, c'était la femme du fermier qui lui apportait à manger, mais parfois le fermier montait lui-même. Un homme au visage rougeaud qui la déshabillait du regard, se lançait dans des conversations embarrassantes, et restait plus longtemps que nécessaire, un étrange sourire lubrique au bord des lèvres. La menace latente de quelque chose de plus malveillant planait toujours autour de lui.

Georgette entretenait facilement sa condition physique ; il en allait autrement de ses facultés mentales. L'espoir cédait la place à la dépression. La dépression au désespoir. Les derniers temps, elle s'endormait en pleurant, le visage enfoui dans l'oreiller.

Enfin, par une belle matinée d'hiver, Lucien a fait irruption dans le grenier, et l'espoir l'a inondée comme une lumière revenant dans sa vie. Elle n'avait pas oublié l'homme qui l'avait guidée à travers bois dans le noir, le soir où Hugh Verity l'avait conduite en France dans son avion. Quand il a brandi ses papiers avec un grand sourire, elle a fondu en larmes.

Avant la fin de la semaine, informée de sa couverture, elle montait à bord d'un train pour Paris. Elle était désormais attachée de conservation, en route vers la capitale où un poste l'attendait au musée du Jeu de Paume. Il était plus sûr qu'elle garde sa véritable identité. Après tout, ses compétences et sa formation en faisaient une candidate idéale pour cet emploi. Son éloignement de Paris s'expliquerait par une maladie suivie d'une longue convalescence chez des amis de ses défunts parents. Par prudence, il fallait toujours coller le plus près possible à la réalité.

Assise dans le wagon bondé, elle trouvait démoralisant de regarder son pays défiler derrière la fenêtre. Ce pays qu'elle ne pouvait plus appeler son pays. Un droit de naissance volé par l'invasion, supprimé par l'Occupation. C'était d'autant plus poignant que rien, de l'autre côté de la vitre, ne paraissait avoir changé. La France ressemblait à ce qu'elle avait toujours été. Sa France. Ses compatriotes. Sauf qu'on ne voyait pas beaucoup de monde dans les villes et villages traversés, et encore moins de voitures sur les routes. Au moment où le train a franchi la ligne entre la prétendue France libre et la zone occupée, elle n'a aperçu que des Allemands. Des hommes en longs manteaux d'hiver sur des uniformes gris, fusil en bandoulière, casque enfoncé sur des visages pâles, étrangers. De quoi la remplir à la fois de tristesse et de colère.

La gare Montparnasse grouillait de voyageurs ; en sortant dans la rue, elle a été étonnée de voir son Paris adoré aussi animé que s'il ne s'était rien passé. Les gens s'entassaient dans les cafés et les brasseries, faisaient la queue aux arrêts de bus. Les trottoirs étaient noirs de monde. Seuls les véhicules vert militaire de l'armée d'occupation et les regards vides des soldats casqués, à l'arrière des camions bâchés, rappelaient, si cela était nécessaire, que tout n'était pas normal.

– Papiers !

Une voix sévère lui a fait tourner la tête ; deux soldats renfrognés la fixaient d'un air soupçonneux et vindicatif. Le soupçon, elle comprenait. La rancœur la surprenait. Mais, après tout, ce devait être une situation étrange pour ces jeunes hommes d'occuper un pays où tout le monde les méprisait. Se savoir détesté alimente le ressentiment, et c'est dangereux. Difficile d'avoir de l'empathie pour des gens qui vous haïssent, on ne peut finir que par les haïr en retour.

Georgette a posé sa petite valise en carton à ses pieds, fouillé dans son sac et sorti ses papiers qu'elle a plaqués dans la main tendue. Le premier soldat, celui qui les lui avait demandés, les a examinés minutieusement. Le second ne la quittait pas des yeux. Elle était troublée. La suspectait-il ? Ou s'abandonnait-il simplement à des fantasmes masculins ? Quoi qu'il en soit, elle se sentait vulnérable. Physiquement et mentalement. En fin de compte, elle a récupéré ses documents et les deux Allemands s'en sont allés sans un mot.

Elle s'est alors rendu compte que les battements de son cœur s'étaient accélérés, que ses jambes tremblaient. Non, rien de normal ici malgré les apparences contraires. Ce n'était pas son Paris, ni sa France. Mais un pays falsifié, une illusion élaborée pour lui donner un sentiment mensonger de sécurité. Elle savait qu'elle ne devait pas baisser la garde, ne serait-ce qu'une seule seconde.

Il lui a fallu une quarantaine de minutes pour se rendre à pied de la gare Montparnasse à la rue de Rivoli, en passant devant des boulangeries, des pâtisseries, des boucheries, des marchands de vin, tous en pleine activité dans cet ersatz de Paris. Elle avait l'impression d'être un fantôme, ou peut-être la seule personne réelle dans une ville de fantômes. Mais rien ne paraissait réel, et quand, en arrivant au jardin des Tuileries, elle a vu la rue bordée sur toute sa longueur de croix gammées géantes accrochées à des mâts inclinés à quarante-cinq degrés, elle a compris qu'elle avait laissé derrière elle son ancien monde pour pénétrer dans un cauchemar.

Le Jeu de Paume se trouvait dans un angle des Tuileries, tout près de la place de la Concorde, à une quinzaine de minutes à pied du Louvre. Cette réplique de l'orangerie construite au XIXe siècle abritait à l'origine des courts de jeu de paume. D'où son nom. Ses hautes fenêtres cintrées, tout au long, éclairaient les jeux royaux. C'était devenu un musée au début du XXe siècle, jusqu'à ce que les Allemands le réquisitionnent en juin 1940.

Georgette est entrée dans un vaste hall rempli de tableaux inclinés dans tous les sens, placés sur des supports de fortune, ainsi que de sculptures en marbre et en bronze alignées entre eux. Rien n'était exposé ici. L'endroit ressemblait plus à un entrepôt géant qu'à un musée. Elle s'est avancée au milieu de ce chaos en évitant les soldats allemands qui, les bras chargés d'œuvres, faisaient la navette entre le bâtiment et des camions stationnés dehors.

Elle a repéré une civile, une jeune fille à l'air harassé qui, à son grand soulagement, parlait français, et l'a attrapée par le bras :

– Je cherche Rose Valland.

La fille lui a jeté un regard méfiant :

– Qui la demande ?

– Je m'appelle Georgette Pignal. Je suis attendue.

Ce n'était pas elle, de toute évidence, car elle a haussé les épaules avec indifférence, lui a dit d'attendre, et a disparu au milieu des tableaux. Au bout de dix bonnes minutes, Rose Valland est arrivée, l'air tendu et distrait.

Rose était une petite femme d'une quarantaine d'années au visage rond et aux cheveux châtain clair coupés court, coiffés en arrière. Elle portait une blouse noire par-dessus une jupe en tweed et un corsage à motifs, un foulard en soie négligemment noué autour de son cou. Elle a lancé un coup d'œil désapprobateur à Georgette à travers ses lunettes rondes, à peine plus grandes que ses yeux.

– Je m'attendais à quelqu'un de plus âgé.

– Moi aussi, a répliqué Georgette.

Ça ne commençait pas très bien.

– Suivez-moi.

Rose est partie d'un pas décidé entre les œuvres d'art, ses talons claquant sur le parquet.

– Trop de lumière pour les peintures dans le hall principal, a-t-elle crié par-dessus son épaule tandis que Georgette s'efforçait de ne pas se laisser distancer. Idéal pour les sculptures et autres. Nous exposons nos peintures dans les petites galeries du premier.

Comme elle s'engageait dans un escalier en marbre, deux officiers allemands portant des brassards à croix gammée les ont croisées.

Rose leur a adressé un signe de la tête.

– Bon après-midi, messieurs. Il fait beau aujourd'hui, mais toujours froid.

– On gèle, madame, a dit l'un d'eux en se frottant les mains pour les réchauffer. On aurait besoin d'un meilleur chauffage ici.

Ils ont salué Georgette. Celui qui s'était adressé à Rose a haussé un sourcil, manifestant un certain intérêt, et souri :

– Bon après-midi, mademoiselle.

Ne pouvant se résoudre à croiser son regard, Georgette s'est dépêchée de les dépasser sans un mot. Eux se sont arrêtés pour la suivre des yeux. Elle a gardé la tête baissée jusqu'en haut des marches où Rose l'attendait, lèvres pincées, blanche de colère. Ses doigts durs comme de l'acier lui ont empoigné le haut du bras pour l'éloigner de l'escalier. Puis, le visage à deux centimètres du sien, elle a murmuré :

– Quand vous croisez des Allemands dans ce bâtiment, vous souriez, vous les saluez et vous dites deux ou trois mots, quels que soient vos sentiments. Compris ?

Georgette avait l'impression d'être une vilaine écolière grondée par un professeur mécontent.

– Entrez, a dit Rose en ouvrant la porte d'un petit bureau qui donnait sur la galerie principale.

Une fois la porte refermée, elle a lancé :

– Mon musée a été réquisitionné par les Allemands. Ce n'est plus un endroit dédié à l'amour de l'art. C'est ici qu'ils stockent les biens qu'ils volent. Certaines des œuvres d'art les plus belles du monde, confisquées à leurs propriétaires légitimes – pour la plupart des Juifs – et réduites à l'état de marchandises. Classées et cataloguées pour être expédiées vers la mère patrie et accrochées chez des barbares désirant à tout prix convaincre le reste du monde qu'ils sont en réalité très civilisés.

Elle s'est interrompue pour reprendre sa respiration. Georgette était presque choquée par sa véhémence.

– Les propriétaires légitimes de ces œuvres ont fui à l'étranger, ou ils ont été arrêtés et envoyés en Allemagne dans des camps de travail. Mon équipe et moi-même sommes seulement tolérés pour gérer ce trafic de contrebande. Mais pendant que les fruits de leurs vols transitent par ici, ils ne sont pas les seuls à en dresser l'inventaire. Nous enregistrons chaque pièce qui entre, chaque pièce qui sort, en notant l'endroit où elle va. Un jour, si Dieu le veut, nous saurons exactement où les retrouver quand les nazis auront mordu la poussière. Je consacrerai ma vie à tout récupérer.

La passion étincelait dans ses yeux sombres.

– Et je ne laisserai personne mettre ma mission en danger. C'est clair ?

Vexée et aussi un peu impressionnée, Georgette a hoché la tête. Tout en pensant qu'elle ne resterait pas longtemps ici et n'aurait pas à subir les reproches de la redoutable mademoiselle Valland en dehors des heures de travail.

Rose s'est plantée devant la fenêtre, les yeux fixés sur la rue de Rivoli. Les autorités administratives allemandes l'avaient investie presque en entier, ainsi que les alentours. Finalement, elle s'est retournée. La lumière reflétée par ses verres cachait ses yeux.

– Il n'a pas été possible de vous trouver un logement en si peu de temps. (Elle soupira.) Pour le moment, vous devrez habiter chez moi.

Manifestement, cette solution ne lui plaisait pas.

Puis, soudain affairée, elle a déclaré :

– Bon, je ne peux pas me permettre de perdre davantage mon temps. Nous installons une exposition dans l'une des salles du haut pour un visiteur de haut rang qui vient demain. (Elle a fait une moue dégoûtée.) Hermann Göring en personne.

Rose Valland habitait au numéro quatre de la rue de Navarre, dans le cinquième arrondissement, un immeuble en brique orange de style art déco construit une dizaine d'années plus tôt. Son appartement était petit, les pièces longues et étroites, sous de hauts plafonds à corniches. Georgette était soulagée de constater qu'il y avait une chambre d'ami au bout du couloir, sur l'arrière. Mais elle aurait à partager avec Rose la salle de bains et la cuisine, quand ce serait son tour de l'utiliser.

Elle a posé sa valise sur le lit et s'est assise à côté, en contemplant tristement son nouveau logis. Plus chaud et plus sec, sans doute, que celui où elle avait passé les trois derniers mois, mais pas moins une prison. Dieu seul savait combien de temps elle devrait croupir à Paris avant qu'on l'envoie enfin sur les traces de *La Joconde*. Elle s'est levée pour regarder, dehors, les lumières qui scintillaient faiblement dans la pénombre des cours. La dépression s'abattait sur elle comme un voile déployé, noir, enveloppant.

On a frappé un coup sec à la porte, qui s'est ouverte avant qu'elle ait eu le temps de répondre. Rose se tenait sur le seuil. Elle avait ôté sa blouse de travail et troqué son corsage imprimé contre une chemise blanche. Appuyée au chambranle, elle a penché la tête en avant pour allumer la cigarette coincée entre ses lèvres. Puis elle a soufflé un nuage de fumée bleue et dit :

– Je me lève tous les matins à 6 h 30. La salle de bains doit être libre. Et d'une propreté impeccable. Après avoir cuisiné, nettoyez la gazinière et le plan de travail. Vous pouvez utiliser le salon quand je ne suis pas là ; sinon, restez dans votre chambre. Il y a un téléphone sur la table de l'entrée. Si vous passez des coups de fil, à vous de les payer. Je prélèverai dix pour cent de votre salaire comme contribution aux frais de chauffage et d'électricité. Oh, et défendu de fumer dans la chambre.

Elle a soufflé un autre nuage de fumée vers l'intérieur de la pièce où il a stagné un bref instant avant de se disperser dans la lumière du plafonnier.

– Je ne fume pas, a rétorqué Georgette, agacée.

– Tant mieux.

– Vous savez pourquoi je suis ici ?

– Chez moi ?

– En France.

Rose a poussé un soupir théâtral.

– Oui, je sais pourquoi vous êtes ici.

– Ah bon, parce que moi, j'aimerais bien le savoir. *La Joconde* est dans un château de la région de la Loire, où je viens de passer trois horribles mois dans un grenier glacial.

– Vous retardez, ma chère. *La Joconde*, comme la plupart des autres tableaux, a déménagé plusieurs fois depuis. En ce moment, elle se trouve dans le Sud-Ouest, dans un musée de Montauban.

– Pourquoi ne m'a-t-on pas envoyée là-bas, alors ?

– Parce que dans la France d'aujourd'hui, rien n'est jamais aussi simple. Établir les documents appropriés, obtenir les autorisations officielles. Tout ça prend du temps. Et ce sont des choses qui ne sont absolument pas de notre ressort.

– Du temps ! a lâché Georgette, exaspérée. Mais combien de temps ça va durer ?

Rose s'est écartée du chambranle :

– Nous sommes le jouet de la volonté des dieux, ma chère, ou plutôt des Allemands, devrais-je dire. Bien que je ne risque pas de prendre les uns pour les autres. (Elle a tiré sur sa cigarette.) En attendant, impossible de dire quand vous serez autorisée à voyager. (Inclinant la tête en arrière, elle a soufflé la fumée vers le plafond.) Si vous l'êtes un jour.

Le lendemain matin, Georgette se trouvait dans la grande galerie au moment de l'arrivée de Göring. Elle avait été confiée à Lucie, la fille rencontrée la veille. De plusieurs années sa cadette. Étudiante avant l'Occupation, elle avait eu la chance de trouver un travail ici après que les cours avaient été annulés.

Elle établissait la liste des œuvres au fur et à mesure qu'elles entraient, et les transportait ensuite au sous-sol où elles attendaient d'être expédiées en Allemagne.

Göring est descendu d'une grosse Mercedes noire, suivi de deux aides de camp. Deux autres véhicules de son escorte se sont arrêtés derrière ; des officiers des armées de terre et de l'air lui ont emboîté le pas.

– Qu'est-ce qu'il vient faire ici ? a murmuré Georgette à Lucie.

– Choisir des œuvres pour sa collection personnelle. Il est déjà venu deux ou trois fois. On nous dit exactement ce qu'on doit lui montrer, et il visite toujours l'exposition en personne avant de prendre sa décision.

Georgette l'a considéré avec un certain effroi. Göring se positionnait au deuxième rang après Hitler. Mais il ne correspondait pas du tout à ce qu'elle imaginait. Grand, obèse, dans un long manteau militaire sombre, coiffé d'un feutre noir à large bord, il marchait lourdement en s'aidant d'une canne. Il avait un visage rond et rougeaud, et ses yeux froids inspectaient tout autour de lui avec une désinvolture de propriétaire.

– Qui sont les autres ?

Lucie a haussé les épaules.

– Va savoir. Des gens du *Kunstschutz* et de l'ERR. Jamais les mêmes visages.

De la tête, elle a montré la queue de l'escorte, qui se dirigeait vers l'escalier :

– Celui qui est en tenue d'aviateur, je l'ai déjà vu. Un vrai pisse-froid. Il s'appelle Wolff d'après ce que j'ai entendu.

Georgette l'a évalué d'un coup d'œil. Grand, très droit. Il se démarquait des autres, avec son blouson en cuir noir et ses jodhpurs bleus rentrés dans de hautes bottes en cuir noir. Peut-être a-t-il senti son regard car, en passant, il a brièvement tourné vers elle des yeux bleu pâle totalement dénués de chaleur.

Le groupe a monté l'escalier et disparu. Lucie a demandé à Georgette de l'aider à transporter au sous-sol une toile particulièrement grande.

Pendant les quarante minutes suivantes, elles se sont attelées à rassembler au pied des marches les œuvres étiquetées dont le départ était fixé au lendemain. Ces tableaux voyageraient par le train jusqu'à Berlin.

– Oh, a dit soudain Lucie. J'avais oublié. Celles-ci sont pour là-haut.

Elle a montré, sur la longue table de tri, une petite pile de miniatures encadrées.

– Tu peux les monter ? Au premier étage. Elles sont destinées au fond de la galerie.

– Bien sûr.

Curieuse de voir Göring et ses acolytes de plus près, et de connaître le goût du chef de la *Luftwaffe* en matière d'art, Georgette était contente d'avoir une excuse pour s'en approcher. Elle a calé les miniatures dans ses bras et pris l'escalier.

À mi-chemin entre le rez-de-chaussée et le premier, elle a entendu des voix et des bruits de pas. Levant les yeux, elle a vu Göring descendre vers elle à la tête de sa suite. L'air de bonne humeur, il riait d'une blague qu'on lui racontait. Et il semblait que lorsque Göring riait tout le monde devait l'imiter. La blague était peut-être vraiment drôle, après tout.

L'escalier n'étant pas très large, elle s'est effacée sur le côté pour les laisser passer, en essayant de se faire toute petite. Mais son coude a heurté la rampe et la demi-douzaine de miniatures qu'elle portait a bruyamment dégringolé les marches. Le groupe s'est arrêté. Confuse, paniquée, Georgette a bafouillé des excuses avant de se baisser pour ramasser les petits tableaux.

Göring l'a foudroyée du regard puis, s'appuyant sur sa canne, a fait un pas de côté pour poursuivre son chemin.

– Désolée, a-t-elle marmonné tandis que les autres descendaient en tâchant de l'éviter.

– Pauvre idiote ! a sifflé une voix.

Toujours accroupie, elle a relevé la tête et vu l'officier en blouson d'aviateur.

– Vous ne savez donc pas qui c'est ? a-t-il lancé en français avec un fort accent. Vous avez intérêt à faire un peu plus attention, vous entendez ?

– Laisse-la tranquille, Wolff, c'était un accident, a dit une voix dans un français presque sans accent.

Un officier en uniforme gris s'est accroupi à côté d'elle. Il avait des yeux lumineux, d'un vert moucheté d'orange, et des cheveux blonds au-dessus d'un large front. Son sourire révélait des dents parfaitement blanches. Plus vieux qu'elle d'une douzaine ou d'une quinzaine d'années, mais encore bel homme. Son regard rayonnait de chaleur.

– Attendez, je vais vous aider.

Il a ramassé les tableaux et les lui a remis dans les bras. Georgette était rouge de confusion.

– Tu es un imbécile, Lange, si tu crois t'attirer les bonnes grâces de ces gens en étant aimable avec eux.

Wolff avait de nouveau recours à l'allemand. Georgette n'en connaissait que des rudiments mais elle saisissait toute la rancœur de ses paroles. Il a tourné les talons et s'est hâté de rejoindre le groupe.

Lange s'est relevé en même temps que Georgette dont l'expression mortifiée l'a fait sourire.

– Je ne crois pas vous avoir déjà vue ici, dit-il. Vous êtes nouvelle ?

Elle a acquiescé d'un signe de tête, osant à peine le regarder.

– Depuis hier. Attachée de conservation.

Surpris, il a haussé les sourcils.

– Cette attachée de conservation a un nom ?

– Pignal. Mademoiselle Pignal.

Avec un sourire sarcastique, il a insisté :

– Et mademoiselle Pignal a un prénom ?

Elle avait la bouche si sèche qu'elle a eu du mal à décoller la langue du palais pour articuler :

– Georgette.

– Eh bien, Georgette Pignal, j'espère avoir le grand plaisir de vous revoir la prochaine fois que je viendrai.

Sur ce, il a incliné la tête, touché d'un doigt la visière de sa casquette et dévalé les marches pour rattraper les autres.

Georgette s'est ressaisie, en respirant à fond pour essayer de calmer les battements de son cœur, puis elle s'est dépêchée de monter au premier. Là, elle a failli se cogner à Rose, dans sa longue blouse de travail. Debout, à contre-jour, bras croisés sur la poitrine, cette dernière dardait sur elle un regard courroucé. D'une voix basse, contrôlée mais chargée d'une fureur qu'elle réprimait, elle a grondé :

– Qu'est-ce que je vous ai dit hier, petite sotte ? Vous savez qui vous a demandé votre nom ?

Georgette a secoué la tête.

– Paul Lange. Il venait très souvent à Paris avant la guerre pour acheter et vendre des œuvres d'art. On dit que c'est un ami personnel d'Hitler.

Elle a pris une lente et longue aspiration et frémissant toujours de colère, elle a demandé :

– Vous parlez allemand ?

– Je le comprends.

– Eh bien, ne le montrez surtout pas. Cela les rendra moins méfiants en votre présence. De toute façon, évitez d'attirer l'attention sur vous. J'ignore combien de temps vous mettrez à vous l'enfoncer dans la tête, mais à moins de discuter de choses aussi anodines que le temps qu'il fait nous devons rester invisibles, mademoiselle. Comme des domestiques servant leurs maîtres. Nous ne voyons rien, nous n'entendons rien, et nous ne sommes ni vues ni entendues. Fourrez-vous bien ça dans le crâne.

Sur ce, elle a fait demi-tour en direction de son bureau.

Chapitre 14

Enzo n'avait jamais aimé Paris en automne ou en hiver. Gris, humide et froid comme Londres, avec la pollution automobile qui voilait la capitale d'un nuage sulfureux. Moins depuis le confinement. Pendant plusieurs mois, au printemps, Paris avait été une ville abandonnée. Les gens travaillaient chez eux s'ils le pouvaient, ou bien n'allaient plus travailler et vivaient des aides de l'État. La circulation avait beaucoup diminué, et le niveau de la pollution chuté. Malgré le retour à un certain degré de normalité avec la levée des restrictions pendant l'été, une deuxième vague du virus entravait une fois de plus la vie quotidienne.

À trois quarts d'heure de Paris, au nord-ouest, la circulation était fluide sur le boulevard de l'Hautil, dans la ville nouvelle de Cergy-Pontoise, quand Enzo dépassa le commissariat de police de Cergy avant de s'engager, au numéro cinq, dans le parking de l'IRCGN.

Arrivé en voiture de Cahors la veille, il avait dormi à Paris rue Guénégaud, dans un pied-à-terre du sixième arrondissement appartenant à des amis. Cela faisait plusieurs années qu'il n'avait pas vu Magali, et il avait hâte de renouer avec elle. Ils s'étaient connus à l'époque de la création du département de sciences médico-légales à l'université Paul-Sabatier de Toulouse, où elle était invitée à donner des cours. Entre eux, l'attirance avait été immédiate. Mais Magali était mariée. Et comme Enzo avait déjà brisé, une fois, un foyer et fait souffrir des gens qu'il aimait, il ne voulait pas recommencer.

L'IRCGN, ou Institut de recherche criminelle de la Gendarmerie nationale, était un centre ultramoderne de sciences forensiques au service de toutes les gendarmeries de France ; ses quatre départements se répartissaient sur plus de 20 000 mètres carrés. Le port du masque étant obligatoire à l'intérieur de l'établissement, Enzo mit le sien avant de montrer son laissez-passer à la réception, d'où on l'orienta vers la Division criminalistique identification humaine et le bureau de Magali Blanc, au premier étage.

La pièce, petite, donnait sur un parking réservé au personnel, et sur le ciel plombé. Enzo devina que, sous son masque, Magali était encore une jolie femme dont le regard chaleureux et pénétrant lui faisait toujours autant d'effet. Malheureusement empêchés par la distance réglementaire des deux mètres de se saluer d'une manière plus intime, ils se contentèrent de se regarder de part et d'autre d'une table.

– Comment ça va depuis tout ce temps ? demanda-t-elle.

– J'ai pris ma retraite.

– Oui, on me l'a dit.

– Alors, tu avais perdu mes coordonnées ?

Il la vit sourire derrière son masque.

– J'ai seulement voulu écarter la tentation de mon chemin. Il paraît que tu as fini par te caser. Que tu t'es marié, même.

– Seulement parce que tu n'étais pas libre, Magali.

– En tout cas, tu n'as pas changé, dit-elle en riant.

Enzo haussa les épaules :

– J'ai vieilli, c'est tout.

Il sortit de sa poche une paire de gants en latex et les enfila avant de pêcher dans sa sacoche une grosse enveloppe jaune qu'il lui tendit.

– Aucune main humaine ne l'a touchée depuis plus de vingt-quatre heures. Tu peux la prendre sans risque.

Elle l'ouvrit et en retira une demi-douzaine de tirages en couleur. Les photos qu'il avait faites sur le site de l'arbre déraciné, à Carennac.

Surprise, elle le regarda :

– J'ai reçu les jpegs. Tu n'as pas fait tout ce chemin jusqu'à Paris pour me les donner, si ?

Il fit une moue qu'elle ne put voir.

– J'ai aussi une date pour toi.

– Une date ?

– Selon moi, il est clair que celui qui a tué ton infortuné gentleman a profité d'une tranchée faite dans le jardin public pour y passer une conduite. Une tombe fraîchement creusée aurait sûrement éveillé la curiosité.

– Il aura donc été enterré dans la tranchée avant qu'on y installe la canalisation.

– Et les archives de la mairie indiquent que les travaux ont été effectués dans le square entre le 5 et le 9 juin 1944.

– Pile au moment du débarquement.

Enzo hocha la tête.

– Partons du principe que le 9 juin, dernier jour des travaux, est celui où la canalisation a été mise en place et la tranchée rebouchée. Et le 5 juin celui où le cantonnier a commencé à creuser. À la main. Il lui a bien fallu un jour ou deux, en supposant qu'il travaillait seul.

– Ce qui signifie que notre homme a probablement été enterré le 7 ou le 8. (Admirative, elle secoua la tête.) Joli travail de détective, Enzo. Tu veux voir les restes ?

– Certainement.

Elle l'emmena dans le laboratoire attenant où deux longues tables étaient couvertes de feuilles de papier journal. Les vestiges trouvés sous l'arbre mort de Carennac y étaient soigneusement étalés, éclairés par la lumière vive des plafonniers.

Ce qui subsistait du squelette avait été grossièrement assemblé sur la table qui se trouvait au centre de la pièce. D'autres objets variés provenant du site étaient disposés sur la seconde table, repoussée contre le mur opposé à la fenêtre. La plupart des os étaient brisés. D'autres manquaient tout simplement. Leur couleur brun-rouge venait des pigments du sol qu'ils avaient absorbés.

Magali contourna la table.

– C'est un peu comme si l'on voulait essayer de faire un puzzle sans avoir toutes les pièces. Avec le temps, les racines de l'arbre ont dû s'insinuer dans le squelette et casser pas mal d'os. (Elle regarda Enzo.) Je suppose qu'il n'y avait pas d'arbre à l'époque.

– Autant que je sache, les restes sont plus vieux que l'arbre. Mais l'arbre était aussi mort que notre cadavre. Après avoir sans doute poussé vigoureusement pendant de nombreuses années au détriment des os.

– Qu'est-ce qui l'a tué ?

– Un champignon, on dirait. C'était un tilleul. Cela faisait longtemps qu'il était mort.

– Un peu comme notre soldat de la *Luftwaffe*.

– Oui… Mais, dis-moi. Comment le sais-tu ?

Elle se dirigea vers l'autre table et Enzo observa pour la première fois en détail l'étrange collection d'objets et de fragments récupérés dans la tombe par les gendarmes. Une boîte à cigarettes rouillée. Les débris d'un briquet Zippo en laiton. Une croix de fer très abîmée. Les lambeaux d'un blouson d'aviateur et de bottes en cuir noir. Ratatiné, déteint, craquelé. Le fil en coton des coutures s'était désintégré. Magali enfila des gants en latex et retourna avec précaution les vestiges du blouson.

– Le tissu de ses vêtements – en laine et coton – se sera biodégradé au fil des ans. Le cuir, lui, tient le coup beaucoup plus longtemps. Et nous avons eu de la chance qu'un repli du blouson ait conservé ceci presque intact.

Avec la plus grande délicatesse, elle écarta un revers de cuir et dévoila ce qui subsistait d'un écusson de la *Luftwaffe* portant l'aigle et la croix gammée.

– L'emblème de l'aviation allemande. Ces trucs étaient brodés avec du fil d'aluminium. Celui-ci aurait résisté encore des dizaines d'années. Comme toutes les autres pièces métalliques qu'on a récupérées.

Tout en parlant, elle les touchait presque avec affection.

– La fermeture Éclair du blouson, deux fermetures de poches. Deux plus longues provenant sans doute des bottes. On a aussi des morceaux de cuir de la ceinture et du holster. Pas d'arme, bien sûr. Celui qui l'a tué a dû la prendre.

Avec une paire de pinces, elle souleva plusieurs petites pièces métalliques déformées qui semblaient avoir été autrefois rondes.

– Encore de l'aluminium. Boutons d'épaulette, et ce qui pourrait ressembler à quatre insignes indiquant son grade. *Hauptmann*, dans ce cas. C'est-à-dire capitaine. En admettant qu'on les ait tous retrouvés.

Enzo secoua la tête avec admiration.

– Incroyable tout ce qui peut nous survivre. Et aussi ce que tu arrives à en tirer. Bravo, beau travail.

Son compliment la fit rougir de plaisir, mais elle protesta avec modestie :

– C'est mon boulot, Enzo.

– Et sur ce type ? Qu'est-ce que tu sais ?

Elle se rapprocha de la table au squelette et souleva le crâne du *Hauptmann*.

– Apparemment une seule balle l'a fracassé. Une blessure pareille l'aura tué instantanément.

Elle le reposa avec une certaine révérence sur la feuille de papier journal et prit ensuite le fémur gauche.

– Heureusement, il était encore intact. Le droit a été brisé en plusieurs endroits et il en manque des bouts. Mais à partir de la longueur de celui-là, j'ai utilisé la méthode des équations de régression pour calculer la taille de notre homme. Il devait mesurer environ un mètre quatre-vingt-deux. (Elle sourit.) Ou six pieds, si ça te parle davantage. Grand pour son époque, mais plus petit que toi.

Elle passa ensuite aux hanches et au pelvis.

– Le pubis présente un arc pubien en forme de V avec une échancrure sciatique étroite, et d'après ce qu'on peut voir sur la boîte crânienne, il avait des arcades sourcilières bien marquées. Ajoute à cela la protubérance occipitale et les mastoïdes, et je mets ma main à couper qu'il s'agit d'un mâle. Même sans les attributs externes.

Enzo se mit à rire.

– Pas une artiste transformiste déguisée en ennemi, alors ?

– Ça ne laisse aucun doute.

– Origine ethnique ?

Elle sortit un crayon de la poche de sa blouse blanche et le tapota doucement autour du crâne.

– Racine du nez haute et étroite, orifice piriforme étroit, épine nasale étroite, pommettes placées latéralement, mâchoire bien développée. Presque certainement un Européen blanc.

– Âge ?

– À en juger par le pubis et le degré de fusion des sutures crâniennes, je dirais autour de quarante-cinq ans.

– Tu es un pur génie, s'enthousiasma Enzo. Ça me donnerait presque envie de me remettre au boulot. (Il fit un geste vers la fenêtre.) Tout ce complexe... il n'existait rien de semblable quand j'étais médecin-légiste en Écosse.

Elle hocha la tête.

– C'est un endroit fantastique pour travailler. Ils ont maintenant un laboratoire mobile d'analyses ADN, tu sais. Le LabADN, qui permet d'obtenir un profil ADN en moins de quatre heures – *sur* la scène de crime.

L'air songeur, Enzo se gratta la tête et demanda en regardant la table :

– Et son ADN à lui ?

– Je ne l'ai pas vérifié, répondit Magali en riant.

– Pourquoi pas ?

– Parce que je ne le trouverai sur aucune base de données, Enzo. Comme tu le sais toi-même, il s'est écoulé une cinquantaine d'années entre la mort du *Hauptmann* et la mise au point des empreintes génétiques.

– L'ADN traverse le temps, Magali. Je ne sais plus combien d'affaires de meurtre classées sans suite j'ai réussi à élucider grâce aux correspondances ADN.

– Franchement, là, je serais étonnée que ça donne quelque chose. L'ADN d'un descendant languirait quelque part dans une base de données européenne ?

Enzo haussa les épaules.

– Ma vie entière repose sur des paris de ce genre. Tu peux prélever un échantillon à partir d'un os broyé ?

– C'est possible.

– Ça vaut peut-être le coup d'essayer, Magali. Ce serait quand même bien de pouvoir mettre un nom sur ce type ?

– Ce serait surtout un sacré miracle.

Son sourire s'effaça, et elle le fixa droit dans les yeux :

– Ça te manque, hein ?

Enzo hésita à l'admettre, mais il finit par avouer :

– Je crois bien, oui.

– Qu'est-ce que tu fais toute la journée ? Tous les jours ?

– Je vieillis, Magali. Jour après jour. Quand on travaille, on ne prend jamais une minute pour y penser. Le temps file ; un jour, on se regarde dans la glace et on s'aperçoit que dix ans ont passé. Puis vingt, puis trente. On se met à le remarquer quand on commence à avoir mal partout en se levant, au réveil. (Il passa une main dans ses cheveux grisonnants.) Quand on est à la retraite, on se regarde chaque matin dans la glace et on se met à compter les jours.

Il détourna les yeux de ceux de Magali, pleins de sympathie.

– Ça n'a pas l'air très folichon.

– J'ai d'autres distractions, répliqua-t-il en riant. Par exemple, essayer de satisfaire les besoins d'une femme qui a vingt ans de moins que moi.

– Voilà qui me semble *nettement* plus folichon.

Tous les deux se mirent à rire.

– Et j'ai la joie de voir mon fils grandir. (Il marqua une pause.) Et aussi d'avoir un petit meurtre inattendu pour lequel je dois te remercier.

Surprise, elle haussa les sourcils :

– Pas celui de notre *Hauptmann*, assurément ?

– Non. Figure-toi qu'en allant prendre des photos pour toi à Carennac, je me suis retrouvé mêlé à un meurtre commis dans la maison voisine.

– Mêlé ?

– On m'a demandé d'officier comme consultant.

Des petites rides se creusèrent au coin des yeux de Magali quand elle lança en riant :

– Eh bien, tu vas peut-être enfin arrêter de te regarder dans la glace tous les matins.

Après avoir retiré ses gants, elle ajouta :

– Drôle de coïncidence !

– Peut-être, fit Enzo en se grattant la tête.

Elle eut l'air ébahi :

– Tu ne penses tout de même pas qu'il y a un lien entre les deux, si ?

– Non, probablement pas. Mais je déteste les coïncidences.

Chapitre 15

La rue des Filles-du-Calvaire était une longue rue droite bordée d'immeubles de trois ou quatre étages ; au rez-de-chaussée se succédaient boutiques de mode, librairies et une quantité de galeries d'art.

Il y avait peu de circulation, pour ne pas dire aucune et, très inhabituelles dans ce quartier, des places de stationnement libres des deux côtés de la chaussée. Beaucoup de magasins de vêtements étaient fermés. Helios. Danyberd. Quelques librairies restaient ouvertes ; la plupart des galeries ne recevaient les visiteurs que sur rendez-vous.

La vitrine de la galerie Narcisse était éclairée ; une grande affiche annonçait l'exposition des œuvres de la photographe canadienne Alix Cléo Roubaud. Enzo ignora l'écriteau UNIQUEMENT SUR RENDEZ-VOUS et sonna. Voyant une jeune femme approcher derrière la vitre, il mit son masque. Elle se dépêcha d'en faire autant avant d'ouvrir la porte.

– Puis-je vous aider ? La visite se fait sur rendez-vous.

– Je suis persuadé que les photographies d'Alix Cléo Roubaud sont magnifiques, mais je viens pour parler à quelqu'un du meurtre d'Émile Narcisse.

Elle le regarda de la tête aux pieds et fronça les sourcils.

– Vous n'avez pas l'air d'un policier.

– Je ne le suis pas. Je suis consultant sur cette affaire.

Après une certaine hésitation, elle dit :

– Attendez ici... Quel est votre nom ?

– Enzo Macleod.

De nouveau, elle fronça les sourcils. Puis elle referma la porte et fila vers le fond de la galerie. Enzo piétina avec impatience sur le trottoir, sentant le froid le pénétrer et son haleine se condenser en gouttelettes à l'intérieur de son masque.

Enfin, la jeune femme revint et lui ouvrit :

– Entrez.

Elle s'éloigna vite de lui pour maintenir une distance de deux mètres entre eux tandis qu'il la suivait. Des images sombres, en noir et blanc, étaient suspendues à des rails en aluminium. Une femme au visage flouté par le mouvement, les cheveux absorbés par son ombre projetée sur le mur. Un homme et une femme s'embrassant devant un mur de brique, ne laissant voir de la femme que ses mains sur la nuque et l'épaule de l'homme.

– Ça doit être décevant pour l'artiste d'être exposée pendant une pandémie, dit-il.

– Alix Cléo Roubaud est morte, répliqua la jeune femme en s'arrêtant au pied d'un étroit escalier en spirale menant à une mezzanine.

Debout devant une grande fenêtre, un homme les observait.

– Montez. Monsieur Moreau était l'assistant de monsieur Narcisse.

Elle s'écarta pour le laisser passer.

En haut des marches, un couloir bordé de portes partait vers la gauche. À droite, se trouvait le bureau d'où l'homme l'avait regardé monter l'escalier. L'endroit était étonnamment spacieux.

Quand il se détourna de la fenêtre, Enzo put se faire une idée plus précise de son interlocuteur. Jeune, grand, élancé, les cheveux coupés ras de chaque côté de la tête, une épaisse mèche noire lissée en travers de son crâne. Il portait un masque noir, un costume noir et une chemise blanche, mais pas de cravate.

– N'allez pas plus loin, s'il vous plaît, dit-il en levant une main pour bien faire comprendre à Enzo qu'il ne souhaitait pas le voir entrer dans son bureau. Je vous serais obligé de garder vos distances. Je suis séropositif, donc d'autant plus prudent face au Covid. Que puis-je faire pour vous ?

– Je suppose que vous avez déjà parlé à la police ?

– En fait, non. Plusieurs policiers sont venus fouiller le bureau le lendemain du meurtre. Ils ont emporté beaucoup de choses, dont son ordinateur portable. Ils ont interrogé d'autres membres de l'équipe, mais je n'étais pas présent ce jour-là.

– Narcisse et vous étiez proches ?

– Il était mon mentor, monsieur.

– Vous savez donc pourquoi il est allé à Carennac.

Son visage se colora légèrement.

– Non, je l'ignore.

– Il ne vous a rien dit ?

– Rien.

Enzo haussa les sourcils.

– C'est bizarre, non ?

– Il était mon mentor professionnel, monsieur. Nous avions très peu de contacts personnels en dehors du travail.

– Vous pensez qu'il s'est rendu à Carennac pour des affaires privées, alors ? Autrement, il vous en aurait parlé ?

– Probablement, répondit Moreau, l'air gêné.

– Vous saviez qu'il écrivait une biographie de Rose Valland, je suppose ?

Moreau fronça les sourcils et de profonds plis sillonnèrent son front lisse.

– Je ne crois pas qu'il ait entrepris ce genre de travail.

– Vous auriez été au courant si cela avait été le cas ?

– Bien sûr. En tout cas, c'est un sujet qu'il n'a jamais envisagé d'aborder. Rose Valland ? Oh non, ça m'étonnerait.

Sa réaction était si catégorique qu'Enzo fut enclin à le croire.

– Que savez-vous des circonstances du meurtre ?

– Pas grand-chose en dehors de ce que j'ai lu dans les journaux et entendu raconter.

– Vous savez donc qu'il y a un suspect ?

– Oui, mais aucun détail n'a été donné sur lui.

– Seriez-vous surpris d'apprendre que c'est un jeune directeur de galerie, un Allemand du nom de Hans Bauer ?

Cette fois, le visage de Moreau s'empourpra et, pour la première fois, il perdit son sang-froid.

– Bauer ?

– Vous le connaissez ?

– Euh, oui. Il est venu ici il y a quelques jours. Il avait rendez-vous avec monsieur Narcisse.

À son tour, Enzo sentit ses joues s'empourprer.

– À quel sujet ?

– Aucune idée. Monsieur Narcisse ne m'a rien dit. Mais ce Bauer n'est pas resté longtemps. Dix minutes tout au plus, et il est parti très en colère, d'une humeur massacrante. Un individu vraiment déplaisant.

– Quand était-ce exactement ?

Moreau contourna son bureau pour ouvrir un grand agenda. Il feuilleta les pages et fit courir un long doigt fin taché de nicotine sur les différents événements inscrits.

– Il y a une semaine, jour pour jour. À quinze heures. Monsieur Narcisse l'avait noté lui-même. Le rendez-vous avait dû être pris par téléphone.

– Ou par mail.

Moreau secoua la tête.

– Monsieur Narcisse ne s'est jamais habitué à la technologie.

– Que s'est-il donc passé pour que Bauer soit de si mauvaise humeur ?

– Je n'en sais rien. Après son départ, monsieur Narcisse est resté dans son bureau pendant une heure environ. Presque tout le temps au téléphone.

De la tête, il montra un interphone sur le bureau :

– Le voyant de sa ligne était allumé. Plus tard, il est venu me demander si je pouvais lui prendre un billet de train aller-retour pour Brive-la-Gaillarde, et aussi une chambre d'hôtel dans le village de Carennac. Mais je dois dire que je n'ai pas fait le rapprochement entre ce voyage et la visite de Bauer.

– C'est donc vous qui avez réservé la chambre au Fénelon.

– Oui. C'était le seul hôtel ouvert hors saison.

– Et il ne vous a donné aucune raison ?

– Non.

Le ton défensif de Moreau suggérait qu'il en voulait peut-être à son mentor d'avoir gardé le secret. Il n'avait pas associé la visite de l'Allemand à ce voyage décidé au dernier moment. Mais Enzo comprenait, maintenant, que c'était étroitement lié.

Si seulement il savait de quoi ils avaient parlé.

Il pleuvait ; les lumières des appartements entourant la cour projetaient des reflets jaunes sur les pavés sombres. Au fond, le marronnier avait perdu presque toutes ses feuilles et se dressait dénudé devant les fenêtres éclairées.

Enzo regardait sans la voir la pluie qui ruisselait comme des larmes sur les vitres. Raffin et lui n'avaient rien eu à se dire depuis que Kirsty était partie préparer du thé à la cuisine ; il sentait la mélancolie l'oppresser.

Cet appartement, au cœur de la capitale, à un jet de pierre du Sénat illuminé, en haut de la rue, renfermait plus de souvenirs qu'Enzo ne l'aurait souhaité. Et tous accompagnés par les notes jouées par un ou une pianiste malhabile qui s'acharnait sur ses gammes quelque part dans l'immeuble.

Enzo s'obligea à détourner les yeux de la fenêtre et les posa sur Raffin. Assis à l'autre bout de la table, ce dernier portait un masque mal ajusté et lisait la première édition d'un journal du soir. C'était lui qui avait attrapé le premier la Covid au printemps, puis contaminé Kirsty et Alexis. Kirsty n'avait souffert que de légers symptômes, Alexis d'aucun ; quant au journaliste, il s'était retrouvé au service des soins intensifs, où il avait frôlé la mort pendant plusieurs jours, à tel point qu'on avait failli l'intuber. Coma provoqué et respirateur artificiel étaient les traitements de dernier recours, mais le pronostic n'était jamais bon. Heureusement pour lui, son infection virale avait atteint son pic avant que cela ne devienne nécessaire, et il avait entamé une longue et lente convalescence. Néanmoins, il s'éloignait de plus en plus de l'homme jeune avec lequel Enzo avait collaboré pour résoudre les sept affaires de meurtres classées sans suite de son livre, *Assassins sans visage*. Aujourd'hui, la différence d'âge entre lui et Kirsty paraissait encore plus grande.

Celle-ci, cependant, semblait heureuse avec son mari ; bien qu'Enzo n'ait jamais compris ce qu'elle lui trouvait, il ne pouvait que s'en réjouir.

Sa fille revint avec un plateau chargé de tasses, de soucoupes et d'une théière, une rareté pour Enzo dans ce pays de buveurs de café. Dès qu'elle l'eut posé sur la table, elle remit en place le masque pendu à son oreille. Elle était parfaitement consciente que son père faisait le maximum pour éviter d'attraper le virus, et qu'à son âge, cela pouvait être fatal.

– Bon, dit-elle en s'asseyant à égale distance entre les deux hommes et en commençant à servir le thé. À part l'enquête que tu mènes sur le meurtre du Lot...

– Je suis simple consultant, la coupa-t-il.

Kirsty leva les yeux au ciel.

– D'accord, papa. L'enquête pour laquelle tu es *consultant*... se corrigea-t-elle. En dehors de ça, qu'est-ce qui t'amène à Paris ?

– Ma fille et mon gendre, bien sûr.

Elle lui jeta un regard de travers.

– On sait tous que c'est juste une excuse pour voir ton petit-fils.

– Je n'en ai pas trouvé de meilleure, dit-il avec un grand sourire.

– Il ne rentrera pas avant une heure, je pense.

– Parfait. Ça nous laisse le temps de parler.

– Nous y voilà. La vraie raison de ta visite.

Raffin leva la tête de son journal, intéressé pour la première fois, quand Kirsty poussa vers lui une tasse de thé qu'il regarda sans enthousiasme.

– Ton père préférerait peut-être quelque chose de plus fort. Comme un whisky ? dit-il avec un coup d'œil plein d'espoir vers Enzo.

Ce dernier, sachant pertinemment qui avait envie d'un whisky, secoua la tête.

– Mais c'est peut-être Kirsty qui voudra quelque chose de plus fort, dit-il en se tournant vers sa fille.

– Pourquoi ? demanda-t-elle d'un air méfiant.

Il n'hésita qu'une seconde.

– Parce que je veux que tu m'accompagnes à Berlin, demain.

Sa main en suspens à quelques centimètres de ses lèvres, Kirsty le regarda par-dessus le bord de sa tasse :

– Tu es fou ?

– J'ai besoin d'une interprète.

– On est en pleine pandémie, papa !

– J'ai lu quelque part que les transports en commun sont les endroits les plus sûrs à cause du protocole de désinfection et de distanciation mis en place. De toute façon, tu ne risques rien.

– Ce n'est pas à moi que je pense. Mais à toi. Si tu l'attrapes, à ton âge, le virus te tuera probablement.

Agacé, il répliqua :

– Je vais te dire ce qui me tuera. Ce qui me tuera, c'est de rester assis chez moi dans une bulle sociale définie par le gouvernement, en comptant les jours jusqu'à ce que je meure de vieillesse. Je ne suis pas idiot, Kirsty, tu le sais. J'en ai assez appris sur les infections virales au cours de ma carrière pour être hyper-conscient des risques encourus. Même celui d'attraper un rhume. J'ai toujours emporté avec moi des lingettes désinfectantes pour nettoyer les accoudoirs et les tablettes des avions. Sophie me surnommait Howard Hughes. Aujourd'hui, tout le monde est aussi vigilant que moi, donc j'imagine que le risque d'attraper quelque chose est probablement plus faible qu'il ne l'a jamais été.

Il s'arrêta un instant pour reprendre sa respiration, faillit poursuivre, puis se ravisa et déclara :

– Fini de râler.

Elle le regarda dans les yeux, sachant d'expérience qu'il était inutile de se disputer avec lui.

– Pourquoi ?

– Pourquoi quoi ?

– Pourquoi tu veux aller à Berlin ?

Enzo se détendit. Il souffla lentement, content que le débat sur le voyage soit clos.

– Hans Bauer, le suspect du meurtre de Narcisse, vit à Berlin.

– Tu as dit qu'il avait disparu. Tu ne t'attends quand même pas à le trouver là-bas ?

– Non. Mais tout porte à croire qu'il n'a jamais quitté Carennac. Il est peut-être mort, qui sait.

– Alors à quoi bon aller à Berlin ?

– Si c'est Bauer qui a tué Narcisse, j'ai besoin de comprendre pourquoi. Nicole a effectué quelques recherches pour moi. Apparemment, il a perdu sa mère une semaine plus tôt environ, et doit recevoir pas mal d'argent en héritage. Il vivait avec sa petite amie dans un appartement très haut de gamme d'un quartier chic de la ville. Elle pourrait très bien être la clé qui m'aidera à découvrir ce qu'il s'est passé à Carennac. Pourquoi Narcisse et Bauer étaient là-bas. Et de quoi les deux hommes ont discuté quand ils se sont vus à Paris deux jours avant le meurtre.

Soudain attentif, Raffin lança :

– Ils se sont vus à Paris ? C'est nouveau. Je n'ai rien lu là-dessus dans les journaux.

– Parce que même la police n'est pas encore au courant.

Enzo savait que le moindre élément nouveau sur le meurtre de Narcisse intéressait le journal de Raffin, *Libération*. Aussi s'empressa-t-il d'ajouter :

– Je préfère que ça ne s'ébruite pas pour l'instant. Mais je vous promets, Roger, que vous serez le premier informé si j'arrive à faire la lumière sur cette affaire.

Cela suffirait à contenir momentanément l'enthousiasme du journaliste. Puis, il se tourna vers Kirsty :

– Alors, tu viens avec moi ?

Elle soupira.

– Je ne vais quand même pas te laisser partir tout seul !

Chapitre 16

PARIS, DEUX JOURS AVANT LE MEURTRE

Bauer regarda d'un air absent les immeubles défiler derrière les vitres de son taxi, puis les eaux grises et ternes de la Seine sous le pont Neuf. C'était la première fois qu'il venait à Paris ; le calme qui régnait dans la capitale française le surprenait. La pandémie, pensa-t-il. Cependant, les rues de Berlin étaient beaucoup plus animées.

Son chauffeur, à l'abri derrière un écran en plexiglas, s'arrêta place du Carrousel et lui annonça par l'interphone que le court trajet depuis le boutique-hôtel, juste de l'autre côté du fleuve, coûtait vingt-trois euros. Bauer paya avec sa carte de crédit sur l'appareil à sa disposition à l'arrière et se sentit contaminé rien que d'avoir tapé le code.

Dans la cour Napoléon, il sortit de sa poche un petit flacon de gel et se désinfecta les mains tout en contemplant la pyramide de verre. Elle était plus grande qu'il ne l'imaginait et détonnait beaucoup moins avec les façades classiques du palais que ses cours d'architecture suivis à l'université ne le lui avaient laissé supposer.

Il tremblait d'excitation. Dans quelques minutes, il la verrait en vrai. Il se dépêcha de traverser le parvis jusqu'à l'entrée principale et de descendre dans le hall pour rejoindre la file d'attente correspondant au créneau horaire qu'il avait réservé en ligne avant de quitter Berlin. Malheureusement, il ne resterait pas aussi longtemps qu'il l'aurait aimé, à cause de son rendez-vous avec Narcisse une heure plus tard ; le marchand d'art ne pouvait pas le recevoir à un autre moment. Un bref entretien. Bauer aurait à peine le temps de le convaincre.

Il prit du gel pour les mains au distributeur situé à la porte, un plan du musée, et ajusta son masque. Un système à sens unique destiné à réduire les contacts entre les visiteurs avait été instauré. Du doigt, il suivit l'itinéraire qui le mènerait salle 711, la salle des États, dans l'aile Denon. Il lui fallut une bonne dizaine de minutes pour parcourir plusieurs longues galeries, en passant devant des toiles immenses ; couleurs vives des *Noces de Cana*, image emblématique de Marat assassiné dans sa baignoire, *Sacre de Napoléon*. Dans des circonstances normales, confronté pour la première fois à ces toiles extraordinaires dont il n'avait jamais vu que des reproductions dans des livres, il se serait imprégné, délecté de ces œuvres peintes par des artistes célèbres. Mais une préoccupation unique l'aveuglait.

Enfin elle était là. Seule, derrière une vitre, sur un grand mur bleu nuit. Malgré la foule des visiteurs, à distance réglementaire les uns des autres, elle le vit entrer, le regarda approcher. Elle n'avait d'yeux que pour lui. Pourtant, il se sentait étrangement déçu. Elle paraissait si petite, presque insignifiante. L'âge avait terni son éclat, craquelé son vernis. Néanmoins, elle le fixait comme si elle savait pourquoi il venait, et il succomba lentement à son charme. Même s'il la soupçonnait de ne pas être ce qu'elle semblait être. Il ne parvenait pas à la quitter des yeux. La pièce résonnait de bavardages, de voix excitées par la proximité de l'excellence. Il avait la bouche sèche. Il la voulait. Tellement. Et tant d'autres l'avaient convoitée avant lui.

Mais il n'avait plus le temps. Il consulta sa montre. Narcisse l'attendait. Un rendez-vous avec le destin.

Un ciel de plomb pesait sur les pauvres arbres tristes prématurément dépouillés de vie et de feuilles. Bauer les fixait sans les voir par la fenêtre de sa chambre d'hôtel. Dans sa main crispée, la douleur était encore intense. Le trou, à l'endroit où il avait déchiré le papier peint et fissuré le plâtre, un souvenir pénible de ce sale caractère qu'il n'avait jamais été capable de contrôler. Comment Narcisse osait-il le traiter ainsi ! Comment osait-il ! Il avait réussi à se retenir de sauter par-dessus le bureau pour démolir à coups de poing ce visage hautain, le réduire en bouillie sanglante. À la place, il l'avait accablé d'invectives, un torrent d'insultes déversé jusqu'à ce qu'il sorte de la galerie, et se calme un tout petit peu dans la rue.

Mais la rage avait continué à brûler en lui pendant qu'il traversait la ville jusqu'à son hôtel où, finalement, il s'était défoulé sur le mur, n'aboutissant qu'à remplacer la colère par la douleur. Dix minutes, voilà tout ce que Narcisse lui avait accordé. Avant de le congédier en le traitant d'hurluberlu. Rien n'avait pu le persuader de reconsidérer les preuves, ou de lire les carnets. Ce vieux salaud s'était contenté de se lever et de lui demander de partir. Son temps, avait-il dit, était trop précieux pour qu'il le perde avec des charlatans.

Bauer regardait avec une intensité frémissante la nuit tomber sur la ville. Les ombres se rassemblaient autour de lui dans la chambre. La lumière de la rue dessinait des rectangles allongés sur l'épais tapis. Et maintenant ? Que devait-il envisager ? Il n'allait pas laisser tomber. Il ne pouvait pas ! Impossible de faire abstraction des péripéties décrites par son grand-père et de ses étonnantes révélations.

Il se détourna de la fenêtre et alluma une lampe de chevet. Puis il s'assit sur le lit, ouvrit son sac de voyage et en sortit les carnets. Il avait besoin de relire le récit des événements de cette journée fatidique qui s'étaient déroulés des dizaines d'années plus tôt. Pour dissiper sa déception. Et raviver sa conviction.

Chapitre 17

Journal de Wolff : mercredi 25 septembre 1940

À peine plus d'une semaine à Paris et je m'ennuie déjà. Au réveil, magnifique matinée d'automne ; j'ai trouvé une place où m'asseoir sous la lumière éclatante de la fabuleuse coupole du Commodore. Le temps de réfléchir, boire un café et profiter des rayons de soleil colorés par les vitraux, tout en mitonnant ma revanche.

D'après les inventaires remis par le Louvre au *Kunstschutz*, la *Mona Lisa* a encore été déplacée, avec d'autres œuvres d'art évacuées. De l'abbaye de Loc-Dieu, près de Villefranche-de-Rouergue, dans l'Aveyron, au musée Ingres, dans une ville du Sud-Ouest, Montauban. Toujours en zone libre, quasiment hors d'atteinte. Je savais que j'aurais, comme Lange, à m'armer de patience. Nous allons devoir jouer tous les deux sur le long terme.

Ce qui me laissait le temps de m'occuper d'une autre affaire en suspens. Un compte à régler depuis longtemps.

Il était un peu plus de 10 heures quand j'ai vu Bruno Lohse traverser le hall et sortir de l'hôtel. En uniforme aujourd'hui, sans doute une réunion avec les hauts gradés. Il serait donc absent un bon moment. J'ai fini mon café sans me presser avant de monter dans les étages.

La secrétaire de Bruno est un joli petit lot. Avec des yeux d'un bleu surprenant et de beaux cheveux bruns. Dans d'autres circonstances, j'aurais pu être tenté de m'attarder pour bavarder ; mais même si, à mon avis, Lohse n'était pas près de revenir de sitôt, je préférais ne pas tenter le diable. J'ai penché la tête à la porte et, quand elle m'a regardé, j'ai lâché avec désinvolture :

– Bruno est là ?

– Il est parti à une réunion.

J'ai fait semblant d'être contrarié.

– Ah. Je le verrai plus tard, alors.

J'ai tourné les talons, puis je me suis ravisé comme si je venais de me rappeler quelque chose.

– Au fait, j'ai besoin de l'adresse d'un critique d'art français, à Paris. Georges Picard. Bruno m'a dit de vous la demander.

Incroyable à quel point le nom d'Hermann Göring est influent si loin de Berlin. Il ouvre les portes et simplifie les formalités administratives. L'efficacité allemande est admirable, mais la bureaucratie souvent assommante. Le fait d'être en mission officielle au service du *Reichsmarschall* permet d'y couper court. Le nom de Göring, le ministre du gouvernement à l'origine de la création de la Gestapo, inspire le respect, parfois la peur. Pour moi, il a immédiatement accompli des merveilles lorsque je me suis rendu dans les bureaux de la Carlingue, rue Lauriston.

Et voilà comment, le matin suivant, à deux heures, je me suis retrouvé sur le palier du premier étage d'un immeuble très chic dans le seizième arrondissement. Murs crème, rampe en fer forgé, escalier en marbre, mosaïque au sol. Des gens fortunés vivaient là.

J'étais accompagné par deux policiers armés, en uniforme, dont l'un a empoigné avec vigueur le heurtoir en fer de l'appartement 1B. Le bruit s'est répercuté dans toute la cage d'escalier ; une suspension jaune projetait nos ombres sur le sol. Il a frappé de nouveau. Plus fort, plus longtemps.

Un jeune homme en chemise de nuit a ouvert, furieux, clignant des yeux, exigeant de savoir ce qu'il se passait. Un unique coup d'œil supplémentaire à notre petit groupe a suffi à lui couper le sifflet. Il s'est dépêché de refermer sa porte, nous avons frappé à celle d'en face.

Au bout d'un moment, un homme plus âgé l'a enfin ouverte tout en enfilant une robe de chambre sur son pyjama à motifs. Cheveux gris clairsemés, plaqués d'un côté de la tête, ébouriffés de l'autre. Autour de ses yeux assombris par la confusion, sa peau laiteuse et parcheminée s'est plissée. Aussitôt qu'il a reconnu les trois uniformes, sa confusion a cédé la place à la peur, et chassé le sommeil.

– Que voulez-vous ?

Sa voix paraissait fluette dans ce vaste escalier qui résonnait. Pour être honnête, je dois confesser que j'ai été surpris, presque déçu. Cela fait plus de vingt ans que je me suis écorché les poings sur la figure de cet homme. À l'époque, il devait avoir l'âge que j'ai aujourd'hui. Les années l'avaient diminué, vieilli, fragilisé. Mais je revoyais toujours dans ma tête l'image de la belle jeune femme qu'avait été, et restera toujours, ma sœur. Mon désir de venger sa mort n'avait pas diminué, lui.

Une femme enveloppée d'un peignoir de soie est apparue dans son dos.

– Qui est-ce, Georges ?

– Juste un vieil ami, ai-je déclaré. Ces messieurs viennent le chercher pour l'emmener rue Lauriston où l'on doit vérifier si les allégations portées contre lui sont vraies ou fausses. Mais ne vous inquiétez pas, je serai présent afin de m'assurer que justice soit faite.

En plein désarroi, Picard a secoué la tête.

– Quelles allégations ?

– Vous avez caché votre ascendance juive.

– C'est ridicule ! Je ne suis pas juif.

– Bien sûr que non, ai-je dit avec un sourire rassurant.

J'ai marqué une pause avant d'ajouter :

– Vous ne vous souvenez pas de moi, n'est-ce pas ?

– Je devrais ?

J'ai ôté ma casquette et souri encore.

– Nous nous sommes rencontrés une fois. Très brièvement. Je pensais vous avoir laissé une plus forte impression. La lumière n'était peut-être pas assez bonne dans le bar ; il faut dire qu'on a du mal à y voir clair avec du sang dans les yeux. Mais je suis certain que vous vous souvenez beaucoup mieux de ma sœur, puisque vous avez réussi à la mettre enceinte.

Soudain la mémoire lui est revenue, à en croire la peur qui l'a saisi. Ses yeux sont devenus presque noirs. Il a compris qu'il était perdu. Aucune issue possible.

Sur un signe de tête de ma part, les policiers se sont avancés pour s'emparer de lui, un de chaque côté. Ils l'ont traîné pieds nus sur le palier pendant qu'il se débattait en criant. Je me suis attardé un instant sur le seuil devant sa femme, qui n'était plus qu'une ombre craintive dans l'obscurité de l'appartement, en me demandant si elle savait pour Erika.

– Bonne nuit, ai-je dit.

Puis je me suis penché en avant et j'ai fermé la porte.

En l'espace de quelques jours, j'ai découvert beaucoup de choses. La Carlingue, par exemple, qu'on appelle la Gestapo française. Je n'avais aucune idée de son existence. Dirigée par des collaborateurs français, elle est installée dans un immeuble banal, au numéro 93 de la rue Lauriston dans le seizième arrondissement ; pas loin, en fait, de chez Picard. Il ne nous a pas fallu longtemps pour l'y conduire.

Les chambres de torture sont situées tout en haut. Quand j'y suis allé hier, j'ai appris qu'on les appelait les *cuisines*. J'ignore pourquoi. Drôle d'euphémisme.

Picard a été emmené directement au dernier étage. Je l'ai laissé transpirer pendant deux bonnes heures. Ou plutôt frissonner. On l'avait déshabillé, et il n'y a pas de chauffage dans les *cuisines*. Il devait être quatre ou cinq heures du matin quand je suis revenu. Je n'avais pas dormi, bien sûr, mais je n'étais pas fatigué. Je m'étais rarement senti aussi alerte de toute ma vie. J'imagine que Picard n'avait pas dormi, lui non plus.

Je l'ai trouvé recroquevillé sur une chaise. La pièce était vide. Une ampoule nue pendait du plafond. Sans réfléchir, j'ai tendu le bras pour la pousser avec mes gants ; en se balançant, elle a projeté nos ombres tout autour de la pièce. Un étrange gémissement s'échappait des lèvres de Picard. Ces lèvres que j'avais fendues et réduites en une bouillie ensanglantée des années auparavant. Des lèvres qui avaient embrassé ma sœur, sucé ses mamelons. J'ai senti la rage monter en moi comme des bulles dans une coupe de champagne, mais j'étais déterminé à ne pas perdre mon sang-froid. Pas cette fois. *La revanche est un plat qui se mange froid.* Je me suis répété ce dicton plusieurs fois.

Picard osait à peine me regarder. Sa frayeur était palpable. J'en ai éprouvé un plaisir que j'ose à peine avouer ici.

– Je ne suis pas juif, a-t-il murmuré.

– Bon sang, je sais bien que vous ne l'êtes pas, mon vieux. J'avais juste besoin d'un prétexte pour vous amener ici. Pour terminer ce que j'ai commencé il y a vingt ans.

– Je vous en prie. Non, s'il vous plaît. Je ferai tout ce que vous voulez.

– Debout.

Il n'a pas bougé de sa chaise. Prostré de terreur, les yeux écarquillés.

– Debout !

Cette fois, j'ai crié, et il s'est levé en vitesse, embarrassé par sa nudité et le sentiment d'être horriblement exposé. Quand j'ai avancé, il a tressailli et s'est recroquevillé encore davantage, anticipant le premier coup. Mais je n'étais pas encore prêt.

J'ai retourné la chaise, posé mes gants sur l'assise, et enlevé ma veste que j'ai suspendue au dossier. Ensuite, très lentement, très soigneusement, j'ai remonté les manches de ma chemise. Je voulais éviter de la tacher, dans la mesure du possible.

– Ma sœur vous a plu ? Elle était bonne au lit ?

– Je vous en prie... (Il a reculé jusqu'au mur.) Je l'aimais.

La colère m'a transpercé comme la lame d'une baïonnette ; j'ai dû faire appel à tout mon sang-froid pour ne pas l'attraper et lui éclater la tête contre le mur.

– Un homme n'abandonne pas la femme enceinte qu'il aime.

Mon calme m'a étonné moi-même.

– Quand vous aurez perdu votre dernière dent, Georges, et que je vous aurai cassé tous les os, vous aurez droit à une surprise. Peut-être pas aussi belle qu'Erika, mais je suis sûr qu'elle vous plaira. Elle a hâte de faire votre connaissance.

J'ai vu la confusion rider la surface noire de sa peur. J'ai ramassé mes gants, je les ai enfilés, en repliant les doigts pour tendre le cuir. C'était tellement plus satisfaisant que de sortir de ses gonds. J'aurai le temps de savourer chaque coup et de réfléchir au suivant.

D'une enjambée, j'étais sur lui ; je ne crois pas qu'il ait vu arriver mon poing ganté. J'ai senti l'os se briser sous mes phalanges ; sa tête a volé sur le côté en projetant des gouttes de sang à travers la pièce. Ses jambes se sont dérobées sous lui, il est tombé par terre comme un moineau blessé, un petit sac d'os. Quand il s'est mis à pleurer, j'ai commencé à douter pour la première fois de ma capacité à aller jusqu'au bout. Dans le feu de la colère, l'empathie n'a pas sa place.

– Debout !

Il n'a pas bougé. J'ai agrippé un de ses bras maigrichons pour le remettre sur ses pieds. Je voulais lui dire de se comporter en homme, mais il n'était plus que l'ombre de celui que j'avais failli tuer vingt ans plus tôt. Il fixait sur moi des yeux noirs, désespérés.

Et, à travers le sang qui moussait sur sa bouche, il a murmuré :

– Je sais quelque chose, monsieur Wolff. Quelque chose...

Il a paru chercher un mot pour décrire ce qu'il savait, mais ne l'a pas trouvé.

– Quelque chose que personne ne sait. Je vous le dirai si vous me laissez partir.

J'ai failli éclater de rire. Il ne réussissait qu'à raviver ma colère.

– Une information, a-t-il continué. Inestimable entre les bonnes mains – entre vos mains.

Il a piqué ma curiosité.

– Dites toujours.

– Seulement si vous acceptez de me laisser partir.

– Comment puis-je me prononcer sans l'avoir entendue ?

Je le voyais cogiter désespérément. L'information qu'il détenait suffirait-elle à me persuader de le libérer ? Et même si c'était le cas, pouvait-il me faire confiance ?

Il a fini par lâcher ces mots qui m'ont cloué sur place :

– *La Joconde.*

J'ai senti des picotements envahir mon visage. Puis une myriade de gouttelettes de sueur froide.

– Eh bien ?

– Vous savez qui est Jacques Jaujard ?

– Bien sûr que je sais qui est Jaujard. C'est le directeur du Louvre.

– Je le connais depuis des années. J'ai été son mentor.

– Et alors ?

– Jacques a pressenti dès le début que si la France tombait, *La Joconde* serait une prise de choix convoitée par les nazis.

Je me suis rendu compte que je ne respirais plus.

– L'évacuer de Paris avec les autres œuvres du musée ne suffirait pas. Nous savions que les Allemands ne pourraient pas se permettre de la prendre purement et simplement sans déclencher un tollé international. Mais nous savions aussi qu'il arriverait un moment où vous perdriez patience. Et que d'une façon ou d'une autre, elle finirait par nous échapper. Sans doute pour être accrochée à Linz, dans le super-musée d'Hitler.

– Et donc ?

Ma patience s'amenuisait.

– Il en a fait réaliser une copie.

Déçu, j'ai froncé les sourcils.

– Une copie ?

Il a senti qu'il me perdait.

– Pas une banale copie, monsieur Wolff. Il l'a commandée à André Bernard.

J'avais naturellement entendu parler de Bernard. Un faussaire qui berne les experts du monde entier depuis près de vingt ans. Sa technique et son souci du détail sur les faux qu'il produit ont convaincu marchands et acheteurs de se délester de plusieurs millions dans les salles de vente aux enchères des deux côtés de l'Atlantique. Presque toutes les polices d'Europe et d'Amérique le recherchent. Ce n'est pas son vrai nom, bien sûr.

– Vous savez qui est Bernard ? Qui il est réellement ?

Picard a secoué la tête.

– Jaujard, lui, le sait. Il l'a persuadé de sortir de sa retraite en échange d'une très grosse somme d'argent. Après tout, assurer la sécurité de *La Joconde* n'a pas de prix.

– Une fausse Mona Lisa ? Personne ne se laisserait abuser une seconde.

– Si, a affirmé Picard. Tout le monde. Moi-même je l'ai été.

– Vous l'avez vue ?

– Jacques me l'a montrée. Sans que je sois au courant, naturellement. Je ne me suis pas rendu compte que c'était un faux. Pourtant, je l'avais vue un nombre de fois incalculable. L'originale, je veux dire. Je la connaissais intimement. Je... je n'ai pas voulu le croire quand il me l'a dit. Ça paraissait tout simplement impossible. Pourtant je la tenais entre mes mains ; je jure devant Dieu que j'étais incapable de faire la différence.

J'ai repris ma veste et retourné la chaise.

– Asseyez-vous.

Il a obéi et, avec le bras, essuyé le sang sur sa figure. J'ai vu sa tension se relâcher un peu. Il savait qu'il me tenait.

– Jacques a été malin, vous voyez. Il a sacrifié un autre tableau. De la même époque. Même atelier. Peint par un élève de Vinci sur du peuplier, pas sur toile. Qui avait peut-être fait partie du même lot de bois utilisé par Vinci pour *La Joconde.* Les huiles ont été décollées du bois et Bernard les a utilisées pour peindre son faux. Chaque éraflure, chaque creux, chaque annotation sur la face et le dos de cette pièce de bois sont la réplique exacte de l'original. Bien sûr, l'huile était trop fraîche, les couleurs trop vives. Mais aujourd'hui, on a des moyens très sophistiqués pour vieillir une peinture. Et même pour reproduire la craquelure typiquement italienne qui altère la surface de *La Joconde.* Un traitement au four, je crois. Je ne sais pas exactement. Mais je vous jure devant Dieu, monsieur, que si je n'ai pas pu distinguer la différence, je défie quiconque de la voir.

– Où se trouve le faux en ce moment ?

– Il a été emballé. Seuls ceux qui sont au courant peuvent l'identifier grâce à un code spécial marqué sur la caisse. Il a été inventorié au milieu d'un lot d'œuvres que les conservateurs ont reçu l'ordre formel de ne pas séparer les unes des autres. Si jamais un danger semble menacer l'original, il sera immédiatement échangé contre le faux.

J'ai quitté la pièce, pour revenir quelques minutes plus tard avec un verre d'eau et une autre chaise. Je lui ai tendu le verre qu'il a saisi d'une main tremblante ; pendant qu'il buvait j'ai baissé mes manches et remis ma veste, puis je me suis assis en face de lui.

– Parlez-moi du code sur la caisse. Et des œuvres avec lesquelles il a été inventorié.

Je le lui ai fait répéter. Encore, encore et encore. Attentif à la moindre divergence de détail susceptible de me faire douter de son histoire. Mais il n'a jamais dévié d'un iota. À la fin, j'étais convaincu. En dépit de tout. Car, face à la mort, un homme ne ment pas. Et comment Picard aurait-il pu avoir la présence d'esprit d'inventer une histoire pareille, avec autant de détails, dans de telles circonstances. Il était impossible de ne pas le croire.

Au bout d'un moment, je me suis levé.

– Je ne vous tuerai pas, ai-je dit à son grand soulagement. Mais je ne voudrais surtout pas vous priver du plaisir que je vous ai promis tout à l'heure.

Sa peur a ressurgi.

– Violette vous plaira. Sacrée femme.

– Vous avez promis !

– Je n'ai rien promis. Cependant, en homme d'honneur, je ne vous ferai plus de mal, personnellement.

J'ai traversé la pièce et ouvert la porte.

– Violette !

Quelques instants après, j'ai entendu une autre porte s'ouvrir dans le couloir ; Violette est apparue dans la lumière émanant de la pièce. Je me suis retourné vers Picard et vu dans ses yeux la douleur d'avoir été trahi.

– Je la soupçonne de ne pas être aussi accommodante qu'Erika.

Son regard voltigea vers la silhouette qui venait de s'encadrer dans l'embrasure de la porte.

Violette est une forte femme. À mon avis, elle doit avoir une cinquantaine d'années. Elle portait un maillot de corps blanc étroitement tendu sur ses énormes seins, un short noir, des chaussures de sport marron éculées. Sa chair autrefois ferme et musclée est maintenant blanche et flasque. Ses cheveux tirés en arrière sont attachés en un nœud serré sur la nuque. Debout sur le seuil, elle souriait comme quelqu'un qui prend beaucoup de plaisir à accomplir un travail qui n'a rien à voir avec le sexe, mais tout avec la souffrance.

Une vibration de terreur anticipée a secoué le corps fragile de Picard.

– Je vous présente Violette. Vous connaissez peut-être Violette Morris, l'athlète aux multiples médailles. Elle a représenté la France aux jeux mondiaux féminins, il y a une vingtaine d'années, et aux Jeux olympiques aussi, je crois. Elle a remporté plusieurs médailles d'or au lancer du disque et à celui du poids, c'est bien cela, Violette ?

Elle a acquiescé d'un signe de tête.

– Sa devise a toujours été *Ce qu'un homme fait, Violette peut le faire !* À la boxe, elle les mettait tous KO sur le ring.

Je me suis écarté pour la laisser entrer. Les mains croisées sur le ventre, elle a souri à Picard, que la peur étouffait – pas un mot n'est sorti de sa bouche.

– Bonne nuit, monsieur Picard, ai-je dit. Soyez assuré qu'Erika, en bonne catholique, vous envoie de l'enfer ses meilleures salutations.

J'ai entendu son premier cri au moment où j'atteignais le palier du dessous. Il m'a glacé. Pas assez, cependant, pour me faire oublier le coup de chance extraordinaire qu'un pur hasard venait de m'offrir au petit matin. Vengeance et avantage en une seule nuit.

Chapitre 18

En début d'après-midi, après un repas solitaire, il retourne à la maison.

Deux autres tables de la salle à manger de l'hôtel étaient occupées. Un représentant de commerce et un couple âgé qui voyage hors saison. Il leur a prêté peu d'attention car il repensait à l'histoire de la vieille dame.

Il frappe, traverse la cuisine et la retrouve assise là où il l'a laissée. Le feu a été alimenté. De nouvelles bûches posées sur les braises crépitent, des flammes dansent devant le fond goudronneux de l'âtre.

– Vous avez déjeuné ? demande-t-il.

Elle secoue la tête.

– Je n'ai pas faim.

– Puis-je vous apporter quelque chose ? Une tasse de thé ? Un café ?

De nouveau, elle secoue la tête.

– C'est gentil. Mais non, merci.

Il est content de ne pas différer la reprise du récit qui le captive. Il s'installe confortablement dans son fauteuil.

– Je suis prêt, quand vous voulez.

Elle incline légèrement la tête, lui adresse un pâle sourire et prend une longue aspiration...

Quelques jours seulement s'étaient écoulés depuis l'incident du Jeu de Paume. Frustrée par sa situation délicate, Georgette avait beaucoup de mal à se concentrer.

Assise dans son lit, calée contre les oreillers, elle essayait de lire un livre commencé le soir précédent. Mais les mots ne lui évoquaient aucune image, et elle ne parvenait pas à s'identifier aux personnages.

À quoi bon revenir en France si c'était pour regarder la guerre se dérouler depuis la sécurité relative des sacro-saintes salles du Jeu de Paume ? Pourrait-elle un jour poser enfin les yeux sur *La Joconde* ? Elle avait consulté une carte de France afin de repérer l'emplacement exact de Montauban. La ville était très éloignée de Paris. Au nord de Toulouse, c'est-à-dire dans le Sud-Ouest, pas loin des Pyrénées et de la frontière espagnole. Un voyage en train d'une journée, si elle obtenait l'autorisation de passer en zone libre.

Peu importait ce que de Gaulle voulait. Il était en Angleterre et elle, ici. Elle regrettait d'être venue. Elle aurait sûrement pu contribuer d'une manière plus efficace à l'effort de guerre depuis Londres, plutôt que coincée dans un musée transformé en entrepôt d'œuvres volées par les nazis.

Il faisait nuit, dehors. Un ciel clair mais sans lune. La température était tombée à moins sept. Dans l'appartement de Rose, le chauffage était, au mieux, irrégulier. Georgette frissonnait ; pour se réchauffer, elle s'est enveloppée dans l'édredon. Une sonnerie retentissait au loin. Insistante, pénétrante. Brusquement, elle s'est rendu compte que c'était le téléphone de l'entrée.

Elle a entendu une porte s'ouvrir. Quelques secondes plus tard, la sonnerie cessait. Rose parlait d'une voix étouffée, inaudible. Puis le silence est retombé. Elle supposait qu'elle avait raccroché quand un coup frappé à sa porte l'a fait sursauter. Rose est entrée, en robe de chambre, un filet sur la tête.

– C'est pour vous, a-t-elle annoncé sur un ton revêche.
– Quoi ?
– Le téléphone, bien sûr. Faites vite.
– Mais, qui sait que je suis ici ? s'est étonnée Georgette, perplexe. Qui connaît en plus votre numéro ?
– Très bonnes questions. C'est un homme. (Elle s'est écartée pour la laisser passer.) Dépêchez-vous !
Georgette a sauté du lit, enfilé une paire de chaussons et couru vers l'entrée, où elle a soulevé le combiné avec beaucoup d'appréhension.
– Allo ?
– Georgette Pignal ? a dit en français une voix au léger accent étranger.
– Qui est à l'appareil ?
– Je m'appelle Lange. Paul Lange. Vous vous souvenez, l'autre jour, quand vous vous êtes légèrement ridiculisée dans l'escalier du Jeu de Paume. Je suis le charmant officier allemand qui vous a aidée à ramasser les miniatures.
Manifestement, il ne se prenait pas trop au sérieux. Mais elle frémissait néanmoins de peur.
– Que voulez-vous ?
– Il n'y a pas de quoi, a-t-il répliqué sur un ton narquois.
– Désolée, je ne comprends pas. Pourquoi m'appelez-vous ?
– Parce que j'aimerais vous inviter à dîner.
Elle a cessé de respirer. À sa peur s'ajoutait maintenant l'embarras.
– Je connais un restaurant très sympathique à Montparnasse.
Il avait beau le proposer gentiment, cela ressemblait plus à un ordre qu'à une invitation. Comment dire non à un officier allemand ?
– Quand ?
– Je pensais à demain soir, si cela vous convient.
Elle a réfléchi à toute vitesse.

– Euh… je ne sais pas… il faut que je consulte mon agenda pour voir si je suis libre.

– Eh bien, appelez-moi dès que vous le saurez. Vous avez de quoi écrire ?

Les yeux paniqués de Georgette ont scruté la table de l'entrée et repéré un crayon et un bloc-notes posés côte à côte. Elle a attrapé le crayon.

– Oui.

Elle a gribouillé à la hâte le numéro qu'il lui dictait.

– On peut m'y joindre presque tous les soirs.

– Merci, a-t-elle dit tout en se demandant pourquoi diable elle le remerciait. Je n'y manquerai pas. Au revoir.

– Bonsoir, mademoiselle.

La communication coupée, elle a raccroché.

– Eh bien ?

Elle avait oublié la présence de Rose ; en se retournant, elle l'a trouvée toujours debout à la porte de la chambre, bras croisés sur la poitrine.

– Qui était-ce ?

Georgette osait à peine le lui dire.

– L'officier allemand qui m'a aidée à ramasser les miniatures dans l'escalier, l'autre jour. Paul…

– Lange. Que voulait-il ?

– M'inviter à dîner.

Une lueur d'incrédulité a traversé le visage de Rose avant qu'un profond soupir de colère ne s'échappe de ses dents serrées.

– Vous voyez ? Voilà ce qui arrive quand on attire l'attention sur soi.

Elle a marqué une pause, puis ajouté :

– Et sur moi, par la même occasion.

Pour une fois, Georgette se sentait complètement perdue.

– Qu'est-ce que je dois faire ?

– Accepter, bien sûr. Qu'est-ce que vous voulez faire d'autre ?

Et, tout en retournant vers sa chambre, elle a conseillé :

– Où qu'il veuille vous emmener, allez-y. Et ne faites pas d'histoires.

La porte de la chambre a claqué derrière elle. Tremblant de froid dans le noir, Georgette était plus que jamais convaincue qu'elle aurait dû rester à Londres.

Le lendemain soir, Lange l'attendait dans un taxi devant le Jeu de Paume. Georgette avait pris soin, malgré tout, d'enfiler ses plus beaux vêtements pour venir travailler et, avant de quitter le musée, elle avait passé plusieurs minutes dans les toilettes à se maquiller légèrement les yeux et les lèvres.

Faute de moyens, elle n'avait jamais pris de taxi à Paris. Celui-ci était une grosse voiture noire, avec un toit en toile et d'énormes ailes, qui crachait des nuages de fumée d'échappement dans l'air froid de la nuit. Lange est descendu, a tenu la portière ouverte, tendu une main pour l'aider à monter. Elle l'a ignorée et s'est vivement glissée à l'extrémité de la banquette, de façon à mettre le plus de distance possible entre elle et l'Allemand.

Avec un petit sourire, ce dernier s'est assis à côté d'elle.

– La Coupole, 102 boulevard du Montparnasse, a-t-il indiqué au chauffeur.

Georgette a vu celui-ci la regarder dans son rétroviseur, certaine de lire du mépris dans ses yeux. Elle aurait voulu se rouler en boule et mourir. Comment en était-elle arrivée là ? Se faire inviter à dîner par un officier de l'armée allemande.

– J'imagine que vous connaissez tous les meilleurs restaurants, a-t-elle dit.

Lange a souri.

– En fait, oui. Les autorités d'occupation ont eu la bonté de publier à l'intention des soldats allemands un guide des meilleurs endroits où se restaurer.

Il a sorti de la poche de son grand manteau gris une brochure qu'il a feuilletée. S'arrêtant sur ıa page intitulée *Wichtig für den Soldaten!*, il a parcouru du doigt une liste de noms.

– Voilà. La Coupole. Brasserie art déco emblématique ouverte en 1927. (Il a levé les yeux vers elle.) J'y ai dîné plusieurs fois. C'est excellent.

– Vous ne vous êtes jamais demandé si les cuisiniers ne crachaient pas dans votre assiette ?

Il s'est mis à rire.

– Croyez-moi, ma chère, ils n'oseraient pas.

Il avait beau plaisanter, elle a compris le message.

La Coupole était un établissement somptueux, avec une grande terrasse sur le trottoir, déserte maintenant qu'il faisait un froid glacial en ce premier mois de décembre de l'Occupation. Comme le Commodore, il possédait une immense coupole qui surplombait toute la salle. Des piliers décorés de peintures originales divisaient l'espace tentaculaire en coins plus intimes, où tables et chaises étaient disposées devant des banquettes semi-circulaires recouvertes de tissu brodé à la main.

Le maître d'hôtel les a accueillis à la porte avec un sourire obséquieux et un geste théâtral de la main leur indiquant leur table, près de la vitre.

– Apparemment, a dit Lange, c'est truffé de catacombes là-dessous. Je ne le savais pas avant, mais Paris est construit avec la pierre extraite de son sous-sol par des générations de carriers.

Georgette l'écoutait à peine. Assise à cet endroit, elle se sentait exposée à la vue des passants. Une Française invitée à boire et dîner par un occupant détesté. Son regard gêné voletait à travers le restaurant presque vide. Quelques tables seulement étaient occupées par des petits groupes de deux ou trois officiers allemands en uniforme. À deux de ces tables, il y avait des femmes. Des femmes au rire sonore et au visage fardé, rougi par l'excès de vin et la perspective d'une longue nuit.

Lange continuait à parler.

– La Coupole est le lieu favori d'artistes très célèbres. Georges Braque, Picasso. Et aussi d'écrivains comme Simone de Beauvoir et Jean-Paul Sartre.

Un serveur leur a donné les menus ; pour éviter son regard, Georgette s'est aussitôt plongée dans l'étude des plats du jour. Elle ne savait absolument pas quoi commander. Mais, avant qu'elle ait pu révéler son ignorance, Lange lui prit le menu des mains :

– Laissez, ma chère. Je connais bien les spécialités du chef.

Il a rendu les deux menus au garçon et commandé des crevettes flambées au whisky pour commencer, suivies d'un magret de canard à la crème de cassis accompagné de pommes de terre sarladaises.

– Je vous conseille un verre de puligny-montrachet avec les crevettes et un bon cahors avec le canard.

Georgette a haussé les épaules. Elle avait presque l'impression qu'il essayait de l'humilier.

– C'est vous qui payez, a-t-elle dit.

Une serveuse est arrivée avec des couverts adaptés aux plats et une corbeille de pain frais. Georgette a surpris le coup d'œil furtif qu'elle lançait d'abord à Lange puis à elle. Rougissant d'embarras, elle a regardé dehors, dans l'espoir que l'air froid de l'extérieur qui se pressait contre la vitre rafraîchirait son visage, et que la soirée passerait plus vite qu'elle ne s'annonçait. Au bout d'un moment, elle a senti que Lange la fixait. Elle s'est tournée vers lui.

– Quoi ?

– Vous êtes très distante.

– Ça vous étonne ? Vous n'avez pas vu la façon dont le personnel me dévisage ? Et vos collègues officiers avec leurs femmes peinturlurées ?

– Sans doute sont-ils, comme moi, charmés par votre éclat.

– Mon malaise, vous voulez dire. Ils me prennent pour une prostituée.

Il a haussé les sourcils.

– Non, certainement pas.

– Mais bien sûr que si. Quelle Française qui se respecte voudrait être vue dans un restaurant avec un officier de l'armée d'occupation ? Sinon une femme payée pour faire semblant de bien l'aimer ? Avec vous, j'ai l'impression d'être une collabo.

Imperturbable, il a répliqué :

– Dans ce cas, la prochaine fois vous viendrez dîner chez moi, en privé.

Offusquée, elle s'est écriée :

– Chez vous ?

– Oui. J'ai un très bel appartement rue de Rivoli. Au quatrième étage.

– Un appartement volé.

– Certainement pas. Je paye un loyer aux propriétaires, comme tout le monde.

– Et ses anciens occupants ?

– Partis. Une famille juive. Qui a quitté le pays, je crois.

– Partis étant un euphémisme pour déportés ?

L'amusement qui, jusqu'ici, plissait ses yeux a disparu. Il s'est penché vers elle et a murmuré sur le ton de la confidence :

– À votre place, mademoiselle, je parlerais moins fort. Et je réfléchirais un peu avant d'employer certains mots. (Il a marqué une pause.) Pas par égard pour moi, vous savez. Mais ils pourraient tomber dans d'autres oreilles, moins tolérantes que les miennes.

Comprenant que c'était à la fois un reproche et un avertissement, elle a ravalé à contrecœur sa riposte sur le droit de s'exprimer librement dans son propre pays. Car elle devait admettre que ce n'était plus son pays.

Souriant à nouveau, Lange a changé de sujet :

– Je serais absolument ravi de cuisiner pour vous. Mes amis affirment que j'ai un certain talent.

– Qu'est-ce qui vous fait croire que j'aurais envie de souper avec le diable ? a-t-elle demandé à voix basse.

Il a éclaté de rire.

– Qui le voudrait ? Mais je ne suis pas le diable, ma chère. Je suis votre bienfaiteur.

– Si vous vous imaginez que je vais coucher avec vous, vous vous trompez complètement.

Cette fois, le rire de Lange a attiré l'attention des autres tables.

– Cette idée ne m'a même pas effleuré l'esprit, mademoiselle Pignal, a-t-il dit tout bas.

Sans savoir pourquoi, elle s'est sentie vexée.

Les crevettes flambées au whisky sont arrivées, et le sommelier leur a servi à chacun un verre de bourgogne blanc. Ils ont mangé un moment en silence. À son grand dam, Georgette les trouvait délicieuses.

– Je ne sais pas ce que vous attendez de moi, a-t-elle fini par dire. Ni pourquoi vous m'avez invitée à dîner. Mais je vous préviens, je ne vous aime pas du tout.

– Mais vous ne me connaissez pas.

– Je sais que vous êtes un officier de la puissance occupante, indésirable et importun. Vous n'avez aucun droit d'être ici, monsieur, et vous devriez savoir que je déteste les nazis et tout ce qu'ils représentent.

Lange sauçait son assiette avec un morceau de pain.

– Eh bien, j'imagine que je ressentirais la même chose à votre place. Cette guerre m'a été imposée. Comme à vous. Et nous voici chacun dans un camp différent. Victimes du destin.

– Vous êtes membre du parti ?

– Nazi ? Oui.

– Pas vraiment victime du destin, donc.

Il a posé sa fourchette et son couteau en travers de son assiette vide et s'est penché en avant pour expliquer d'une voix à peine audible :

– C'est mon instinct de survie surdéveloppé qui m'y a fait adhérer, mademoiselle. Le clou qui dépasse appelle le marteau, comme disent les Chinois. (Il s'est redressé.) Vous devriez le noter.

La serveuse est venue retirer leurs assiettes ; Georgette n'a pas quitté la table des yeux pendant qu'on leur servait le canard et que le sommelier remplissait généreusement deux verres d'un cahors couleur rubis.

Après avoir avalé deux ou trois bouchées, Lange a repris :

– Puis-je vous appeler Georgette ?

– Ça changera quelque chose si je dis non ?

Il a souri.

– Vous devriez savoir, Georgette, que je suis aussi fier d'être allemand que vous l'êtes d'être française. Nos deux pays ont accompli par le passé des choses dont nous pouvons avoir honte. Je regrette énormément la situation dans laquelle nous nous trouvons aujourd'hui. Je connais cette ville peut-être mieux que vous. J'y suis venu à de nombreuses reprises au cours des vingt dernières années, pour acheter et vendre des œuvres d'art. Renoir, Picasso, la plupart des impressionnistes. Paris est presque ma deuxième patrie.

– Je croyais que les nazis considéraient l'art moderne comme un art dégénéré.

Il a haussé les épaules.

– Un certain courant d'opinion, seulement.

– Je me demande si votre ami, M. Hitler, est au courant de votre passion pour l'art dégénéré.

Son sourire s'est figé. Sa patience avait des limites.

– Je suis certain que le Führer ne me compte pas parmi ses amis. Je ne l'ai rencontré que deux fois, et je ne lui ai jamais parlé de mon amour pour l'art moderne. (Une lueur d'amusement s'est allumée dans ses yeux.) Mais je suis certain, en revanche, que mon supérieur apprécierait mon choix de dîner ce soir en votre compagnie.

Malgré tout, elle a souri.

– Rien ne peut vous blesser, n'est-ce pas ?

– Je ne serais blessé par vos paroles que si je vous croyais sincère.

– Je le suis.

Il a secoué patiemment la tête.

– Non. Car vous ne me connaissez pas. Pas encore. Et j'espère y remédier au cours des mois qui viennent. Alors, et alors seulement, je me vexerai.

Son cœur s'est serré et son humeur assombrie. Comme une mouche prise dans une toile d'araignée, plus elle se débattait, plus elle s'empêtrait. Elle ne s'en sortirait pas.

Lorsqu'ils ont quitté le restaurant, il n'y avait pas de taxi. Le couvre-feu était déjà entré en vigueur. Tous les jours de dix heures du soir à cinq heures du matin, en cette première année de l'Occupation.

– Comment je vais faire pour rentrer sans être arrêtée ? s'est inquiétée Georgette, paniquée.

Lange l'a entraînée vers le boulevard de Port-Royal.

– Avec moi, vous ne risquez rien.

Pour la première fois de la soirée, elle appréciait sa compagnie.

Une lune presque pleine baignait de sa lumière blanche la ville sous black-out. Sans elle, il leur aurait été presque impossible de rejoindre à pied la rue de Navarre, à une demi-heure de marche de La Coupole. Aucun réverbère n'était allumé, aucune lumière ne brillait aux fenêtres occultées par des rideaux noirs. Dès qu'ils longeaient des rues étroites plongées dans l'ombre, Lange sortait une lampe torche afin de vérifier où ils mettaient les pieds. Des patrouilles les ont arrêtés à trois reprises, chaque fois les papiers de Lange ont déclenché un claquement de talons et un salut rigide.

Quand ils sont arrivés à la porte de l'immeuble de Rose, Georgette était frigorifiée. Ils avaient à peine parlé en marchant, ce qui lui avait donné tout le temps de réfléchir à la gravité de sa situation, et aux attentions indésirables de cet officier allemand qu'elle aurait, semblait-il, du mal à éviter.

– Je suis désolé, a dit Lange.

– De quoi ?

– Vous n'êtes pas assez habillée pour un tel froid. J'aurais dû prévoir un taxi avant le couvre-feu.

– La promenade m'a plu, a-t-elle répondu avec légèreté.

Puis, elle a demandé en le regardant droit dans les yeux :

– Pourquoi êtes-vous ici ? Je veux dire ici. À Paris. Vous n'êtes pas un véritable soldat.

Il a ri.

– Non, c'est vrai. Mais aujourd'hui on a besoin d'un uniforme pour aller n'importe où. Je suis marchand d'art, Georgette. Vous le savez.

Les lèvres pincées, elle a soufflé avec mépris :

– Vous n'êtes pas ici pour acheter ou vendre des œuvres d'art, mais pour les voler. Ce n'est pas ce que fait l'ERR ? Dépouiller les collectionneurs juifs et stocker la marchandise au Jeu de Paume avant de l'expédier en Allemagne ?

– Malheureusement, oui, a-t-il soupiré. Cependant, je n'ai aucun lien avec l'ERR. Je travaille pour le *Kunstschutz*. Ce qui signifie littéralement la préservation des œuvres d'art. Notre mission est de les protéger et de les restituer à leurs propriétaires légitimes à la fin des hostilités. (Il a hésité un peu.) Mais ce n'est pas pour ça que je suis ici.

– Vraiment ? Pourquoi, alors ?

Elle ne voyait pas ses yeux. La lune l'éclairait de dos, laissant son visage dans l'ombre. Mais elle sentait néanmoins l'intensité de son regard.

– Pour la même raison que vous.

L'espace d'une seconde, elle a eu l'impression d'avoir été percée à jour, son cœur a failli s'arrêter de battre.

– Comment ça ?

– J'ai beaucoup d'amis à Londres, Georgette. Je connais Londres presque aussi bien que Paris. J'ai des yeux et des oreilles sur place, contrairement à mes supérieurs.

Un mauvais pressentiment l'a enveloppée comme un voile noir.

– Je sais parfaitement ce que de Gaulle vous a demandé.

Ce mauvais pressentiment a cédé la place à la peur.

Mais il ne paraissait pas avoir l'intention d'en dire davantage. Du moins pas tout de suite, pas ici.

– J'aimerais vous revoir, a-t-il ajouté.

Retrouvant sa voix avec la plus grande difficulté, elle a réussi à articuler :

– Pourquoi en aurais-je envie ?

– Parce que vous et moi avons beaucoup de choses à nous raconter, ma chère. (Il s'est tourné et la lune a éclairé son sourire.) Mais la prochaine fois, je ne vous embarrasserai pas en vous emmenant au restaurant... Vendredi soir ?

Georgette a glissé la clé dans la serrure aussi silencieusement que possible et poussé la porte sur l'obscurité de l'entrée. Puis elle a avancé doucement et l'a refermée sans bruit. Ensuite, sans bouger, elle a attendu quelques minutes que ses yeux s'habituent à la pénombre. Sa respiration lui paraissait étrangement sonore, presque assourdissante dans le silence de l'appartement.

À pas de loup, elle s'est dirigée vers sa chambre. Rose devait être couchée depuis une bonne heure ; avec un peu de chance, elle dormait déjà. Ses doigts se refermaient sur le métal froid de la poignée quand la porte de cette dernière s'est ouverte tout à coup ; Rose se tenait à contre-jour sur le seuil. En robe de chambre, avec son filet sur la tête. Manifestement, elle attendait son retour.

– Alors ? a-t-elle aboyé.

– Alors quoi ?

– Vous savez parfaitement quoi.

Georgette a pris une profonde inspiration.

– Il m'invite à dîner chez lui vendredi soir. Il veut me faire la cuisine.

– Vraiment ?

– Il sait pourquoi je suis ici, a-t-elle laissé échapper.

Sa première intention avait été de ne pas en parler, mais elle était trop effrayée pour ne pas partager cette information.

– Que voulez-vous dire ? s'est inquiétée Rose.

– Il connaît des gens à Londres. Il sait ce que de Gaulle m'a demandé.

Un silence presque palpable s'est prolongé pendant de très longues minutes avant que Rose déclare :

– Alors, nous devons annuler votre mission. Et nous devons vous faire quitter Paris très vite. Et le pays, si possible.

– Pourquoi ?

– Parce que votre couverture a volé en éclats. Il peut vous faire arrêter d'un moment à l'autre.

– Je ne crois pas.

– Oh, pour l'amour de Dieu, ma petite !

– Je suis sérieuse. S'il voulait me faire arrêter, je le serais déjà. Pourquoi ne l'a-t-il pas fait ? Et pourquoi n'a-t-il révélé à personne ce qu'il sait ? *J'ai des yeux et des oreilles sur place, contrairement à mes supérieurs*. Voilà ce qu'il m'a dit. Alors quoi qu'il sache, il le garde pour lui. Et aussi : *Vous et moi avons beaucoup de choses à nous raconter*.

Rose a poussé un soupir exaspéré.

– Je ne serais pas surprise que sa seule motivation soit de vous fourrer dans son lit.

– Ça m'étonnerait. Ce n'est pas son genre.

– Ha ! Parce que vous croyez le connaître maintenant ?

– Non. Mais je pense que je devrais. C'est notre seul moyen de découvrir ce que signifie cette comédie.

– Dès votre arrivée, j'ai senti qu'on aurait des problèmes avec vous. Tout ce que vous faites, c'est mettre en péril la tâche que je suis en train d'accomplir au Jeu de Paume. Si jamais elle doit s'arrêter, je ne vous le pardonnerai jamais. La France ne vous le pardonnera jamais !

Georgette traversait les salles vides du Louvre. La lumière du soleil tombant en biais des grandes fenêtres dessinait par terre des arches et des rectangles sur lesquels son ombre était projetée. Les murs nus renvoyaient l'écho de ses pas.

Elle se souvenait des jours, des semaines qu'elle avait passés ici, à travailler d'arrache-pied en équipe avec d'autres étudiants et le personnel du musée pour emballer toutes les œuvres au plus vite dans des caisses en bois avant leur évacuation. Il lui semblait qu'une éternité s'était écoulée depuis. Elle a gravi les marches de marbre jusqu'au premier étage et trouvé le couloir qu'elle cherchait.

Le bureau de Jacques Jaujard, une petite pièce encombrée dont la moitié était occupée par une énorme table de travail disparaissant sous un incroyable fouillis, donnait sur une cour pavée. Le directeur s'est calé contre le dossier de son fauteuil, qui s'est un peu incliné en arrière, en tirant nonchalamment sur sa cigarette. Derrière lui, par la fenêtre, on apercevait les toits de Paris.

Jaujard ressemblait à une star de cinéma. Une abondante chevelure brune dégageait son beau visage aux sourcils bien dessinés et à la mâchoire carrée. Il portait un costume croisé, sur un col blanc boutonné et une cravate rouge. D'un geste, il l'a invitée à s'asseoir en face de lui avant de dire :

– Nous voilà dans de beaux draps.

Georgette savait que c'était grâce à la détermination et à la clairvoyance de cet homme que le Louvre avait pu être vidé. L'histoire, elle en était certaine, reconnaîtrait le rôle qu'il avait joué dans la sauvegarde des trésors nationaux de la France, désormais hors d'atteinte des nazis. Mais elle s'est sentie blessée par ses paroles.

– Pas par *ma* faute, a-t-elle lancé avec un air de défi.

Il a secoué la cendre de sa cigarette dans un cendrier débordant de mégots.

– Oui, je vous l'accorde. Malheureusement, vous êtes au cœur de tout cela. Vous avez été démasquée, Georgette. C'est très simple. Je ne peux pas vous envoyer à Montauban pour surveiller *La Joconde* si les autorités allemandes connaissent la raison de votre présence. Je ne veux pas leur donner la moindre excuse pour commencer à saisir les stocks.

– Mais le général a expressément…

Il l'a aussitôt coupée :

– De Gaulle est à Londres, et nous ici. Nous devons gérer la situation telle qu'elle se présente sur le terrain.

– Si Lange constitue un tel danger, pourquoi ne suis-je pas en ce moment même dans une salle d'interrogatoire de la Gestapo ?

– Aucune idée. Mais soyons réalistes, Georgette, a-t-on vraiment envie de le savoir ? Du moins pas de cette façon.

– Qu'est-ce que je vais faire, alors ?

Il a soupiré.

– À mon avis, le mieux est de jouer l'attentisme. Vous resterez au Jeu de Paume jusqu'à ce qu'on sache ce que mijote Lange, ou jusqu'à ce qu'il retourne en Allemagne et que les choses se tassent. Après tout, comme le soupçonne Rose, peut-être ne cherche-t-il en fait qu'à vous mettre dans son lit.

– Je devrais donc refuser d'aller dîner chez lui ?

– Grands dieux, non. Vous ne pouvez pas vous permettre de le vexer.

– Et si ce qu'il veut, c'est uniquement coucher avec moi ?

Le directeur s'est penché en avant pour écraser sa cigarette.

– Ce serait regrettable.

La frustration de Georgette s'est muée en colère, puis de colère en résignation. Elle se rendait compte qu'elle n'était qu'un rouage minuscule dans une très grosse machine capable de fonctionner parfaitement sans elle. Mais il y avait une chose dont elle était certaine. En aucune circonstance, elle ne se laisserait séduire par Lange au point de coucher avec lui.

Elle est retournée au Jeu de Paume, où Rose, pressée de savoir ce que Jaujard lui avait dit, l'a aussitôt emmenée dans son bureau. Sans entrer dans les détails, Georgette a annoncé :

– Il veut que je reste ici en attendant.

Rose a paru déçue.

– Vraiment ?

– J'ai l'impression d'être condamnée à une peine de prison, a grogné Georgette, furieuse.

Rose s'est hérissée.

– Oui. Et c'est moi qui suis obligée de partager la cellule avec vous. (Elle a contourné son bureau.) Mais puisque nous sommes coincées ensemble, autant vous rendre utile. Une grande quantité d'œuvres sont arrivées et reparties ces derniers jours. Il faut refaire tout l'inventaire du sous-sol.

– Je suis reléguée au sous-sol ? C'est comme ça que vous me traitez ? Je suis censée être assistante de conservation.

– Un jour, vous le serez peut-être pour de vrai. Mais c'est *moi* la conservatrice ici ; votre travail consiste à m'assister. Et ça, vous pouvez le faire depuis le sous-sol jusqu'à ce que monsieur Jaujard ait décidé de votre sort.

Georgette a passé la majeure partie des deux jours suivants à travailler seule dans la grisaille du sous-sol. C'était non seulement une peine de prison mais une mise à l'isolement. Son seul contact humain, des heures durant, se limitait aux soldats allemands qui apportaient de nouvelles cargaisons à stocker. Même si elle l'avait voulu, elle n'aurait pas pu engager la conversation avec eux car aucun, pour ainsi dire, ne parlait français.

Les journées étaient longues et la remplissaient d'amertume ; elle en était presque arrivée à attendre avec impatience le dîner chez Lange.

Le vendredi soir, il l'attendait dehors, dans les Tuileries, quand elle est sortie du musée juste après sept heures. La soirée était froide, lugubre ; cinq jours avant Noël, on ne voyait nulle part dans la ville les signes de préparation d'une fête. La température avait frisé le zéro toute la journée et une légère bruine tombait maintenant des nuages bas, menaçants dans le ciel noir. Le parapluie de Lange luisait sous la pluie ; elle s'est laissé prendre par le bras et attirer à l'abri.

Très gênée, cependant, elle regardait autour d'elle, persuadée que tout le monde se retournait. Mais Lange n'était pas en uniforme ce soir-là, et personne ne faisait attention à eux.

– Merci, a-t-elle dit.

– De quoi ?

– D'avoir renoncé à l'uniforme.

Il a souri.

– Figurez-vous qu'on m'a appris qu'aucune Française qui se respecte ne voudrait être vue avec un officier de l'armée d'occupation.

Malgré elle, un sourire réticent a étiré ses lèvres.

– Je croyais que les Allemands avaient la réputation de manquer d'humour.

– Il est vrai que nous ne plaisantons pas beaucoup, George. Mais je pense que nous avons un sens assez aigu de l'ironie.

Elle s'est figée.

– Vous venez de m'appeler George.

– N'est-ce pas le diminutif utilisé par vos amis ? a-t-il dit en haussant les sourcils.

Son cœur a fait un bond jusque dans sa gorge. D'une voix étranglée, elle a demandé :

– Comment le savez-vous ?

– À présent, George, il y a très peu de choses que j'ignore de vous, a-t-il répondu avec une certaine condescendance.

Le trajet jusqu'à son appartement leur a pris un peu plus de dix minutes et s'est effectué en silence. Des pensées confuses se bousculaient dans sa tête. S'il en savait autant sur elle, il n'ignorait donc pas que son poste d'assistante de conservation au Jeu de Paume était fictif. Qu'elle était restée à Londres jusqu'à l'automne, avant de passer clandestinement en France. Et pourtant, il l'invitait à dîner chez lui comme si tout cela n'avait aucune importance.

Il a poussé la porte du 30 rue de Rivoli et secoué son parapluie sur le trottoir avant de la mener au quatrième étage par un élégant escalier courbe. Sur chaque palier, les anciens becs de gaz des appliques en fer forgé avaient été remplacés par des ampoules électriques.

L'appartement comptait un nombre impressionnant de pièces distribuées autour d'un vestibule spacieux au parquet ciré. Lange l'a guidée vers un grand salon confortable où un canapé et deux fauteuils encadraient une cheminée ; au-dessus du manteau, un énorme miroir au cadre doré reflétait le reste de la pièce, y compris la petite table dressée pour deux dans le bow-window. Une odeur délicieuse s'échappait de la cuisine.

– J'ai préparé presque tout à l'avance. Ainsi, j'aurai plus de temps à vous consacrer pendant le dîner.

Il s'est éloigné pour allumer plusieurs lampes avant d'éteindre le lustre, afin que la lumière soit plus douce.

– Donnez-moi votre manteau, a-t-il dit en le faisant glisser délicatement de ses épaules. Et prenez place à table.

Il a disparu dans le vestibule. Quand il est revenu, il a fait jaillir avec son briquet les flammes de deux bougies placées sur la table dans des bougeoirs en argent.

– La vue sur la rue est jolie. Malheureusement, nous devons garder les rideaux fermés. Enfin, ils nous coupent au moins du froid des vitres.

Il a versé du chablis frais dans deux verres et servi, pour commencer, du carrelet poêlé accompagné d'une sauce crémeuse au beurre et de petites pommes de terre nouvelles dans leur peau. Puis il a levé son verre :

– Santé.

Georgette s'est contentée de porter le sien à ses lèvres sans rien dire.

Tandis qu'ils mangeaient en silence, elle ne pouvait s'empêcher d'être impressionnée par ce plat. Toutefois, elle se serait bien gardée de le lui dire. Comme s'il avait lu dans ses pensées, il a lancé :

– Ce poisson vous plaît ?

– Délicieux, a-t-elle avoué, incapable de mentir.

Satisfait, il a hoché la tête. Alors, regardant autour d'elle, elle a demandé :

– L'appartement était déjà meublé ?

L'idée de profiter de choses qui auraient appartenu à des gens désormais dépouillés de leurs biens et de leur liberté la mettait mal à l'aise.

– Non. J'ai tout acheté.

– Où ça ?

– L'ERR possède à l'autre bout de Paris un endroit où sont entreposés et vendus les meubles confisqués. Un peu comme un grand magasin. On loue non meublé et on achète le mobilier.

– Dans le pays de ma mère, il existe un mot pour ça.

– Vous voulez dire en Écosse ?

Décidément, il savait tout sur elle. Mais elle n'a pas bronché.

– On appelle ça du recel. En droit criminel écossais, ça désigne la possession d'un bien malhonnêtement obtenu. Par le vol, entre autres.

– Votre mère était avocate ?

Une chose, au moins, qu'il ignorait.

– Elle a passé une licence en droit à l'université de Glasgow. Mais elle n'a jamais exercé.

Georgette a fini son poisson et posé ses couverts en travers de son assiette.

– Que voulez-vous de moi, monsieur Lange ?

– Paul. Je vous en prie, appelez-moi Paul.

– Mais que me voulez-vous, à la fin ?

Assis en face d'elle, très calme, il a scruté attentivement son visage ; ses yeux, qui reflétaient la lumière des bougies, semblaient percer toutes ses défenses.

– Je veux savoir si je peux avoir confiance en vous, a-t-il fini par dire.

Déconcertée, elle a froncé les sourcils.

– Confiance en moi ? Confiance pour quoi ?

Il a souri.

– Eh bien, évidemment je ne dirai rien avant d'être sûr de pouvoir vous faire confiance.

– Et moi, je suis censée vous faire confiance ? Je ne vois pas pourquoi ?

Il a incliné la tête.

– Non, en effet. À votre place, je réagirais de la même façon. La confiance doit se gagner. Et ni vous ni moi ne pouvons en placer suffisamment l'un dans l'autre avant de mieux nous connaître.

Il s'est levé, a ramassé les assiettes vides et disparu dans la cuisine. Georgette se sentait intimidée. En fait, elle avait peur de lui. Il paraissait si maître de lui-même. Si assuré. La laissant chaque fois dans le flou sans qu'elle puisse se faire une idée de ses motivations ou de son but ultime. Le savoir donne le pouvoir, disait-on. Il avait ce pouvoir sur elle. Ce qui renforçait sa détermination d'en apprendre davantage sur cet homme, de partager le pouvoir, d'essayer de se placer sur un pied d'égalité dans cette relation perturbante.

Il a réapparu avec des médaillons de filet mignon au poivre. Cuits à la perfection. Grillés à l'extérieur, roses à l'intérieur, un soupçon de sang marbrant la sauce.

– Dans la rue, les gens font la queue pendant des heures devant les boucheries pour acheter des morceaux de viande d'une qualité bien inférieure à celle-ci. Je parie que pour vous ça n'a pas été nécessaire.

– Non. (Un sourire a retroussé ses lèvres, sans se communiquer à ses yeux.) Au vainqueur, le butin, hein ? Profitez-en.

Il a rempli les verres de côtes-du-rhône d'un beau rouge foncé, puis ils ont dégusté la viande. Au bout de quelques minutes, Georgette a demandé :

– D'où venez-vous ? En Allemagne, je veux dire.

Il a souri et bu une gorgée de vin.

– Ah. Enfin une pointe de curiosité. J'ai grandi en Bavière, à Augsbourg. C'est à une cinquantaine de kilomètres à l'ouest de Munich. Une petite ville d'après les critères allemands. Mais elle possède une université. Elle est célèbre, en outre, pour être le berceau des familles Fugger et Welser, qui ont dominé la finance européenne au XVIe siècle. Ma propre famille descend des Welser.

– Vous êtes allé à l'université là-bas ?

– Non. J'ai étudié l'art à Francfort. (Il a soupiré.) J'avais l'ambition de devenir peintre, d'être moi-même un artiste. Mais la simple comparaison avec les autres étudiants m'a fait douloureusement comprendre que je n'étais pas doué.

Repensant à ce qu'Hitler lui avait dit au Berghof, il a ajouté :

– Il est important de connaître ses propres limites.

– En quoi vous êtes-vous spécialisé, alors ?

– En histoire de l'art.

– Et comment êtes-vous devenu marchand ?

– Par un pur hasard, en fait. J'ai trouvé du travail dans une galerie de Berlin. Le conservateur, Schäfer, était un homme merveilleux. Il m'a pris sous son aile, d'abord comme assistant.

C'est lui qui m'a emmené à Paris la première fois, pour acheter et vendre des œuvres en salle des ventes ; il a dû trouver que j'avais l'œil pour ça car il m'a laissé assez vite effectuer ces voyages tout seul. Paris, Londres. Puis New York. La galerie a commencé à gagner une certaine réputation et des collectionneurs privés m'ont contacté pour me demander d'acheter des œuvres pour eux. (Il a haussé les épaules.) C'est sur de tels hasards que se construit une carrière.

– Et Herr Schäfer ?

Le visage de Lange s'est assombri. Il a détourné les yeux et, ne souhaitant visiblement pas entrer dans les détails, lâché :

– Il est juif.

– Il y en a beaucoup dans le monde de l'art.

– Oui. Et j'ai beaucoup d'amis juifs.

Puis il s'est repris, le regard perdu au loin dans quelque rêverie :

– J'avais beaucoup d'amis juifs. En Allemagne, ceux qui ont senti le vent tourner ont quitté le pays. Les autres ont été arrêtés.

– En France aussi.

– Oui.

– Regardez-moi.

Surpris par la fermeté du ton de Georgette, il l'a fixée dans les yeux.

– Ces gens étaient vos amis, Paul. Votre propre mentor, bon sang ! Et vous adhérez quand même au parti qui les persécute, les chasse de chez eux, les jette en prison. Les assassine.

– Le monde est fou, George. On fait en sorte d'y survivre. (Un petit sourire triste a éclairé son visage.) Vous m'avez appelé Paul.

– C'est vrai ?

Il a hoché la tête, repoussé son assiette vide et s'est levé.

– Je devrais peut-être vous raccompagner chez vous, maintenant.

Elle est restée assise un moment, inexplicablement déçue. Puis, se levant à son tour, elle a attrapé son sac suspendu au dossier de sa chaise.

– Merci pour le dîner.

– Je vous en prie. Même heure, vendredi prochain ?

– Ai-je le choix ?

– Dans la vie, George, on a toujours le choix.

Assise dans le salon, un verre de vin rouge à la main, Rose l'attendait, toujours en tenue de ville. La lumière qui se déversait dans le couloir a éclairé Georgette au moment où elle passait devant pour se rendre dans sa chambre.

– Je suis là, a-t-elle crié.

À contrecœur, Georgette est entrée. Rose a posé son verre et s'est levée en l'observant avec une expression inquiète qui paraissait sincère.

– Tout va bien ?

– Ça vous intéresse ? a répliqué Georgette, interloquée.

Rose a soupiré.

– Croyez-moi ou non, mais oui, ça m'intéresse.

Contrite, Georgette a baissé les yeux.

– Ça va bien, merci. Il veut que je revienne vendredi prochain.

Rose a longuement fixé sur elle un regard dur jusqu'à ce que Georgette ne puisse plus le supporter.

– Quoi ?

– Vous avez couché avec lui ?

– Bien sûr que non, a-t-elle riposté, agacée.

– Bien. (Elle a hésité.) Si jamais vous cédez, vous êtes fichue, vous le savez ?

Chapitre 19

L'avion pour Berlin était à moitié vide. L'équipage de cabine avait réorganisé l'attribution des sièges afin que les passagers soient assez éloignés les uns des autres. Kirsty avait regardé Enzo essuyer deux fois sa tablette, et lâché qu'à son avis une seule aurait suffi. Elle avait accepté un café, il avait refusé. Il s'était désinfecté les mains avec du gel avant de monter à bord de l'appareil puis en le quittant. À présent, assis dans un taxi, où ils étaient séparés du chauffeur par un panneau de Plexiglas, il était ravi que le terminal de paiement accepte le sans contact.

Un vent glacé soufflait le long du canal lorsqu'ils descendirent de voiture. Le ciel maussade semblait raser les toits.

L'appartement de Bauer était situé non loin du pont qui menait à Maybachufer et ses immeubles blancs à toit rouge de six étages. Un chemin bordé de balustrades noires en fer forgé conduisait à une entrée voûtée, juste après une rangée de boîtes aux lettres. Les grandes vitres de la porte en bois verni révélaient, au-delà, un long vestibule en marbre.

Enzo recula d'un pas et leva les yeux vers le bâtiment.

– Nicole ne se trompait pas quand elle disait que la famille avait de l'argent. Les appartements doivent coûter les yeux de la tête dans un endroit pareil.

Le nom de Bauer était imprimé sous la sonnette du troisième étage. Enzo enfonça le bouton et attendit en vain une réponse.

Soudain, un martèlement rapide de talons hauts sur le macadam leur fit tourner la tête. Une jeune femme s'approcha, remit son masque en arrivant près d'eux et les contourna pour composer le code de la porte.

Elle parut étonnée quand Kirsty lui parla. En allemand. Enzo n'avait aucune idée de ce qu'elle disait. Il observa attentivement la femme échanger quelques phrases avec sa fille, et vit ses pupilles se dilater, sa peau pâlir autour des yeux. Immédiatement, elle fouilla dans son sac, sortit un téléphone portable et tapa à toute vitesse le nom d'un contact.

À bout de patience, Enzo se tourna vers Kirsty :

– Qu'est-ce qu'il se passe ?

– Elle habite sur le même palier que Bauer. Elle et Lise, la copine de Bauer, étaient amies.

– Étaient ?

– Apparemment, Lise a déménagé quand ils ont rompu.

– Récemment ?

– La semaine dernière. Depuis, elle n'a aucune nouvelle. Ça l'a beaucoup choquée d'apprendre que Bauer était mêlé à un meurtre en France, et elle pense que Lise le sera aussi. Elle l'appelle.

*

Il s'écoula une bonne vingtaine de minutes avant que Lise n'arrive au Katie's Blue Cat. Le café se trouvait juste de l'autre côté du canal, sur Friedelstraße, à côté de la boulangerie Neuköllner Backstube et sa façade orange. Une demi-douzaine de tables et chaises en bois pliantes étaient installées sur la mosaïque inégale du trottoir devant une vitrine de biscuits et de gâteaux. C'était Lise qui l'avait proposé comme lieu de rendez-vous.

Il faisait froid. Enzo et Kirsty s'assirent, recroquevillés au-dessus de leurs cappuccinos, baissant leur masque pour en boire quelques gorgées, et surveillant la rue avec impatience.

Finalement, une jeune femme apparut au coin de Maybachufer, les yeux dissimulés derrière de grosses lunettes de soleil. Elle marchait vite, son long manteau fauve déboutonné ondulait dans son sillage. Elle portait un jean, des bottes à talons hauts qui lui montaient aux genoux et un béret fauve assorti à son manteau. Ses cheveux noirs, dont la frange retombait devant les verres de ses lunettes, pendaient sur ses épaules. Elle s'arrêta à leur hauteur.

– Herr Macleod ? demanda-t-elle.

Bien inutile, pensa Enzo, puisqu'ils étaient les seuls clients.

– Lise, je présume. Votre amie a dit que vous parlez anglais.

Elle hocha la tête, s'assit à la table voisine, et sortit un masque mal ajusté pour le glisser devant son visage avant d'y enfoncer, entre les plis, une cigarette qu'elle serra entre ses lèvres à travers le tissu. Puis, la tête penchée vers son briquet, elle aspira la fumée. Un cercle de nicotine sur le coton dénonçait une habitude régulière. La fumée s'échappa de chaque côté.

– Vous voulez un café ? proposa Enzo.

Elle secoua la tête d'un mouvement rapide et nerveux.

– Hans a tué quelqu'un ?

– Nous n'en savons rien. Mais, pour la police française, c'est lui le principal suspect.

Sa main trembla quand elle tira une autre bouffée.

– Je savais que ça arriverait un jour. Je le savais.

– Qu'est-ce qui vous fait dire ça ?

– Il a un caractère effroyable. Quand il se met en colère, il est capable de tout.

Elle ôta ses lunettes pour montrer les bleus autour de ses yeux et sur ses pommettes.

– J'en sais quelque chose.

– Mon Dieu, s'écria Kirsty, c'est lui qui vous a fait ça ?

Lise acquiesça et remit ses lunettes pour cacher sa honte. Mais Enzo avait eu le temps de noter la tristesse de ses yeux sombres.

– À première vue, le meurtre n'a pas été commis dans le feu de l'action, dit-il. D'après ce qu'on peut en savoir, il semble plutôt avoir été soigneusement prémédité.

Il la vit froncer les sourcils.

– Alors, je doute que ce soit Hans.

– Pourquoi ?

– Parce qu'en temps normal, ce n'est pas un homme violent. Et chaque fois qu'il sort de ses gonds à cause de son sale caractère, il est accablé de remords tout de suite après. Il se déteste d'être ainsi. Je ne peux pas l'imaginer en train de commettre un meurtre de sang-froid. (Elle marqua une pause.) Qui a-t-il tué ?

– Un marchand d'art parisien. Un certain Émile Narcisse. (Il regretta qu'elle ait remis ses lunettes, qui l'empêchaient de voir ses yeux.) Ce nom vous dit quelque chose ?

Elle secoua la tête.

– Rien du tout.

– Hans vous a parlé de son intention d'aller en France ?

De nouveau, elle secoua la tête.

– Non.

– Vous n'avez donc aucune idée de la raison de sa présence là-bas ?

– Aucune.

Enzo était déçu. Il avait l'impression de gaspiller cette journée pour rien. Kirsty demanda :

– Il vous frappait depuis longtemps ?

– Depuis que je le connais.

Elle fronça les sourcils.

– Et vous étiez avec lui depuis combien de temps ?

– Deux ans.

Devançant la question suivante que Kirsty ne manquerait pas de lui poser, elle ajouta très vite :

– Je sais. Pourquoi je restais avec lui ? Tout le monde me le demande.

Elle tira nerveusement sur sa cigarette et la jeta sur les pavés avant de poursuivre :

– C'est difficile à expliquer. Je l'aimais, j'imagine. Et je l'aime probablement encore. Il n'était pas comme ça tout le temps. (Elle se toucha le visage.) Il était affectueux, gentil, généreux. Et il se haïssait quand il sortait de ses gonds.

Elle baissa la tête et retira de nouveau ses lunettes, cette fois pour essuyer ses larmes. Puis elle regarda fixement Enzo et Kirsty, presque d'un air de défi :

– Il en était devenu obsédé, ces derniers temps.

– Obsédé par quoi ? demanda Enzo.

– Par ce qui le rendait fou de colère, lui faisait perdre tout contrôle, péter les plombs. Une fois, il m'a raconté que, quand il était enfant, il avait ressenti du plaisir à faire souffrir le chien d'un voisin ; ça l'avait tellement effrayé qu'il ne s'en approchait plus, même si l'animal ne paraissait pas lui en vouloir. D'après moi, il se croyait possédé par une espèce de force maligne. Récemment, il a fait des recherches en ligne sur un truc qui s'appelle le gène du mal. Je crois sincèrement qu'il voulait se persuader que ce n'était pas sa faute. Qu'il en avait hérité, d'une manière ou d'une autre, et qu'il n'était pas responsable.

– Qu'a-t-il trouvé ? voulut savoir Enzo, intrigué.

– Oh, pas grand-chose, je crois. Des conneries sur la violence héréditaire. Quand sa mère est morte, il a découvert des trucs dans ses papiers. Un vieil acte de naissance montrait que son père était en fait le fils illégitime d'un homme marié qui avait été tué pendant la guerre. Son véritable grand-père. Il y avait des lettres écrites par cet homme à la grand-mère de Hans, et aussi des carnets qu'il lui avait confiés.

Elle alluma une autre cigarette. Ses mains tremblaient ; Enzo n'aurait su dire si c'était de froid ou d'émotion.

– Et c'est devenu une nouvelle obsession, continua-t-elle. Découvrir qui était son grand-père. Quel genre d'homme il avait été. Hans ne connaissait personne dans sa famille ayant des pulsions aussi violentes.

– Il pensait les tenir peut-être de ce grand-père ? intervint Kirsty.

– C'est ce qu'il espérait, j'en suis certaine. N'importe quoi pourvu que ça le décharge de la responsabilité de son propre comportement. Il est allé aux archives de Wurtzbourg, d'où sa famille est originaire, pour voir s'il pouvait trouver quelque chose.

– Et alors ?

Enzo était fasciné. Sa perception de Bauer prenait de plus en plus de relief au fur et à mesure des révélations de Lise. Mais la réponse le déçut.

– Je ne sais pas. J'ai profité de son absence pour faire mes valises et partir.

Elle n'allait surtout pas leur raconter la scène affreuse qui avait eu lieu dans l'appartement lorsqu'il était rentré plus tôt que prévu.

– Donc, vous ne savez pas ce qu'il a trouvé ? demanda Kirsty.

– Non, mais vous pourriez demander au *Mitarbeiter*.

– *Mitarbeiter* ? répéta Enzo sans comprendre.

– Un bénévole, traduisit Kirsty, pour qui cela n'avait pas plus de sens. Quel genre de bénévole ?

Lise haussa les épaules.

– Apparemment, les archives emploient un bénévole pour aider les gens à s'y retrouver dans tous les dossiers. Hans m'a demandé de scanner à sa place certains documents et de les envoyer à une femme qui remplissait ce rôle. Je dois encore avoir son adresse mail dans mon téléphone.

Elle le sortit de sa poche et commença à naviguer dans sa boîte de messages.

– C'est loin d'ici, Wurtzbourg ? demanda Enzo.

– Quatre à cinq heures, je pense, répondit Lise toujours concentrée sur sa recherche.

Enzo et Kirsty échangèrent un coup d'œil.

– On pourrait louer une voiture et passer la nuit là-bas. Puis revenir demain matin assez tôt pour prendre notre avion.

– Ça y est, je l'ai, dit Lise. Greta Jung. Vous voulez que lui envoie un mail ou je vous donne l'adresse ?

*

Ce fut un long trajet pour une courte entrevue. Greta Jung avait répondu à leur mail pendant qu'ils étaient sur la route. Elle avait des cours toute la journée, disait-elle, et ne pourrait leur accorder qu'une quinzaine de minutes en fin d'après-midi.

Ils se rencontrèrent au Zweiviertel Café, celui où Bauer lui avait offert un petit déjeuner somptueux en échange des informations dénichées dans les archives. Enzo et Kirsty gardèrent leur masque et s'abstinrent de toucher aux expressos qu'ils avaient commandés pour réserver leur table. Greta Jung, en revanche, engloutissait son gâteau et son cappuccino comme si elle n'avait pas mangé depuis une semaine. Aujourd'hui, ses leggings étaient rouges, ses lèvres noires, et elle portait une écharpe où alternaient des cubes rouges, verts et bleus.

– Drôle de type, dit-elle. Beau. J'aurais même pu flasher sur lui. Mais des yeux d'une froideur.

Son anglais était précis et concis.

– Qu'avez-vous pu lui apprendre sur son grand-père ?

– Eh bien, le nom, il l'avait déjà lu sur l'acte de naissance original de son père. Je lui ai remis des extraits d'archives familiales remontant à deux générations. Rien de très excitant. Le plus intéressant, je l'ai trouvé sur Internet.

– Il y avait des informations concernant son grand-père ? s'étonna Kirsty.

– Mais oui. C'était un grand marchand d'art dans les années 1920 et 1930. Pendant la guerre, il a été chargé par Hermann Göring d'acquérir – ou plutôt de voler, devrais-je dire – des œuvres destinées à sa collection privée. Göring l'a fait entrer à la *Luftwaffe* pour l'affecter à l'ERR, à Paris. (Elle leva les yeux de son gâteau.) Vous savez ce que c'est ?

Enzo hocha la tête.

– Quel était le nom de son grand-père ?

La fille plongea la main dans une sacoche en tricot orange et jaune pendue au dossier de sa chaise et en sortit une chemise rouge :

– Tout est là-dedans. Si ça vous intéresse.

Un petit sourire entendu anima ses lèvres.

– Combien ? dit Enzo.

– Mon job de bénévole ne me rapporte rien. Et tout ce que j'ai reçu de Herr Bauer en échange de mon aide, c'est un petit déjeuner.

Enzo soupira, ouvrit son portefeuille et fit glisser un billet de cinquante euros sur la table.

– Ça ira ?

Greta Jung sourit et se dépêcha de le prendre avant de pousser la chemise rouge vers Enzo.

– Son grand-père s'appelait Karlheinz Wolff.

– Qu'est-ce qu'il est devenu ?

L'étudiante haussa les épaules.

– Personne ne le sait. Il a été porté disparu en 1944, au cours d'une mission quelque part en France.

Chapitre 20

L'après-midi touchait à sa fin quand Enzo s'engagea sur le boulevard de l'Hautil, à Cergy-Pontoise. Le vol de Berlin à Paris avait duré moins de deux heures, mais avec les cinq heures de route en plus depuis Wurtzbourg, il sentait que le stress du voyage de ces deux derniers jours le rattrapait.

Avant de toucher au dossier de Greta Jung, il l'avait nettoyé avec des lingettes désinfectantes, ainsi que son contenu ; il avait passé la soirée dans sa chambre d'hôtel à lire l'intégralité des documents. Deux fois. Puis une troisième fois dans l'avion. Cette histoire de vengeance racontée par un ami de Wolff dans ses mémoires le captivait. L'expédition punitive à Paris contre celui qui avait rendu la sœur de Wolff enceinte. Le critique d'art, Georges Picard. La démonstration de violence frénétique qui aurait pu tuer cet homme.

Enzo comprenait la fascination de Bauer. Il avait suivi les traces de son grand-père dans le monde de l'art. Talent héréditaire ? Ce n'était certainement pas l'influence du milieu puisque le grand-père et le petit-fils ne s'étaient jamais rencontrés. Le talent artistique se transmettait souvent dans une famille, sautant parfois une génération. Bauer, Enzo en était persuadé, avait dû se demander s'il avait aussi hérité du caractère de son grand-père, de ses pulsions violentes, irrationnelles, incontrôlables. Wolff, écrivait son ami, aurait certainement tué Picard si ses compagnons ne l'avaient pas retenu.

À l'ouest, dans le ciel que le coucher de soleil automnal teintait de rouge, quelques nuages violets moussaient le long de l'horizon. La circulation était toujours fluide lorsqu'Enzo pénétra dans l'enceinte de l'Institut de recherche criminelle de la Gendarmerie nationale. À l'aéroport, il avait mis Kirsty dans un taxi avant de filer directement à Cergy.

Tout de suite après leur atterrissage à Charles-de-Gaulle, il avait passé un coup de téléphone au bureau de Magali Blanc. L'assistant de celle-ci lui avait confirmé que sa suggestion d'extraire l'ADN des os trouvés à Carennac avait été suivie. Mais il n'était pas au courant des résultats, et Magali participait à une téléconférence qui durerait sans doute une bonne partie de l'après-midi. D'où la décision d'Enzo de se rendre à l'IRCGN. Avec l'âge, il devenait de plus en plus impatient.

Le temps qu'il franchisse le contrôle de sécurité et se fasse conduire au labo du premier étage, la nuit était tombée ; l'air froid se pressait contre les vitres de la Division criminalistique identification humaine. L'assistant de Magali étant parti, Enzo se trouvait seul dans son bureau ; il repensa à tout ce qu'il venait d'apprendre au cours des dernières quarante-huit heures. Ce fut là, pendant qu'il attendait, qu'il prit une décision qui le hanterait probablement jusqu'à la fin de ses jours.

Il appela le ministère de la Justice et s'entretint avec une personne à qui il avait autrefois rendu service et qui lui en était reconnaissant. Un renvoi d'ascenseur.

Juste au moment où il raccrochait, Magali entra en coup de vent dans la pièce. Elle parut surprise de le voir.

– Deux visites en une semaine ! Je suis flattée. Qu'est-ce que tu veux ?

– On m'a dit que tu avais suivi mon conseil. Pour l'ADN.

– Oui. J'ai un profil complet.

– Et ?

– J'ai demandé aux garçons d'en face de l'entrer dans la base de données européenne.

– Et ?

Elle se mit à rire.

– La patience n'a jamais été ton fort, hein, Enzo ? (Elle soupira.) Je ne sais pas. Je n'ai pas encore les résultats. À moins que...

Elle feuilleta une pile de documents posés sur son bureau.

– Ah, oui, les voilà. Ils ont dû arriver cet après-midi.

Qu'ils aient été sous son nez pendant tout ce temps agaça Enzo. S'il l'avait su, il n'aurait certainement pas résisté à l'envie d'y jeter un coup d'œil. Il scruta les yeux de Magali pendant qu'elle lisait la feuille, et vit ses sourcils remonter sur son front.

– Eh bien, dis donc, tu avais raison. (Elle lui sourit.) Comme toujours. (Elle se replongea dans la lecture du document.) Il semblerait qu'une correspondance familiale a été trouvée dans la base de données allemande. Un adolescent fiché pour agression à Berlin. Son ADN a été enregistré il y a sept ans.

– Et il s'appelle Hans Bauer, dit Enzo.

Elle releva brusquement la tête, interloquée.

– Merde alors, comment le sais-tu ?

– Déduction logique. Mais puisque j'ai mis dans le mille, je peux te dire que je sais d'autres choses encore. Je sais, par exemple, que les restes qui se trouvent dans ton labo sont ceux d'un dénommé Karlheinz Wolff. *Hauptmann* dans la *Luftwaffe*, désigné comme pourvoyeur d'œuvres d'art par le *Reichsmarschall* Hermann Göring, porté disparu à l'été 1944 au cours d'une mission, quelque part en France.

Magali faillit lâcher le document. Si sa bouche n'avait pas été cachée par son masque, Enzo l'aurait vue s'ouvrir, il en était certain. Mais il n'avait pas terminé.

– Il est aussi le grand-père du suspect dans l'affaire de meurtre sur laquelle je suis consultant. Ce qui renforce mon intime conviction qu'il faut se méfier des coïncidences.

– Voilà donc qui explique la présence de Bauer à Carennac, dit Raffin.

Il enfourna une autre bouchée de chou farci, aussitôt suivie d'une gorgée de vin de Savoie rouge. Enzo ne l'avait pas encore vu aussi animé depuis sa maladie.

Raffin, Kirsty, Enzo et Alexis étaient attablés dans l'appartement de la rue de Tournon, assez éloignés les uns des autres malgré les risques quasiment nuls. Alexis avait les cheveux de son père et les fossettes de sa mère ; son nouvel appareil auditif était extrêmement efficace et presque invisible. Personne n'aurait pu deviner, dans ses échanges avec les autres, que ce garçon avait un problème d'audition dû au syndrome de Waardenburg hérité de son grand-père. À dix ans, il grandissait vite, et montrait qu'il avait également hérité de ce dernier son intelligence. Mais pour le moment, il ne s'intéressait qu'au chou farci.

– Ça pourrait expliquer ce qui l'a attiré à Carennac, dit Enzo, mais pas ce qu'il y faisait. Ni ce qu'il s'est passé entre Narcisse et lui à Paris. Ni pourquoi les deux hommes se trouvaient chez Anny Lavigne le soir du meurtre.

– Pas encore. Mais je suis certain que vous allez le découvrir, lança Raffin. Il existe toutes sortes de possibilités fascinantes. Les acteurs de ce petit drame ont tous un lien avec l'art. Narcisse était marchand. Bauer dirigeait une galerie. Karlheinz Wolff volait des œuvres pour Göring. Dites, pensez-vous que tout ceci pourrait avoir un rapport avec les tableaux volés par les nazis ?

Enzo ne répondit pas. Pour l'instant, perdu dans ses pensées, il piquait d'un air distrait sa fourchette dans son chou farci. Raffin remarqua que son verre était encore plein.

– Buvez, mon vieux. Vous n'avez pas touché à votre vin.

Enzo leva les yeux et s'aperçut que Kirsty l'observait avec inquiétude. Son instinct de fille.

– Qu'y a-t-il, papa ?

Il répondit très calmement :

– Demain, je vais voir Charlotte en prison.

Autour de la table, le silence ne fut rompu que par le raclement de la fourchette d'Alexis sur son assiette, inconscient de la bombe que son grand-père venait de lâcher au milieu du dîner.

– Tu plaisantes ! s'écria Kirsty, incrédule. Franchement, tu n'es pas sérieux ? C'est impossible.

– Si, je suis sérieux.

Enzo jeta un coup d'œil à Raffin dont le visage était devenu livide. Il avait tendance à oublier que Charlotte et lui étaient amants autrefois, avant qu'il ne fasse leur connaissance.

Kirsty se tourna vers Alexis :

– Va dans ta chambre.

Consterné, le garçon fit la grimace.

– Mais, maman, je n'ai pas fini de dîner.

– Emporte ton assiette. Tu peux regarder la télé en la terminant.

Ce qui transgressait une règle d'or. Le dîner était toujours pris en famille, à table. Le ravissement chassa l'indignation d'Alexis, qui attrapa son assiette et fila avant que sa mère ne change d'avis. Lorsqu'il eut disparu, Kirsty regarda fixement son père.

– Tu es *réellement* sérieux ?

Il hocha la tête.

– Elle a essayé de te tuer, papa. *Deux* fois !

Enzo ferma les yeux ; l'image de la silhouette sombre s'apprêtant à lui plonger un couteau dans le cœur au château des Fleurs, à Gaillac, jaillit douloureusement à la surface de sa mémoire. Et aussi celle de Charlotte debout au-dessus de lui sous la pluie, un pistolet braqué sur sa tête, le doigt sur la détente. Il savait qu'elle aurait appuyé si Sophie ne l'avait pas assommée avec une clé en croix.

Retrouvant enfin sa voix, Raffin observa :

– Les visites de prisonniers ne se font pas au pied levé, Enzo. Cela prend du temps à organiser.

– Raison pour laquelle j'ai demandé aujourd'hui une faveur à quelqu'un. J'ai obtenu l'autorisation d'aller la voir demain matin.

– Mais pourquoi ? insista Kirsty. Pourquoi, bon sang ?

– Parce que Bauer est une énigme, Kirsty. (Il posa sa fourchette et son couteau.) Voilà un homme sujet à des explosions de violence qu'il regrette aussitôt. On l'accuse d'un meurtre dont je n'ai aucune raison de croire qu'il est coupable. C'est le petit-fils d'un voleur d'art durant la guerre, obsédé par l'idée qu'il existe un gène du mal. Ou, du moins, une propension héréditaire à la violence. La seule personne de ma connaissance capable de m'aider à comprendre le psychisme d'un tel individu – qui, soit dit en passant, a disparu – c'est Charlotte Roux.

– Ne fais pas ça, papa, dit Kirsty en lui prenant la main. Il y a d'autres psychologues médico-légaux que tu pourrais consulter.

Enzo hocha la tête.

– Oui. Effectivement. Mais aucun n'est la mère de mon fils. Et cela fait presque dix ans que je ne l'ai pas vue.

Chapitre 21

Enzo se sentait assez mal en s'engageant dans le parking des visiteurs, devant l'aile des femmes de la maison d'arrêt. Fleury-Mérogis se trouvait à moins d'une heure de route de Paris, au sud, non loin de la forêt de Sénart.

Ce centre de détention, le plus grand d'Europe, avait été construit vers la fin des années 1960 dans le style conventionnel des prisons françaises. Cinq blocs, de trois ailes chacun, rayonnant autour d'un bâtiment central polygonal. La MAF, ou maison d'arrêt pour femmes, hébergeait plus de 270 prisonnières dans moins de 170 cellules, ce qui signifiait que la plupart des détenues étaient obligées d'en partager une.

Un drapeau français usé par le temps battait mollement sous le soleil de cette matinée d'octobre. Il paraissait presque injuste qu'il brille quand des gens étaient enfermés dans des cases où la lumière de la liberté ne pénétrait qu'à travers les barreaux de petites fenêtres offrant juste un aperçu tentateur du monde que les détenus avaient laissé derrière eux. Les places de parking encadraient une pelouse rabougrie où poussaient quelques buissons rachitiques. Enzo coupa le moteur et resta assis quelques minutes, les mains crispées sur le volant pour essayer de les empêcher de trembler. Il savait que des caméras de sécurité le surveillaient, à droite et à gauche, et qu'il ne pouvait pas s'attarder plus longtemps. Il respira à fond avant de sortir dans la fraîcheur de l'air automnal.

À la réception de la tour centrale, on vérifia son identité et son autorisation avant de lui remettre un badge de sécurité muni d'un code-barres qu'il dut accrocher à son manteau. Une fonctionnaire l'escorta jusqu'en haut d'un grand escalier en spirale, puis dans le couloir des parloirs, long corridor bleu pâle percé d'un côté de hautes fenêtres étroites par lesquelles les rayons de soleil incongrus se répandaient sur un sol gris, poli. De l'autre, s'alignaient les portes bleues des parloirs, chacune flanquée, du sol au plafond, d'une vitre étroite permettant aux surveillantes de voir l'intérieur.

La fonctionnaire qui accompagnait Enzo portait une jupe bleu marine avec une chemise bleu pâle à col ouvert et épaulettes bleu marine. Ses cheveux teints en blond étaient attachés en queue-de-cheval ; ses chaussures claquaient doucement sur les reflets du soleil. Elle s'arrêta devant une porte et fit entrer Enzo. La pièce étroite comprenait à l'autre extrémité, côté cellules, une porte et une vitre identiques. Un épais mur d'un mètre de haut, destiné à isoler les prisonniers des visiteurs, la divisait en deux. Il était revêtu d'une mosaïque qui s'écaillait et, à cause de la Covid, prolongé jusqu'au plafond par un écran en Plexiglas.

Une chaise solitaire attendait Enzo.

– Restez à un mètre de l'écran, ordonna la femme.

C'est seulement quand elle referma la porte derrière lui, et que le reflet du soleil s'effaça du Plexiglas, qu'il vit Charlotte assise de l'autre côté, sur une chaise. D'abord, il crut à une erreur. On ne l'avait pas introduit dans le bon parloir. Puis, il eut un choc, et son cœur faillit s'arrêter lorsqu'il se rendit compte que c'était bien elle.

Dans son souvenir, elle demeurait la Charlotte dont il était tombé amoureux des années plus tôt. Lèvres pulpeuses où flottait un sourire sarcastique. Somptueuse chevelure brune aux boucles brillantes retombant sur les épaules. Yeux sombres qui l'avaient immédiatement ensorcelé. Il entendait encore son rire s'échapper de cette bouche qu'il avait si souvent embrassée, ses cris passionnés accompagnant leurs ébats amoureux. La jeune femme débordant d'énergie qui avait volé son cœur et sa raison.

Or, devant lui, se tenait une personne qu'il reconnaissait à peine. Une vieille dame aux cheveux gris hirsutes coupés n'importe comment. Aux yeux mornes et terriblement cernés qui paraissaient absorber la lumière au lieu de la refléter. Un masque bleu cachait à moitié son visage ravagé. Sa blouse à manches courtes exposait des bras décharnés. Ses doigts incroyablement maigres, aux articulations énormes, étaient croisés sur ses genoux.

Instinctivement, elle leva une main desséchée à sa bouche quand elle toussa dans son masque, une espèce d'aboiement rauque qui la laissa pantelante et lui fit monter les larmes aux yeux. Première lumière qu'il y voyait depuis son entrée dans la pièce.

Elle battit des paupières et fixa Enzo pendant un long moment.

– Assieds-toi, bon sang, finit-elle par dire. Et arrête de me regarder comme ça. Ton air choqué me donne l'impression de regarder le reflet de ce que je suis devenue. Un reflet que je refuse de voir de mes propres yeux.

Elle respirait difficilement, avec des bruits de gorge.

Enzo se posa sur la chaise, le visage en feu comme si Charlotte lui avait asséné plusieurs gifles. Il essaya de refouler ses larmes involontaires et la vit tressaillir devant sa réaction. Curieusement, il ne lui était pas venu à l'esprit que la femme qu'il s'apprêtait à revoir ne serait plus celle dont il gardait le souvenir. Jamais il n'avait imaginé que la prison et le temps l'auraient réduite à cette ombre assise devant lui.

– L'année dernière, une créatrice de mode est venue à la prison pour nous habiller et nous faire défiler dans ses vêtements sur un tapis rouge. Sakina M'sa. Je n'avais jamais entendu parler d'elle. Évidemment, elle a choisi les jeunes. Les filles qui avaient gardé un peu d'allure. Je la revois encore me regarder et détourner aussitôt les yeux. Si elle avait fait un casting pour une pantomime, elle m'aurait probablement attribué le rôle de la méchante sorcière. Stéréotype parfait.

Elle se força à rire, déclenchant une autre quinte de toux qui dura au moins trente secondes.

Depuis son côté de l'écran, Enzo, choqué et bouleversé, ne pouvait rien faire d'autre que la dévisager.

Lorsque sa toux finit par se calmer, elle dit d'une voix étranglée :

– J'ai attrapé la Covid au printemps. Épidémie galopante dans la prison. On m'a dit que j'étais guérie, mais j'ai perdu le goût et l'odorat. Et j'ai toujours cette foutue toux. (Elle respira péniblement.) Lésions aux poumons. Irréversibles.

– Mon Dieu, Charlotte.

L'air amusée, elle secoua la tête.

– Je ne t'ai pas souvent vu à court de mots, Enzo.

Mais le sourire qui avait brièvement éclairé son visage s'évanouit rapidement.

– Comment va Laurent ?

Il eut beaucoup de mal à la regarder dans les yeux pour répondre :

– Il va bien.

– Il parle de moi ?

– Avant, oui. Tout le temps.

– Qu'est-ce que tu lui as raconté ?

– J'ai inventé des excuses. Que tu étais partie à l'étranger. Que tu ne pouvais pas revenir à cause de ton travail. Du moins pas tout de suite. Il ne comprenait pas pourquoi tu ne téléphonais pas, pourquoi tu n'écrivais pas. Ça me fendait le cœur de lui mentir.

Il baissa les yeux sur ses mains ; il les serrait tellement fort sur ses genoux qu'il en avait les articulations blanches.

– Il savait que je mentais, poursuivit-il. C'est un enfant intelligent. Il a fini par conclure que tu étais morte. (En relevant la tête, il vit des larmes osciller au bord des paupières de Charlotte.) C'est peut-être préférable à la vérité. Bien qu'un jour il aura le droit de la connaître, je suppose.

Charlotte avala sa salive pour tenter de contrôler sa voix :

– Je ne pense pas que je vivrai assez longtemps pour purger ma peine. Je ne le reverrai probablement pas avant de mourir. (Elle aspira de l'air.) Ce ne sera donc plus un mensonge.

Puis, le fixant au fond des yeux, elle ajouta :

– Je ne croyais pas qu'il puisse y avoir pire que la mort avant qu'on m'enferme ici. Je regrette que Sophie ne m'ait pas tuée ce jour-là. Je préférerais être morte, Enzo.

Cette fois, il ne put retenir ses larmes. Chaudes, silencieuses, qui jaillissaient des profondeurs de son désespoir et de ses regrets. Il les essuya d'un revers de main.

– C'est bon de savoir qu'on est encore capables de pleurer, dit-elle sur un ton qui lui rappela la Charlotte d'autrefois. Nous en avons versé des larmes ensemble, toi et moi.

– En effet.

Il la regarda se sécher les yeux avec son masque et se félicita de pouvoir se cacher derrière le sien.

– Alors, pourquoi es-tu venu ?

Le mystère Bauer lui semblait presque sans intérêt maintenant. L'espace d'un instant, il faillit ne pas l'évoquer. Mais comment expliquer sa visite ?

– Un cas sur lequel je travaille. Un meurtre dont le suspect est un individu complexe et atypique. J'ai pensé que ta perspicacité pourrait jeter quelque lumière sur certains points obscurs.

Elle souffla derrière son masque.

– J'aurais dû m'en douter. Il y a toujours une raison cachée chez toi, Enzo. Toujours tes propres priorités. Toujours aussi égoïste, nombriliste, indifférent aux autres.

Il savait qu'il avait commis une erreur.

– Désolé, dit-il en se levant. Je pensais que tu pourrais éprouver du plaisir à relever le défi. Un dérivatif à... (Il regarda autour de lui et écarta les mains en soupirant.) Tout ça. Mais je vois que je me suis trompé. Je ne vais pas te faire perdre ton temps davantage.

Alors qu'il se tournait vers la porte, la voix de Charlotte l'atteignit comme une flèche sortie des ténèbres et lui causa une telle douleur qu'il faillit crier.

– Ne pars pas !

Il s'immobilisa, toujours de dos, avant de pivoter. Elle s'était mise debout. Une fois de plus il fut terriblement choqué de constater à quel point elle avait maigri.

– Le temps, c'est tout ce que j'ai. Reste, s'il te plaît. On a quarante-cinq minutes avant que tu te fasses éjecter d'ici.

Il se rassit et se demanda si Bauer n'était qu'un prétexte, l'excuse qu'il n'avait pas été capable de trouver plus tôt pour voir Charlotte. À présent, il se rendait compte qu'il aurait mieux fait de s'abstenir, de conserver le souvenir de celle qu'elle avait été. Désormais, il ne verrait plus que cette créature décharnée, derrière le Plexiglas, ne souhaitant plus que quarante-cinq minutes avec lui. Et mourir.

– Je t'écoute.

Il lui raconta tout. Depuis les os découverts sous l'arbre déraciné jusqu'à l'ADN familial reliant le cadavre à Bauer. Le mystère entourant l'identité du meurtrier de Narcisse et son mobile. Les taches de sang qui avaient fait naître en lui des doutes sur la culpabilité de Bauer. Le caractère violent du jeune Allemand, les recherches de celui-ci sur l'existence d'un gène du mal, son obsession pour son grand-père et la possibilité que ce dernier ait transmis à son petit-fils la malédiction d'une violence héréditaire.

Elle l'écouta en silence, ne l'interrompant qu'une fois par une quinte de toux. Lorsqu'il eut terminé, elle déclara :

– Quelle histoire.

Il comprit que, dans sa tête au moins, elle n'était plus dans un parloir de la prison pour femmes de Fleury-Mérogis. La lumière et l'intelligence brillaient à nouveau dans ses yeux sombres, son cerveau atrophié par la prison passait au crible ses vastes connaissances, ses années d'expérience en tant que psychologue médico-légale.

– Le gène du mal n'existe pas, Enzo. Le mal est un concept beaucoup trop complexe pour une étude scientifique. Bien que cela n'ait pas empêché des gens d'essayer. À San Diego, des chercheurs ont réussi, au bout de vingt et une générations, à produire une mouche du vinaigre extrêmement agressive. Ils ont trouvé dans son cerveau des taux anormalement élevés d'un enzyme particulier qui paraissait être la cause de l'agressivité. Et cet enzyme était produit par un seul gène. Mais un gène du mal ? Je ne crois pas. En plus, s'il a fallu mener l'expérience sur vingt et une générations, on aura du mal à la répéter avec des humains.

– Et la violence héréditaire ?

– Oh oui, ça existe. Il a été prouvé que plusieurs gènes agissant en commun, dans des conditions environnementales adéquates, peuvent être un facteur de violence pathologique chez certaines personnes. Des gènes hérités qui entraînent une prédisposition génétique à l'agressivité. On en a de nombreuses preuves.

– Donc, Bauer avait raison de rechercher dans l'histoire de sa famille l'explication de son comportement ?

– Je vois très bien ce qu'il voulait. Être mis hors de cause, non ? Après tout, d'après ce que tu me racontes, il ne semble pas y avoir, dans son environnement, des éléments qui le poussent à la violence. À part, bien sûr, une mère despotique, l'absence d'une figure paternelle, et probablement le besoin d'évacuer ses frustrations. Les hommes se sentent souvent émasculés par une femme dominante. Mais ça n'a jamais eu cet effet sur toi, Enzo.

Elle sourit. Enzo sentit son cœur se serrer en retrouvant furtivement l'ancienne Charlotte dans ce visage ruiné. S'il avait pu, il aurait tendu la main pour le toucher, le caresser du bout des doigts.

– Ces mêmes chercheurs de San Diego ont étudié un grand nombre de sujets masculins, de la naissance à l'âge adulte, et découvert des preuves solides de prédisposition à la violence. Deux autres études ont montré que le variant génétique d'un enzyme particulier, la monoamine-oxydase A, avait un impact significatif sur le trouble de la personnalité antisociale. Parvenu à l'âge adulte, un sujet masculin possédant un taux très faible de cet enzyme est plus enclin à la violence s'il a été gravement maltraité dans son enfance. Un taux élevé, en revanche, paraît offrir une protection contre le développement de ce trouble, même s'il y a eu maltraitance antérieure. (Elle marqua une pause.) Il semblerait que seuls les hommes soient porteurs de ce variant génétique.

Le silence retomba entre eux, chacun se demandant tacitement ce qui pouvait expliquer la prédilection de Charlotte pour la violence. Sujet que ni l'un ni l'autre n'aborderait.

– Rien de ce que je sais sur Bauer n'indique qu'il ait été maltraité dans son enfance, dit Enzo.

Charlotte haussa les épaules.

– Ce n'est pas une science exacte, Enzo. Mais il est vrai que les modes de comportement, ou les traits de caractère, sautent souvent une génération. Il est donc parfaitement possible que Bauer ait hérité de son grand-père sa tendance à la brutalité, surtout s'il n'y a pas d'antécédents dans le reste de sa famille. Le fait qu'il se repente ensuite lamentablement suggère qu'il est en proie à une lutte interne où la violence l'emporte sur une personnalité autrement empathique. Une combinaison de psychologie et de génétique.

– Dommage qu'il ne t'ait pas eue comme thérapeute, avança Enzo avec une amorce de sourire qui se figea sur ses lèvres.

– J'aurais peut-être eu moi-même besoin d'un thérapeute, répliqua-t-elle avec ce regard ironique qu'il connaissait si bien.

Du bout des lèvres, il demanda :

– Tu veux vraiment parler de ça ?

Pour sa part, il n'avait aucune envie de remuer les cendres des événements qui l'avaient conduite là où elle était, mais il pensa qu'elle le désirait peut-être. Même si c'était juste pour demander pardon.

À son grand soulagement, elle s'exclama :

– Grands dieux, non ! On a réussi à l'éviter jusqu'ici. Ne gâchons pas tout maintenant.

Le silence s'installa de nouveau entre eux. Un silence pénible, leur rappelant qu'il empiétait sur le peu de temps qui leur restait. Ne sachant pas quoi dire, Enzo posa une question très prosaïque :

– Tu es avec quelqu'un ? Dans ta cellule, je veux dire.

Elle secoua la tête, résignée à l'idée que la visite se termine par un échange de banalités.

– J'ai une cellule individuelle. On m'oblige à faire de l'exercice tous les jours et à manger leurs cochonneries. (Puis, son visage s'éclaira un bref instant.) Un chef étoilé au Michelin est venu une fois nous donner un cours de cuisine, et on a mangé ce qu'il nous avait appris à préparer. Quel festin à côté de la bouffe dégueulasse qu'on nous sert tous les jours. La seule chose qui manquait, c'était un bon vin. (Elle eut un sourire triste.) Je suis sûre que tu aurais su leur conseiller ce qui allait avec.

Il lui retourna un sourire aussi triste.

– Évidemment, c'était avant la Covid. J'ai perdu le goût maintenant. Même si tu m'emmenais dans le meilleur restaurant de Paris, je n'en retirerais aucun plaisir.

Nouveau silence. D'une minute à l'autre, la porte s'ouvrirait derrière lui, et Enzo se surprit à souhaiter que sa visite ne s'achève pas de cette manière, qu'il ne soit pas obligé de s'en aller en la laissant comme ça. Même si elle avait essayé de le tuer deux fois, il ne ressentait aucune haine. Seulement la douleur du remords, et la tristesse profonde qu'elle finisse sa vie d'une façon aussi misérable dans un endroit aussi affreux.

Il avait beau s'y attendre, l'ouverture de la porte le fit sursauter. La même fonctionnaire apparut dans l'encadrement :

– La visite est terminée.

Charlotte resta assise quand il se leva. Elle ne voulait pas qu'il parte, il le comprit.

– À bientôt.

– Tu crois ? dit-elle d'une toute petite voix.

– Je reviendrai.

Mais tous les deux savaient que ce n'était pas vrai.

Sur le seuil, il se retourna. Elle n'avait pas bougé de sa chaise, les mains serrées sur les genoux, le visage inondé de larmes.

Enzo avait l'impression d'être anesthésié quand il ressortit au soleil. Si l'air était un peu plus chaud, il ne s'en aperçut pas. Il sentait seulement le vent froid qui agitait le drapeau français délavé au-dessus du parking.

Il se glissa au volant et claqua la portière pour s'enfermer dans le silence de sa voiture. Un silence au milieu duquel chacun de ses mouvements lui semblait extraordinairement bruyant, son monde s'étant réduit à cet espace exigu où lui seul existait. À travers le pare-brise, il regarda fixement sans le voir cet univers de béton et de verre des années soixante qui détenait et retenait la femme qu'il avait aimée. Et qu'il aimait peut-être toujours. De toutes les épreuves traversées dans sa vie, celle-ci était l'une des pires.

Son téléphone, rangé dans la boîte à gants, lança une alerte qui le sortit de sa rêverie et le fit revenir au présent. Il ouvrit la trappe pour l'y repêcher. L'écran d'accueil indiquait plusieurs appels manqués et un texto de Dominique. Quelle ironie, pensa-t-il, que ce soit elle qui interrompe ses pensées sur Charlotte. Il toucha l'icône des messages et lut :

Sophie a été emmenée d'urgence à l'hôpital avec douleurs et saignements. Viens dès que tu peux.

Chapitre 22

La vieille dame se tait. Elle a les yeux fermés. Il observe les mouvements infiniment lents de sa respiration pendant qu'elle rassemble ses pensées.

Soudain, elle rouvre les yeux et tourne la tête vers lui. Un petit sourire triste anime son visage, puis elle poursuit son récit...

Georgette était à Paris depuis plus d'un an. Elle avait l'impression d'être condamnée à perpétuité. La totalité de l'hiver 1940-1941. Et le suivant. 1941-1942. Le printemps se profilait à l'horizon. Un changement dans l'air. Finies les gelées de février. L'air chaud venu d'Afrique encourageait les feuilles à se montrer prématurément sur les arbres des boulevards.

Toute cette période, elle l'avait passée enterrée au sous-sol du Jeu de Paume. À dresser la liste des œuvres qui arrivaient, et à tenir pour Rose un registre secret des expéditions. Le vendredi soir, le dîner chez Lange était devenu une tradition et un rayon de soleil dans sa triste routine. Une routine qui lui apportait peu d'espoir, sinon aucun, de pouvoir accomplir la mission dont de Gaulle l'avait chargée.

De temps en temps, Lange retournait en Allemagne pour de courtes permissions, et elle se rendait compte qu'il lui manquait.

Avec son humour caustique, sa façon de se moquer gentiment d'elle ; leurs échanges animés et prolongés sur des sujets aussi variés que l'art, la politique, la philosophie, la littérature ; sa cuisine, son rire ; la tendresse dans ses yeux souriants quand elle lui racontait des anecdotes de son enfance, de son adolescence à Bordeaux. Même si ses absences ne duraient que deux ou trois semaines, elles lui paraissaient interminables. Durant ces longs mois, seuls les vendredis soir dans l'appartement de la rue de Rivoli l'empêchaient de devenir folle, à tourner en rond au Jeu de Paume où elle était cantonnée.

Pendant tout ce temps, jamais il n'avait fait preuve de la moindre incorrection. Aucun geste déplacé, regard éloquent ou baiser volé. Rien qui puisse suggérer de sa part un désir sexuel. Si une part d'elle-même pouvait éprouver une légère déception à l'idée de ne pas éveiller chez lui ce genre d'intérêt, Georgette avait en revanche cessé depuis longtemps de se sentir menacée, et même de chercher une raison cachée à ses invitations hebdomadaires. Ils étaient simplement deux êtres humains que réconfortait la régularité d'une relation facile dans un monde incertain.

Vers la mi-mars, par une belle matinée de ce début de printemps, alors qu'elle était en train de dresser la liste des nouvelles arrivées au sous-sol, elle a entendu une grande agitation au-dessus de sa tête, dans la galerie principale. Éclats de voix, claquements de semelles sur le parquet. Elle s'est précipitée au rez-de-chaussée pour voir ce qui se passait. Des gens sortaient en courant dans le jardin ; Rose en faisait partie. Les soldats allemands attachés au musée les suivaient.

Traversant la galerie au pas de course, Georgette est sortie à son tour dans les Tuileries. Dehors, ça sentait le bois, l'huile et la térébenthine brûlés ; des nuages de fumée noire tourbillonnaient dans le ciel limpide. Plusieurs camions bâchés étaient garés côte à côte dans l'allée. De l'intérieur, des soldats jetaient des cadres et des toiles. Une foule compacte s'était rassemblée autour du brasier – un énorme feu qui craquait, flambait, vomissait des étincelles, alimenté par d'autres soldats qui y empilaient toujours plus de tableaux.

Jouant des coudes, elle s'est faufilée au premier rang et figée, bouche bée, en voyant des chefs-d'œuvre inestimables condamnés au feu. « L'art dégénéré » selon Hitler. Elle a reconnu un Picasso. Et aussi des Degas, Manet, Matisse. Van Gogh, Derain. C'était inimaginable. Elle avait envie de leur hurler d'arrêter. Mais savait que c'était inutile. Quelqu'un avait ordonné cet acte de vandalisme. Pour prouver quoi ? Son pouvoir ? Sa puissance ? Sa stupidité ?

Les soldats qui exécutaient les ordres n'en avaient rien à faire. Ils brûlaient des déchets. Des morceaux de toile et de bois. Mais elle a remarqué la mine effarée des officiers allemands affectés en permanence au musée. Miroir de l'expression affolée de Rose Valland, debout de l'autre côté des flammes. Georgette a croisé son regard à travers la fumée et la vibration de la chaleur dégagée par le feu, et partagé sa douleur devant cette barbarie.

Légèrement à l'écart de la foule se tenait un homme qu'elle a reconnu. Il portait un blouson d'aviateur en cuir noir et une casquette à visière ornée de l'insigne de la *Luftwaffe*. Elle a mis quelques secondes à le situer : c'était l'officier qui, le lendemain de son arrivée à Paris, l'avait traitée d'idiote dans l'escalier lors de la visite de Göring. Il avait le visage blême, crispé. Était-ce le choc ou seulement le manque de soleil qui le rendait si pâle, elle n'aurait su le dire. Il a brièvement levé les yeux et vu qu'elle l'observait. Aussitôt, elle a tourné la tête ; quand elle a de nouveau osé le regarder, il avait disparu.

Un tambourinement à la porte résonnait dans tout l'appartement. Georgette s'est réveillée en sursaut. Elle dormait si profondément qu'il lui a fallu un moment pour émerger de son sommeil et comprendre ce qui l'en avait tirée. Elle a allumé la lampe de chevet, attrapé sa montre. Il était un peu plus de deux heures du matin, la pluie crépitait contre les vitres.

Elle a entendu Rose sortir de sa chambre et se diriger vers l'entrée. Quelque chose dans ses petits pas précipités trahissait la peur. Les coups contre la porte n'avaient pas cessé.

Elle s'est glissée hors de son lit et a enfilé ses pantoufles et un peignoir de bain. Dans le couloir, la lumière était allumée ; Rose, échevelée, boutonnait sa robe de chambre tout en ouvrant la porte.

La lampe du palier a projeté sur le sol les ombres allongées de deux hommes vêtus de manteaux trois-quarts en cuir et coiffés de chapeaux noirs à large bord. L'un d'eux s'est avancé pour aboyer au visage de Rose :

– Georgette Pignal ?

Effarée, elle a reculé d'un pas et s'est à moitié tournée vers Georgette, qui s'est dépêchée de la rejoindre.

– C'est moi.

Dans un mauvais français, le même homme a ordonné :

– Vous venir avec nous.

– Qui êtes-vous ? a demandé Rose sans se laisser intimider.

– Pas vos affaires ! a-t-il répliqué. Vous venir. Maintenant.

Saisie de panique, le cœur battant, Georgette a soufflé :

– Donnez-moi une minute pour m'habiller...

Tout pour retarder le moment fatidique.

– Pas besoin.

Il a avancé de trois pas et l'a saisie par le bras. Des doigts d'acier ont emprisonné sa chair tendre. Elle a failli tomber quand il l'a tirée vers la porte. Sur le palier, le second policier de la Gestapo a empoigné son autre bras et ils l'ont traînée entre eux dans l'escalier. Georgette, en larmes, a jeté un regard angoissé à Rose qui se tenait sur le seuil, impuissante, livide.

La pièce était sombre. Sans fenêtre. Georgette assise sur une chaise devant une table tailladée, tachée par le sang et les larmes. Une lampe de bureau solitaire, dont le fil traînait par terre, jetait une flaque de lumière dure sur le bois. Il n'y avait rien d'autre. Dehors, il faisait chaud, une brume légère planait sur la Seine. Dedans, l'air était froid, fétide. Frissonnant dans son peignoir et ses pantoufles, Georgette serrait les bras contre elle pour se réchauffer.

Aucun des deux policiers de la Gestapo ne lui avait adressé la parole pendant la traversée de Paris, jusqu'au 84 de l'avenue Foch, adresse bien connue des Parisiens. Une adresse qui inspirait la peur. Celle d'un immeuble dont les visiteurs franchissaient la porte d'entrée sur leurs deux pieds et en ressortaient à l'horizontale par-derrière. Ils lui avaient fait monter un escalier jusqu'au sixième étage. Puis ils l'avaient laissée seule, devant cette table, témoin du passage de tous les malheureux qui s'étaient trouvés là avant elle. Face à la porte qu'elle redoutait de voir s'ouvrir de nouveau. Si elle fermait les yeux assez longtemps, en le souhaitant assez fort, cela n'arriverait peut-être jamais ; elle se réveillerait dans son lit, chez Rose, et tout cela n'aurait été qu'un cauchemar. Mais une lueur rouge, la lumière de la lampe, s'infiltrait à travers ses paupières ; elle avait beau essayer de toutes ses forces, elle ne pouvait empêcher la réalité de se refermer autour d'elle comme une main dans le noir.

Le bruit de la porte a brisé tous ses espoirs. Elle a relevé les paupières, un instant éblouie par l'éclairage du couloir, et vu se découper la silhouette d'un homme. Quand celui-ci a refermé derrière lui, l'obscurité l'a avalé. Puis il s'est rapproché de la table, a posé sa casquette de la *Luftwaffe* à la visière brillante, et retourné la chaise pour s'asseoir à califourchon, les bras croisés sur le dossier. Son blouson en cuir était ouvert. Enfin, il s'est penché dans le cercle de lumière.

Il l'a dévisagée pendant un long moment d'un air songeur. Elle le regardait fixement. Il avait des yeux bleus terriblement froids et des cheveux si noirs qu'ils devaient être teints. Dans d'autres circonstances, elle aurait pu le trouver beau. Soudain, son nom lui est revenu. Wolff. La voix de Lange dans l'escalier du Jeu de Paume sonnait aussi clairement à ses oreilles que s'il avait été avec eux dans la pièce. Comme elle aurait aimé qu'il soit là. *Laisse-la tranquille, Wolff, c'était un accident.* Était-ce un nom ou un prénom ? D'après le ton de Lange elle pariait plutôt pour un nom. Essayant d'affermir sa voix, elle a demandé :

– Pourquoi suis-je ici, Herr Wolff ?

Surpris, il a paresseusement haussé les sourcils.

– Vous connaissez mon nom ?

– Il est connu du Tout-Paris.

En voyant son front se plisser, elle a su qu'elle l'avait déconcerté, au moins momentanément.

– Herr Lange vous a sans doute longuement parlé de moi.

– À vrai dire, non. Pas une seule fois.

– Comment connaissez-vous mon nom alors ?

– Il vous a appelé comme ça le jour où vous vous êtes montré si grossier avec moi dans l'escalier du Jeu de Paume.

Il a fait la moue et eu un mouvement presque imperceptible du menton.

– Quel est votre lien avec Paul Lange ?

– Je n'ai pas de lien avec lui.

– Pourtant vous passez tous les vendredis soir dans son appartement.

– Pas par choix.

Sceptique, il a incliné la tête sur le côté :

– Vraiment ?

– Vraiment.

– Vous couchez avec lui ?

– Bien sûr que non !

Il était évident qu'il ne la croyait pas.

– De quoi parlez-vous donc pendant ces longues soirées ?

– Il fait la cuisine. Et nous parlons d'art.

– Très intime. Vous savez qu'il a une épouse.

Ce n'était pas une question. Mais un état de fait qui l'a heurtée avec la force d'un coup de poing dans le ventre. Il venait de toucher un point sensible. Non que Lange ait jamais dit qu'il n'était pas marié. Le sujet n'avait simplement jamais été abordé. Pourquoi l'aurait-il été ? Ils n'étaient pas amants, après tout. Pourtant, cela lui a fait un peu l'effet d'une trahison. Depuis plus d'un an, ils passaient leurs vendredis soir ensemble chez lui. Pourquoi ne lui en avait-il pas parlé ?

– Et deux enfants, a ricané Wolff. Où croyez-vous qu'il aille quand il retourne en Allemagne, en permission ?

– Chez lui, bien sûr, a répliqué Georgette en tentant de se ressaisir. Pourquoi ne le ferait-il pas ?

– Il vous en a donc parlé ?

Sans savoir pourquoi, elle se sentait incapable de mentir.

– On n'a jamais abordé le sujet.

– Tiens donc, a-t-il fait avec un petit sourire narquois.

Il a glissé la main dans une poche intérieure de son blouson et sorti plusieurs feuilles pliées ensemble qu'il a soigneusement étalées devant lui. Sans lever les yeux, il a demandé :

– Où étiez-vous entre mai et décembre 1940 ?

Elle en a eu la chair de poule.

– J'étais souffrante. J'ai passé presque toute cette période en convalescence chez des amis de mes parents en Charente.

– Ou-i, a-t-il dit d'une voix traînante. C'est ce que vous avez déclaré aux autorités d'occupation. (Il la regardait droit dans les yeux.) Mais d'après les rapports officiels français que j'ai obtenus, vous vous êtes engagée dans l'armée de terre à l'automne 1939, et au mois de mai 1940 vous avez eu droit à un congé exceptionnel pour vous rendre à Londres, après le décès de votre mère.

Elle a compris qu'elle était fichue. Si Wolff avait entre les mains des rapports officiels, elle était prise en flagrant délit de mensonge. Finalement, elle éprouvait presque du soulagement à ne plus être obligée de prolonger le subterfuge. Mais pas question qu'elle confesse quoi que ce soit. Ses yeux ont voltigé vers la casquette posée sur la table.

– Vous n'appartenez pas à la Gestapo.

– Grands dieux, non ! s'est-il exclamé comme s'il était offensé qu'elle ait pu le croire. Mais j'ai une certaine influence. Et cela a des avantages.

– Qu'est-ce que vous me voulez ?

– Je veux tout savoir sur votre lien avec Lange.

– Je vous l'ai déjà dit. Il n'y a rien entre nous.

Wolff s'est penché un peu plus en avant, une intensité brûlante brillait derrière la glace de ses yeux froids.

– Vous n'avez pas l'air de comprendre dans quels ennuis vous vous êtes fourrée, mademoiselle.

Le violent claquement de la porte contre le mur a fait sursauter Wolff, qui s'est aussitôt levé et retourné. Une fine poussière de plâtre détachée du trou creusé par la poignée a tournoyé dans la pièce.

Même en ombre chinoise, Georgette l'a reconnu. Dans son grand manteau et sa casquette de l'armée, Lange paraissait immense. Il a tendu la main vers l'interrupteur et, soudain, une lumière crue a inondé la pièce. Un des policiers de la Gestapo qui avaient amené Georgette s'agitait dans son dos.

– Vous ne pouvez pas entrer ici, *Hauptmann*.

Lange a lentement pivoté et l'a foudroyé du regard.

– Je suis ici sur autorisation du Führer en personne. Si vous avez un problème, voyez avec lui.

Ensuite, il a contourné Wolff, qui n'avait pas bougé, et retiré son manteau pour en envelopper les épaules de Georgette avant de l'aider à se relever.

– Je suis sincèrement désolé pour tout cela. Je vous raccompagne chez vous.

Comme il la guidait vers la porte, Wolff leur a bloqué le passage. Les deux hommes se faisaient face, à quelques centimètres l'un de l'autre.

– Dégage, Wolff, a craché Lange.

Wolff n'a pas bougé.

– Cette fois, tu es allé trop loin, Lange.

– Ah oui ?

– Tu penses peut-être qu'un bout de papier venant d'un bureau du Führer suffit à te protéger. Tu te trompes. (Il s'est encore rapproché.) Tôt ou tard, je m'occuperai de toi. (Il a regardé Georgette avec mépris.) De vous deux.

Lange lui a plaqué une main sur la poitrine et l'a poussé assez fort pour le forcer à reculer.

– Je ne me laisse plus marcher sur les pieds comme il y a vingt ans, Wolff. Si tu recommences à me chercher, tu le paieras.

Entraînant Georgette vers le palier, il a obligé le policier de la Gestapo à faire un pas de côté. Dans l'escalier, sous l'effet du soulagement, Georgette a manqué défaillir ; sans le bras solide de Lange qui la tenait par les épaules, elle serait tombée.

– Merci, a-t-elle murmuré, sans trop savoir si elle remerciait l'homme ou le dieu qui l'avait envoyé.

Une voiture avec chauffeur attendait sur l'avenue, moteur au ralenti, pour les conduire rue de Rivoli. Lange s'est installé si près d'elle sur la banquette arrière qu'elle sentait la chaleur de son corps. Pendant tout le trajet, ils sont demeurés silencieux.

Il a dû l'aider à monter l'escalier. Lorsqu'elle est arrivée à l'appartement, au bord de l'évanouissement, elle s'est laissé emmener dans le salon où les braises d'un feu de charbon tiédissaient l'atmosphère. Il l'a installée sur le canapé, puis a déposé le manteau dont il lui avait enveloppé les épaules sur un fauteuil. Dès qu'il s'est assis à côté d'elle, Georgette lui a instinctivement jeté les bras autour du cou pour se blottir contre sa poitrine et donner libre cours aux larmes qui la libéraient de la toxicité de toute cette peur accumulée au cours des dernières heures. Elle a senti ses bras se refermer autour d'elle. Quand elle a levé le visage vers le sien, leurs lèvres se sont unies pour la première fois. Cela paraissant tellement naturel qu'ils se sont abandonnés sans réserve. Une main sur la joue de Lange, Georgette caressait sa barbe d'une journée, respirait son parfum chaud, boisé. Puis c'était fini.

Ils se sont séparés brusquement, comme choqués par ce qui venait de se passer entre eux. L'air confus, presque gêné, Lange s'est levé :

– Je vais vous chercher quelque chose à boire.

Il est revenu avec un cognac-soda dans un grand verre rempli de glaçons. Elle l'a pris à deux mains pour le boire avec gratitude, sentant l'action bienfaisante du froid sur ses lèvres et de la chaleur de l'alcool à l'intérieur de son corps. Puis Lange a débarrassé le fauteuil de son manteau et pris place en face d'elle. Penché en avant, les coudes sur les genoux, il la dévisageait avec une expression inquiète :

– Ça va aller ?

Elle a hoché la tête.

– Comment avez-vous su où j'étais ?

– La première fois que je vous ai téléphoné, vous avez noté mon numéro. Il a dû rester à côté du téléphone. C'est mademoiselle Valland qui m'a prévenu.

Georgette a pris conscience que Rose lui avait probablement sauvé la vie. Lange a posé une main sur les siennes :

– Qu'est-ce qu'il vous a fait ?

– Il n'a rien fait.

– Qu'est-ce qu'il voulait ?

– Il voulait connaître mon lien avec vous.

Elle l'a vu pincer les lèvres.

– Que lui avez-vous dit ?

– Que nous n'en avions pas. Que je venais ici tous les vendredis soir parce que vous le vouliez et que je n'osais pas refuser.

Cela a paru le désarçonner. Il s'est redressé.

– C'est la vérité ?

– Non, bien sûr que non. (Elle a hésité un long moment.) Wolff m'a dit que vous étiez marié.

Sentant là une accusation implicite, il s'est levé et approché de la cheminée.

– Oui, a-t-il dit sans la regarder.

– Vous ne m'en avez jamais parlé.

Il s'est retourné :

– Je n'en voyais pas la nécessité. Mon mariage n'a de mariage que le nom. Ma femme fréquentait déjà quelqu'un d'autre avant la guerre. Or, comme elle est catholique, le divorce est exclu. (L'amertume perçait dans sa voix.) L'adultère semble être un péché acceptable. Mais Dieu interdit que l'on enfreigne les règles du club en demandant le divorce.

Georgette a scruté son visage où elle n'a vu que de la douleur. Dans sa tête s'affrontaient des émotions mélangées. Confusion. Déception. Soulagement. Jalousie.

– À votre avis, pourquoi Wolff m'a-t-il fait arrêter ?

Lange a poussé un soupir.

– Entre Karlheinz et moi, c'est une vieille histoire.

– Comment ça ? a-t-elle demandé en fronçant les sourcils.

– Nous étions ensemble à l'université de Francfort. Tous les deux étudiants en histoire de l'art. (Il a eu un petit gloussement ironique.) Et amis, alors. Nous formions une bande, vous voyez. Un groupe de jeunes gens qui sortaient et étudiaient ensemble, discutaient d'art, de philosophie, de religion. Et puis il y avait une fille... (Il a ri, mais sans humour.) Comme toujours, non ? Hanna. Très belle. Intelligente, talentueuse. Allure aryenne classique. Cheveux blonds, yeux bleus. Elle est devenue la petite amie de Wolff dès la première année. Ils se sont fiancés au cours de la troisième. Il ne voyait pas l'intérêt d'attendre. Il était même prêt à laisser tomber ses études pour l'épouser.

Se rapprochant du feu, il a rajouté une petite pelletée de charbon sur les braises. Puis il s'est tourné vers Georgette.

– Et, naturellement, elle l'a trompé.

– Avec vous.

Il a hoché la tête.

– Je ne m'en vante pas. À l'époque, ça ne signifiait pas grand-chose. C'était au cours d'une soirée, à Noël, nous avions trop bu tous les deux. Si Karlheinz ne l'avait pas découvert, cela n'aurait probablement pas modifié le cours des événements. Mais voilà, il l'a appris. Et tout a changé.

Il s'est laissé tomber dans son fauteuil tandis que, appuyée sur un coude, elle le fixait tout en sirotant son cognac-soda. Retiré en lui-même, il revivait ses erreurs et ravivait ses regrets d'une jeunesse lointaine.

– Karlheinz a un caractère épouvantable. Toujours sujet à de violents accès de colère. Dans le cas présent, c'est moi qui en ai fait les frais. Il est venu me trouver dans la salle commune des étudiants et m'a sauté dessus. Il m'a attaqué à coups de poing, de pied, de tête. Je n'ai rien vu venir. Je n'avais aucune raison de me méfier. Je ne savais même pas qu'il était au courant pour Hanna et moi. Je me suis retrouvé par terre avant de comprendre ce qui m'arrivait.

Une expression de souffrance a voilé les yeux de Lange.

– À l'époque, je n'avais pratiquement que la peau sur les os, a-t-il continué. Je n'avais pas la moindre chance contre lui. En fait je pense qu'il m'aurait tué si les autres ne l'avaient pas retenu. Il m'a cassé le nez, la mâchoire, plusieurs côtes. J'ai manqué les cours pendant des semaines.

– Et lui ?

– Il a été dénoncé à la direction. Mais pas par moi. Le recteur de l'université l'a convoqué et renvoyé sur-le-champ.

– Et Hanna ?

– Oh, ça a été terminé entre elle et Wolff. Ce qu'il m'avait fait subir l'a horrifiée. De toute façon il ne se serait pas remis avec elle. Il avait été humilié. Jamais il ne lui aurait pardonné. (Il s'est étiré dans son fauteuil, en inclinant la tête en arrière et en fermant les yeux.) Le comble de l'ironie, c'est qu'elle s'est mariée avec moi, finalement.

Il a rouvert les yeux et s'est redressé, osant à peine croiser le regard de Georgette.

– Oui, a-t-il fait en réponse à sa question tacite. Celle-là même qui m'a trompé dix-sept ans plus tard. Qui m'a donné deux filles magnifiques qu'elle refuse de me laisser voir. (Un sourire amer a retroussé ses lèvres.) On aurait pu penser que Wolff avait largement eu sa revanche.

– C'est pour cette raison qu'il m'a fait arrêter par la Gestapo ? Pour se venger de vous ?

Dubitatif, Lange a haussé les épaules.

– En partie, peut-être. Mais il ne s'agit pas seulement de ça.

Son verre vide serré entre ses mains, Georgette s'est penchée vers lui.

– Je ne comprends pas. Quoi d'autre ?

Il l'a regardée droit dans les yeux.

– Il sait que vous étiez à Londres. Il sait pour de Gaulle. Nous avons des amis communs là-bas. Je suis persuadé qu'en s'attaquant à vous il pensait me porter préjudice.

– À cause de ce qui s'est passé à l'université ?

– Non. Parce que je connais la raison de sa présence à Paris.

– Qui est ?

– Se procurer *La Joconde* pour la collection privée de Göring.

Le verre a glissé des mains de Georgette et éclaté sur le sol.

– Il attend juste son heure, a ajouté Lange.

La première lueur grise venait d'apparaître à l'est. Rose était assise dans son salon, près du feu, quand Georgette a ouvert la porte de l'appartement avec la clé de secours cachée sous le paillasson. Aussitôt, elle a bondi sur ses pieds pour se précipiter dans l'entrée, et a poussé un long soupir de soulagement en regardant son assistante.

– Dieu merci, a-t-elle dit en la prenant par le bras pour l'emmener près du feu. Entrez, ma petite. Venez vous réchauffer.

– Quelle heure est-il ? a demandé Georgette d'une voix à peine audible.

– Bientôt sept heures. Je ne pouvais pas dormir.

– Merci. Si vous n'aviez pas appelé Lange, je serais sans doute morte à l'heure qu'il est.

Rose l'observait attentivement. Georgette percevait de l'inquiétude dans son regard.

– Que s'est-il passé ?

Elle a alors compris qu'elle devrait tout lui raconter. Absolument tout.

Au matin, la pluie avait cessé de tomber, les premiers rayons du soleil brillaient sur les pavés mouillés de la cour du Louvre. Jacques Jaujard s'est montré brusque et pragmatique. Toujours en costume, il fumait une cigarette, debout derrière son bureau ; il n'a pas proposé à Georgette de s'asseoir. Elle savait que Rose lui avait longuement parlé au téléphone avant même qu'il fasse grand jour.

– Vos documents de voyage, a-t-il dit en poussant vers elle une pochette en cuir.

– Pour aller où ?

– Au musée Ingres de Montauban, où se trouve en ce moment *La Joconde*.

Georgette a eu l'impression qu'un énorme poids venait de lui être retiré des épaules. Enfin. Enfin, cet interminable confinement à Paris était terminé. Puis le doute est aussitôt venu troubler son soulagement.

– Mais vous m'aviez dit que ça ne servait à rien puisque j'étais grillée.

Jaujard a haussé les épaules.

– Après ce qui est arrivé la nuit dernière, vous ne pouvez pas rester à Paris. Réfléchissez. Wolff et Lange en savent long sur vous, mais vous en savez autant sur eux. Et sur les intentions de Wolff. La personne la mieux placée pour veiller sur *La Joconde* n'est-elle pas celle qui sait qui veut la voler ?

Il a écrasé sa cigarette et soufflé la fumée vers le plafond.

– Personne, au musée Ingres, ne connaîtra le but de votre présence. Vous serez juste une assistante parmi d'autres. Mais j'ai parlé au conservateur, je lui ai dit que je vous envoyais surveiller de près *La Joconde*. Il n'a pas besoin de savoir pourquoi. J'ai une confiance totale en René Huyghe. Avant la guerre, il est resté pendant dix ans ici, au Louvre, à la tête du département des peintures. Donc, si vous avez besoin de vous adresser à quelqu'un, c'est votre homme. (Du menton, il a montré la pochette en cuir.) Prenez vos papiers, rentrez chez vous et faites votre valise. Vous embarquez dans le premier train pour Montauban demain matin. Gare d'Austerlitz.

Il a contourné son bureau pour lui prendre le bras :

– Maintenant, venez avec moi.

Le Louvre était désert. Il y avait un peu d'activité au sous-sol, mais les galeries, elles, étaient vides. Le bruit de leurs pas résonnait entre les murs autrefois ornés de peintures inestimables. Le soleil dessinait sur le sol des rectangles jaune pâle aux endroits où les fenêtres n'avaient pas encore été condamnées.

– Très peu de gens sont au courant de ce que je vais vous confier, a commencé Jaujard d'une voix étouffée. Je m'en ouvre à vous parce que, franchement, personne ne sera mieux placé pour en faire bon usage.

Le temps de faire plusieurs pas, il a retardé le moment de lui livrer, à contrecœur, le secret qu'il gardait depuis longtemps.

– Au début de 1939, quand la guerre se profilait à l'horizon, non seulement nous avons décidé d'évacuer le Louvre, mais nous avons pris des mesures exceptionnelles pour éviter à tout prix que *La Joconde* soit confisquée par les Allemands.

Il a passé la langue sur ses lèvres sèches avant d'y glisser une nouvelle cigarette et de l'allumer.

– Vous avez déjà entendu parler d'André Bernard ?

– Bien sûr. C'est probablement le plus grand faussaire du XXe siècle.

Georgette s'est alors figée sur place avant de s'écrier :

– Vous n'avez pas... Il n'a pas...

– Je lui ai offert une très grosse somme d'argent pour qu'il réalise une copie de *La Joconde* capable de tromper l'expert le plus chevronné. Je ne vous ennuierai pas avec les détails, mais on l'a quasiment emprisonné toutes les nuits dans une salle du sous-sol, ici au Louvre, pendant près de six mois. La plupart des faussaires ne peuvent pas s'offrir le luxe de travailler à partir de l'original. Bernard a eu cette chance. Nous lui avons fourni un panneau de peuplier datant de la même année que celui sur lequel Vinci avait peint le portrait de Mona Lisa. Il l'a reproduit dans les moindres détails. Endroit et envers. Il a vieilli et terni les huiles puis, en utilisant chaleur et vernis, reproduit les craquelures italiennes si caractéristiques de l'œuvre. (Il a longuement tiré sur sa cigarette d'un air songeur.) Vous savez, la première fois qu'il m'a montré les tableaux, côte à côte, je n'ai pas réussi à distinguer la copie de l'original. C'est un travail proprement extraordinaire.

Incrédule, Georgette le regardait avec des yeux ronds. Se rendant compte qu'elle avait aussi la bouche ouverte, elle l'a refermée aussi sec.

– Puisque vous faisiez partie de l'équipe qui a emballé l'original, vous savez que nous avons codé toutes les caisses avec des séries d'un, deux ou trois points de couleur. Jaune pour les pièces de très grande valeur. Vert pour les œuvres majeures. Rouge pour les trésors mondiaux. *La Joconde* est le seul tableau estampillé avec trois points rouges. La copie a été enfermée dans une caisse identique, mais marquée de trois points jaunes. Nous l'avons intégrée à l'inventaire des toiles gigantesques qu'il a fallu détacher de leur châssis et rouler autour de longs cylindres en bois pour le transport. Vous voyez celles auxquelles je fais allusion ?

– *Les Noces de Cana*, de Véronèse ? Et *Le Sacre de Napoléon*, de David, je suppose.

– Oui, et aussi *Napoléon sur le champ de bataille d'Eylau* et *Bonaparte visitant les pestiférés de Jaffa*. Il y en a d'autres dans le lot. Mais il est impératif que toutes les œuvres figurant sur ce même inventaire ne soient séparées sous aucun prétexte.

– Donc, là où seront conservées *Les Noces de Cana*, on trouvera l'autre *Mona Lisa*.

– Exactement.

– Et où sont-elles ?

– Tout a été envoyé à Montauban.

Ils se tenaient à présent dans un rayon de soleil ; un petit nuage de fumée bleue s'élevant de la cigarette de Jaujard restait en suspension dans l'air immobile, prisonnier de la chaleur de la lumière, et s'enroulait lentement autour de sa tête comme une couronne de gaze.

– René Huyghe est au courant ?

– Non. Quoi qu'il en soit, vous et moi sommes les seuls à connaître son existence. La copie est cataloguée sous le titre *Esquisse pour la fête*. (Il a marqué une pause.) Si vous estimez que *La Joconde* court le danger réel de tomber entre des mains ennemies, je vous autorise à échanger l'original contre la copie.

Ils sont restés silencieux pendant un très long moment. Le poids dont Georgette s'était sentie soulagée un peu plus tôt retombait sur ses épaules, encore plus lourd qu'avant. C'était une responsabilité à la fois énorme et terrifiante.

– Encore une chose, a dit Jaujard.

Soudain, ses yeux ont perdu l'éclat qui les avait animés pendant qu'il parlait de *La Joconde* et de sa copie ; même sa peau a semblé virer au gris.

– Les services de renseignement qui, depuis Berlin, nous ont alertés sur les intentions d'Hitler d'ajouter *La Joconde* à sa collection, ont maintenant un nom. Celui de la personne chargée de se procurer le tableau. (Il a pris une profonde aspiration.) C'est Paul Lange.

Elle l'attendait devant la porte de son appartement quand il est rentré chez lui un peu avant huit heures du soir. Toute la journée, cela l'avait rongée comme un cancer. La trahison. L'humiliation. Le sentiment de s'être conduite comme une idiote. Écœurée, épuisée, elle tremblait de colère. Elle n'avait pas tergiversé. Elle devait en avoir le cœur net.

Elle a vu son visage s'éclairer quand il l'a aperçue sur le palier. Il a tendu un bras pour la serrer contre lui :

– George !

Visiblement ravi de cette surprise, il ne s'attendait pas à la gifle qui a résonné dans l'escalier et lui a brûlé la joue. La violence du coup a failli lui faire perdre l'équilibre, mais il a vu la deuxième arriver à temps pour retenir le poignet de Georgette.

– Qu'est-ce que...

– Espèce de salaud !

Elle se débattait pour se libérer, mais il ne la lâchait pas.

– Pour l'amour du ciel, George !

– Sale menteur, tricheur, hypocrite !

Soudain, il s'est rendu compte que d'autres, dans l'immeuble, pouvaient l'entendre. Or il était inconvenant pour un officier allemand de se faire agresser et insulter par des Français. Tout en s'efforçant de la tenir à distance, il a enfoncé tant bien que mal sa clé dans la serrure. Quand, finalement, ils ont été dans le vestibule, il a repoussé Georgette brutalement, claqué la porte derrière lui, et grondé d'une voix qui paraissait excessivement forte dans cet espace clos :

– Arrêtez, maintenant ! Arrêtez immédiatement !

Debout, face à face, ils respiraient aussi fort l'un que l'autre.

– Vous voulez bien m'expliquer ce qu'il se passe ?

– Wolff agit sur ordre de Göring pour s'emparer de *La Joconde*, mais comme par hasard, vous avez oublié de me dire qu'Hitler vous a demandé de faire exactement la même chose.

Lange a écarquillé les yeux. Elle avait du mal à discerner l'expression de son visage. Peur ? Culpabilité ? Ou les deux ?

– Bon sang, a-t-il dit en se dirigeant à grandes enjambées vers le salon.

Il s'est débarrassé de son manteau, l'a jeté sur le canapé et s'est tourné vers Georgette, qui le suivait.

– Au bout de tout ce temps, j'espérais que vous me prêteriez un peu plus d'élégance.

– Vous m'avez menti.

– Non, je ne vous ai pas menti.

Il est allé se verser un grand verre de scotch avant de poursuivre :

– Oui, Hitler m'a demandé de lui procurer *La Joconde*. Mais je n'ai jamais eu la moindre intention de lui obéir. Pour l'amour du ciel, George, l'art est toute ma vie. C'est le seul élément civilisateur et salvateur de l'humanité en deux mille ans de guerres et de destructions incessantes. *La Joconde* est peut-être le plus grand chef-d'œuvre du monde. L'incarnation de l'idéal auquel l'Homme aspire, le symbole par excellence de ce qui place l'être humain au-dessus des autres animaux de la planète. L'art *est* la civilisation, et les nazis sont l'antithèse de ce qu'il représente. (Il a bu une longue gorgée de scotch.) Croyez-vous réellement que je trahirais tout cela pour un pauvre petit crétin comme Hitler ?

Georgette le regardait fixement, les joues aussi brûlantes que s'il l'avait giflée. Elle voulait tellement le croire.

– Mais qu'est-ce qu'il dira si vous ne le lui apportez pas ?

Il a répliqué avec un geste dédaigneux de la main vers le plafond :

– Bon Dieu, George, vous ne croyez pas qu'il a d'autres problèmes en tête ? La guerre s'annonce plutôt mal sur le front Est. Les rumeurs d'un débarquement imminent des Alliés en Afrique du Nord vont bon train. Et il y a la menace constante de l'invasion de l'Europe par les Alliés. Je suis sûr que si, la nuit, il a des insomnies, ce n'est pas à cause du portrait de Mona Lisa que je ne lui ai pas encore apporté.

– Qu'est-ce que vous avez l'intention de faire, alors ?

– La protéger. Parier sur la durée en espérant ne jamais être appelé à rendre des comptes. Et, en attendant, faire l'impossible pour que Karlheinz Wolff ne s'en approche pas. Car, croyez-moi, l'obsession de Göring pour *La Joconde* dépasse de beaucoup celle d'Hitler. Hitler, au moins, veut que tout le monde puisse la voir. Alors que le seul désir de Göring, c'est de l'enfermer dans le noir, l'ajouter à sa collection privée. Rien que pour ses yeux.

Lange a vidé son verre et fait un pas vers elle. Ses paroles et sa passion avaient pulvérisé la colère et les doutes de Georgette. La prenant par les épaules, il l'a regardée au fond des yeux :

– Je suis là pour vous aider, George. Pour être sur place dès que Wolff passera à l'action. Car il n'y manquera pas. Dans une semaine, dans un mois. Dans un an. Qui sait ? Mais vous pouvez parier qu'il agira lorsque nous nous y attendrons le moins. Surtout si la guerre tourne mal et que tous les regards se dirigent ailleurs. Il ne fera rien dans la précipitation, parce qu'il ne veut pas alerter Hitler des intentions de Göring. Mais n'ayez aucun doute. Un jour, il viendra la chercher, et nous devrons être là pour l'en empêcher.

Chapitre 23

La salle d'attente était petite, la lumière trop vive, les sièges en plastique d'une rigidité impitoyable. Une antique machine à café bourdonnait dans le silence. Les sons étouffés de la maternité paraissaient provenir de très loin. Une odeur pénétrante de désinfectant et d'encaustique planait dans l'air.

Assis à côté de Dominique, Enzo n'osait pas croiser le regard de son gendre. Perché en face de lui sur une chaise, Bertrand avait les yeux noyés par le désespoir au-dessus de son masque. De temps en temps, il se levait, faisait les cent pas dans la pièce, puis revenait s'asseoir.

La peur et la fatigue brûlaient les paupières d'Enzo. Il avait conduit pendant plus de six heures depuis Paris, en s'arrêtant seulement deux fois. La première pour avaler un café qui l'empêcherait de s'endormir au volant. La seconde pour téléphoner à Dominique et demander des nouvelles. La seule étant qu'il n'y en avait pas, c'était en soi une bonne nouvelle en l'absence de mauvaise.

Arrivé à l'hôpital un peu après cinq heures, il avait regardé la nuit tomber par les fenêtres de cette salle d'attente, témoin des larmes et de la joie de tous ceux qui l'avaient hantée au fil des ans. Il était presque minuit maintenant. Les cafés bus à la chaîne avaient chassé sa faim mais mis ses nerfs à vif.

D'après les médecins, Sophie souffrait de ce qu'on appelle un placenta praevia – le placenta nécessaire à l'alimentation du bébé s'était détaché de l'utérus. Comme elle était encore à plusieurs semaines du terme, ils essayaient de retarder l'accouchement. La mère et l'enfant couraient tous les deux un risque sérieux.

Personne n'avait ouvert la bouche depuis ce qui semblait une éternité, quand soudain, les portes battantes s'ouvrirent sur une femme médecin, encore en blouse, avec son masque et sa charlotte, qui entra en coup de vent. Enzo et les autres bondirent sur leurs pieds, craignant le pire, espérant le meilleur.

– Nous avons pratiqué une césarienne, dit-elle en levant la main afin de prévenir toute question. Avec succès. La mère et le fils vont bien.

Les jambes d'Enzo faillirent se dérober sous lui.

La salle de réveil se situait quelque part au fond du couloir. Bertrand y était resté une quinzaine de minutes avec Sophie, après la dissipation des effets de l'anesthésie.

Au bout de ce couloir, une grande vitre donnait sur la salle des couveuses. Debout derrière, Enzo et Dominique les regardaient. Il y en avait six. Dont trois étaient occupées. Le petit garçon de Sophie et Bertrand se trouvait dans celle du milieu. Le minuscule nouveau-né agitait avec énergie ses bras et ses jambes à l'intérieur d'une bulle en plastique qui fournissait de l'oxygène à ses poumons de prématuré. Il avait des cheveux noirs. Enzo n'aurait pas été surpris qu'un jour une mèche blanche les traverse, et que ses camarades le surnomment le blaireau ou la pie, comme cela lui était arrivé. Il espérait seulement qu'elle ne serait pas accompagnée d'autres symptômes moins plaisants.

Dominique glissa son bras sous le sien et le serra légèrement.

– Comme son grand-père. Déjà fauteur de troubles.

Un pâle sourire étira à peine les lèvres d'Enzo, qui ne se sentait pas encore la force de parler.

– Je ferais mieux de retourner à l'appartement pour voir Laurent, ajouta-t-elle. (Nicole était venue en voiture de Gaillac pour s'occuper de lui.) Et je préparerai quelque chose à manger. Reviens avec Bertrand. On ne peut pas le laisser rentrer seul dans une maison vide après tout ça.

Enzo hocha distraitement la tête. Dominique l'embrassa sur la joue, puis dégagea son bras et s'éloigna doucement. Enzo continuait à contempler son petit-fils, conscient qu'il y avait un peu de Pascale qui vivait en lui. Ça lui brisait le cœur qu'elle n'ait pas vécu pour le voir.

Il n'avait aucune idée du temps qu'il venait de passer devant la vitre quand il sentit Bertrand le tirer par la manche.

– Elle veut vous voir, dit-il. Le docteur est d'accord. Seulement quelques minutes.

*

Son visage était aussi blanc qu'un bâton de craie et ses cheveux bruns étalés sur l'oreiller manquaient d'éclat. Elle le regarda approcher de la porte jusqu'au lit. Il s'assit sur le bord et pressa la main qui dépassait de la couverture. Une canule intraveineuse y était encore plantée. Rien que l'idée du bistouri en train d'ouvrir sa petite fille lui fit monter les larmes aux yeux. Ceux de Sophie, en revanche, limpides et souriants, ressemblaient à ceux de sa mère. Les effets de l'anesthésie se remarquaient davantage dans sa voix, faible et rauque.

– Tu vas bien ? demanda-t-elle.

Il éclata presque de rire, et serra plus fort sa main entre les siennes.

– Moi ? J'ai eu tellement peur pour toi, Sophie, après ce qui est arrivé à ta maman.

Elle sortit son autre main de sous les draps pour étreindre celles de son père.

– Je savais que tu t'inquiéterais. Mais je n'allais pas te laisser, papa. Jamais. Pas question que ça t'arrive une deuxième fois.

Et, comme il avait commencé la journée en pleurant pour Charlotte, il l'acheva en pleurant à nouveau pour Sophie et sa mère.

Les lumières de Cahors se reflétaient sur la boucle du Lot qui encerclait la ville bâtie par les Romains deux mille ans plus tôt. Autrefois carrefour financier de l'Europe. Aujourd'hui capitale paisible d'un département, et domicile d'Enzo depuis près de quarante ans. De l'endroit où il était assis, au sommet du mont Saint-Cyr, il la voyait s'étendre vers le nord, au-delà de la tour où avaient lieu jadis les pendaisons publiques, et encore au-delà, vers le causse, ce plateau rocheux et broussailleux baigné par le clair de lune. Sur sa gauche, il apercevait les phares des voitures roulant sur le viaduc de la RN20 d'où lui parvenait une faible rumeur.

Le jour, ce point de vue exceptionnel attirait des foules de touristes. La nuit, les jeunes amoureux venaient en voiture pour y être tranquilles. Mais en ce petit matin froid de la fin octobre, Enzo était seul. Comme il l'avait été trente-cinq ans plus tôt, lorsque Pascale était morte en donnant naissance à Sophie. C'était ici qu'il s'était retiré, tel un animal blessé, pour répandre ses larmes et tenter d'accepter sa perte. D'ici, il était possible de se faire du monde une représentation différente, mais jamais il n'avait trouvé le contexte dans lequel situer la tragédie qui avait gâché sa jeune vie.

Élever sa fille seul n'avait pas été facile. Ils avaient connu des problèmes. Un certain nombre. Mais il aurait difficilement pu être plus fier d'elle qu'en ce moment. Et de son nouveau petit-fils. Si seulement Pascale avait vécu pour partager ce moment.

Soudain un bruit de pneus se fit entendre sur le gravier et des phares balayèrent la nuit. Il se leva. Mais de son banc, juste sous la crête de la colline, il ne pouvait rien voir. Une portière claqua, des pas s'approchèrent, nets dans l'air froid.

– Qui est là ?

À son grand soulagement, il vit apparaître Dominique au-dessus de lui. La lumière de la lune découpait précisément sa silhouette contre le noir du ciel.

– En arrivant à la maison, Bertrand m'a dit que je te trouverais sans doute ici.

Elle longea la balustrade et descendit les marches jusqu'à la terrasse du point de vue. Là, elle caressa doucement la joue d'Enzo et l'entoura de ses bras pour l'attirer contre elle.

– Je sais ce que tu ressens, mon chéri. Je ne veux pas te voler ce moment. Je veux le partager avec toi.

– Je t'aime, murmura-t-il en la serrant très fort.

Puis il recula et toucha son visage sans la quitter des yeux.

– Pascale t'aurait plu. (Il eut un sourire triste.) Et je suis sûr qu'elle t'aurait appréciée.

La relâchant, il tourna son regard vers la ville, en contrebas.

– Ça me paraît tellement loin, maintenant. Comme dans une autre vie.

– Elle te manque toujours ?

Il secoua la tête.

– Non, ce n'est pas ça. Il y a longtemps que j'ai accepté de l'avoir perdue. Mais je n'ai jamais cessé de ressentir ce qu'*elle* perdait. Tout ce qu'elle ratait. Voir sa fille grandir. (Il gloussa.) S'adapter à son gendre. Comme j'ai dû le faire. Contempler son petit-fils à travers une vitre, ce soir. Et juste... (Il haussa les épaules.) Juste... la vie. Toute la vie qui l'attendait. Je pense à elle à chaque nouvelle pousse des feuilles sur les arbres, encore une année de passée qu'elle n'aura pas vue. C'est tellement injuste, Dom.

– Je sais, dit-elle en prenant son bras pour se coller contre lui. Sa mort a brisé ta vie. Mais tu as une autre vie maintenant. Avec moi. Et tu as besoin d'en vivre chaque instant. Et tu dois savoir que quoi qu'il arrive, je ne te laisserai pas, Enzo. Jamais.

Il se tourna vers elle et ils s'embrassèrent. Puis il soupira :

– Malheureusement, c'est moi qui vais devoir te laisser.

Quand il vit son visage inquiet, il ajouta en riant :

– Pas pour longtemps. Il faut que je retourne à Carennac demain, et que j'essaye de résoudre cette affaire une bonne fois pour toutes.

Chapitre 24

SUD-OUEST DE LA FRANCE, JOUR DU MEURTRE

Bauer arriva à Brive-la-Gaillarde un peu après midi. Le contrôleur lui avait expliqué qu'il fallait descendre du côté droit pour prendre la correspondance sur le quai voisin où attendait le train régional.

Celui-ci, un unique wagon bleu en forme d'obus, allait jusqu'à Aurillac, l'une des villes les plus froides de France. Mais Bauer s'arrêterait bien avant.

En quittant la ville bourgeoise corrézienne aux toits d'ardoise et aux maisons étroites, le train accéléra pour s'enfoncer dans le morne paysage d'octobre du département du Lot. Un paysage de forêts de chênes, châtaigniers, tilleuls, et de collines entrecoupées de petites rivières sinueuses.

Bauer était à la fois excité et soucieux. Si seulement Narcisse avait accepté sa proposition, tout aurait été beaucoup plus simple. À aucun moment il ne lui vint à l'esprit que ce train pouvait le précipiter à la rencontre de cet homme. Et, en définitive, de la mort.

Descendu à Biars-sur-Cère, il attendit que la voie soit dégagée pour traverser les rails et sortir de la gare. Il se retrouva sur une place déserte. À son grand soulagement, il repéra un taxi garé devant un café ; il entra demander si on pouvait le conduire à Carennac.

Lorsque le chauffeur quitta la route d'Alvignac pour pénétrer dans le village, Bauer eut l'impression d'être transporté dans un conte de fées médiéval. Toits rouges pentus, tourelles, cloche d'église sonnant l'heure. Rues à peine plus larges que la voiture. C'était ici, presque certainement, que la vie de son grand-père avait été abrégée. Ici qu'un drame jamais raconté s'était déroulé au milieu de ces vieilles pierres. Une histoire dont le dénouement restait à écrire. Peut-être par lui-même.

Le taxi l'arrêta devant l'Hostellerie Fénelon. Son sac de voyage à la main, il traversa la terrasse pavée et franchit les portes en verre. À la réception, un jeune homme lui confirma sa réservation, nota ses coordonnées et lui tendit une clé.

– Premier étage, à droite, dit-il.

Bauer s'apprêtait à se diriger vers l'escalier quand il aperçut une silhouette familière attablée à côté d'une fenêtre, au fond de la salle de restaurant. Soudain, ce fut comme si toutes les articulations de son corps venaient de se gripper. Il ne pouvait plus bouger un doigt.

Concentré sur son déjeuner, Narcisse ne vit pas le jeune Allemand qui, depuis le hall, lui lançait un regard noir. Une fois remis de son choc initial, Bauer sentit la colère bouillonner en lui, sentiment terriblement familier. Ses poings se crispèrent. Ainsi, après l'avoir insulté et feint l'incrédulité, Narcisse le trahissait ouvertement. De toute évidence, il ne pensait pas, comme il l'avait déclaré, que Bauer lui racontait une histoire à dormir debout. De quoi l'avait-il traité déjà ? D'hurluberlu et de charlatan ? Et pourtant, il était là. Bauer en suffoquait presque. Il se hâta de disparaître de son champ de vision et de monter au premier, en se jurant que ce vieux salaud ne s'en tirerait pas comme ça.

Il ne s'attarda pas dans sa chambre. Après avoir jeté son sac sur le lit, il s'approcha de la fenêtre pour regarder, à travers un entrelacs de branches et de feuilles mortes, les eaux lentes de la Dordogne, en contrebas. Ses pensées n'étaient qu'un amas confus d'incertitudes. Que faire ? Il décida, presque sur un coup de tête, de trouver d'abord la maison. Ensuite, il improviserait. Histoire de gagner du temps. De contourner le problème. Et, surtout, Narcisse. Car il savait qu'une confrontation aboutirait à la violence. Et que cela ruinerait tout.

Il descendit silencieusement au rez-de-chaussée, hésita une seconde à la porte du restaurant, s'assura que Narcisse était toujours en train de déjeuner et se glissa dans la rue sans être vu.

Il faisait froid. Le soleil, à peine plus haut que les toits, dispensait une faible chaleur. L'air sentait la fumée de feu de bois. Le profil des maisons médiévales serrées de part et d'autre des rues étroites se détachait avec une netteté cristalline sur le ciel bleu pâle. Bauer se rendit vite compte qu'il aurait dû se procurer un plan. Le village était beaucoup plus grand qu'il ne l'avait imaginé. L'épicerie et la poste étaient fermées. Sur une bâtisse aux volets clos, en bordure d'une esplanade plantée d'arbres, un panneau délavé annonçait *Café Calypso*. Mais ça ne ressemblait guère à un café. L'esplanade elle-même était déserte, hormis une voiture solitaire garée contre le mur. Une pente escarpée descendait jusqu'à la berge de la rivière, où des barques en bois étaient amarrées par deux ou trois, certaines à moitié englouties sous une eau verte saumâtre. De l'autre côté de la route, les murs du château s'élevaient à pic. Plus loin, une arche marquait l'entrée d'une étroite ruelle pavée sur laquelle donnait l'abbaye. Au-delà, un pont enjambait une faille rocheuse, et encore au-delà, la route quittait le village en longeant la Dordogne.

Bauer tourna à gauche, suivant sans le savoir le chemin qu'Enzo et Dominique emprunteraient moins de vingt-quatre heures plus tard. Mais à ce moment-là, Narcisse serait mort, et lui porté disparu.

Il remonta la rue où débouchaient, à gauche et à droite, des venelles encore plus pentues. Arrivé face à une maison de guingois, en encorbellement, il tourna encore à gauche, continua à grimper, dépassa une grange aménagée, et se retrouva devant la cour de récréation d'une école primaire. Elle aussi était déserte. En prenant à droite, il rejoignit la route d'Alvignac. Sous un Abribus, une vieille dame était assise, penchée en avant, ses mains tavelées aux articulations arthritiques crispées sur le pommeau d'une canne.

Dans son français scolaire, Bauer lui demanda si elle pouvait lui indiquer la maison d'Anny Lavigne. Elle montra la rue d'où il venait et lui dit de redescendre un peu plus bas que l'école ; à l'endroit où la route se divisait en deux, des marches menaient à un petit square et un monument aux morts. Anny Lavigne vivait dans la grande maison qui le dominait, tout au fond.

Il la remercia, en espérant avoir bien compris, et revint sur ses pas jusqu'à l'embranchement. Comme elle le lui avait expliqué, il y avait une croix en pierre et des marches montant vers un petit jardin public où quatre gros tilleuls flanquaient le monument aux morts des deux guerres. Au-delà, un arbre était tombé, arrachant de la terre les racines qui l'avaient nourri pendant des dizaines d'années. Un léger vent agitait dans la quiétude de l'après-midi le ruban rouge et blanc entourant la zone où le sol avait été fouillé.

Il s'arrêta. Il avait très certainement sous les yeux l'endroit où son grand-père avait passé plus de soixante-dix ans sans être découvert. Tué d'une balle dans la tête par des inconnus, puis enterré à la hâte. C'était glaçant de se sentir si près de l'homme qui, au bout de toutes ces années, l'avait amené ici. Même s'il ne reposait plus en paix dans ce sol qui l'avait conservé si longtemps. De lui, il ne restait aucune trace, tout avait été envoyé à Paris. Y voyant une sorte de profanation, Bauer fixa l'emplacement avec un mélange inexplicable de chagrin et de colère.

Il se retourna, aperçut une vieille chapelle transformée en salle d'exposition, fermée pour la saison, et plus loin la maison qui dominait le jardin. Celle d'Anny Lavigne. La maison décrite par Wolff dans son journal.

Sur le côté, des marches redescendaient du jardin vers une rue d'où un escalier en pierre conduisait à un perron couvert.

Soudain, il entendit l'écho d'un frottement de semelles renvoyé par les pierres froides. Premier et unique signe de vie dans cet endroit désert, à l'exception de la vieille dame assise à l'arrêt de bus. Le soleil qui plongeait déjà vers l'ouest allongeait les ombres des arbres bordant la clôture ; Bauer s'y dissimula dès qu'il vit la silhouette voûtée de Narcisse remonter lentement la rue.

Ce dernier s'arrêta au pied des marches menant chez Anny Lavigne, hésita un moment, puis consulta un bout de papier et le remit dans la poche de son long manteau au col ouvert sur une chemise blanche et une cravate bleue. Il portait des gants en cuir.

Pas une autre âme en vue, pas même le pépiement d'un oiseau dans le silence du village. Narcisse gravit la douzaine de marches jusqu'à la porte de la maison et utilisa le marteau pour annoncer sa présence. Le coup sec et net du métal contre le bois résonna tout autour.

Il se dandina impatiemment d'un pied sur l'autre avant de frapper à nouveau. La porte s'ouvrit enfin. Bauer ne pouvait pas voir qui l'avait ouverte. Une discussion animée s'ensuivit. Les voix étaient étouffées, mais le ton montait, en chuchotements forts et insistants. Sans saisir un mot de l'échange, il comprit au moins que l'autre voix était celle d'une femme.

Ensuite, le silence et une longue pause d'indécision avant que la porte s'ouvre en grand et se referme doucement derrière Narcisse, qui avait disparu à l'intérieur. Bauer sortit de l'ombre. Tremblant de colère, il se retint d'aller tambouriner à son tour pour tabasser à mort ce salopard de traître. Il respira plusieurs fois lentement, profondément, son souffle se condensant dans l'air maintenant de plus en plus froid. Puis il jeta un coup d'œil autour de lui ; le soleil qui s'éclipsait derrière le toit de la maison la plus proche plongeait tout le jardin dans l'ombre.

Chapitre 25

Elle parle maintenant avec plus d'animation qu'elle n'en a montré jusqu'ici ; il a le sentiment que le récit doit toucher à sa fin. Puis, brusquement, il se rend compte que l'histoire ne peut pas s'achever avant l'été 1944. Or on n'est encore qu'au printemps 1942.

Georgette est arrivée à Montauban à la fin du mois de mars, pleine d'espoir à la perspective de remplir enfin sa mission de gardienne de *La Joconde*. Elle avait été incroyablement triste de quitter Lange, mais ce dernier lui avait promis qu'ils resteraient en contact, et même qu'ils se reverraient sous peu.

Le musée Ingres est une grosse bâtisse en brique située sur la rive droite du Tarn, à un jet de pierre du centre historique. Toutes les maisons de Montauban ont été construites avec cette brique qui vaut à Toulouse, sa voisine, le surnom de « ville rose ».

Le musée s'élève sur cinq ou six niveaux selon qu'on inclue ou non les salles des tours d'angle et le premier niveau du sous-sol. Le second niveau, immense, occupe toute la surface au sol du bâtiment. Ses quatre grandes arches sont visibles depuis le Pont Vieux qui enjambe la rivière, entre le musée et la rive droite. C'est là qu'avaient été entreposées la plupart des œuvres évacuées du Louvre.

Le jour de son arrivée, Georgette a été conduite dans le bureau improvisé de René Huyghe, au premier étage. Le conservateur était un bel homme approchant la quarantaine. Ses cheveux bruns, grisonnant sur les tempes et peignés en arrière, dégageaient un visage distingué au long nez aquilin et à la moustache soigneusement taillée. Sans rien savoir de lui ni de sa famille, elle trouvait qu'il avait une allure d'aristocrate, avec son blazer vert foncé assorti à son pantalon en velours et sa cravate vert pâle strictement nouée sur une chemise blanche impeccablement repassée. Il a observé avec une certaine méfiance cette jeune femme imposée par Paris quand elle lui a remis la lettre de recommandation de Jacques Jaujard.

Il s'est assis pour la lire tandis qu'elle restait debout, comme une élève convoquée chez le directeur de son école. Georgette l'a vu plisser le front, froncer les sourcils puis lever les yeux sur elle avec un regain d'intérêt et une méfiance encore plus grande.

– La garde exclusive de *La Joconde* ? a-t-il dit d'une voix où perçait l'incrédulité. Quelles références pouvez-vous bien avoir pour assumer une telle charge ?

Elle a haussé les épaules.

– Vous les avez en main.

Quelque chose dans son attitude bravache lui a aussitôt fait comprendre que s'il choisissait de se battre contre elle, il ne l'emporterait pas forcément. Après tout, elle avait raison. Les seules références dont elle avait besoin se trouvaient dans la lettre de Jacques Jaujard. Et il connaissait assez bien ce dernier pour savoir qu'il ne lui demanderait pas une chose pareille sans de bonnes raisons. Néanmoins, ça l'agaçait de ne pas avoir été mis au courant de cet arrangement secret.

– Très bien, a-t-il soupiré. Il y a une chambre libre dans la tour nord-ouest. Vous pourrez y dormir. D'après Jacques, vous êtes assistante de conservation. Je vous demanderai de remplir cette fonction tant que nous resterons à Montauban. (Il a posé la lettre sur son bureau et regardé Georgette droit dans les yeux.) Le protocole est le suivant : pendant la journée, *La Joconde* reste avec moi.

Comme il pointait le menton vers l'autre bout de la pièce, Georgette a tourné la tête et vu sur un fauteuil, dans un angle proche de la fenêtre, la caisse qu'elle avait aidé à préparer. Des planches de peuplier brut clouées et réunies au-dessus du cachet des Musées nationaux par une latte de bois marquée de trois gros points rouges. À l'intérieur, elle le savait, le tableau était protégé d'éventuels dommages extérieurs par du skaï résistant à l'humidité et du papier ignifugé.

– Depuis tout ce temps, Mona Lisa et moi nous sommes habitués à vivre ensemble. Le jour, elle restera dans mon bureau, où je pourrai garder un œil sur elle.

– Mais elle dormira avec moi la nuit. Où vous ne pourrez pas, je vous le garantis, garder un œil sur nous.

Georgette a passé ainsi la majeure partie de l'année au musée, partageant sa chambre avec la femme la plus célèbre du monde. Pendant toute cette période, elle s'est souvent demandé ce que Lange, dont elle n'avait aucune nouvelle, penserait de la relation qu'elle entretenait avec *La Joconde*. Plus d'une fois elle avait ouvert la caisse et soulevé les couches de skaï et de papier ignifugé pour contempler le sourire énigmatique qui ensorcelait le monde entier. La bouche aux coins légèrement relevés, les yeux sombres qui semblaient toujours vous fixer, où que vous vous trouviez dans la pièce. La route qui serpentait vers de lointaines montagnes avec la menace latente d'un serpent s'apprêtant à frapper.

Mona Lisa n'était pas une beauté conventionnelle. Arcades sourcilières proéminentes ombrageant les yeux. Nez peut-être un peu trop long, bouche et menton un peu trop petits pour le reste du visage. Pourtant, elle était absolument fascinante. Pas étonnant, en somme, que des gens comme Hitler et Göring soient tombés sous son charme.

Au mois d'août, les salles du rez-de-chaussée et du sous-sol du musée ont été inondées pendant un orage lorsque des cascades de pluie ont dévalé les rues étroites du centre de la ville et se sont déversées dans la cour. Un grand nombre de tableaux ont été endommagés et plusieurs experts appelés pour les restaurer. *La Joconde* aurait pu en faire partie sans l'arrangement nocturne conclu avec le conservateur. Premier succès de Georgette dans sa mission de protection.

Non seulement cette année a été importante pour Georgette, mais elle était une année de transition dans la guerre. Cet été-là, les Allemands et le régime collaborationniste de Vichy intensifiaient leurs actions contre les Juifs. Des milliers d'entre eux, victimes de rafles, étaient envoyés dans des camps de travail en Europe de l'Est. Le musée Ingres a ainsi perdu plusieurs gardiens juifs, malgré toutes les démarches possibles effectuées par René Huyghe pour l'empêcher.

Puis, début novembre, les Alliés débarquaient en Afrique du Nord. Alors, en France, tout a changé. L'armée allemande envahissait ce qu'elle avait toujours appelé par dérision la zone libre ; les soldats déferlaient sur Montauban et se pavanaient en ville avec des appareils photo, comme des touristes en vacances.

Grâce aux ordres donnés par le *Kunstschutz*, les troupes allemandes n'avaient pas le droit d'entrer dans le musée, mais les œuvres d'art devenaient malgré tout l'objet d'une nouvelle menace, différente.

Début décembre, Georgette a été convoquée avec le reste du personnel dans le bureau de Huyghe. Ils étaient près d'une quinzaine entassés dans la petite pièce, avec *La Joconde*, à écouter dans un silence recueilli le conservateur déclarer que le musée ne pouvait plus être considéré comme un lieu sûr pour les œuvres du Louvre. Pendant qu'il parlait, Georgette voyait derrière lui, par la fenêtre, les tanks et les transports de troupes passer en vrombissant, et des soldats postés par deux ou trois dans tous les coins.

– Nous sommes protégés de l'armée sur ordre du *Kunstschutz*. Mais qui sait pour combien de temps. Et surtout, nous allons désormais vivre sous la menace des frappes aériennes. Avec la ville pleine de troupes et de munitions allemandes, nous devenons une cible légitime pour les bombardiers alliés. Une bombe perdue pourrait détruire tout ce que nous avons ici.

– Qu'est-ce qu'on peut faire ? a demandé un jeune homme.

– Déménager.

Un soupir collectif de consternation a accueilli sa réponse. La plupart des personnes présentes avaient déjà vécu trois évacuations successives et savaient ce qu'impliquait un nouveau transfert.

– On ne pourrait pas avertir les Alliés de la présence des œuvres d'art et demander que ce secteur ne soit pas bombardé ? a suggéré Georgette.

Huyghe a secoué la tête.

– Les collabos de Vichy nous refusent l'autorisation de communiquer avec les Alliés.

Il pinçait les lèvres de colère. Rien que le fait de prononcer le mot Vichy semblait lui laisser un sale goût dans la bouche.

– Ils ont probablement peur que les Allemands les accusent de collaborer avec l'ennemi. C'est vrai que Vichy s'y connaît en collaboration. (Il a pris une profonde inspiration.) Paris a trouvé au nord-est d'ici, dans le département du Lot, un château qui pourrait accueillir presque tout ce que nous avons. Le château de Montal. Il est seulement à deux ou trois heures de route, et assez loin des cibles stratégiques de bombardement. Malheureusement, nous avons besoin de véhicules et de carburant pour effectuer ce transfert et, jusqu'à maintenant,

Jacques Jaujard n'a pas réussi à convaincre Paris ou Vichy de nous les fournir. Donc à moins que quelqu'un ait le pouvoir de faire apparaître un convoi de camions et le diesel qui va avec, nous sommes bloqués ici.

Au bout de ces neuf mois ou presque passés à Montauban, de plus en plus absorbée par le travail de conservation et de protection des trésors du Louvre abrités dans le musée Ingres, Georgette pensait de moins en moins à Paul Lange.

En décembre, il n'était plus qu'un souvenir du passé, de même que son ennemi juré, Karlheinz Wolff. Les dangers affrontés à Paris avaient perdu de leur intensité avec son éloignement dans cette ville provinciale du Sud-Ouest.

Chaque matin, elle avait pris l'habitude de se rendre à pied par les rues pavées jusqu'à la place Nationale, au centre de la vieille ville, pour boire un café accompagné de croissants dans ce qui était devenu son bistro préféré, sous les arches de la bastide parfaitement préservée.

Le temps était gris et froid ce matin de mi-décembre quand elle a traversé le square devant le musée, en faisant crisser la castine sous ses chaussures, et grimpé jusqu'au vaste édifice de l'église Saint-Jacques, au sommet de la colline. Bâtie en 1230, reconstruite deux fois, la base de son clocher portait encore les traces des dommages causés par les canons pendant le siège de Montauban en 1621. Georgette a tourné dans la rue Princesse ; elle atteignait presque la voûte ouvrant sur la place quand elle a entendu des pas derrière elle et vu croître une ombre à sa droite. Elle a sursauté, s'est retournée, et s'est retrouvée face à Paul Lange qui lui souriait sous son feutre gris.

Soudain, elle s'est sentie enveloppée de chaleur, comme s'il diffusait ses propres rayons de soleil. Un sentiment qu'elle aurait eu du mal à expliquer, même pas à elle-même.

– Ça alors. Parlez du diable.

– Et il apparaît, dit Lange en riant. Un proverbe anglais, n'est-ce pas ? Ce qui signifie que vous pensiez à moi. Bien qu'il me semble que nous étions tombés d'accord là-dessus, je ne suis pas le diable.

Elle a souri.

– Le jury n'a pas encore tranché. J'avais presque abandonné l'idée de vous revoir.

– Oh, surtout pas, George. Là où Wolff peut se trouver, je suis condamné à apparaître.

Elle s'est arrêtée net.

– Wolff est à Montauban ?

– Oui.

– Qu'est-ce qu'il fait ?

– Aucune idée. J'en conclus que vous ne l'avez pas vu ?

Elle a secoué la tête ; toutes ses peurs et ses incertitudes anciennes revenaient soudain en force.

– Ne vous inquiétez pas. Je doute qu'il soit encore prêt à agir. Mais quelque chose l'a attiré ici.

Ils arrivaient sur la place Nationale où se tenait un marché de producteurs, dont les étals n'étaient que maigrement fournis en légumes d'hiver et pauvres rations de viande et de fromage.

– Je pensais que *vous* pourriez me dire pourquoi.

– Si on prenait un petit déjeuner, a-t-elle proposé.

Elle était soulagée qu'il ne soit pas en uniforme. Mais avec son feutre, son grand manteau et ses bottes en cuir, il ne pouvait en aucun cas passer pour quelqu'un du coin. Plus vite ils seraient assis, moins ils se feraient remarquer.

Ils ont trouvé une table sous les arcades et commandé deux cafés crème avec une corbeille de croissants.

– On m'avait rappelé en Allemagne, a expliqué Lange. J'y suis resté près de six mois. Tout le monde est nerveux depuis le débarquement des Alliés en Afrique du Nord. Il y a de fortes chances pour qu'un deuxième ait lieu en Europe. Peut-être même l'année prochaine. Attendez-vous à ce que Wolff entre en action à ce moment-là. Je suis revenu à Paris la semaine dernière, mais c'est seulement hier que j'ai appris qu'il se trouvait à Montauban.

– La direction du Louvre se prépare à tout déménager une fois de plus. Dans un château et divers autres lieux du Lot, à deux ou trois heures de route d'ici, au nord-ouest.

Lange a froncé les sourcils.

– Ah. Ce sera un moment très sensible. Quand aura lieu le transfert ?

Georgette haussa les épaules.

– Personne n'en sait rien. Pas moyen d'obtenir des camions. De la part des Allemands comme des Français. Mais tout le monde craint que les Alliés bombardent la ville, parce que tout ce qu'il y a dans le musée sera en danger.

Il a hoché la tête d'un air songeur et siroté son café tout en la regardant au fond des yeux. Après avoir reposé sa tasse sur la soucoupe, il a tendu la main pour toucher du bout des doigts son visage.

– Vous m'avez manqué, George. Ainsi que nos soirées du vendredi à Paris. On parvenait toujours à oublier la guerre pendant nos dîners. (Il a soupiré et fermé les yeux.) Je hais cette guerre. Plus vite elle finira, plus vite on recommencera à vivre. Nous avons certainement une vocation plus noble que celle de tuer.

– Parlez-en donc à vos compatriotes, Paul. C'est votre pays qui a commencé, il me semble.

Il a retiré sa main comme s'il s'était piqué, vidé sa tasse et jeté quelques pièces sur la table tout en se levant, à la grande déception de Georgette.

– Ne vous inquiétez pas pour le transfert, a-t-il dit. Je m'en occupe.

Il l'a saluée d'un bref signe de tête, s'est éloigné entre les tables et a disparu dans la foule du marché, la laissant frustrée et fâchée contre elle-même. La pique était sortie de sa bouche avant qu'elle ait pu la retenir. Et maintenant, il était parti. Elle s'est alors rendu compte à quel point il lui avait manqué, beaucoup plus qu'elle n'avait jamais osé l'admettre.

Un mois plus tard, Huyghe informait son équipe qu'on leur accordait l'autorisation de déménager les œuvres d'art vers le nord. Les autorités occupantes promettaient de mettre plusieurs véhicules à leur disposition. En privé, Huyghe a confié à Georgette que même Jaujard, qui faisait du lobbying depuis des semaines, avait été surpris par cette annonce inattendue. Sachant que c'était presque certainement sa relation avec Lange qui avait produit ce miracle, elle en a éprouvé une immense satisfaction.

Le 1er mars, trois cent soixante kilos de matériel d'emballage arrivaient au musée Ingres et, après une nuit entière consacrée à la mise en caisse des œuvres, le premier convoi partait pour le château de Montal, précédé par des motards de la police. Georgette le regardait traverser le pont en se demandant comment Lange s'était débrouillé. Elle n'avait plus entendu parler de lui ; et bien qu'il ait signalé la présence de Wolff en ville, elle n'avait pas non plus vu ce dernier. Ce qui ne l'avait pas empêchée de prendre des précautions supplémentaires. Elle avait ménagé une cache pouvant accueillir Mona Lisa sous le plancher de sa chambre, et insisté pour qu'elle y reste aussi pendant la journée malgré les objections de René Huyghe.

Le problème majeur du déménagement des œuvres avait été de trouver un véhicule assez long pour contenir les énormes toiles roulées qui devaient accompagner *Esquisse pour la fête*, la copie de *La Joconde* dont Georgette se sentait tout aussi responsable. Les semi-remorques qui les avaient apportées étaient repartis, et ce n'est qu'au dernier moment que les Allemands ont fourni un fourgon à bestiaux à gazogène. Équipé d'un générateur qui transformait le bois ou le charbon en gaz combustible alimentant un moteur à combustion interne, ce véhicule avait la réputation de s'enflammer spontanément.

Par conséquent, Huyghe avait réclamé, et obtenu, une jeep remplie d'extincteurs où il restait juste assez de place pour Georgette et *La Joconde*. Plusieurs autres camions complétaient le convoi, ainsi qu'un certain nombre de motards armés chargés d'assurer sa sécurité.

Le trajet s'est effectué sur d'étroites routes cabossées dans un paysage encore hivernal où le printemps commençait à peine à s'installer. Seuls les saules montraient déjà des signes de bourgeonnement et les cerisiers des éclats de fleurs roses. Dans quelques semaines, toute la campagne se couvrirait du blanc des pommiers, pruniers et poiriers, du jaune des forsythias et de l'écarlate des camélias. En ce début d'année, une vie nouvelle naissait de ce sol riche et rouge. C'était le printemps, 1943.

Georgette se rappelait les paroles de Lange exprimant les craintes allemandes d'un débarquement allié en Europe. Elle espérait ardemment que cela se produirait vite. Mais pour le moment ce n'était guère qu'une faible lueur sur un horizon lointain. Le fait que les Allemands avaient toujours la situation en main était accentué par le nombre de convois militaires qu'ils doublaient sur la RN20, en direction du nord.

Dans la descente raide et sinueuse du causse vers la vallée de la Dordogne, Huyghe lui a expliqué pourquoi les toiles roulées, embarquées à bord du fourgon à bestiaux qu'ils suivaient, ne seraient pas entreposées au château de Montal.

– Elles sont trop grandes. On ne pourra jamais les y faire entrer. De toute façon, le château ne peut pas tout contenir. Nous sommes obligés de séparer les œuvres. La majeure partie ira à Montal, le reste dans des propriétés de la région, et aussi au château de la Treyne. Nous séjournerons à Montal, avec Mona Lisa.

– Et les grandes toiles ? s'est inquiétée Georgette, désireuse de savoir où elle devrait aller pour mettre la main sur le faux.

– Au village de Bétaille. Dans la plaine, à une demi-heure de Montal.

– Qu'est-ce qu'il y a là-bas ?

– Pas grand-chose, a-t-il répondu en riant. Un petit manoir sur la colline, où iront certaines toiles. Les plus grandes, dont *Les Noces de Cana* et *Le Sacre de Napoléon* seront stockées au-dessus d'un garage assez grand pour les recevoir.

Ce qui n'inspirait pas une grande confiance à Georgette.

Une longue route droite bordée de falaises et d'une voie ferrée traversait la petite ville de Vayrac avant d'arriver à Bétaille, dont les maisons à flanc de coteau étaient dominées par le petit château de la Tourette. Le convoi s'est arrêté au bord de la route devant deux maisons bourgeoises, juste à l'entrée du village. Situées chacune sur un vaste terrain, elles étaient séparées par un garage double aux encadrements de portes et de fenêtres décorés de damiers rouge et blanc. Au-dessus des portes coulissantes, deux fenêtres éclairaient un appartement. Sous chacune un panneau annonçait MUSÉES NATIONAUX. Comme c'est étrange de le crier sur les toits, a pensé Georgette.

Un camion militaire vert équipé d'une grue reposant sur les huit roues arrière les attendait. Une demi-douzaine de soldats allemands se sont joints au personnel du musée pour attacher soigneusement chacune des toiles roulées au palan qui les hissait jusqu'à la fenêtre de gauche où elles étaient introduites une par une, puis couchées au sol sur toute la longueur du bâtiment. Les autres œuvres étaient montées par l'escalier situé à l'arrière. Georgette a suivi des yeux l'assistant qui montait *Esquisse pour la fête* et ses trois points jaunes vers l'appartement. Au moins, elle saurait exactement où la trouver.

– Deux gardes armés seront postés ici en permanence, a dit Huyghe.

Puis il a ajouté sans ménagement :

– Je suis désolé, il n'y a pas de place pour vous au château. Nous vous avons trouvé une maison à Carennac, juste de l'autre côté de la vallée. (Il a indiqué au loin des falaises, sur la rive gauche de la Dordogne.) Vous devrez vous séparer de votre compagne de chambre. Mais, à vélo, ce n'est pas loin de Montal. À peine quarante-cinq minutes.

Georgette lui a lancé un regard noir. Ainsi, il se débrouillait pour reprendre le contrôle de *La Joconde*. Une façon mesquine de se venger d'avoir été tenu à l'écart. Puis elle a secoué la tête.

– Je resterai assise à côté d'elle toute la nuit s'il le faut. Et j'irai dormirai le jour dans cette maison.

Conscient qu'il n'aurait pas le dernier mot, il a haussé les épaules.

– À votre guise.

Une fois les grandes toiles installées en sécurité au-dessus du double garage, le convoi est reparti vers sa destination finale. En passant devant une station-service, vingt mètres plus loin, Georgette a repéré une Citroën noire garée au bord du trottoir. Appuyé au volant, un homme vêtu d'un blouson d'aviateur en cuir fumait une cigarette. En reconnaissant Karlheinz Wolff, elle a eu un choc et instinctivement posé la main sur la caisse de *La Joconde*. Jamais elle n'avait ressenti de manière aussi aigüe à quel point elle manquerait de moyens, le moment venu, pour se mettre en travers du chemin d'un Wolff résolu à s'en emparer.

Anny Lavigne jette un coup d'œil, vers le mur du fond, à la vieille horloge comtoise au tic-tac solennel, puis pose les mains sur les accoudoirs de son rocking-chair.

– Je crois, monsieur Macleod, que je vous ai dit tout ce que je pouvais pour aujourd'hui. Je suis fatiguée maintenant, et j'ai un peu faim. Il faut que je mange quelque chose avant d'aller me coucher. (Elle se lève avec raideur de son fauteuil.) Je vous raconterai la fin demain matin.

Dehors, il fait nuit ; la dernière heure de son récit s'est écoulée à la lueur du feu de bois. Elle tend la main vers un interrupteur ; la lumière qui se répand soudain dans la pièce les oblige tous les deux à cligner des yeux.

Enzo s'extrait à son tour de son fauteuil. Sans s'en apercevoir, il s'est refroidi. Il tape des pieds et enfonce ses mains dans ses poches.

– Merci pour votre patience, madame. C'est une histoire extraordinaire. J'ai hâte d'entendre la suite demain.

Après déjeuner, il a réservé une chambre au Fénelon et téléphoné à Dominique pour la prévenir qu'il ne rentrerait pas avant le lendemain.

– C'est moi qui devrais vous remercier, monsieur Macleod, d'avoir été un auditeur aussi patient. Je suis sûre que vous avez des choses beaucoup plus intéressantes à faire.

Il sourit.

– À demain matin, madame. Je connais le chemin. Dormez bien.

L'air songeur, elle le regarde traverser sa cuisine et sortir dans la nuit froide. Le ciel est si clair que la voûte céleste semble à portée de main.

Chapitre 26

Enzo ferma la porte derrière lui et se délecta de l'air froid de la nuit, la tête un peu lourde après la chaleur étouffante du salon d'Anny où il venait de passer presque toute la journée à écouter son récit ; il s'était peu à peu refroidi sans s'en rendre compte tandis que le feu se mourait. Il s'attarda un instant sur le perron en repensant à tout ce qu'elle lui avait raconté. Le voyage rocambolesque de Georgette de Londres aux Hébrides extérieures, puis de Paris à Montauban, pour atterrir finalement ici. Sa relation avec Lange, sa confrontation brutale avec Wolff dans les locaux de la Gestapo. Tout cela dans un passé lointain, mais relaté par Anny comme si c'était arrivé la veille. Il savait qu'il ne dormirait pas de la nuit, dans l'attente fébrile du matin et de la fin de l'histoire. Et aussi dans l'espoir qu'elle lui apporterait quelques clartés sur le meurtre de Narcisse et la disparition de Bauer.

Il descendit les marches vers la rue et la flaque de lumière du réverbère. Sur sa gauche, le jardin où avaient été découverts les restes de Wolff somnolait dans le noir. Il s'apprêtait à tourner à droite, dans la rue étroite qui le ramènerait au Fénelon, quand un mouvement entre les arbres attira son attention. Il s'immobilisa, tendit l'oreille, mais n'entendit rien.

– Qui est là ? lança-t-il, comme s'il croyait qu'on lui répondrait.

Atterré par propre bêtise, il secoua la tête et allait poursuivre son chemin lorsque retentit le craquement caractéristique d'une brindille qui se brise sous un pied. Cette fois, tout en scrutant l'obscurité, il retourna vers les marches montant au square.

La silhouette d'un homme se détacha soudain de l'ombre et fila en silence entre les arbres du monument aux morts. Enzo l'aperçut puis, dans la seconde, la perdit de vue. Il n'avait pas rêvé, il y avait bien quelqu'un.

– Mais qui êtes-vous, bon sang ? cria-t-il.

Un bruit de pas étouffé par les feuilles qui jonchaient le sol lui répondit. La silhouette traversa la lumière fragmentée d'un réverbère s'infiltrant à travers les arbres. Alarmé par la réaction qu'il venait de déclencher, Enzo se retrouva face au choix de fuir le danger ou de l'affronter. Choisissant la fuite, il se dépêcha de rejoindre la rue, et courut sur une bonne quinzaine de mètres avant de s'apercevoir qu'il avait pris la mauvaise direction.

Il jura entre ses dents, s'arrêta pour revenir sur ses pas et vit soudain l'ombre sortir du jardin en dévalant les marches. L'haleine de l'individu s'élevait en volutes dans la lumière. Enzo tourna aussitôt les talons pour filer vers l'hôtel. Les maisons paraissaient se refermer autour de lui, et il faisait plus sombre car le prochain réverbère était caché par l'angle de la rue.

Au bas de la pente, il tourna à droite et aperçut de loin l'esplanade. Plus dégagée. Mieux éclairée. Derrière lui, un claquement de semelles en cuir résonnait sur le macadam, des pas pressés qui accéléraient de plus en plus. Paniqué, Enzo se mit à courir lui aussi, soulagé, atteignit bientôt le café fermé et déboucha sur l'esplanade. Sur sa droite, les murs illuminés du château s'élevaient presque à la verticale. Sur sa gauche, le parking bordé d'arbres surplombait la rivière.

Là, il s'arrêta net. À l'autre extrémité, quelqu'un avançait dans sa direction tandis que les pas rapides de son poursuivant se rapprochaient. Il était piégé. La panique se mua en une peur aveugle qui lui serrait la gorge et l'empêchait presque de respirer. Sa seule échappatoire était l'arche d'entrée de la ruelle pavée menant à l'église. Il risquait de tomber dans une impasse, mais il n'avait pas d'autre endroit où aller.

Il franchit la voûte à toute vitesse, dépassa un atelier d'artiste et une boutique de cadeaux. Les deux fermés pour la saison. Un large escalier en pierre montait au porche de l'église, une voûte élaborée qui, soutenue par des piliers, s'enfonçait dans les ténèbres. Les murs couverts de lierre de l'abbaye se dressaient vers le ciel noir. Juste après l'office du tourisme, il s'arrêta, devant la porte d'accès au cloître, qui ne s'ouvrait qu'avec un jeton. Comme il le craignait, la ruelle était une impasse. En regardant par-dessus son épaule, il vit une silhouette se profiler devant l'arche. Un homme et son chien.

Il se maudit d'avoir été aussi stupide. Il aurait pu tout simplement continuer son chemin, croiser ce dernier et se retrouver en quelques minutes à l'abri du Fénelon. Au lieu de quoi, il venait de se jeter lui-même dans un cul-de-sac.

Dès que l'homme et le chien eurent disparu, l'inconnu du jardin apparut dans la lumière, regarda autour de lui, repéra Enzo en haut de la ruelle. Pendant quelques secondes, il ne bougea pas, respirant fort, comme s'il réfléchissait à ce qu'il allait faire. Puis il s'engagea sous la voûte et avança lentement.

Pendant qu'il s'approchait, Enzo se prépara à l'affronter. Avec la lumière du réverbère derrière lui, son visage était dans l'ombre, mais sa silhouette mince trahissait quelqu'un de jeune.

– Bauer ? appela Enzo.

L'homme s'immobilisa aussitôt. Le sachant violent, Enzo n'avait aucune envie de le provoquer ; en outre, si c'était lui qui avait tué Narcisse, qui savait de quoi il était capable.

La panique lui embrouillait les idées. Il s'engagea dans l'entrée du cloître et secoua désespérément la porte qui, à son grand étonnement, s'ouvrit. Quelqu'un avait oublié de la verrouiller. À moins qu'à cette époque de l'année personne ne s'en donnât la peine. Sans se poser plus de questions, il fonça dans une cour baignée par le clair de lune. La porte claqua derrière lui.

Il se trouvait dans un angle du cloître. Une galerie partait sur sa gauche, une autre devant lui. Au centre des arcades, un carré de pelouse un peu triste était bordé de buissons fanés par l'automne. Un rayon de lune tombait entre les colonnades sur les dalles froides et poussiéreuses. Enzo opta pour la galerie de gauche. Ses pas résonnèrent sur les vieilles pierres ; il arrivait au bout quand il entendit la porte de la ruelle s'ouvrir. Sans ralentir, il tourna à droite et dépassa une salle ouverte où des statues en pierre entouraient le corps couché du Christ. À l'extrémité de cette galerie, une étroite porte avait été murée. Il continua à faire le tour du cloître. Si son poursuivant avait choisi le sens contraire, il aurait pu facilement lui couper la route. Or d'après le claquement de ses semelles sur les dalles, il suivait le même chemin.

Enzo aperçut alors une porte en bois de couleur marron dans l'angle le plus éloigné. Sans doute une communication avec l'église. Il s'arrêta en dérapant et tira sur la poignée. La porte ne bougea pas. Un coup d'œil par-dessus son épaule l'avertit que le jeune homme arrivait à fond de train au bout de la galerie. Ils se regardèrent, haletants, l'écho de leur respiration rauque renvoyé par les voûtes. En désespoir de cause, Enzo donna un grand coup d'épaule sur la porte, qui s'ouvrit en grand ; emporté par son élan, il fonça en chancelant dans la vaste nef qui se perdait au-dessus de lui dans l'obscurité. Cette satanée porte n'était pas fermée à clé. Il fallait juste la pousser.

Des colonnes multiples s'élevaient vers un plafond invisible. La lune qui brillait à travers les vitraux éclaboussait les bancs de sa lumière blanche. Enzo traversa le chœur à grand bruit et, laissant l'autel sur sa droite, courut vers l'entrée principale. Par miracle, la porte s'ouvrit et il se retrouva sous le porche, en haut des marches qu'il avait vues quelques minutes plus tôt. Passant de l'obscurité à la relative clarté de la ruelle, il se précipita vers l'arche et l'esplanade.

Ses jambes tremblaient, ses poumons, qui n'avaient pas supporté un tel effort depuis des années, le brûlaient à chaque respiration. Il fallait qu'il s'arrête. Qu'il se penche en avant, les mains sur les cuisses, pour essayer de retrouver un minimum de souffle. La rapidité des battements de son cœur devenait inquiétante. Il avait l'impression que quelque chose, dans sa poitrine, essayait de forcer le passage entre ses côtes. Cependant, le bruit des pas derrière lui l'en dissuada. Il traversa la route et se remit à courir. Au bout de dix secondes, il se rendit compte qu'il franchissait le pont en direction de la sortie ouest du village, et s'éloignait de plus en plus du sanctuaire du Fénelon.

Où était donc passé tout le monde ? Il aurait voulu appeler à l'aide, mais il n'y avait personne. Les habitants s'étaient depuis longtemps enfermés à l'abri derrière leurs volets et leurs épais murs en pierre ; ils regardaient la télévision ou préparaient le dîner.

Arrivé au bout du pont, il s'arrêta une nouvelle fois, s'agrippa au garde-corps et jeta un coup d'œil en arrière. Son poursuivant arrivait au petit trot.

– Mais, putain ! Qu'est-ce que vous me voulez ? cria-t-il à la nuit.

Ce qui eut pour effet de stopper l'autre dans son élan au milieu du pont. Il y eut alors un temps mort d'une trentaine de secondes dont Enzo profita pour reprendre sa respiration et chercher des yeux une issue.

Un chemin escarpé descendait vers une bâtisse de trois étages plongée dans le noir et rejoignait le sentier qui longeait la rive, en contrebas de l'esplanade.

Les jambes molles, Enzo s'y jeta et, glissant sur les pavés humides, atteignit la berge en titubant. La clarté de la lune se reflétait sur l'eau noire de la rivière. Des grappes d'étroites barques en bois amarrées aux arbres se balançaient doucement dans le courant. Chaque pas lui donnait l'impression d'avoir des semelles en plomb et lui demandait un énorme effort de volonté.

L'esplanade se trouvait maintenant au-dessus de lui. L'inconnu du jardin ne l'avait pas lâché, il n'était plus qu'à une vingtaine de mètres et ne semblait même plus ressentir la nécessité de courir pour rattraper sa proie.

Enzo avait atteint un stade où la volonté de fuir l'avait abandonné. Où le besoin impérieux de s'arrêter l'emportait sur la peur d'affronter son poursuivant. Pourtant, une part de lui-même cherchait toujours un moyen de lui échapper, une partie de son cerveau qui fonctionnait mieux que son corps. Juste devant lui, une barque, comme celles qu'il venait de dépasser, était attachée à un arbre de la rive. S'il pouvait monter à bord et la repousser dans le courant...

Vite, il se baissa, dénoua la corde et sauta dans l'embarcation, qui se mit à osciller dangereusement. Il s'affala de tout son long sur les traverses et sentit avec horreur le bois pourri de la coque se désintégrer sous lui en même temps que l'eau glacée l'enveloppait.

Le froid coupa net le peu de souffle qui lui restait. Le choc fut si violent qu'il ne put même pas crier. À cet endroit, la rivière n'était pas profonde. Pas plus d'un mètre. Mais la couche de vase qui recouvrait le fond était si épaisse et glissante qu'il ne parvint pas à se remettre debout. Il avait dans les narines l'odeur nauséabonde de la pourriture végétale et plus il se débattait plus le limon l'aspirait. Il ne pouvait rien faire d'autre pour ne pas se noyer. Puis il sentit l'eau recouvrir son visage. Il savait qu'il serait incapable de retenir sa respiration plus de quelques secondes. Les dernières de sa vie. Assez longues pour se maudire de sa stupidité et regretter toutes les sottises qu'il avait commises pendant ses soixante-cinq années passées sur cette terre.

Il attendait le choc de l'eau froide emplissant ses poumons quand une main se referma autour de son poignet encore à la surface. Une autre main la rejoignit et leur force combinée réussit à le hisser hors de l'eau. Très vite elles l'agrippèrent sous les aisselles, le dégagèrent des griffes de la vase, le tirèrent sur le sentier.

Allongé sur le dos, tremblant de froid de la tête aux pieds, Enzo aspira bruyamment de l'air pour gonfler ses poumons d'oxygène régénérateur. Les yeux ouverts, il fixait les étoiles qui scintillaient comme des joyaux incrustés dans un univers auquel, à sa stupéfaction, il appartenait encore. Un visage se glissa au-dessus du sien. Un visage éclairé par la lune. Jeune, inquiet. Enzo fut sidéré de voir que son poursuivant ne devait pas avoir plus de dix-sept ou dix-huit ans.

– Ça va ? demanda l'adolescent.

Lorsqu'il finit par retrouver sa voix, Enzo bafouilla :

– Non, ça ne va pas ! Est-ce que j'ai l'air d'aller bien, putain ?

Le garçon parut affligé.

– Je suis désolé, murmura-t-il.

Sur ce, il se redressa et s'éloigna en courant sur le sentier, dans la direction d'où ils étaient venus.

Furieux, Enzo se souleva sur un coude et cria :

– Qu'est-ce que ça veut dire ? Revenez ici, espèce de petit salopard !

Mais l'autre avait déjà disparu, avalé par la nuit. Enzo se rallongea plusieurs minutes avant de pouvoir respirer normalement, et trouver la force de se relever.

Seules quelques tables de la salle à manger étaient occupées lorsqu'il se présenta à la réception de l'hôtel, dégoulinant d'eau et tremblant violemment de froid. Sa queue-de-cheval s'était défaite depuis longtemps, ses cheveux pendaient en mèches désordonnées sur ses épaules. Le réceptionniste le regarda d'un air stupéfait ; dans la salle à manger, des têtes curieuses se tournèrent vers lui.

– Vous allez bien, monsieur ? demanda le jeune homme.

Enzo tendit la main et grogna :

– Ma clé, s'il vous plaît.

Chapitre 27

Il faisait jour, mais le soleil ne s'était pas encore levé au-dessus des falaises, derrière le village. Le ciel était clair, le froid mordant. Une légère brume s'élevait paresseusement de la surface de la Dordogne dans l'air matinal lorsqu'Enzo sortit du Fénelon.

Un repas chaud et huit heures de sommeil l'avaient en partie remis sur pied. Et après un copieux petit déjeuner composé de café au lait et de pains au chocolat, il se sentait en forme pour la journée. Enfin presque. Tous ses muscles étaient ankylosés. Toutes ses articulations douloureuses. Il avait mal partout dès qu'il mettait un pied devant l'autre, mais il s'obstinerait à avancer jusqu'à ce que son sang, en circulant, redonne à ses mouvements un semblant de normalité.

En outre, il voulait refaire le circuit de la poursuite de la veille, connaître et comprendre le plan de ce village qui lui avait paru d'une complexité si déroutante dans le noir. Replacer la maison d'Anny et le square adjacent dans leur contexte. Il passa la demi-heure suivante à déambuler au milieu du labyrinthe de rues, ruelles et sentiers de cet enchevêtrement médiéval de bâtisses en pierre. Ses cours, jardins, passerelles, chemins, et les cours d'eau transparents qui disparaissaient sous les rues étroites avant de se déverser dans la rivière entre des affleurements rocheux.

Finalement, il se retrouva sur l'esplanade d'où il contempla, en contrebas, le lieu du désastre de la veille au soir. Les vestiges de la barque sur laquelle il avait tenté de monter avaient disparu. Engloutis dans la vase. Sa corde emmêlée gisait sur le sentier à côté des débris qu'il avait rapportés avec lui de la rivière. Le sol était encore mouillé.

Une voix, dans son dos, le fit sursauter. Un homme ratatiné par l'âge, la peau tannée par des décennies de soleil, se tenait près de lui, souriant derrière le bleu clair incongru de son masque. Il portait une casquette en tissu et une veste bleue élimée.

– Ah ça, il n'en reste plus beaucoup, de ces vieux bateaux. Je crois bien qu'on les laisse attachés à la berge pour que les touristes les prennent en photo. Ils sont presque tous remplis d'eau la moitié de l'année. Le bois est tout pourri. (Il hocha la tête vers l'aval de la rivière.) Y en a des neufs maintenant, qui flottent bien, mais je voudrais pas risquer de tomber à l'eau. Un véritable égout depuis des siècles. (Il gloussa.) Vous vous voyez nager entre les étrons.

Enzo blêmit.

De retour à l'hôtel, il resta un instant à l'extérieur, où son téléphone captait encore la Wi-Fi, pour rechercher Carennac sur Google Earth et tenter de repérer les endroits par lesquels il venait de passer au cours de ces trente dernières minutes. Il comprit, enfin, sa configuration.

Glissant son téléphone dans sa poche, il alla chercher sa voiture pour se rendre de l'autre côté de la Dordogne, à Bétaille. Au sommet de la colline, le château dominait un ensemble disparate de maisons et l'église en brique rouge un peu excentrée du côté est. À la sortie du village, il vit le double garage aux encadrements de portes et de fenêtres à damier décrit par Anny. Dire que l'appartement du premier étage avait abrité, des dizaines d'années auparavant, certaines des œuvres les plus précieuses du monde. Ainsi qu'une copie parfaite de *La Joconde*.

À Vayrac, il se gara devant la gendarmerie, immeuble quasiment anonyme derrière son portail métallique vert, et, par l'interphone, demanda à s'entretenir avec le capitaine Arnaud.

Lorsqu'on le laissa enfin entrer, il attendit à la réception que le capitaine puisse le recevoir. Ce qui lui laissa le temps de réfléchir à ce qu'il allait exactement lui dire. Sur ses découvertes. Sur l'agression du soir précédent qui aurait pu le tuer. Mais il avait du mal à se concentrer car une dame entre deux âges sermonnait à très haute voix le préposé à l'accueil. Elle portait des bottes en caoutchouc couvertes de boue et une salopette bleue dégoûtante, comme si elle venait juste de sortir de sa ferme. Ses cheveux gris emmêlés et frisottés étaient retenus sur sa nuque par une pince, et ses joues rouges d'indignation au-dessus de son masque tiré sous le menton.

– Et où je me situe, moi, sur votre liste de priorités ? Tout en bas ? Vous êtes trop occupés à vous planquer aux coins des rues pour coincer les pauvres gens qui dépassent de cinq kilomètres la vitesse autorisée ?

Le gendarme recula un peu, remonta son masque en haut de son nez et soupira :

– Nous faisons de notre mieux, madame, mais nous avons un meurtre sur les bras en plus d'une série de cambriolages dans la région. Et pas plus tard qu'hier soir, il y a eu du grabuge dans un bar entre des locaux et des gitans. Alors la disparition d'une bicyclette peut difficilement être qualifiée de problème urgent.

– Ni de problème tout court, on dirait. Ça fait plus d'une semaine et personne ne s'est donné la peine de passer à la maison. Ce vélo coûte une fortune. De l'argent que mon mari et moi avons eu du mal à mettre de côté. Le garçon en a le cœur brisé. C'était le cadeau de ses seize ans, vous imaginez. (Elle secoua la tête vigoureusement.) Qu'est-ce que c'est que ce monde où des gens volent un vélo à un garçon devant sa propre porte ?

Et sans attendre la réponse du gendarme, elle ajouta :

– Un monde où ceux qui devraient maintenir l'ordre sont des bons à rien, comme vous.

Sur ce, elle fit demi-tour vers la porte. Au moment de l'ouvrir, elle se retourna pour lancer par-dessus son épaule une dernière insulte :

– Putains de cons !

Enzo s'étonna de son audace. En France, les gendarmes n'étaient pas à traiter à la légère. Afin d'atténuer le coup, il adressa un sourire de sympathie au planton qui, vexé d'avoir perdu la face, le fusilla du regard.

Le capitaine Arnaud apparut alors à la porte de son bureau et fit signe à Enzo d'entrer. Tout en remontant son masque, il alla reprendre sa place et désigna un siège :

– Désolé de vous avoir fait attendre, monsieur Macleod. Ces derniers jours ont été plutôt mouvementés.

– Vous avez avancé ?

– Oui. (Il se recula dans son fauteuil et sourit.) Je crois que nous avons à peu près résolu ce qui s'est passé.

Intrigué, Enzo se pencha en avant.

– Ah bon ? Racontez-moi.

– Nous sommes allés interroger les gens du village, chez eux, et trouvé une vieille dame qui avait rencontré Bauer l'après-midi du meurtre. Il l'a abordée à l'arrêt de bus et lui a demandé la direction de la maison d'Anny Lavigne. Manifestement pour repérer à l'avance où elle habitait. Ensuite, le propriétaire du Fénelon a signalé qu'il était au bar de l'hôtel ce soir-là peu de temps avant que Narcisse ne sorte. Et bien que personne n'ait vu Bauer quitter le bar, il ne s'y trouvait plus quelques instants plus tard.

– Vous pensez donc que Bauer a suivi Narcisse chez Anny Lavigne ?

– Non. Je pense qu'il savait où il allait, et qu'il a pris un chemin différent. Juste en face de l'hôtel, il y a un portail, celui du jardin d'une résidence secondaire occupée en été seulement. Un sentier le traverse jusqu'en haut, où un autre petit portail donne sur l'allée qui longe l'arrière de la maison de madame Lavigne. De là, des marches mènent à sa terrasse, sur le côté. En passant par là, Bauer pouvait arriver avant Narcisse et entrer par la porte latérale, qui n'est jamais verrouillée.

Enzo réfléchit, en se représentant le parcours grâce à ses pérégrinations du matin et à la photo de Google Earth. Il se souvenait également de ce portail, juste en face de l'hôtel, du chemin grimpant à travers le jardin, de la petite porte que Bauer aurait utilisée pour accéder à la terrasse d'Anny.

– Et quel était son mobile ?

– Celui de Bauer ?

– Oui. Pour tuer Narcisse.

Arnaud haussa les épaules.

– Aucune idée. Est-ce que c'est vraiment important de savoir pourquoi il l'a tué ?

– Pas si vous êtes Chinois et ne croyez pas aux mobiles. Dans ce cas, tout ce dont vous avez besoin, c'est la preuve qui suffit à établir la culpabilité. Mais dans l'affaire qui nous intéresse, vous ne l'avez pas, cette preuve. Donc le mobile est important. Comprendre pourquoi Bauer aurait tué Narcisse est crucial pour affirmer si oui ou non il est coupable.

– Vous pensez qu'il ne l'est pas ?

– Je pense que le doute est suffisant pour que nous cherchions une autre explication.

– Quel doute ? s'étonna Arnaud. Nous savons qu'il était là. Il a laissé ses empreintes sanglantes sur la porte, et aussi dans sa chambre d'hôtel avant de disparaître.

– Nous y reviendrons plus tard. Saviez-vous que Bauer et Narcisse s'étaient rencontrés à Paris, dans la galerie de ce dernier, deux jours avant le meurtre ?

Arnaud pâlit. Peut-être commençait-il à soupçonner que son enquête n'avait pas été menée de manière aussi approfondie qu'elle aurait dû l'être.

– Non, je l'ignorais. Nous avons envoyé quelqu'un interroger les collaborateurs de Narcisse à Paris, et saisir tous ses ordinateurs. (Il secoua la tête.) Mais nous n'avons rien trouvé d'utile.

– Son protégé m'a appris que la rencontre avait été brève et houleuse. Bauer s'est emporté ; une heure plus tard environ, Narcisse réservait une place dans le train de Brive et une chambre au Fénelon.

– Vous êtes allé à Paris ?

– Et aussi en Allemagne.

Il vit la mâchoire d'Arnaud se décrocher derrière son masque.

– J'ai effectué quelques recherches sur Bauer, poursuivit Enzo. Vous savez déjà, bien sûr, qu'il avait été condamné pour agression. Mais ce n'est pas la seule bagarre à laquelle il a été mêlé. Ce jeune homme semble avoir un caractère redoutable et un passé violent. Les violences les plus récentes ayant été exercées contre sa petite amie. Violences toujours suivies de honte et de remords. Ce qui ne l'empêchait pas de recommencer.

– Il avait donc un grief contre Narcisse et serait arrivé avant lui pour l'attendre et se venger, dit Arnaud, qui se sentait retomber sur un terrain plus sûr.

– Peut-être. Pourtant, nous ne sommes pas devant une agression frénétique déclenchée par la colère. Il n'y a eu qu'un seul coup de couteau délibéré.

– Ensuite, il a paniqué et cherché à sortir au plus vite de la maison.

– En glissant dans le sang de sa victime et en laissant ses empreintes sur toute la porte ?

Enzo était plus que sceptique.

– Ça se tient, s'il était paniqué, se défendit Arnaud.

Enzo secoua lentement la tête.

– Pourquoi n'est-il pas reparti par où il était entré ? Par la porte de la terrasse. Il n'aurait pas eu à enjamber le corps et n'aurait pas glissé sur le sang.

Arnaud ouvrit la bouche pour suggérer une explication plausible, mais n'en trouva aucune.

– Et pourquoi aurait-il paniqué au bout de plusieurs minutes, seulement ?

Après l'avoir fixé en silence pendant un long moment, Arnaud lança :

– Comment le savez-vous ?

– À la périphérie des éclaboussures de sang, les gouttes ont eu le temps de sécher partiellement avant qu'il ne glisse dessus. Ce qui a pris deux, voire trois minutes. Tout ça ne tient pas debout, capitaine. La préméditation ne cadre pas avec le caractère de Bauer. Il aurait planifié son crime. Attendu Narcisse. Et l'aurait tué de sang-froid. Ensuite, il se serait attardé quelques minutes, puis aurait soudain paniqué, au point de se ruer hors de la maison en piétinant le sang de sa victime.

La logique d'Enzo paraissait sans faille.

– Que s'est-il passé alors, selon vous ?

– Je ne sais pas encore, soupira Enzo. Cependant, quelqu'un redoute que je le découvre.

Arnaud fronça les sourcils.

– Qui donc ?

– Je ne le sais pas non plus. Mais, hier soir, on a failli me tuer.

– Quoi !?

Enzo raconta en détails la poursuite dans les rues obscures de Carennac jusqu'à son bain dans la rivière. Arnaud l'écouta avec une incrédulité croissante.

– Cet adolescent a essayé de vous tuer ?

– Pas exactement. En fait, il m'a sauvé la vie, finalement.

– Pourquoi vous poursuivait-il ?

– Aucune idée.

– À quoi ressemblait-il ?

Enzo secoua la tête.

– Je ne saurais vous le dire. Je n'ai pas pris de notes sur le moment.

Il se leva. Arnaud l'imita.

– C'était peut-être une erreur de vous impliquer dans cette affaire, monsieur Macleod. Je ne me le pardonnerais jamais s'il vous arrivait quoi que ce soit.

– Ça ne me plairait pas trop non plus, répliqua Enzo en se dirigeant vers la porte.

Brusquement, il s'arrêta :

– Oh, au fait, les restes découverts dans le square il y a deux semaines...

– Oui ?

– Ce sont ceux d'un officier de la *Luftwaffe* qui était marchand d'art dans le civil. Il s'appelait Karlheinz Wolff. Apparemment, il fournissait Göring en œuvres d'art volées. Et Göring lui avait demandé de lui obtenir *La Joconde* pour sa collection privée.

Abasourdi, Arnaud cligna plusieurs fois des yeux.

– Mais... mais *La Joconde* avait été mise à l'abri à quelques kilomètres d'ici, au château de Montal, pendant les dernières années de la guerre.

– Ce qui explique sa présence dans le coin.

Enzo se retourna, puis s'arrêta une nouvelle fois, et annonça, comme s'il venait juste d'y penser :

– Ah, autre chose encore. Hans Bauer est le petit-fils de Wolff.

*

Après avoir jeté cette grenade à la figure du capitaine Arnaud, Enzo referma la porte et s'approcha du comptoir où le planton de service remplissait des formulaires.

– Excusez-moi.
– Oui ? dit l'autre sans se donner la peine de lever les yeux.
– La femme qui était là tout à l'heure.
Le policier rougit un peu et regarda Enzo :
– Eh bien ?
– Elle a signalé le vol d'un vélo.
– Oui.
– Quand ?
– L'information est confidentielle, monsieur.
– Si on demandait au capitaine, alors ? Mais j'imagine qu'il ne sera pas très content d'être dérangé au milieu de son enquête sur un meurtre.
Comme Enzo faisait mine de retourner dans le bureau d'Arnaud, le gendarme se leva et lui jeta un regard noir :
– Inutile. Je vais vérifier.
Il alla s'asseoir devant son ordinateur, tapa avec deux doigts sur le clavier et déclara finalement :
– Il y a dix jours. Pendant la nuit.
L'Écossais fit un rapide calcul :
– La nuit du meurtre à Carennac, donc.
Le gendarme réfléchit un instant avant d'acquiescer.
– Où habitent ces gens ?
– Une ferme au lieu-dit Les Arses.
Enzo ne put s'empêcher de glousser.
– Les Arses[1] vraiment ?
– Oui, et alors ?
– Rien, rien. Où est-ce ?
– À deux kilomètres de Carennac, sur la route d'Alvignac.

La ferme se voyait de la route. Un chemin de terre plein d'ornières menait, entre des arbres, à une cour flanquée d'un côté d'un hangar et de l'autre d'une grosse maison pittoresque

1 *Arse*, en anglais mot d'argot signifiant *cul*.

aux volets bleu électrique. Des canards s'égaillèrent devant la voiture d'Enzo. La femme qu'il avait croisée à la gendarmerie surgit du hangar, un seau à la main, la mine renfrognée. Son masque pendait toujours sous son menton. Dès qu'il mit un pied à terre, elle lança :

– Vous étiez à la gendarmerie.

– Oui, dit-il, surpris qu'elle l'ait remarqué.

– Vous avez des nouvelles du vélo ?

– Non, je regrette.

– Qu'est-ce que vous voulez, alors ?

– Je suis consultant sur le meurtre commis à Carennac le soir où le vélo de votre fils a été volé.

Elle eut l'air étonnée.

– Il y a un rapport ?

Enzo haussa les épaules.

– Je ne sais pas, mais cela m'aiderait si vous pouviez me raconter exactement ce qui s'est passé.

Tout en soufflant bruyamment, elle commença à jeter des poignées de grains aux canards qui, très excités, se regroupèrent autour d'elle en faisant un tel boucan qu'elle dut élever la voix :

– Il était là, dans le hangar, appuyé contre ce montant. On pouvait pas imaginer qu'il risquait quelque chose.

Enzo jeta un coup d'œil par-dessus son épaule et se rendit compte qu'il devait être visible depuis la route.

– Il coûte les yeux de la tête. Un beau vélo de course à dix-huit vitesses. C'est la passion d'Enzo, vous savez. Il a tout l'équipement, tout. Les chaussures, le casque. Quand c'est le tour de France, on peut plus l'arracher à la télé.

– Enzo ? fit Enzo en souriant.

– Mon fils, oui. Il s'appelle comme ça. Ça pose un problème ?

– Non, absolument aucun, la rassura-t-il.

Un peu après dix heures, il était de retour dans sa chambre, au Fénelon. Assis sur le lit, il consulta les cartes et les brochures du présentoir posé sur la commode, sous le miroir. Il y avait une carte simplifiée, à grande échelle, de la région qui englobait Rocamadour, le deuxième site le plus visité de France, à une vingtaine de kilomètres. Du doigt, il suivit la ligne bleue de la route d'Alvignac qui serpentait en montant vers le lieu-dit Les Arses. Puis il la mit de côté et réfléchit à ce qu'il avait appris dans la matinée, tout en feuilletant machinalement les prospectus. Il s'arrêta sur celui d'un gîte à louer à Padirac. Le nom lui sembla familier ; il consulta à nouveau la carte et repéra le village de Padirac, à treize kilomètres au sud de Carennac. Ce qui ressemblait à un chemin agricole coupait à travers la campagne à partir d'un lieu appelé Broche, juste après Les Arses, raccourcissant la distance d'au moins deux kilomètres. Il ouvrit le dépliant ; on y disait que la maison de vacances se trouvait à quelques minutes du gouffre de Padirac. Un nouveau coup d'œil à la carte lui montra qu'il était vraiment très proche. Le gîte se louait de Pâques à la fin septembre. Donc, pour le moment, il était fermé.

Enzo ne connaissait pas ce site. Il lut sur une autre brochure qu'on pouvait le visiter en achetant un ticket en ligne ou par téléphone. On le décrivait comme l'attraction souterraine la plus extraordinaire de la région. Le trou lui-même mesurait 103 mètres de haut sur 33 mètres de large. Au fond, il y avait une rivière souterraine et une succession de grottes auxquelles on accédait par un ascenseur et un escalier. Ensuite, on suivait la rivière en barque et on visitait les salles à pied.

Enzo posa la brochure et reprit le dépliant du gîte qu'il tapota pensivement du bout des doigts avant de regarder l'heure. Madame Lavigne devait déjà l'attendre depuis un petit moment. Il ramassa sa sacoche, qu'il avait laissée toute la nuit sur le radiateur pour la faire sécher, et se dépêcha de descendre à la réception. Il n'y avait personne. Mais il avait sous les yeux les clés des chambres accrochées au tableau, derrière le comptoir. Le numéro cinq, il le savait, était celle que Bauer avait occupée. Il jeta un rapide coup d'œil autour de lui, se glissa derrière le comptoir et s'empara de la clé. Puis il se hâta de remonter au premier.

La chambre numéro cinq était une réplique exacte de la sienne. Sachant qu'elle n'avait pas été occupée depuis le meurtre, Enzo alla directement au présentoir des cartes et brochures qu'il écarta d'un doigt nerveux à la recherche du dépliant sur le gîte de Padirac.

Il sursauta en entendant la porte s'ouvrir, et leva des yeux coupables vers le jeune propriétaire de l'hôtel qui l'observait avec curiosité :

– Que faites-vous là ?

Enzo chercha une excuse plausible et répondit, tout en riant de sa stupidité :

– Je me suis trompé de clé. Je viens juste de m'apercevoir que ce n'est pas ma chambre.

Il vit le regard du jeune homme se porter sur les brochures dans sa main.

– J'essayais de trouver le dépliant que j'avais déjà consulté sur un gîte, à Padirac. Vous mettez les mêmes prospectus dans toutes les chambres ?

– Chaque chambre a exactement les mêmes. Pourquoi ?

Enzo haussa les épaules et avança la main qui les tenait.

– Il manque celui sur le gîte de Padirac.

Le propriétaire fronça les sourcils.

Anny lui cria d'entrer quand il frappa à la porte de la cuisine. Elle était assise dans son rocking-chair habituel, devant la cheminée. Il faisait chaud dans la maison ; elle avait sans doute entretenu le feu en l'attendant.

– Vous êtes en retard, dit-elle.

– Toutes mes excuses, madame. J'ai dû me rendre à la gendarmerie pour voir le capitaine Arnaud.

– Ah ! s'exclama-t-elle avec une certaine dérision dans la voix. Il avance dans son enquête ?

Enzo secoua la tête.

– Apparemment non. Puis-je vous préparer une tasse de thé ou de café avant que nous commencions ?

– Non, merci. (Elle lui fit signe de s'asseoir.) Vous avez entendu la nouvelle ?

Intrigué, il la regarda tout en se laissant tomber dans son fauteuil.

– Quelle nouvelle ?

– Hier soir, le gouvernement a annoncé le rétablissement d'un confinement national. Le nombre de cas de Covid recommence à augmenter de manière exponentielle.

Ce fut un choc pour Enzo. Il n'avait pas suivi les événements des derniers jours.

– À partir de quand ?

– Ce soir, minuit. Pour moi, ça ne change pas grand-chose. Je n'ai nulle part où aller.

Enzo, en revanche, savait que si les restrictions étaient identiques à celles imposées au printemps, il ne pourrait pas s'éloigner de plus d'un kilomètre de son domicile. Sa consultation sur le meurtre n'étant pas rémunérée, elle ne pouvait être considérée comme un travail. Il n'aurait donc pas l'autorisation de voyager. Ce qui signifiait que s'il ne parvenait pas à conclure son enquête avant minuit, il serait obligé de se retirer sans avoir rien résolu. Et il estimait Arnaud incapable d'y parvenir sans son aide.

Ne vous pressez pas, surtout ! pensa-t-il.

– La situation échappe à notre contrôle, monsieur Macleod. Mais quoi qu'il en soit, j'ai hâte de terminer. Raconter cette histoire a réveillé en moi des souvenirs malheureux. C'est très perturbant d'avoir un meurtre commis dans sa propre maison. J'ai accepté de vous parler. Mais maintenant, j'aimerais vraiment tirer un trait sur tout ça.

– Bien sûr. Je vous présente encore mes excuses.
Il lui lança un regard plein d'espoir avant d'ajouter :
– Je suis prêt. Quand vous voulez, madame.

Chapitre 28

La première année de Georgette dans son nouveau cadre de vie s'est vite transformée en une routine monotone, mais agréable. Et surtout, la guerre semblait à des millions de kilomètres.

Elle aimait bien sa maison. Une bâtisse en pierre, en forme de L, au-dessus d'une grande cave. Au rez-de-chaussée, une cuisine rustique, une chambre, un grand salon avec une énorme cheminée. Le grenier n'était pas encore aménagé. Située au centre du village de Carennac, elle possédait, sur le côté, une terrasse qui donnait directement sur un petit jardin.

Le propriétaire n'ayant pas laissé de testament à sa mort, la mairie en était temporairement dépositaire et l'avait mise à sa disposition.

Ce qui lui plaisait moins, en revanche, c'était le trajet à vélo entre Carennac et le château de Montal. Même si la route qui longeait le lit sinueux de la Dordogne était plate, il fallait bien compter cinquante minutes. Au printemps et en automne, elle trouvait la balade facile et agréable, mais en pleine chaleur estivale, elle arrivait trempée de sueur. Et, en hiver, quand la température pouvait tomber à moins dix ou moins quinze, un brouillard glacé recouvrait souvent la campagne.

Dès le début, elle avait pris la décision d'installer un lit de camp dans la grande salle du rez-de-chaussée, la pièce la plus vaste du château, où la plupart des œuvres étaient stockées dans leurs caisses, dont *La Joconde*. René Huyghe insistait encore pour que Mona Lisa passe la journée auprès de lui, dans la chambre de Nine, au premier étage, mais Georgette la lui arrachait chaque soir pour dormir avec elle, au milieu des caisses, dans la grande salle, appelée aussi salle des gardes. Cette pièce voûtée, avec son sol de pierre et sa cheminée finement sculptée, fraîche et propice au sommeil l'été, devenait une véritable glacière l'hiver, même quand il y avait du feu dans la cheminée. Georgette rentrait souvent chez elle le matin, à vélo, afin de rattraper son manque de sommeil et emmagasiner un peu de la chaleur de son lit pendant la journée.

La nourriture paraissait abondante dans cette région du sud-ouest de la France. Au château, tout le monde mangeait très bien, les conservateurs comme les gardiens. Canard, oie, agneau, bœuf limousin, merveilleuses salades au fromage et aux gésiers, généreusement agrémentées de noix provenant des arbres qui poussaient partout. Les fruits non plus ne manquaient pas. Et il y avait plusieurs sortes de vins rouges locaux, pas très raffinés mais buvables.

Dans ces conditions, il devenait facile d'oublier que le monde était en guerre et l'issue très incertaine. Depuis le début, ils avaient à peine vu quelques soldats allemands ; Georgette partait fréquemment en excursion sur son vélo pour explorer cette région riche en forêts, arbres fruitiers, tabac, céréales, entre les falaises encadrant rivières et cours d'eau qui, dans un passé très lointain, avaient creusé leur lit à travers la roche. Elle se rendait également assez souvent à la ville voisine de Saint-Céré pour acheter des produits frais et des vêtements au marché qui se tenait sur la place médiévale du Mercadial, au pied de la colline où se dressaient les tours de Saint-Laurent, ancienne fortification dominant la ville et la campagne environnante.

Elle ne s'inquiétait pas spécialement de ne pas avoir de nouvelles de Lange. Il lui manquait, mais son absence signifiait que Karlheinz Wolff n'était pas encore sur le point de passer à l'action. Elle n'avait pas non plus revu Wolff depuis le jour de son arrivée, à Bétaille. Les deux hommes s'étaient en quelque sorte estompés dans un passé qui lui paraissait beaucoup plus sombre et lointain maintenant, vu de sa position privilégiée, sous le soleil du Sud.

Cependant, au printemps 1944, ces mois d'idylle relative touchaient à leur fin. Les rumeurs d'un débarquement allié en Europe circulaient dans les villages et sur les marchés. La guerre se passait mal pour les Allemands après leur défaite de l'année précédente en Afrique du Nord, et le front de l'Est stagnait dans une impasse sanglante avec la Russie. La résistance française, communément appelée le maquis, accomplissait de plus en plus d'actions dans la région. Des sabotages de ponts et de voies de chemin de fer entraînaient des représailles féroces de la part des Allemands ; à Montal, l'ambiance devenait fébrile et tendue.

Une nuit de cette année-là, vers la fin mai, la chaleur empêchait Georgette de dormir. Allongée sur son lit de camp en toile, les yeux grands ouverts, elle fixait le plafond voûté de la salle des gardes. Le clair de lune pénétrait à flot par les fenêtres dont elle n'avait pas fermé les volets, et dessinait des ombres profondes autour des caisses muettes. Dehors, l'air retentissait des stridulations des cigales et du coassement de centaines de grenouilles, une cacophonie assourdissante dans le calme étouffant du petit matin.

Finalement, elle s'est levée, a enfilé ses chaussures et s'est rendue dans la pièce voisine, la salle Robert de Balsac, où elle s'est faufilée entre les caisses de tableaux jusqu'à la porte de la tourelle nord ; une petite cuisine y avait été aménagée pour le personnel. Puisqu'elle ne parvenait pas à trouver le sommeil, autant se faire un café. Elle a posé la bouilloire sur un petit réchaud à gaz et, en attendant que l'eau chauffe, est retournée dans le salon d'où elle a regardé dehors par une fenêtre. Le gravier blanc scintillait sous la lune. Les deux ailes du château formaient un angle droit. Une rangée d'arbres bordait le côté nord-est de la cour où deux bancs en pierre étaient installés ; au-delà s'étendait le jardin, consacré désormais à la culture des légumes. Entre les arbres du côté sud-est, un portail donnait sur une allée qui contournait la colline et passait devant les dépendances où logeaient les gardiens ; plus bas une route conduisait au village de Saint-Jean-Lespinasse. Georgette voyait la silhouette d'un des gardiens assis sur le mur, à côté de la porte, sa cigarette rougeoyait dans l'obscurité.

C'est alors qu'elle a entendu des voix qui paraissaient provenir de l'escalier situé à l'autre bout du salon – le grand escalier du château, aux pierres usées par le temps, à l'angle des deux ailes. À l'extrémité de l'aile nord, là où elle se trouvait, un autre, beaucoup plus étroit, à l'usage des domestiques, montait jusqu'au grenier. Les voix provenaient des hauteurs. Des voix d'hommes, étouffées. À la lumière de la lune qui s'infiltrait par les meurtrières, Georgette a lentement gravi les marches en bois, sur la pointe des pieds, grimaçant à chaque craquement.

Au premier étage, les voix étaient plus fortes, amplifiées par la pierre des murs et du sol. Georgette s'est glissée entre les caisses entassées jusqu'au plafond dans la chambre seigneuriale et la salle d'honneur, pour gagner le palier du grand escalier. Là, une porte donnait sur la chambre Fenaille et la tour nord-ouest. Cette porte était entrebâillée ; une lueur vacillante jetait vers Georgette de longues ombres dansantes. Reconnaissant la voix de René Huyghe, elle a jeté un coup d'œil dans l'ancienne chambre à coucher et vu une demi-douzaine d'hommes regroupés comme des conspirateurs autour d'un chandelier posé par terre au milieu des caisses. Huyghe s'adressait à eux ; certains élevaient de temps en temps la voix pour exprimer leur désaccord, rabroués aussitôt assez sèchement et priés de baisser le ton. C'étaient des paysans d'allure rude, en bottes et salopette, veste et casquette ; parmi eux, elle a reconnu un visage. Celui d'un des gardiens, Jean-Luc Percet. Un homme d'une quarantaine d'années à la tignasse noire et indisciplinée parsemée de fils d'argent. Toujours souriant, prompt à rire et à blaguer.

De peur d'être repérée, elle s'est reculée et collée au mur, tout en essayant de suivre la discussion. Il lui semblait qu'ils parlaient de faire sauter la voie ferrée près de la ville de Gramat, à quelques kilomètres au sud de Montal. Georgette écoutait, le cœur battant, si fort qu'elle était persuadée d'en entendre l'écho sur les murs du vieux château. Le désaccord, entre eux, portait sur la date, et aussi sur l'endroit précis. Les Allemands utilisaient cette ligne pour expédier des troupes et des munitions vers le nord ; la destruction d'une jonction ferroviaire au sud de la ville provoquerait une interruption considérable de la circulation des trains. Mais elle était bien gardée, l'entreprise serait risquée.

Finalement, ils ont paru se mettre d'accord. Georgette se préparait à revenir rapidement sur ses pas pour se cacher au milieu des caisses de la chambre seigneuriale. Mais, personne ne s'en allait. Alors, sa curiosité l'emportant, elle a rassemblé son courage et jeté un nouveau coup d'œil à l'intérieur de la chambre Fenaille. Les hommes étaient maintenant agglutinés autour de la porte ouverte de la tour nord-ouest, porte qu'elle avait toujours vue fermée à clé. Huyghe, sur le seuil éclairé, leur remettait des fusils, des pistolets, et des sacs à dos qui devaient sûrement contenir des explosifs.

Retenant sa respiration, elle a filé sur la pointe des pieds. Huyghe cachait des armes dans le château pour les donner au maquis ! C'était de la pure folie. Si les Allemands débarquaient sans prévenir pour inspecter les lieux, ils enverraient tout le monde dans des camps de travail. Et Dieu seul savait ce que deviendraient les œuvres d'art qu'ils essayaient de protéger contre les ravages de la guerre.

À présent, c'était le soleil qui projetait ses rayons éblouissants sur les dalles de pierre du château de Montal, et la voix de Georgette, montée dans les aigus, qui résonnait sous les voûtes. Elle traversait la salle Robert de Balsac à grandes enjambées, derrière Huyghe.

– Vous êtes complètement idiot !

Indifférent, il avançait entre les caisses.

– Vous appartenez à la résistance, n'est-ce pas ?

Alors, s'arrêtant brusquement, il s'est retourné pour répliquer d'une voix réduite à un sifflement :

– Ne répétez jamais ça ! Vous m'entendez ? À personne.

– Mais c'est la vérité, et vous mettez tout notre travail en danger.

– Je sais ce que je fais.

– J'en doute beaucoup. Vous laissez votre cœur commander à votre tête. C'est de la folie de cacher des armes au château.

– Parlez plus bas ! a-t-il soufflé en se penchant vers elle.

Puis, regardant autour de lui comme s'il avait peur qu'on les entende :

– Votre problème, George, c'est que vos priorités ne sont pas les bonnes. Qu'est-ce qui est le plus important pour vous, hein ? L'art ou la liberté ?

– Les deux, a-t-elle rétorqué avec emphase. On ne peut pas sacrifier l'un pour l'autre et présumer que l'un vaut plus que l'autre.

Exaspéré, Huyghe est passé dans la salle des gardes, ses talons claquant d'agacement sur les dalles.

Trois jours plus tard, ils apprenaient que le maquis avait fait sauter la principale voie ferrée au sud de Gramat. Angoissée, Georgette attendait les représailles. À son grand soulagement, il n'y en a pas eu. Du moins, pas dans le voisinage immédiat. Quelques jours plus tard, René Huyghe est venu la trouver dans un état d'esprit fort différent de la dernière fois où il lui avait parlé.

Elle arrivait à vélo de Carennac. Il l'a prise par le bras et emmenée au premier étage, dans la chambre de Nine, dont il a fermé la porte derrière eux. Après la pluie tombée pendant la nuit, les nuages bas baignaient la pièce d'une lumière crépusculaire assez lugubre. Le visage de Huyghe semblait très pâle dans l'ombre. Sa voix tremblait imperceptiblement quand il a murmuré :

– Paris vient de me prévenir. Les Allemands envoient un détachement de soldats fouiller le château. Cette mesure de répression concerne tous les dépôts du Louvre. Apparemment, ils ont reçu du haut commandement l'autorisation de faire ouvrir n'importe quelle caisse.

Georgette était horrifiée.

– Qu'est-ce qu'ils cherchent ?

Huyghe a blêmi et évité de croiser son regard.

– Des armes. Mais c'est juste une excuse pour confisquer des œuvres.

Elle a fermé les yeux ; un millier d'épithètes injurieux voltigeaient dans sa tête. Cependant, elle s'est interdit de les prononcer à haute voix. Cela n'aurait servi à rien. Elle a essayé de se concentrer pour réfléchir.

– Les armes sont toujours au château ?

Il a hoché la tête.

– Il faut les sortir d'ici. Quand les Allemands doivent-ils venir ?

– Demain matin, sans doute.

– Bon sang ! Où peut-on les mettre ?

– Dans la cave de votre maison, à Carennac.

La grisaille de la veille s'était dissipée ; le ciel bleu était maintenant ponctué de petits nuages blancs qui dérivaient au-dessus des collines entourant la vallée de la Dordogne. Ils ne tarderaient pas à s'évaporer dans la chaleur. Le soleil de cette fin de printemps éclairait par bandes un paysage verdoyant et fleuri où les fruits commençaient à se former dans les vergers de la plaine. Après une matinée fraîche, l'atmosphère se réchauffait et devenait de plus en plus agréable, promettant un après-midi digne du plein été.

Mais, bientôt, la tranquillité de ce début de journée a été troublée par le vrombissement de deux chars Panzer V qui se sont immobilisés au pied de la colline, sans couper leurs moteurs. Un camion bâché est monté jusqu'au château; des soldats d'élite de la SS ont sauté à terre et se sont dispersés dans la cour.

Le commandant du détachement est arrivé au volant de sa Kübelwagen, un véhicule léger équipé d'une pelle arrondie fixée au-dessus de l'aile et d'une roue de secours boulonnée sur le capot; la capote en toile était repliée vers l'arrière. Le *SS-Standartenführer* Harald Schneider a bondi par-dessus la portière sans l'ouvrir, projetant une ombre noire sur la castine. Il portait un pantalon large poussiéreux enfoncé dans des bottes en cuir brun, une courte veste croisée vert jonc, et un holster en cuir à la ceinture. Le col de sa chemise gris verdâtre était déboutonné; une casquette de *SS-Panzer* de la même couleur que sa veste recouvrait ses épais cheveux couleur paille. Il ne devait pas être pas beaucoup plus âgé que Georgette, mais il avait le regard désabusé de quelqu'un qui en a trop vu; la désillusion semblait peser sur ses épaules carrées.

Toute l'équipe du château, y compris les gardiens, s'était rassemblée en plein soleil pour l'accueillir. Une vingtaine de personnes en tout. Georgette se sentait très nerveuse, même si, à deux heures du matin, Huyghe, Jean-Luc Percet et elle-même avaient retiré toutes les armes de la tour nord-ouest, les avaient chargées sur un tracteur, et couvert les quatorze kilomètres jusqu'à Carennac pour les cacher dans la cave de sa maison.

Schneider les a toisés avec une indifférence suggérant qu'il aurait nettement préféré se trouver ailleurs. Une demi-douzaine d'hommes se sont alignés derrière lui, fusil en main, prêts à tirer.

– Qui est le responsable ? a-t-il demandé dans un français parfait.

Huyghe s'est avancé.

– C'est moi.

– Votre nom.

– Huyghe. René Huyghe.

– Eh bien, René Huyghe, nous sommes ici pour vérifier ce que vous détenez exactement dans ce château. (Il a marqué une pause.) Nous avons été informés que l'un de vos gardiens est le chef du maquis local.

Il a tiré de la poche de son pantalon un petit carnet relié en cuir pour le consulter.

– Un dénommé Jean-Luc Percet.

Georgette a vu Huyghe pâlir ; elle a jeté un rapide coup d'œil à Jean-Luc, debout à l'arrière de leur groupe.

– Il n'est pas ici, a dit Huyghe.

– Eh bien, nous verrons une fois que nous aurons contrôlé les papiers de chacun. En attendant, que tout le monde s'allonge à plat ventre dans la cour afin que nous puissions vous tenir à l'œil.

Lorsque Schneider s'est tourné vers ses hommes, Huyghe l'a attrapé par le bras pour attirer son attention. L'Allemand a pivoté et l'a foudroyé du regard :

– Ne me touchez pas !

Huyghe a reculé d'un pas, avec un calme apparent qui ne reflétait sûrement pas ce qu'il éprouvait réellement.

– Avec tout le respect que je vous dois, monsieur, un panneau apposé sur la façade, et fourni par votre propre *Kunstschutz*, interdit aux membres de l'armée de pénétrer dans ce bâtiment.

– Vraiment ?

D'un geste délibéré et très lent, Schneider a défait l'attache de son holster et dégainé son pistolet. Le bras raide comme une baguette, il l'a pointé directement sur sa tête, à quelques centimètres de son front.

– Eh bien, c'est moi qui décide, et mon autorité l'emporte sur tout ce que votre précieux *Kunstschutz* peut dire à ce sujet.

D'un geste aussi rapide qu'inattendu, il a empoigné le canon de son arme et frappé Huyghe à la tête avec la crosse.

Le conservateur est tombé à genoux. Aussitôt, ses mains ont volé vers son front et ses doigts se sont couverts de sang. Cependant, pas une plainte n'est sortie de sa bouche. Schneider a rengainé son pistolet et aboyé :

– À terre !

Tous les Français se sont baissés pour s'allonger sur la castine chaude.

– Pas vous ! a-t-il crié à Georgette. Vous accompagnerez mes hommes à l'intérieur du château. Dans chaque pièce. Et vous ouvrirez les caisses qu'ils vous demanderont d'ouvrir.

La visite de toutes les salles du château a pris environ une heure, avec de fréquents arrêts pour sortir au hasard des tableaux de leur emballage et les inspecter. Le regard des soldats intimidait Georgette. Six jeunes hommes las de cette guerre qui les avait empêchés de satisfaire leurs appétits. Aucun sourire de leur part, ni le moindre soupçon d'empathie. Elle sentait qu'ils la méprisaient et l'évaluaient en même temps, comme un animal. Ils lui faisaient peur.

Lorsque, finalement, ils atteignirent la salle des gardes, l'un d'eux renversa d'un coup de pied son lit de camp.

– Qu'est-ce que c'est ? a demandé le seul qui parlait un peu français.

– C'est là que je dors.

Elle les a vus échanger des regards.

– Seule ?

– Il n'y a pas vraiment la place pour deux.

– Pas de foutue insolence avec moi, a-t-il menacé en rapprochant son visage du sien.

Puis, désignant la caisse aux trois points rouges, il a ordonné :

– Ouvrez-la.

Georgette a commencé à paniquer. Pouvait-il exister sur Terre une personne qui n'ait jamais vu *La Joconde* ? Qu'arriverait-il, s'il la reconnaissait ?

– C'est juste un tableau.

– Ouvrez ! a-t-il braillé sous son nez.

– Il est trop fragile pour être exposé à la lumière du soleil.

Elle ne s'attendait pas au coup de crosse qui l'a expédiée au sol. Sa tête a heurté les dalles de pierre, des éclairs ont explosé dans son crâne. Presque immédiatement, elle a été remise sans ménagement sur ses pieds et traînée dehors.

Schneider était assis sur l'un des bancs, à l'ombre des arbres, à l'autre extrémité de la cour. Il s'est levé, a jeté sur le gravier sa cigarette d'où a jailli une gerbe d'étincelles et avancé vers le groupe qui émergeait au soleil. L'un des soldats portait la caisse contenant le portrait de Mona Lisa ; celui qui avait frappé Georgette lui serrait le bras comme un étau. Elle tenait à peine sur ses jambes et sentait le sang couler sur le côté de son visage.

Elle n'a pas compris l'échange en rafale entre les hommes et leur commandant, avant que celui-ci se tourne vers elle :

– On me dit que vous vous opposez à l'ouverture de cette caisse.

– Non. J'ai déconseillé de le faire à cause de la fragilité de la peinture qui se trouve à l'intérieur.

– Je vous avais ordonné de leur obéir.

Dégageant son bras de la poigne du soldat, elle a rejeté la tête en arrière d'un air de défi.

– Certaines choses sont trop précieuses pour être exposées aux éléments. Mais, évidemment, un homme comme vous ne peut pas le comprendre.

Elle avait beau s'y attendre à moitié, la paume qui s'est abattue sur sa joue l'a projetée à quatre pattes sur le gravier.

– Qu'est-ce que c'est censé vouloir dire ? a-t-il hurlé.

Elle l'a fixé avec des yeux pleins de haine :

– Vous venez juste de répondre à votre question, je crois.

Il a alors lancé un ordre au soldat le plus proche qui a tiré sur-le-champ un grand couteau de sa ceinture et entrepris d'ouvrir la caisse. Le bruit des clous sautant des planches se répercutait sur les murs du château. Le soldat a dépouillé le tableau de sa protection de skaï et de papier ignifugé et exposé aux regards de tous le portrait de Mona Lisa.

– Mon Dieu, a murmuré Schneider.

– Qu'est-ce qui se passe ici, bon sang ? a soudain lancé une voix familière.

Schneider a pivoté sur ses talons et vu une silhouette en uniforme gris vert et casquette à visière traverser la cour à grandes enjambées. Un coup d'œil aux épaulettes du nouveau venu le renseignant sur son rang, ses lèvres se sont retroussées en un rictus.

– De quel droit intervenez-vous, *Hauptmann* ! Je suis votre supérieur, et ce qui se passe ici ne vous regarde pas.

Paul Lange a tiré d'une poche intérieure une feuille de papier qu'il a secouée pour la déplier et brandie ensuite sous le nez du *Standartenführer*.

– Je ne pense pas que vous soyez le supérieur du Führer. Et cela *le* regarde justement.

Schneider a parcouru la lettre et son visage s'est crispé. Lange lui a laissé le temps de la lire avant de la replier soigneusement et de la glisser à l'intérieur de sa veste. Ensuite, il a tendu une main à Georgette pour l'aider à se relever, et examiné d'un air inquiet le sang qui coulait de ses cheveux. Des marques rouges commençaient à apparaître là où Schneider l'avait giflée.

Sans prévenir, Lange a balancé son poing sur le nez de l'officier SS, qui a mordu la poussière à son tour. Tous les fusils se sont aussitôt braqués sur lui. Il a fait comme s'il ne les voyait pas et dit, en élevant à peine la voix, mais avec un regard chargé de mépris :

– Quel genre de barbare êtes-vous donc ? Un officier allemand ne frappe pas une femme désarmée. (Il s'est tourné vers *La Joconde*.) La peinture la plus célèbre du monde, exposée en plein soleil dans une cour poussiéreuse ! Elle doit être remise immédiatement dans sa caisse et emportée à l'intérieur du château.

Sur un léger signe de tête de sa part en direction du groupe allongé par terre, plusieurs assistants se sont levés pour s'emparer de la caisse et de l'emballage et les rapporter au château.

Schneider, qui s'était remis debout, essuyait son sang du dos de la main. Il a ramassé sa casquette de *SS-Panzer*. Son humiliation était presque pénible à voir. Malgré son grade inférieur, Lange était porteur d'un document qui remplaçait n'importe quel insigne et galon ; il ne servait à rien de le remettre en cause. S'efforçant de son mieux de retrouver sa dignité, il a sorti d'une poche intérieure une liasse de papiers qu'il a tendue à Lange.

– Moi aussi, j'ai des ordres. Ceux de fouiller le château et d'arrêter un gardien dénommé Jean-Luc Percet.

Ignorant les papiers, Lange a répliqué :

– Eh bien, vous avez déjà fouillé le château. Contrôlez l'identité des gardiens. Si vous trouvez votre homme, arrêtez-le et partez.

La peur a de nouveau gonflé la poitrine de Georgette, qui, cherchant rapidement le visage de Jean-Luc dans la cour, s'est aperçue qu'il avait disparu. D'une manière ou d'une autre, il avait profité de la diversion pour filer. Sans doute par le château pour gagner le potager, invisible de la cour, et de là les champs puis les bois où il serait en sécurité.

Néanmoins, tout le monde demeurait très tendu, en pleine chaleur de midi, pendant que les soldats examinaient les papiers de chaque personne présente. Lorsqu'il s'est rendu compte que le chef présumé du maquis n'était pas là, Schneider a craché de dépit sur le gravier et ses yeux bleus ont lancé à Lange un regard menaçant.

– Si nous nous rencontrons à nouveau, *Hauptmann*, vous me le paierez.

Sur ce, il a sauté dans sa Kübelwagen et démarré sur les chapeaux de roue en projetant une gerbe de poussière et de gravillons. Ses hommes, quant à eux, se sont élancés au pas de course vers leur camion et ont grimpé à bord. Quelques minutes plus tard, le ronflement de son moteur diesel et le vrombissement des chars stationnés au pied de la colline n'étaient plus qu'un écho lointain.

Un soupir collectif s'est presque fait entendre. Toutefois, personne ne parlait. La plupart des yeux étaient tournés vers Huyghe, qui tâtait doucement sa blessure. Le sang avait séché, vite coagulé au soleil, mais une bosse aussi grosse qu'un œuf gonflait sa tempe, et sa peau bleuissait tout autour. Il a jeté un coup d'œil à Lange.

– Merci, *Hauptmann*.

Sans lui prêter la moindre attention, ce dernier s'est tourné vers Georgette et a sorti de sa poche un mouchoir pour essuyer le sang de son visage.

– Vous habitez au château ?

Elle a secoué la tête.

– Alors, vous feriez bien de rentrer chez vous pour soigner cette blessure. C'est loin d'ici ?

Elle a haussé les épaules.

– Treize, quatorze kilomètres.

– Vous avez une voiture ?

– Un vélo, a-t-elle dit en souriant de sa naïveté.

– Bon Dieu. Vous ne pouvez pas faire quatorze kilomètres à vélo dans cet état. Je vais vous reconduire.

Gênée, elle a rougi et lancé un bref regard à Huyghe.

– Ça ira.

– J'insiste. Vous pourriez avoir une commotion.

Elle savait que les yeux de Huyghe étaient fixés sur elle, et se sentait incapable de le regarder. Toutes les armes qu'ils avaient retirées du château dans la nuit étaient rangées dans sa cave, sous une bâche.

*

Lange avait laissé sa voiture au pied de la colline. Une voiture de sport décapotable d'un beau vert brillant, avec des ailes extravagantes partant de l'avant du capot allongé pour se transformer en marchepied de part et d'autre d'une banquette à deux places, derrière le volant. Après avoir fait la route depuis Paris, elle était couverte de poussière, son pare-brise maculé d'insectes écrasés. Georgette n'avait plus vu de voiture de ce genre depuis le début de la guerre.

– Où l'avez-vous volée ? a-t-elle demandé.

– Je l'ai achetée. À Paris.

– L'ERR possède des concessions automobiles maintenant, en plus des grands magasins ?

– Vous ne changerez jamais, n'est-ce pas ? a-t-il lancé avec un petit rire. Je ne sais pas à qui elle appartenait avant. C'est une anglaise. Une MG de type T. Une merveille à conduire.

Pendant que Lange attachait son vélo à la capote en cuir repliée sur le coffre arrière, Georgette a levé les yeux vers le château. Ses tours et ses cheminées dépassaient des toits d'ardoise pentus, au-dessus de la pierre couleur miel. Elle savait que, dans la chambre de Nine, Huyghe nettoyait sa blessure et paniquait à l'idée de ce que Lange risquait de découvrir quand il l'aurait raccompagnée à Carennac.

Ils roulaient sur la route bordée d'arbres. À un carrefour, d'où on pouvait se rendre à Gramat, au sud, une très grosse ferme ancienne bâtie sur le roc dominait la vallée. Lange a continué vers Carennac, le long de la petite rivière, baptisée la Bave, qui se jetait un peu plus loin dans les eaux lentes de la Dordogne. Il a jeté un coup d'œil à Georgette, dont les cheveux volaient au vent et demandé :

– Comment va la tête ?

– Un peu douloureuse. Mais je survivrai.

– Je n'en ai jamais douté, a-t-il dit en souriant. Ça vous plairait de vous changer les idées ? Il fait un temps superbe. On ne devrait pas laisser les Allemands gâcher cette belle journée.

Elle l'a regardé avec curiosité, mais il gardait les yeux fixés sur la route.

– Sauf vous, bien sûr.

– C'est comme pour tout, il y a des bons et des mauvais.

Un kilomètre plus loin, ils ont bifurqué sur une route grimpant en lacets dans les collines ; elle était si étroite qu'ils auraient été obligés de reculer dans un champ s'ils avaient rencontré un véhicule qui descendait. La côte de plus en plus raide mettait le moteur de la MG à rude épreuve. Un virage les a ramenés en arrière à travers un bosquet, puis ils ont franchi un petit pont avant d'émerger de nouveau en pleine lumière ; toute la vallée de la Dordogne s'est ouverte devant eux.

Georgette n'était jamais montée jusque-là à bicyclette. La vue lui a coupé le souffle. Le patchwork de la vallée chatoyait sous le soleil, les cultures de blé et d'orge brillaient comme de l'or, les méandres argentés de la rivière scintillaient entre les falaises qui se dressaient, assez loin, de chaque côté. Dans la chaleur miroitante, la pierre rouge du château de Castelnau paraissait rose. Lange a garé sa MG à l'entrée d'une prairie. De là, on voyait par-delà les toitures de Montal, les tours coiffant la colline, au-dessus de Saint-Céré.

Juste en contrebas de la route, il y avait un banc en pierre, à flanc de coteau. Lange a aidé Georgette à descendre pour s'asseoir sur la pierre chaude et contempler le paysage. Rien ne venait troubler le silence, hormis le chant des oiseaux, le bourdonnement de myriades d'insectes et le tintement distant des cloches des vaches.

Pendant un long moment, ils n'ont pas bougé, hésitant à gâcher ce moment. Georgette sentait la chaleur du corps de Lange près d'elle, presque brûlant aux points où ils entraient en contact.

Elle a fini par lui poser une question :

– Croyez-vous que si nous nous étions rencontrés dans d'autres circonstances, les choses auraient été différentes entre nous ?

– D'une certaine manière, oui.

– De quelle manière ?

Il a souri.

– J'aurais dû déployer beaucoup plus d'efforts pour vous convaincre de venir dîner chez moi. (Son sourire devint triste.) Et vous ne m'auriez pas détesté pour la simple raison que je suis allemand.

– Je ne vous ai jamais détesté parce que vous étiez allemand.

Il a tourné vers elle un regard amusé.

– Oh ? Alors pourquoi me haïssiez-vous ?

– On a le temps ? Parce que ça risque de prendre tout l'après-midi.

– Voilà ce que j'aime chez vous, George, s'est-il esclaffé. Vous ne me prenez jamais trop au sérieux.

Elle a senti sa gorge se serrer légèrement, son cœur battre plus vite, et elle s'est demandé s'il y avait autre chose qu'il aimait en elle.

– Je prends votre ami Karlheinz Wolff très au sérieux, par contre.

– Ce n'est pas mon ami.

– Mais j'imagine que c'est pour lui que vous êtes venu. Parce qu'il est ici.

Il a acquiescé d'un signe de tête.

– Où ?

– Dans un hôtel, à Gramat.

Elle a détourné la tête vers la vallée. Le chant des oiseaux lui paraissait tout à coup discordant, les cloches des vaches sonnaient comme le glas de John Donne[1]. Elle ne voyait plus le paysage doré sous le soleil. Seulement les ombres qu'il y projetait. Soudain, elle avait l'impression que la fin de la partie approchait. Et malgré la chaleur, la peur la glaçait jusqu'aux os.

– Je suis retourné en Allemagne. Elle a fini par accepter le divorce.

– Elle a perdu la foi ? s'est étonnée Georgette.

– Ça n'a jamais été une question de foi. Juste une façon de s'en prendre à moi. Maintenant qu'il veut bien l'épouser, être une bonne catholique ne lui sert plus à rien.

Il lui a pris la main. La peur et le plaisir l'ont envahie, submergeant presque tous ses autres sentiments. Lorsqu'il a passé un bras autour de ses épaules, elle a pivoté à moitié vers lui et embrassé ses lèvres, chaudes, humides, douces. Ouvrant la bouche pour laisser sa langue chercher la sienne, elle s'est perdue dans un baiser qui lui a semblé durer des heures. Comme si elle se noyait en lui. Avant qu'il se séparent pour reprendre leur respiration.

Il la contemplait avec tendresse en lui caressant le visage du bout des doigts.

– Viens, a-t-il murmuré.

Georgette ne savait pas trop si elle devait en être déçue ou excitée. Ils se sont levés ; sa main tenant toujours la sienne, Lange l'a aidée à remonter sur la route.

Pendant le reste du trajet jusqu'à Carennac, ni l'un ni l'autre n'ont parlé, chacun perdu dans ses pensées. Elle était à la fois remplie par la crainte et l'impatience d'arriver à la maison. À cause des décisions qu'elle aurait à prendre. S'engager ou

---

1 Poète anglais du XVIe siècle dont l'un des textes majeurs a inspiré le titre du roman d'Ernest Hemingway *Pour qui sonne le glas* (note de la traductrice).

non. Se donner ou se refuser. Cela durait depuis si longtemps qu'elle avait perdu toute objectivité sur la manière dont elle devait réagir.

Après avoir arrêté la voiture au pied des marches, Lange a suivi Georgette jusqu'au perron. Dès qu'ils sont entrés dans la maison, elle s'est demandé pourquoi elle avait eu peur qu'il découvre la cache d'armes dans la cave. C'était bien le dernier endroit où ils iraient.

Maintenant, c'était elle qui lui tenait la main pour lui faire traverser la cuisine et l'emmener dans la petite chambre, à l'arrière de la maison. Une décision qu'elle avait l'impression de ne pas avoir prise consciemment. Ils se sont vite déshabillés, en silence, abandonnant leurs vêtements par terre. Le soleil s'infiltrait en biais, à travers les volets à moitié fermés, jusqu'au lit sur lequel ils se sont laissés glisser ensemble au milieu des draps et des oreillers. Cela paraissait tellement normal. Pourquoi avoir attendu si longtemps ?

Ensuite, ils sont restés très longtemps couchés dans l'enchevêtrement des draps, sans parler. La maison était fraîche derrière ses murs épais, mais le rayon de soleil qui tombait sur le lit leur brûlait la peau. Le mal de tête de Georgette persistait en arrière-plan, banni de sa conscience par le plaisir, et aussi par la peur d'un avenir qui paraissait impossible. La tête posée sur l'épaule de Lange, elle jouait du bout des doigts avec les poils emmêlés de son torse.

– Quand est-ce que ça finira, Paul ?

– Quoi ?

– La guerre.

Elle a senti un nuage d'incertitude assombrir ce moment.

– Je n'en sais rien. Absolument rien.

– Tu crois qu'on y survivra ensemble ? Toi et moi ?

– Mon Dieu, je l'espère, a-t-il soupiré en lui caressant les cheveux.

Ils sont retombés dans un silence encore plus long, que ni l'un ni l'autre n'avait envie de d'interrompre.

Finalement, elle a dit :

– J'ai vu Wolff.

Aussitôt, Lange s'est redressé et l'a regardée fixement.

– Quand ?

– Il y a longtemps. Le jour de notre arrivée. Quand on a déposé les toiles roulées de l'autre côté de la vallée, dans un petit village qui s'appelle Bétaille. Il était dans une voiture garée un peu plus loin. Il nous surveillait tout en fumant une cigarette pendant qu'on déchargeait notre cargaison.

– Quelles toiles ?

– Oh, *Les Noces de Cana* et d'autres. Rien qui puisse l'intéresser.

– Pourquoi était-il là, alors ?

Elle a continué à fixer le plafond sans parvenir à décider si elle devait le lui dire ou non. Puis elle a haussé les épaules comme si cela pouvait en quelque sorte retarder ce moment.

Lange a insisté :

– George ?

Elle a poussé un soupir et dit :

– Les toiles roulées étaient accompagnées d'autres œuvres, plus petites. L'une d'elles figure sur l'inventaire sous le titre *Esquisse pour la fête*. La caisse porte uniquement un code couleur de trois points jaunes.

– Pourquoi Wolff s'y intéresserait-il ?

Alors, elle a fini par lâcher :

– Parce que cette caisse contient une copie de *La Joconde*. Un faux si bien réalisé qu'il est impossible de déceler la différence. Peint sur du peuplier, comme l'original, par le meilleur faussaire du siècle.

Le silence de Lange s'éternisait tellement qu'elle a été obligée de détourner les yeux du plafond pour les fixer sur lui.

– Qu'est-ce qu'il y a ?

– S'il était là, c'est forcément parce qu'il le savait.

– J'ai pensé la même chose. Mais comment pouvait-il le savoir, je n'en ai pas la moindre idée. Seules quelques personnes sont au courant.

Elle a hésité un peu avant de révéler enfin son secret :

– On m'a chargée de l'échanger contre l'original si jamais j'estimais que ce dernier risquait d'être saisi.

Les yeux bleus de Lange ont paru la traverser avant de se concentrer sur elle. Il a touché ses lèvres avec un doigt qu'il a fait courir sur son menton, puis sur sa gorge avant d'effleurer le bout d'un sein, lui arrachant un bref soupir.

– Tu devrais les échanger tout de suite, a-t-il dit. Avant que Wolff te soupçonne de vouloir le faire. Lorsqu'il passera à l'action, il ne se doutera pas que tu l'as devancé. Et si le faux est aussi bon que tu le prétends, il ne saura pas qu'il ne détient pas l'original.

Georgette ne pensait qu'à une chose. Si Wolff réussissait à mettre la main sur *La Joconde*, même si ce n'était que la copie, il devrait passer par elle pour s'en emparer.

Lange la regardait toujours. Comme s'il pouvait lire dans ses pensées, il l'a rassurée :

– Je te le répète, George. Où que soit Wolff, j'y serai aussi. Alors, ne t'inquiète pas.

Il était parti depuis des heures maintenant, en promettant qu'ils se reverraient dans les prochains jours. Toujours nue au milieu des draps froissés, elle se tourmentait pour l'avenir, proche et lointain. Même si elle savait que la question du second ne se poserait pas si le premier tournait mal.

Longtemps avant que le soleil ne disparaisse, elle s'était assoupie. Elle avait émergé de ce sommeil léger, sans rêve, à la tombée de la nuit, la tête douloureuse. Le sang avait séché depuis longtemps, mais la blessure infligée par la crosse du pistolet lui faisait mal.

Elle est allée dans la salle de bains pour se laver et examiner son front dans le miroir. Elle a nettoyé la plaie doucement avec de l'eau bouillie ; comme elle recommençait à saigner, elle a appliqué dessus un peu de vaseline, d'un pot trouvé dans le placard.

Cela fait, elle s'est regardée attentivement. Un hématome recouvrait le côté supérieur droit de son visage, sa joue gauche portait encore la marque de la claque assénée par l'officier allemand. Ses cheveux, eux, étaient une vraie catastrophe. Coupés court avant la guerre, ils avaient repoussé en touffes inégales. Faute de pouvoir aller chez un coiffeur, elle les coupait elle-même depuis quatre ans. Qu'est-ce que Lange pouvait bien lui trouver de séduisant ?

Cette idée lui a arraché un sourire. Mais un sourire vite effacé, la décision qu'elle devait prendre dominant tout le reste. Échanger ou non les tableaux. Elle a fermé les yeux et respiré à fond. Quand elle les a rouverts, elle s'est retrouvée en proie au plus grand des doutes.

Après être retournée s'habiller dans la chambre, elle s'est préparé une tasse de thé dans la cuisine, où elle s'est s'assise à la longue table. Le tableau n'était pas grand. Seulement soixante-dix-sept centimètres sur cinquante-trois. Elle savait également que le panneau de peuplier n'était pas lourd. À l'autre bout de la cuisine, son porte-documents en cuir était appuyé contre le mur. Elle pourrait facilement y ranger la peinture enveloppée dans du feutre pour la protéger.

Elle a bu une gorgée de son thé, qui avait assez refroidi pour ne pas lui brûler les lèvres, et a pris sa décision.

Le lendemain matin, peu après le lever du jour, Georgette a enfourché sa bicyclette, son porte-documents en bandoulière sur le dos. De fines volutes de brume montaient de la rivière comme de la fumée. Au bout de la longue route droite qui traversait la plaine, elle voyait rougeoyer l'église en brique dans les premiers rayons du soleil, sur les hauteurs de Bétaille.

Quand elle est arrivée au garage, une quinzaine de minutes plus tard, le garde de nuit finissait de griller sa dernière cigarette en attendant que son collègue vienne le relever et lui permette d'aller récupérer des heures de sommeil bien méritées. Elle a mis pied à terre, calé son vélo contre la grille et montré ses papiers.

– Ce n'est pas vous qui venez, d'habitude, a-t-il remarqué.

Elle a souri.

– Nous avons chacune des compétences différentes. Aujourd'hui, je viens vérifier les grandes toiles.

Toutes les œuvres étaient régulièrement inspectées par des assistantes pour détecter le moindre signe de dégradation causé par la chaleur, l'humidité, la moisissure ou les insectes.

– Vous êtes en avance, a-t-il ajouté en jetant son mégot.

– Les filles m'ont prévenue qu'il faisait très chaud là-haut pendant la journée, a-t-elle expliqué en levant la tête vers l'appartement du premier étage. Je n'ai pas envie de tacher les toiles avec des mains en sueur.

Il l'a escortée jusqu'en haut de l'escalier, à l'arrière du bâtiment, et a déverrouillé la porte pour la faire entrer.

– Je serai probablement parti quand vous aurez terminé. Je préviendrai mon collègue que vous êtes là.

Dès qu'il a été parti, elle a enjambé avec précaution les grandes toiles roulées qui occupaient toute la longueur du bâtiment. Les volets étaient tous fermés. Le soleil pénétrant par les fentes des côtés dessinait par terre d'étroites bandes claires. À gauche, une petite cuisine donnait sur une plus grande pièce bourrée du sol au plafond d'œuvres figurant sur l'inventaire. Le papier aux motifs élaborés qui tapissait les murs avait connu des jours meilleurs. Sa copie de l'inventaire en main, Georgette a longé le couloir desservant, à gauche, un petit cabinet de toilette, à droite, la pièce où, elle le savait, était entreposée *Esquisse pour la fête*. Là, des lambeaux de papier peint pendaient des murs, de la suie s'était accumulée devant le foyer d'une vieille cheminée fermée. Les caisses des tableaux étaient rangées contre le mur opposé. Il lui a fallu une bonne dizaine de minutes pour déplacer chacune avec le plus grand soin avant de trouver celle qu'elle cherchait. La caisse aux trois points jaunes.

Elle l'a transportée dans le couloir et calée contre le mur ; puis elle a ouvert son porte-documents à plat par terre et sorti de sa sacoche un petit marteau et un ciseau avec lesquels elle a fait délicatement sauter les clous de la caisse. Ensuite, elle a retiré les couches de skaï et de papier ignifugé qui protégeaient la copie de *La Joconde*, qu'elle avait pour la première fois devant les yeux. Afin de mieux la voir, elle a poussé la porte du cabinet de toilette éclairé par une petite fenêtre placée en haut du mur, au-dessus du réservoir de la chasse d'eau.

Elle s'est mise à genoux et l'a examinée de près, avec un fort sentiment de déjà-vu. Combien de fois avait-elle regardé le portrait de Mona Lisa, touché la toile, savouré la lumière de sa présence, scruté les traits de pinceau posés par Vinci avec une telle tendresse sur ce panneau de peuplier, quatre cents ans plus tôt. Jeté un œil critique sur la couche finement craquelée de peinture et de vernis, ces craquelures dont le temps avait balafré la beauté.

Soudain, elle s'est aperçue qu'elle ne respirait plus. Il lui semblait impossible que ce ne soit pas l'original. Jusqu'ici, elle n'avait pas compris comment Jaujard pouvait affirmer qu'il avait été incapable de voir une différence entre les deux. Depuis ces deux dernières années, personne d'autre qu'elle n'avait connu une telle intimité amoureuse avec Mona Lisa. Elle avait dormi avec elle comme un amant. Et pourtant, là, dans le rayon de soleil qui éclairait le couloir en biais, elle ne savait plus si elle se trouvait devant la copie ou l'original. Elle touchait le portrait avec une vénération née de l'incrédulité.

Si elle n'était pas capable de les différencier, Wolff ne le pourrait pas davantage.

Des voix masculines lui sont parvenues de l'extérieur au moment du changement de garde. Le charme était rompu. Vite, elle a extrait le tableau de sa caisse pour le poser sur le feutre dont elle avait pris soin de doubler son porte-documents la veille au soir. Après avoir rabattu les côtés et le dessus, elle l'a soigneusement fermé, et s'est dépêchée de reclouer le couvercle de la caisse avant de la remettre à sa place, contre le mur de la pièce de devant. Lorsqu'elle pourrait le faire sans risque, elle reviendrait avec l'original, et le tour serait joué. Lange et elle étant les seuls à savoir que l'échange avait été effectué, Wolff ne se douterait de rien. Après tout, aucune menace immédiate ou apparente ne semblait peser sur *La Joconde* au château de Montal. Pourquoi aurait-elle remplacé le vrai tableau par le faux ?

Néanmoins, tout en pédalant à travers la plaine, elle ne pouvait s'empêcher de se poser des questions sur ce qu'elle venait de faire. Et si la peinture qu'elle avait toujours prise pour l'original était en fait la copie ? Et si Jaujard, bluffant doublement, l'avait rendue à son insu complice de la supercherie ? Elle a chassé cette pensée. En réalité, c'était juste la qualité extraordinaire de la copie qui la perturbait. Sa décision avait été la bonne.

Elle sentait son poids sur son dos. Une charge plus lourde que n'importe quel poids pouvant se mesurer sur une balance. Celui de quatre cents ans d'histoire. Tête baissée, elle a pédalé encore plus vite vers Carennac, où elle rangerait le tableau dans la valise en carton qui l'avait accompagnée tout au long de son périple.

La matinée était bien avancée quand Georgette est arrivée au château, avec la valise attachée sur le porte-bagage de sa bicyclette. Un des gardiens lui a lancé en plaisantant :

– Vous ne nous abandonnez pas pour cet Allemand, George ?

Elle s'est forcée à rire aussi naturellement que possible.

– On ne se débarrasse pas de moi comme ça, Fred, a-t-elle répondu en tapotant la valise. Ce sont juste des draps propres pour remplacer ceux que ces brutes ont piétinés hier.

Dans la salle des gardes, elle a rassemblé le linge resté par terre, redressé son lit de camp, qu'elle a fait avec soin, puis glissé sa valise dessous. Après ça, elle a gravi en courant l'escalier voûté inondé de soleil. Tout le château paraissait en quelque sorte rayonner de soulagement après la fouille de la veille. En haut des marches, à droite, elle a poussé la porte de la chambre de Nine, devenue l'appartement où Huyghe avait le privilège de dormir dans le luxe apparent d'un lit à baldaquin, entouré d'autres caisses de tableaux. Pour l'instant, il était assis à son bureau, devant la fenêtre.

En l'entendant entrer, il a tourné la tête et s'est aussitôt levé.

– Fermez la porte.

Sur son front, les bords de l'hématome viraient déjà au jaune et un pansement couvrait la blessure infligée par Schneider. Il a baissé la voix :

– Bon Dieu, George ! J'étais mort d'inquiétude.

– Pour moi ou pour votre précieux stock d'armes ?

Il lui a lancé un regard noir tandis qu'elle s'approchait de la caisse aux trois points rouges appuyée contre le mur, à côté du bureau. Elle s'est accroupie pour l'examiner.

– Elle va bien ?

– Oui, Dieu merci, a-t-il soupiré. Qu'est-ce qu'il y a entre cet Allemand et vous ?

– Que voulez-vous dire ?

– Vous savez parfaitement ce que je veux dire. Il vous connait.

– Oui, a-t-elle dit en se relevant. Je l'ai souvent vu au Jeu de Paume quand j'étais à Paris. Il appartient au *Kunstschutz*. Si on n'obéit pas à ces gens, on en subit les conséquences.

– Qu'est-ce qu'il vient faire ici ?

Elle a haussé les épaules.

– Apparemment, une visite surprise de tous les dépôts. On doit probablement s'attendre à le voir encore. Ce n'est pas plus mal qu'il ait choisi de se montrer hier.

En jetant un coup d'œil au bureau de Huyghe, elle s'est aperçue qu'il mettait à jour une espèce de journal. *31 mai : ouverture de la caisse contenant la* Vierge d'Autun. Georgette connaissait cette peinture de Jan van Eyck réalisée vers 1435, où la Vierge Marie présente l'enfant Jésus au chancelier Rolin dans son église de Notre-Dame-du-Chastel d'Autun, en Bourgogne. Un étrange portrait commandé par Rolin lui-même, qui le montrait avec la mère et l'enfant, à l'intérieur de sa propre église. Une œuvre inestimable, à plus d'un titre.

Elle a reporté son attention sur Huyghe.

– Vous feriez mieux de déménager ces armes de ma cave au cas où il reviendrait. Il s'est beaucoup intéressé à la maison. J'ai fait tout ce que j'ai pu pour me débarrasser de lui.

Cette nuit-là, elle est restée à Montal comme d'habitude, avec *La Joconde* dans sa caisse, à la tête de son lit de camp. Elle a bu café sur café jusqu'au petit matin, quand elle a été certaine que tout le château dormait.

Elle voyait le gardien perché sur le mur, de l'autre côté du portail de la cour, fumant comme toujours pour tromper son ennui pendant ces heures de veille nocturne. La lune, qui s'était levée dans un ciel étonnamment pur, baignait le paysage de sa clarté et faisait paraître les graviers d'un blanc éclatant par rapport à l'ombre des arbres.

Elle a ouvert sa valise sur son lit et déplié le feutre vert qui enveloppait la peinture cachée à l'intérieur ; de nouveau, elle a été frappée par la familiarité extraordinaire de l'image dévoilée. Vite, elle a sorti la vraie Mona Lisa de sa caisse et, pendant un bref instant, les a posées côte à côte contre le mur. Cela paraissait presque surnaturel. Le même sourire en double. Le même regard dans deux paires d'yeux qui la suivaient sans la lâcher. Puis, en toute hâte, elle a rangé la copie dans la caisse aux points rouges, replacé soigneusement les couches de skaï et de papier, et l'a refermée. Les mains tremblantes, elle a soulevé *La Joconde* pour la coucher dans sa valise à la place de l'usurpatrice et l'emmailloter de feutre vert.

Après avoir remis la valise sous son lit de camp, elle s'est allongée, les yeux grands ouverts sur les voûtes du plafond, consciente que son corps tremblait de la tête aux pieds, que sa respiration était aussi courte et haletante que si elle venait de courir un cent mètres.

Le tour était joué.

Exactement une semaine plus tard, le 6 juin, arrivait au château la nouvelle du débarquement des Alliés en Normandie, déclenchant au sein de toute l'équipe une effervescence à la fois pleine de peur et d'espérance. On rapportait déjà que des divisions allemandes quittaient le sud de la France pour prendre part, au nord, à la bataille contre les envahisseurs. Visés par les attaques constantes des maquisards, les Allemands exerçaient, en chemin, de terribles représailles sur la population civile.

Le lendemain, Huyghe a pris Georgette à part pour l'avertir que plusieurs résistants du maquis passeraient bientôt récupérer, à Carennac, les armes cachées dans sa cave.

– Les Allemands seront là dans les prochaines vingt-quatre ou quarante-huit heures, a-t-il dit.

Ils ont traversé la cour, franchi la porte et gravi les marches qui menaient à une étroite terrasse surplombant le jardin. De l'autre côté du potager, les grilles en fer forgé étaient ouvertes sur une allée d'arbres et la campagne. Georgette a pensé que c'était sans doute par là que Jean-Luc avait pu s'échapper du château.

Bien qu'il n'y ait personne en vue, Huyghe a baissé la voix :

– Nous avons reçu des renseignements selon lesquels la 2e *SS-Panzer Division*, « Das Reich », a envoyé trois régiments au nord par des routes différentes. Il semblerait que le deuxième va traverser Saint-Céré. Peut-être passer à notre porte. Ça veut dire quelque cent quatre-vingts chars, une soixantaine de camions et véhicules légers, plus une vingtaine de motos. Près de quatre mille hommes au total.

– Mon Dieu, a murmuré Georgette. C'est une véritable invasion.

Huyghe a hoché la tête.

– Et une cible de choix pour les bombardements alliés.

Il a marqué une pause, le temps de la laisser assimiler l'information. Mais elle en avait très vite compris les conséquences.

– S'ils se mettent à lâcher des bombes autour d'ici, ils risquent de toucher le château.

– Exactement. Nous devons contacter Londres pour leur donner nos coordonnées précises et expliquer pourquoi ils doivent à tout prix éviter la zone.

Georgette l'a regardé d'un air ébahi.

– On peut le faire ?

La prenant par le bras, Huyghe l'a entraînée dans le jardin.

– Nous avons un émetteur radio dans les tours, au-dessus de Saint-Céré. C'est un appareil plutôt rudimentaire, mais nous avons déjà réussi à contacter Londres. (Il a eu un petit rire.) Les garçons l'appellent Radio Quercy. Le problème, c'est que personne chez nous ne parle très bien anglais. Pas aussi bien que vous.

Georgette se doutait de ce qui allait suivre.

– Pourriez-vous rédiger un message concis en anglais et le porter demain aux Tours ? Les garçons l'encoderont et l'enverront. Juste après, l'émetteur sera démonté et déménagé. Car s'il y bien une chose sûre et certaine, c'est que les Allemands vont le chercher.

Elle a fermé les yeux et hoché la tête. Elle n'avait même pas besoin de réfléchir. Quels que soient les risques. C'était son devoir. Elle éprouvait le même sentiment d'obligation morale que lorsque de Gaulle lui avait demandé de surveiller *La Joconde.*

– Bien sûr, a-t-elle dit.

Les tours de Saint-Laurent se dressaient fièrement sur une butte conique qui projetait son ombre sur la ville de Saint-Céré. Il y en avait quatre, dont deux plus grandes que les autres, de part et d'autre d'un logis à deux étages comprenant les vestiges d'un ancien château fortifié. Après avoir appartenu, au fil des siècles, à une lignée impressionnante de propriétaires, il était maintenant sous la tutelle de la comtesse Annie de Coheix qui, d'après Huyghe, avait approuvé tacitement l'installation du matériel radio dans la plus haute des tours.

Georgette ne les avait jamais vues que depuis la vallée, souvent enveloppées de brouillard ; elle ne s'attendait pas à devoir grimper une pente aussi raide. Dans la chaleur de ce début d'après-midi, le message plié dans son soutien-gorge, elle a d'abord traversé le petit village de Saint-Laurent, dépassé la mairie, puis fini par pousser son vélo dans la dernière côte jusqu'à un énorme portail en bois intégré dans une arche des remparts. Elle était en nage et à bout de souffle en arrivant. Une poignée pendait au bout d'une chaîne, presque hors de portée de sa main ; elle a été obligée de se hisser sur la pointe des pieds pour l'attraper et la tirer. Une cloche a retenti quelque part, de l'autre côté de la porte. Le bruit lui a paru incroyablement fort dans le calme vibrant du seul bourdonnement d'un million d'insectes.

La porte s'est légèrement entrebâillée sur un visage tanné. Celui d'un homme qu'elle a reconnu pour l'avoir vu à Montal parmi les résistants, le soir où Huyghe leur avait distribué des armes. Ouvrant un peu plus la porte, il a penché la tête au dehors pour s'assurer que personne ne les observait, puis il lui a fait signe d'avancer et a claqué la porte derrière elle. Georgette a posé son vélo avant de le suivre sur une rampe pavée qui montait entre de hauts murs ; au bout, ils ont émergé, entre des arbres et des buissons, face au logis du vieux château. En grès rouge et blond, avec des volets et des portes couleur rouille. Derrière les tours, s'étendaient vers le sud des jardins assez vastes couverts de hautes herbes et ombragés par des chênes. Le maquisard a continué vers la plus haute des tours. Après avoir dépassé un puits sombre et profond, il s'est arrêté devant une haute porte qu'il a ouverte pour elle.

– Je n'ai pas besoin d'entrer, a-t-elle dit. Je dois juste vous donner ceci.

De sous sa chemise, elle a tiré la feuille pliée et la lui a tendue. Il a secoué la tête.

– Non, non. Il peut y avoir une réponse. Si c'est vous qui traduisez, on est sûr qu'il n'y aura pas de quiproquo.

Georgette a levé les yeux vers la tour qui s'élançait dans le ciel bleu. Il y avait des fenêtres vitrées, à environ six mètres de hauteur, et au-dessus, de simples ouvertures découpées à intervalles irréguliers dans la pierre. En soupirant, elle a attaqué, dans le noir, la montée d'un escalier en pierre aux marches étroites. Elle a débouché dans une salle éclairée par une des fenêtres aperçues de l'extérieur. Une autre, sur le mur d'en face, donnait sur la vallée et le méli-mélo des toits rouges de Saint-Céré. Elle pouvait voir la place de la République, au centre, et la grosse bâtisse de quatre étages du lycée, sur l'autre rive de la Bave. Plus loin, sur la droite, les toitures du château de Montal miroitaient dans la chaleur.

Une vieille valise en cuir bleu, aux fermoirs rouillés, était ouverte sur une table en bois brut poussée contre le mur, sous la fenêtre la plus éloignée. Elle était bourrée d'éléments en bakélite noire, de curseurs, de cadrans, de boutons et d'interrupteurs. Un enchevêtrement de fils noirs et rouges jaillissait d'un côté et traînait par terre. Un manipulateur morse pivotait sur un bloc de bois vissé à même la table. Le jeune homme assis devant s'est retourné sur sa chaise en les entendant arriver en haut de l'escalier. Il portait une chemise crasseuse à rayures bleues et blanches qui bouffait sous ses bretelles, les manches roulées jusqu'aux coudes. Une casquette poussiéreuse était enfoncée sur sa tignasse d'un noir de jais. Il a souri à Georgette, dévoilant un trou béant dans une rangée de dents décolorées et plantées de travers, s'est aussitôt levé et a retiré sa casquette.

– Mademoiselle, a-t-il dit timidement. Je m'appelle Michel. Bienvenue à Radio Quercy. (Il a montré la valise.) La station de radio la mieux équipée de tout le Lot.

Georgette lui a lancé un regard médusé.

– Où avez-vous trouvé tout ça ?

– C'est une valise radio de type A MK II, fabriquée en Angleterre. Apportée par un agent du SOE parachuté sur le causse il y a quelques semaines.

La simple mention du SOE l'a transportée très brièvement en arrière, à cette semaine froide, humide et venteuse qu'elle avait passée sur l'île de Lewis.

L'air inquiet, l'homme qui avait guidé Georgette a lancé :

– On peut s'y mettre tout de suite ?

– Vous avez le texte ? a demandé le jeune opérateur à Georgette.

Elle lui a remis son papier. Il s'est rassis, a ouvert un carnet en cuir noir rempli de lignes de texte et de chiffres, et commencé à encoder le message. Avec un tout petit bout de crayon à la mine usée coincé entre ses doigts tachés d'huile, il a griffonné sur un cahier le texte remanié à envoyer.

– Si jamais ils vous attrapent avec ce carnet sur vous, ils connaîtront le code ? s'est étonnée Georgette.

Sans lever les yeux, Michel a répondu :

– On utilise un poème que j'ai choisi. C'est ça, la clé. Le poème est dans ma tête. (Il a tapoté le carnet.) Là-dedans, ce sont juste des transpositions. Ça ne parlera pas du tout aux Boches.

Une fois l'encodage terminé, Michel a basculé des interrupteurs, tourné des boutons, et Georgette a vu l'aiguille d'un cadran circulaire se mettre à danser. Avec deux doigts délicatement placés sur le manipulateur, il a envoyé le message en tapant des séquences d'impulsions longues et courtes.

Son compagnon s'agitait ; il a murmuré à Georgette :

– Ils sauront dans la minute qui suit qu'on commence à transmettre. Ils savent aussi qu'on est quelque part dans le coin. Ça fait des jours qu'ils nous cherchent. Ils ne vont pas tarder à nous trouver. C'est notre dernière transmission d'ici.

S'il l'a entendu, Michel n'a pas réagi. Son attention était totalement concentrée sur ses doigts et le manipulateur. Finalement, il s'est reculé sur sa chaise ; la sueur ruisselait de ses cheveux sur sa nuque.

– C'est fait, a-t-il déclaré.

– On doit attendre longtemps ?

– Le temps qu'il faudra.

– On ne peut pas se permettre de rester, Michel. Il faut vite décamper.

Michel a levé une main :

– Juste quelques minutes, Jacques.

Un grondement lointain de moteurs diesel est alors monté jusqu'à eux ; Jacques a collé le nez à la fenêtre.

– Bon Dieu ! a-t-il grommelé entre ses dents. La voilà.

Sa respiration se condensait sur la vitre comme des impacts de balles.

– Qui ? s'est inquiétée Georgette.

– La division « Das Reich ». Elle descend la route de Figeac, de l'autre côté de la ville.

Georgette l'a rejoint et a essuyé la crasse pour mieux voir. Au loin, au-delà du lycée, elle a aperçu entre les arbres une longue colonne de chars qui progressait lentement sur la route sinueuse, en provenance du sud. Des camions et des motos s'étaient déjà rassemblés sous les platanes de la place de la République. Soudain, le claquement d'un coup de feu l'a fait sursauter et elle s'est écartée de la fenêtre, comme si elle avait reçu une décharge électrique.

– Il faut y aller ! a insisté Jacques.

Michel s'est levé, il a éteint l'émetteur et dévissé promptement le manipulateur de la table avant de traverser la pièce en enroulant les fils électriques pour les ranger en hâte dans la valise dont il a claqué le couvercle. Ensuite, il a fourré son carnet sans sa poche, déchiré la page du cahier portant le texte encodé et l'a froissée avec le texte original de Georgette. Puis il a jeté les deux par terre et s'est penché pour y mettre le feu avec son briquet. Il a regardé les papiers brûler jusqu'à ce que l'écriture soit devenue totalement illisible ; après quoi, il a piétiné les flammes et attrapé la poignée de sa valise.

– On y va.

Ils ont dévalé l'escalier obscur, cligné des yeux un instant en émergeant en plein soleil, et couru vers le portail. En bas de l'étroite rampe pavée menant aux remparts, Georgette a saisi son vélo. Une fois dehors, tous les trois ont tendu l'oreille. Le vrombissement des chars retentissait comme un grondement de tonnerre dans la chaleur de l'après-midi.

Michel a adressé un petit salut de la tête à Georgette.

– Merci, mademoiselle.

Et il a disparu entre les arbres, avec son émetteur.

– À vous de vous débrouiller seule maintenant, a dit Jacques avant de sauter par-dessus le mur pour atterrir dans les broussailles, à l'abri des bois en contrebas.

Effrayée et se sentant très exposée, Georgette a enfourché sa bicyclette. Pour retourner à Montal, elle devait obligatoirement emprunter la grande route. Elle s'est lancée dans la pente, gagnant de la vitesse à chaque tour de roue. À la mairie, elle a pris le virage à toute allure et suivi la voie étroite qui s'enroulait autour de la colline jusqu'à la ville.

Naturellement, elle a mis beaucoup moins de temps à descendre qu'à monter. L'air chaud lui brûlait le visage, elle avait du mal à contrôler sa respiration. Le havre sûr du château de Montal lui semblait très loin, incroyablement loin. Plus bas, le soleil se reflétait sur les tuiles romaines des toits de Saint-Céré.

Elle venait de négocier le dernier virage avant la ligne droite qui aboutissait à l'hôpital, quand son cœur a failli s'arrêter. La grande route grouillait de soldats SS, précédés par un camion et deux motos. Elle ne pouvait ni faire demi-tour ni se cacher quelque part. Elle a freiné et réussi à s'arrêter tant bien que mal, en équilibre précaire, devant un des soldats qui avançait, une main levée. Il a saisi son vélo et lui a crié de mettre pied à terre. Un autre l'a attrapée par le bras et l'a entraînée sur la route. C'est alors qu'elle a vu deux hommes adossés contre un mur, au pied de la colline. Des civils en sang, passés à tabac, soumis, effrayés. Elle a lu la peur dans les yeux noirs qui ont croisé les siens au moment où une demi-douzaine de soldats, obéissant à un ordre, ont épaulé leur fusil pour les abattre sur place.

Georgette était profondément choquée. Avec quelle rapidité la vie de ces jeunes hommes venait d'être simplement effacée. Tous leurs souvenirs, leurs espoirs, leurs attentes. Les épreuves du passage à l'âge adulte, des émois amoureux, de la fondation d'une famille. Le patriotisme qui les avait poussés à se battre pour la liberté de leur pays. Tout cela anéanti en un clin d'œil. Pour la première fois de sa vie, peut-être, elle prenait conscience de la fragilité de l'existence humaine. De la brièveté de notre temps sur terre, une simple fraction de seconde de l'éternité. « Plein de bruit et de fureur, et qui ne signifie rien. » Ces vers de Shakespeare, étudiés à l'école, lui revenaient en mémoire ; elle aussi pourrait disparaître en un clin d'œil. Dans les minutes à venir. Et pour quoi ?

Le sang des combattants de la résistance se coagulait déjà dans la poussière du trottoir quand une violente bourrade dans le dos l'a forcée à rejoindre les soldats et à les suivre vers le centre de la ville. Se tournant à moitié, elle a protesté :

– Mon vélo !

Celui qui le lui avait pris a répliqué :

– Vous n'en aurez plus besoin, mademoiselle.

Le sentiment de l'imminence de sa propre mort l'a frappée avec une telle violence que ses jambes ont failli se dérober sous elle. Rarement, au cours de sa vie, elle s'était sentie aussi impuissante.

Dès qu'ils ont tourné l'angle de la rue de la République, elle a vu d'autres soldats en train de rassembler une foule de civils, en majorité des femmes et des enfants, sur le boulevard Gambetta. Une quarantaine, au moins. Les deux groupes de soldats se sont réunis, et Georgette s'est retrouvée sur le boulevard avec les autres civils. Des yeux sombres et effrayés lui ont jeté un regard rapide. Une peur presque palpable planait sur le groupe que des soldats très tendus poussaient avec le canon de leurs fusils semi-automatiques ; la tension était décuplée par les cris de leur *Obersturmbannführer*, dans un état d'agitation extrême. Un dénommé Christian Tychsen.

Une exclamation involontaire s'est échappée de toutes les bouches des civils lorsque des coups de feu ont éclaté vers le pont Neuf, qui enjambait la rivière devant l'hôtel de la Truite. Tychsen a hurlé un ordre ; aussitôt, les fusils se sont braqués sur la foule. Georgette entendait des enfants pleurer et plusieurs femmes supplier les Allemands de ne pas les tuer.

Elle avait la nausée. Elle s'était crue assez courageuse pour pouvoir protéger Mona Lisa quoi qu'il advienne, or elle n'était même pas capable de se protéger elle-même. C'était donc ainsi que sa mission allait se terminer. Dans la rue poussiéreuse et étouffante d'une petite ville du Sud-Ouest. Sous une grêle de balles tirées par une bande de SS énervés. La confiance des occupants était ébranlée, ils sentaient que la guerre commençait à leur échapper. La peur alimentait leur désir de vengeance.

De manière tout à fait incongrue, une voix de femme s'est élevée au-dessus du brouhaha, s'adressant en allemand au commandant. Georgette s'est hissée sur la pointe des pieds pour voir qui parlait. C'était une petite femme en robe imprimée serrée à la taille par une ceinture ; ses cheveux courts et ondulés étaient séparés par une raie sur le côté, au-dessus d'un joli visage au nez retroussé. Sans lui prêter la moindre attention, Tychsen déambulait au milieu de ses troupes, mais elle s'obstinait à le suivre en agitant ses mains très expressives, et en le suppliant d'une voix plaintive. La conversation était trop rapide pour que Georgette la comprenne.

– C'est Berthe Nasinec, a murmuré quelqu'un. La femme du coiffeur. Elle est tchèque.

– Qu'est-ce qu'elle dit ?

– Aucune idée.

En tout cas, elle semblait agacer le commandant allemand. Au début, ce dernier avait paru assez jeune à Georgette ; en l'observant mieux, elle se rendait compte qu'il ne l'était pas tant que ça. Un visage mince, à peine ridé autour du menton et de la bouche, des cheveux blonds grisonnant sous sa casquette à visière. Lorsqu'il l'a ôtée pour s'essuyer le front avec la manche de sa chemise, elle a vu son crâne dégarni. Elle a vu, aussi, plusieurs médailles pour acte de bravoure accrochées à son uniforme taché par la transpiration. Et elle a reconnu, épinglée au col de sa chemise, la croix de fer ornée de feuilles de chêne. Elle s'est fait la réflexion qu'il ne fallait pas beaucoup de courage pour braquer des fusils sur un groupe de femmes et d'enfants désarmés.

Pour la première fois, Tychsen croisait le regard de Berthe et lui criait quelque chose. Des mots que personne ne comprenait. Imperturbable, cette dernière continuait à le suivre en l'implorant, l'amadouant. Brusquement, il a pivoté, sorti son pistolet du holster et l'a pointé sur sa tête. Elle s'est arrêtée, mais n'a pas reculé d'un pouce, le menton pointé en avant dans une attitude provocatrice, comme si elle le mettait au défi de tirer. Puis elle a dit quelque chose qui a dû l'embarrasser, peut-être même lui faire honte, car l'*Obersturmbannführer* a rengainé son arme et s'est retourné vers ses hommes pour leur crier de nouveaux ordres. Les soldats ont baissé leurs fusils et se sont éloignés au pas de course sur le boulevard. Très vite, des gens se sont enfuis par les ruelles enlisées dans l'ombre, d'autres ont rebroussé chemin en direction de l'usine ou de la caserne des pompiers, les mères portant les enfants dans leurs bras.

Georgette a senti une main se poser sur son épaule. Elle avait à peine eu le temps d'intégrer qu'on venait en quelque sorte de les gracier. Seule l'histoire révèlerait qu'ils l'avaient échappé belle. Au cours des jours suivants, les soldats de Tychsen pendraient quatre-vingt-dix-neuf hommes dans les rues de la ville voisine de Tulle.

Les jambes en coton, elle a tourné la tête. Lange, le visage sombre, se tenait derrière elle. Il était en uniforme, mais paraissait beaucoup moins sûr de lui que la dernière fois qu'elle l'avait vu.

– Viens avec moi, vite. Ils tuent des résistants dans tous les coins. Il ne faut pas être pris là-dedans.

Ils ont coupé par un étroit passage qui débouchait sur une rue bordée de maisons mitoyennes qu'ombrageaient de vieux platanes. Au bout de cette rue, un chemin conduisait au stade de rugby et au cimetière. Georgette a aperçu la MG verte garée à l'ombre.

– Wolff est ici, a soufflé Lange. Il a bien choisi son moment. Avec la force brutale de son côté, il peut s'emparer du tableau et tuer n'importe qui pour arriver à ses fins. Dans la confusion, personne ne s'en apercevra.

Une fois monté en voiture, il a démarré le moteur et demandé d'un air inquiet :

– Tu as fait l'échange ?

Encore trop choquée pour parler, Georgette a hoché la tête.

– Où est l'original ?

– Dans la maison de Carennac. Je l'ai caché.

– Bien, a-t-il dit, apparemment soulagé. Il faut tout de suite aller le mettre en sûreté.

Au croisement avec la route de Gramat, un barrage établi par les Allemands pour faire passer en priorité un convoi interminable de camions de transport de troupes, motos et autres véhicules se dirigeant vers le nord, les a obligés à s'arrêter. Ils ont attendu, moteur au ralenti, pendant qu'une douzaine de soldats les tenaient en joue et qu'un officier vérifiait leurs papiers. Ce dernier les a examinés scrupuleusement, puis il a dévisagé Georgette avec un regard curieux avant de le poser sur Lange. Ensuite, après une très brève pause, il les a salués et a donné l'ordre de stopper le convoi. Soulagé, Lange s'est dépêché d'accélérer.

– Un document du bureau du Führer est utile mais ne fait pas forcément le poids dans les circonstances actuelles. Quand ils sont fébriles, les soldats ont tendance à tirer avant de poser des questions.

La route sinueuse qui les ramenait vers Carennac paraissait sans fin. À travers les arbres, les eaux lentes de la Dordogne brillaient au soleil ; au-delà, rien ne bougeait dans la plaine. Le mouvement du monde semblait avoir été suspendu par les événements majeurs qui se déroulaient ailleurs. Georgette ne pouvait empêcher ses mains de trembler.

Lorsqu'ils sont enfin arrivés, le village était désert. Magasin, café, hôtels avaient fermé leurs volets. Les gens étaient claquemurés chez eux. Personne ne voulait attirer l'attention ; seuls les spectres du passé arpentaient les rues, les invitant silencieusement à devenir les fantômes du futur.

Lange a garé la MG au pied de l'escalier de la maison et coupé le moteur. Une fois descendu de voiture, il est resté un long moment immobile, l'oreille tendue, scrutant le square et les rues qui s'enfonçaient au cœur du village silencieux. Pas un bruit ne lui parvenait en dehors du cliquetis du moteur en train de se refroidir, et d'un chant d'oiseau somnolent dans les arbres.

– Allons-y, a-t-il dit avec un signe de tête vers la porte.

Il a suivi Georgette sur les marches et est entré derrière elle dans la fraîcheur de la maison, d'abord la cuisine, ensuite le grand salon. Quand elle s'est arrêtée, il l'a vivement dépassée en jetant un regard anxieux autour de lui.

– Où est-il ?

– Ne t'inquiète pas. Il est bien caché. De toute façon, Wolff ne saura pas où me trouver en dehors du château.

– Bien sûr que si ! a-t-il rétorqué sèchement. Il te suit depuis le début. Il sait tout sur toi. Où est le tableau ?

Elle a froncé les sourcils.

– Je te l'ai dit, bien caché.

Lange a dégainé son pistolet et l'a braqué sur Georgette.

– Dis-moi où !

Sidérée, elle écarquillait les yeux. Ça ne pouvait pas arriver. *C'était impossible.*

– Qu'est-ce que tu fais ?

– Bon Dieu !

– Paul ?

– Où est-il ?

Georgette avait l'impression que le temps s'était figé. Sa vie, elle en prenait encore plus nettement conscience que sur le boulevard Gambetta, était finie. Mais, à présent, elle *voulait* qu'elle finisse. Car comment survivre à cette trahison. À sa propre stupidité aveugle. Elle sentait les premières larmes chaudes rouler lentement sur ses joues. D'une toute petite voix, elle a dit :

– C'est tout ce que tu voulais de moi, n'est-ce pas ? *La Joconde* ?

– Hitler me l'a demandée et j'ai bien l'intention de la lui remettre. Où est-elle ?

– Et si je ne te le dis pas ?

– Je te tuerai et je mettrai la maison à sac jusqu'à ce que je la trouve.

Elle l'a fixé pendant de longues minutes. Dans son cœur, ce qu'elle avait pris pour de l'amour se transformait en haine ; l'espace d'un instant, elle a eu l'impression que Lange le percevait et que son regard trahissait une certaine gêne, peut-être même de la culpabilité.

– Tue-moi tout de suite, alors. Parce que je ne te le dirai pas.

Elle a fermé les yeux. Elle ne voulait pas le voir presser la détente. Ses larmes continuaient à couler entre ses paupières serrées. Une heure plus tôt elle avait assisté à l'extinction, en un clin d'œil, de la vie de deux hommes. À présent, sa propre courte vie défilait devant ses yeux. Comme un film qui se dévidait trop vite, lui laissant seulement le temps d'enregistrer une poignée de souvenirs. La tragédie de la disparition prématurée de son père adoré quand elle était petite, la tristesse de perdre sa mère, plus tard. Lange lui faisant l'amour, caressant son visage avec tendresse. Les paroles de Rose, un soir, dans l'appartement de Paris : *Si jamais vous cédez, vous êtes fichue, vous le savez ?* Elle avait raison. Et Georgette se souvenait maintenant du jour où, dans la *blackhouse* surplombant la plage de Uig, la grand-mère de Mairi avait vu un halo sombre autour d'elle.

Au milieu du silence, elle a presque senti Lange appuyer sur la détente, puis elle a tressailli quand le coup de feu a claqué. Quelque chose a sifflé à son oreille avant de s'encastrer dans la porte. Elle a ouvert les yeux et vu, avec surprise, Lange fixer d'un air ébahi le sang qui jaillissait d'un large trou dans sa poitrine. Il a croisé son regard et ce fut comme si des volets se refermaient brusquement sur son existence. Ses yeux se sont révulsés, il est tombé en avant avec un bruit écœurant de chair et d'os s'écrasant sur les dalles de pierre.

Alors, elle a aperçu derrière lui, sur le seuil de la porte ouverte de la terrasse, la silhouette pâle de Karlheinz Wolff, bras tendu, un pistolet tremblant légèrement dans sa main. Son blouson d'aviateur en cuir était ouvert, son front couvert de sueur sous sa casquette. Un très léger sourire animait son visage tourmenté.

– Vous avez fait confiance à la mauvaise personne, Georgette. (Il a pris une profonde inspiration.) Vous savez ce qu'est un *Mischling* ?

Sans voix, paralysée par le choc, elle a secoué la tête.

– Ça veut dire métis, en allemand. Les nazis se sont emparés de ce mot pour qualifier tous ceux qui ont du sang juif mélangé à du sang aryen. C'est comme ça qu'ils m'appellent.

Sa voix était chargée d'une ironie amère. Il a passé sa langue sur ses lèvres sèches avant de poursuivre :

– À cause d'une grand-mère que je n'ai même pas connue. Je n'ai jamais eu l'intention, absolument jamais, de remettre *La Joconde* à ce crétin condescendant et antisémite de Göring. Dès la minute où il me l'a demandé, j'ai su que je consacrerais ma guerre à la tenir hors de sa portée. Et de celle d'Hitler.

Il a baissé les yeux vers l'homme qui lui avait volé sa fiancée, et dont le corps gisait dans une mare de sang.

Puis il les a relevés vers Georgette et, brusquement, sa tête a basculé sur le côté en même temps qu'éclatait un deuxième coup de feu. Son pistolet a heurté les dalles, un arc de sang a jailli de son crâne, ses jambes se sont repliées sous lui et il s'est écroulé sur la terrasse.

Georgette a entendu quelqu'un s'approcher à pas prudents avant de voir l'ombre de trois hommes obscurcir le seuil pendant qu'ils s'assuraient de la mort de Wolff, avant de pénétrer dans la pièce. L'un d'eux tenait un pistolet à la main ; de l'autre, il a retiré sa casquette. C'était Jean-Luc Percet, le gardien du château. Il a souri en apercevant le corps de Lange par terre.

– Deux pour le prix d'un, hein ? Coup de chance que René Huyghe nous ait envoyés retirer les armes de votre cave cet après-midi, sinon c'est votre sang qui aurait probablement arrosé ces dalles.

Les trois maquisards ont enterré le corps de Wolff au fond d'une tranchée à moitié creusée dans le square jouxtant la maison, là où le cantonnier s'apprêtait à poser une canalisation. Quant à Lange, ils l'ont fourré dans sa voiture de sport et ont traversé le village toujours désert, pas une âme n'osant ouvrir une fenêtre ou pousser un volet. La carcasse calcinée de la MG a été retrouvée deux jours plus tard au pied des falaises, en aval de la rivière, son conducteur carbonisé impossible à identifier.

Georgette est restée seule dans la maison au sol couvert de sang, avec le tableau le plus célèbre du monde bien caché dans le grenier où plus personne, désormais, ne viendrait le chercher.

Presque un an plus tard, le 7 mai 1945, les Allemands capitulaient, la guerre était finie. Pendant tous ces mois, la cicatrice gravée dans son âme par les événements de ce jour de juin de l'année précédente avait empêché Georgette de verser une seule larme.

Comme en ce jour fatal, le soleil brillait au moment où la guerre s'est achevée. Au lieu de se rendre au château, Georgette a pris son vélo pour retourner dans les collines où Lange l'avait emmenée. Elle a retrouvé l'entrée de la prairie où il avait garé sa voiture, et le banc de pierre à flanc de coteau, juste au-dessous de la route, où il l'avait embrassée.

Elle est allée s'asseoir seule sur la pierre fraîche pour contempler le paysage qui descendait vers la vallée. Les toitures du château de Montal captaient la lumière oblique du soleil, ses pierres d'une chaude couleur miel luisaient doucement au milieu de la verdure printanière et des arbres fruitiers en fleur. La silhouette sombre des tours de Saint-Laurent, d'où ils avaient envoyé son message à Londres afin de sauver des bombardements les œuvres entreposées au château, se dressaient contre un ciel incroyablement bleu.

Le même bourdonnement des insectes, le même tintement monotone des cloches des vaches emplissaient l'air, exactement comme le jour où elle avait senti les lèvres de Lange sur les siennes et su qu'ils allaient faire l'amour. Elle avait beaucoup de raisons de se souvenir de lui, mais une seule lui donnait à présent envie de verser les larmes qu'elle avait retenues pendant tout ce temps. Et elle a pleuré. Pleuré. Donnant libre cours à son chagrin.

Environ un mois plus tard, le 15 juin, *La Joconde*, ainsi que beaucoup d'autres tableaux stockés à Montal, prenait le chemin du retour vers Paris où elle reprendrait sa place au Louvre. Huit mois après, les toiles roulées qui avaient été mises à l'abri au-dessus du garage de Bétaille, dont *Les Noces de Cana*, et *Esquisse pour la fête*, faisaient elles aussi leur retour. Lorsqu'on a ouvert la caisse contenant *Esquisse pour la fête*, elle était vide. Aucune copie du portrait de Mona Lisa ne s'y trouvait. Et personne, surtout pas la direction du Louvre, n'allait avouer qu'elle avait un jour existé.

Chapitre 29

Enzo cligna des yeux, comme s'il se réveillait d'un rêve, ou comme s'il était ébloui par les lumières qui se rallument après la projection d'un film. La fin du récit avait duré presque toute la journée ; son estomac commençait à se plaindre d'avoir sauté le déjeuner. Dehors, la nuit était tombée, plus tôt à cause du passage à l'heure d'hiver la semaine précédente, et le feu s'éteignait. Il ne s'était même pas aperçu qu'il faisait froid maintenant dans la pièce. La lune qui brillait à travers les vitraux éclairait Anny, assise telle une apparition dans son rocking-chair ; elle le regardait avec des yeux remplis d'espoir.

– Et la seule raison pour laquelle Georgette pleurait Lange... c'était vous.

Elle eut un sourire distant, à peine perceptible.

– J'avais deux mois quand la guerre s'est terminée et qu'elle a fait ce pèlerinage jusqu'au banc de la colline. Elle avait découvert qu'elle était enceinte un mois après la mort de Lange. J'ai toujours aimé ma mère passionnément, monsieur. Et, naturellement, je n'ai jamais connu l'homme qui l'avait trahie. L'homme qui était mon père. J'aurais bien aimé le connaître. Sincèrement. Ne serait-ce que pour pouvoir lui trouver quelque chose susceptible de le racheter, comprendre pourquoi il avait agi comme ça.

Avec une petite fêlure dans la voix, elle ajouta :

– Personne ne veut croire que son père était un monstre.

– Votre mère l'a découvert ? Ce qui pouvait le racheter. Rétrospectivement, bien sûr.

– Je ne crois pas. Elle ne s'en est jamais remise, jusqu'à son dernier jour. Mais elle parlait souvent de lui, parfois même avec une tendresse que j'avais du mal à comprendre.

– Et vous tenez d'elle l'histoire que vous m'avez racontée.

Elle sourit.

– Une histoire que j'ai entendue tant de fois. Presque en boucle, du plus loin que je me souvienne. Jusqu'à avoir l'impression de l'avoir vécue moi-même, monsieur. Sa souffrance, son amour, sa douleur d'avoir été trahie, je ressens tout à sa place.

Elle tourna les yeux vers le sol, devant la porte du couloir menant à la cuisine.

– Si on regarde bien, on peut encore voir le sang de mon père sur les dalles. Il n'est jamais parti d'ici, en somme. Ma mère a acheté la maison à la mairie, avec l'argent hérité de sa propre mère. Je suis née ici, j'ai grandi ici, je n'ai jamais habité ailleurs.

– Votre mère s'est mariée, n'est-ce pas ?

– Oui. Avec un médecin. Albert Lavigne. Le seul père que j'ai connu. Elle a eu ma demi-sœur quelques années plus tard, mais Albert est mort quand Claire n'était encore qu'une enfant. De nouveau, elle s'est retrouvée seule. Et l'est restée pendant tout le restant de sa vie.

– C'est triste.

Enzo avait de la peine pour Georgette. Après tout ce qui lui était arrivé, elle méritait sûrement un peu de bonheur.

– Mais elle vous a toujours gardée près d'elle, ajouta-t-il.

Anny eut un sourire tellement triste que c'en était presque pénible.

– Oui. Néanmoins, je n'ai jamais pu me débarrasser de l'impression que, chaque fois qu'elle me regardait, elle voyait

Lange. Les fautes de mon père, et tout ça. Claire n'a jamais eu à porter cette souillure. Malheureusement, elle est partie avant moi. À ma mort, je laisserai la maison à sa fille, Élodie, comme ça elle restera dans la famille.

– Et *La Joconde* ?

Son regard acéré croisa brièvement celui d'Enzo.

– Elle est retournée au Louvre, à sa place.

L'air pensif, Enzo se gratta le menton.

– Vous savez, il me semble que si Narcisse et Bauer sont venus vous solliciter, c'est parce qu'ils étaient persuadés que vous aviez toujours la copie du portrait de Mona Lisa en votre possession. Léguée par votre mère. Après tout, étant donné sa provenance et le rôle qu'elle a joué, elle doit valoir une petite fortune. Sans parler de l'histoire qui l'accompagne. Un véritable best-seller à mon avis. (Une pause.) Et puis, il reste aussi la possibilité que la toile restituée au Louvre à la fin de la guerre ne soit pas l'originale.

– Vous débordez d'imagination, cher monsieur, s'esclaffa Anny. À vrai dire, il n'existe aucune preuve de l'existence de ce faux. Ça pourrait très bien être une invention saugrenue de ma mère. Une histoire pour amuser la galerie. Ou embrouiller.

– Embrouiller qui ?

Elle haussa les épaules en souriant.

– Ceux qui l'ont entendu raconter.

– Eh bien, ces deux hommes l'avaient certainement entendu raconter. Mais pas par vous. Ni par votre mère. Et c'est pour cette raison que l'un d'eux est mort et que l'autre a disparu.

Le sourire de la vieille dame s'évanouit. Enzo savait qu'elle n'en dirait pas davantage. Il se leva avec raideur de son fauteuil, réveillant les douleurs consécutives aux événements de la veille.

– J'ai une idée de l'endroit où pourrait se cacher celui qui a disparu. Si je le trouve, ou plutôt quand je le trouverai, la vérité éclatera peut-être enfin au grand jour.

Chapitre 30

La lune était presque pleine. La lune du chasseur. Lune bleue, aussi, puisque c'était la seconde du mois. Le lendemain, pour Halloween, les rues seraient désertes et les enfants enfermés chez eux à cause du confinement lorsqu'elle aurait atteint sa plénitude maximale. Enzo avait du mal à croire qu'elle puisse briller davantage. Autour de l'étroite D20, le causse luisait comme en plein jour. Avec sa terre rouge caillouteuse, retournée à l'approche de l'hiver, ses murs de pierres sèches aux reflets argentés, ses arbres dénudés aux ombres profondes. Enzo comprit pourquoi on la surnommait lune du chasseur. C'était la dernière pleine lune d'automne où les chasseurs pouvaient sortir de nuit et faire le plein de réserves en vue des mois maigres à venir.

Mais Enzo ne pouvait pas s'offrir le luxe d'attendre le lendemain pour partir à la recherche de son homme. Dès minuit, le confinement entrerait en vigueur et il n'aurait plus le droit d'être dehors.

Après le petit village de Miers, il roula encore une quinzaine de minutes à travers la campagne avant d'arriver au croisement avec la route qui menait au gouffre de Padirac.

Le site touristique du gouffre se trouvait à deux kilomètres du village de Padirac. Personne n'y vivait. Le long d'une route bordée d'arbres se succédaient bars, cafés, hôtels et restaurants, jusqu'à un bâtiment tentaculaire rouge et blanc en lisière du trou béant. En face, se dressait l'auberge du Gouffre, d'où un petit parc s'enfonçait dans la vallée vers les bois, à l'ouest. En été, des milliers de touristes faisaient la queue pendant des heures sous de longs auvents, avant de donner leurs euros pour pouvoir entrer dans le bâtiment d'où ils accéderaient aux escaliers et aux ascenseurs qui les descendraient dans les entrailles de la terre. En cette saison, l'endroit était évidemment désert. Tout était fermé. Pas une seule lumière aux fenêtres des trois étages de l'hôtel Padirac. Les fantômes de l'été étaient partis depuis longtemps, avant un hiver morne et désolé.

Enzo gara sa voiture au bas de la route et en sortit au milieu d'un silence surnaturel. Sous la lumière phosphorescente de la lune, les réverbères paraissaient complètement superflus. Il consulta la petite carte sommaire dessinée sur le dépliant du gîte à louer en été, et suivit un chemin qui longeait le parc. Au bout, une allée de graviers coupait à travers les hautes herbes vers une maison bâtie à flanc de coteau entourée de gros chênes.

Il eut à peine besoin de sa lampe torche pour grimper jusque-là, en écrasant glands et faines sous ses pieds. Un toit peu incliné, en tuiles romaines, couvrait un bungalow avec terrasse ; une courte volée de marches menait à la porte principale. Toutes les fenêtres paraissaient protégées par des volets. Accolé au côté gauche de la maison, un abri à voitures était plongé dans l'ombre. Enzo braqua le rayon lumineux sur l'obscurité et vit un vélo de course appuyé contre le mur. Son cœur se mit à battre un tout petit peu plus vite.

Continuant à monter, il contourna la propriété. À l'arrière, une porte donnait sur un jardin envahi de mauvaises herbes où des arbres fruitiers devaient offrir une ombre parfumée en été. À gauche de la porte, des volets étaient très légèrement entrebâillés. Enzo les éclaira et comprit, à la vue du bois éclaté, qu'ils avaient été forcés.

Il éteignit sa torche et la coinça dans sa ceinture avant de les écarter complètement. Un carreau avait été brisé ; en s'approchant plus près, il entendit du verre crisser sous ses semelles. Il regarda autour de lui et repéra, sous l'arbre le plus proche, une table avec deux fauteuils en plastique blancs striés de vert et jaunis par l'humidité. Il alla chercher un des sièges, le cala contre le mur, monta dessus et se hissa sur le rebord de la fenêtre. De là, il put atteindre la vitre cassée, passer la main à travers et tourner la poignée pour l'ouvrir. La maison lui renvoya une bouffée d'air chaud accompagnée de relents de cuisine. Plus une autre odeur, difficile à identifier. Savon. Ou parfum. Peut-être de l'après-rasage. Agrippant avec précaution les côtés de l'encadrement de la fenêtre, il se laissa tomber sans bruit dans le noir et resta accroupi un moment, le temps que ses yeux s'habituent à la pénombre, l'oreille à l'affût du moindre bruit. Mais le silence était encore plus profond que l'obscurité. Lentement, il se releva en libérant la lampe torche de sa ceinture.

Il était fort possible que Bauer soit reparti depuis longtemps. Qu'il soit venu ici ne faisait aucun doute. Le vélo, sous l'auvent, en était la preuve. Il y avait aussi une chance qu'il ne soit pas encore reparti. Qu'il ait entendu Enzo entrer par la fenêtre, peut-être même vu la lumière de sa lampe s'approcher de la maison.

Cette lampe lui révéla qu'il se trouvait dans une petite chambre à coucher. Le lit était soigneusement fait, personne n'y avait couché. Si Bauer était toujours ici, peut-être endormi, Enzo ne voulait surtout pas l'alerter de sa présence. Il ouvrit la porte tout doucement et jeta un œil dans un étroit couloir qui traversait la maison, d'un pignon à l'autre. Vers le milieu, des doubles-portes vitrées donnaient sur une grande pièce. Enzo foula avec précaution le carrelage et entra dans le salon. À une extrémité, il y avait un poêle à bois installé dans une cheminée, à l'autre, une table. Un canapé et des fauteuils entouraient des portes-fenêtres au-delà desquelles la terrasse offrait une vue sur le parc et, au loin, sur l'entrée rouge et blanche du gouffre.

La table était couverte de documents, de cartes et d'une pile de carnets reliés en cuir noir, mis en évidence par le faisceau de la lampe torche. Plusieurs mugs contenaient des restes figés de café au lait à moitié bu. Une odeur, dans l'air, révélait à Enzo que quelqu'un s'était trouvé là très récemment.

Il s'approcha de la table et feuilleta d'une main les pages de l'un des carnets. L'encre avait pâli. Le texte était en allemand. Incompréhensible. En promenant sa lampe sur la table, il tomba sur une coupure de presse tirée d'un journal qu'il reconnut, *La Dépêche du Midi*, le quotidien de la région.

Il la prit et la parcourut rapidement. *Un arbre mort abattu pendant une tempête dans le village de Carennac... les restes d'un corps... un officier allemand de l'armée de l'air... une balle dans le crâne*. Enzo se figea brusquement. *Le square jouxte la maison ayant autrefois appartenu à Georgette Pignal, célèbre pour avoir été chargée par de Gaulle, pendant la Seconde Guerre mondiale, d'empêcher* La Joconde *de tomber entre les mains des Allemands. La maison est aujourd'hui habitée par sa fille Anny*.

Voilà donc ce qui avait attiré Bauer à Carennac. Mais, plus que la conviction que les restes découverts étaient ceux de son grand-père, c'était surtout la copie de *La Joconde*, dont il avait dû apprendre l'existence, qui l'intéressait. Il pensait sans doute que même si Anny ne l'avait pas en sa possession, elle savait où elle se trouvait. Enzo reposa l'article sur la table et se surprit à penser exactement la même chose. Le tableau ne pouvait pas avoir disparu purement et simplement.

Du coin de l'œil, il capta, mais trop tard, un mouvement. Une silhouette prit forme en jaillissant des ténèbres et l'assomma avec un poing aussi dur que de l'acier. La violence avec laquelle il toucha le sol lui coupa le souffle, sa torche glissa sur le sol en projetant des ombres dansantes sur les murs. Jusqu'à ce qu'elle se fracasse contre le poêle, plongeant la pièce dans le noir.

Son agresseur se dépêcha de l'enjamber et de s'enfuir dans le couloir. Groggy, Enzo se redressa sur les genoux.

– Bauer ! Bon Dieu, Bauer ! Je suis venu vous aider !

Mais il entendit la porte d'entrée s'ouvrir et des pas dévaler les marches avant de se perdre dans la nuit.

Tout en se remettant péniblement debout, il porta une main à sa joue. Elle saignait, commençait déjà à enfler. Il se précipita à son tour dans le couloir, puis dehors au clair de lune, et vit la silhouette de Bauer traverser le parc à toute allure. S'il y avait eu des chasseurs à ce moment-là, ils n'auraient eu aucun mal à le viser.

– Merde, je suis trop vieux pour ce genre de chose, soupira Enzo en descendant à son tour.

Le temps qu'il atteigne le parc, Bauer avait déjà gagné l'autre extrémité et filait en direction de l'entrée du gouffre. Enzo s'arrêta et hurla :

– Bauer ! Attendez ! Je sais que vous n'avez pas tué Narcisse !

Bauer s'immobilisa, regarda derrière lui, hésita, visiblement en plein dilemme. Il avait forcément entendu ce qu'Enzo venait de dire. Mais ce dernier se rendit aussitôt compte qu'il venait de s'adresser à lui en anglais. Il repartit en courant, sur des jambes tremblantes, la gorge en feu, le souffle rauque.

Tout à coup, Bauer parut changer d'avis. Il retraversa la route et s'enfonça dans l'ombre d'un bâtiment. Quand Enzo émergea du parc, il ne le vit plus nulle part. Il s'avança sur la chaussée, accompagné par son ombre que la lune projetait sur l'asphalte, jeta un coup d'œil vers l'Auberge, puis vers l'hôtel Padirac, en haut de la colline. Aucun mouvement. Une douzaine de marches le séparaient de l'entrée principale du gouffre. Deux portes, grilles baissées devant les vitres pour la saison. Les deux donnaient sur un hall d'entrée obscur où se trouvait la billetterie ; c'était de là qu'on accédait à l'ascenseur et aux escaliers.

Il contourna le bâtiment en direction du café mitoyen qui, l'été, devait faire des affaires en or, et plaqua les mains sur la rambarde encerclant le trou béant.

À la lumière de la lune, il distingua un escalier métallique gris qui s'enfonçait en zigzag dans la noirceur des profondeurs de cette fosse immense. Juste à côté, la cage de l'ascenseur grâce auquel on pouvait remonter plus facilement à la surface. Les deux étaient fixés dans la roche qui semblait constituée de grosses plaques de sédiments pétrifiés empilées les unes sur les autres. On aurait dit qu'une divinité extraterrestre avait creusé la terre avec une vis d'Archimède géante. Des arbres et des buissons s'accrochaient obstinément au pourtour ; des filets métalliques plaqués sur la paroi prévenaient d'éventuelles chutes de pierres.

Soudain, l'attention d'Enzo fut attirée par un claquement et un raclement métallique qui s'élevaient dans la nuit ; à sa grande stupéfaction, il aperçut Bauer qui, accroché au filet métallique, descendait vers l'escalier. La structure entière trembla sous le poids de son corps lorsqu'il sauta les trois derniers mètres.

Penché au-dessus du garde-corps, Enzo cria de nouveau :

– Bauer ! Je suis venu vous aider !

Il le vit lever son visage d'un blanc fantomatique sous la lune, puis disparaître dans l'ombre.

Enzo pensa aussitôt qu'il devait y avoir un autre moyen de sortir du gouffre, une issue par laquelle Bauer croyait pouvoir s'échapper. Pour rien au monde il ne se risquerait à le suivre par là. Il sortit son téléphone de sa poche et chercha le numéro d'Arnaud, à la gendarmerie de Vayrac. Tout en l'appelant, il consulta sa montre. Huit heures passées. La sonnerie fut vite remplacée par un répondeur. Il jura entre ses dents.

Les gendarmes n'étaient jamais là quand on avait besoin d'eux. Il décida de laisser un message :

– Allo, ici Enzo Macleod pour le capitaine Arnaud. J'ai retrouvé Bauer. Au gouffre de Padirac. Cet idiot vient de descendre dans le trou.

Soudain, un claquement métallique l'interrompit, suivi d'un hurlement à glacer le sang.

– Merde ! Il lui est arrivé quelque chose, ajouta-t-il avant de raccrocher.

Penché au-dessus des ténèbres, il cria :

– Ça va ?

Au bout d'un long moment, la voix de Bauer lui parvint affaiblie, disant en anglais, avec un très léger accent :

– Je crois que je me suis cassé la jambe. Ça saigne beaucoup.

– Bon Dieu.

Enzo regarda autour de lui comme si des secours pouvaient surgir tout à coup de la nuit, mais la rue somnolait dans une indifférence silencieuse et les flaques de lumière de ses réverbères étaient éclipsées par la lune. Il examina le filet en acier que Bauer avait emprunté pour descendre, et se demanda s'il serait capable d'en faire autant. À une certaine époque, sans le moindre doute ; la question ne se serait même pas posée. Mais aujourd'hui...

Il soupira, escalada le garde-corps et se fraya un passage dans la végétation qui poussait autour du trou. Le fond lui paraissait atrocement loin. Soixante-quinze mètres de hauteur, se rappelait-il avoir lu sur la brochure. D'ailleurs, il ne le voyait même pas. Le simple fait de regarder vers le bas lui donnait le vertige.

– Tenez bon, cria-t-il. J'arrive.

Il amorça la descente sur le grillage. Les prises pour les pieds et les mains étaient faciles à trouver, mais l'acier s'incrustait dans ses paumes. Il essaya de répartir le plus gros de son poids sur ses jambes et les sentit trembler quand il déplaça un pied au-dessous de l'autre.

Avec un soulagement immense, il atteignit enfin le toit en tôle d'une cabine surplombant l'escalier ; il s'y tint debout, toujours tremblant et haletant, le temps de retrouver sa respiration et de rassembler son courage. En levant les yeux vers le ciel, il fut surpris d'être déjà parvenu aussi bas. Puis, sans regarder le fond du gouffre, il s'agenouilla, se glissa au bord, se laissa tomber sur les derniers mètres comme l'avait fait Bauer, et atterrit avec un bruit d'enfer sur la grille du palier le plus proche. Toute la structure vibra. Il s'accroupit pour se stabiliser.

Basculant ensuite la tête en arrière, il vit le bord du gouffre projeter une énorme ombre circulaire sur la paroi opposée.

– Bauer ? appela-t-il.

– Je suis là, plus bas.

Enzo descendit les marches de palier en palier. Il s'enfonçait à présent dans l'ombre d'un noir profond après l'éclat éblouissant du clair de lune. Alors, exactement comme il venait de le faire dans la maison, Bauer jaillit de l'obscurité pour lui écraser son poing sur la figure.

Enzo tomba et sentit cette fois le sang envahir sa bouche. Il crut même avoir perdu une dent. Bauer lui souffla son haleine chaude au visage en beuglant :

– Fumier ! Foutez-moi la paix. Maintenant qu'on est tous les deux au fond, vous ne pouvez dire à personne où je suis. Et vous ne vous en sortirez jamais tout seul.

Sur ce, il dévala les marches deux par deux vers les profondeurs.

Couché sur la grille métallique, Enzo cracha du sang et se maudit d'avoir été aussi stupide. L'Allemand avait raison. À cause de sa naïveté idiote il se retrouvait coincé dans ce trou, conscient qu'il ne pourrait jamais remonter en escaladant.

Il se redressa lentement, passa le dos de sa main sur ses lèvres, sentit l'humidité du sang sur sa peau. Puis il prit son téléphone, actionna la fonction torche et dirigea le rayon lumineux vers le bas. Dans la demi-pénombre, il distinguait vaguement, au pied des escaliers, un enchevêtrement de sentiers et de passages couverts au fond même du gouffre. Et il vit la petite silhouette de Bauer courir, à l'autre bout, vers une ouverture d'où d'autres escaliers semblaient s'enfoncer dans le noir.

Il essaya à nouveau d'appeler Arnaud, mais son téléphone ne captait aucun signal. Pendant plusieurs minutes, il resta assis sur place à s'apitoyer sur son sort, les coudes sur les genoux, en se demandant s'il allait mourir dans ce foutu trou. Il secoua la tête. C'était idiot. Il y avait forcément un autre moyen d'en sortir.

Il se releva, cracha du sang dans le vide et continua à descendre les escaliers. Le claquement de ses semelles sur le métal résonnait autour de lui. Il éteignit la torche de son téléphone pour économiser la batterie, et laissa ses yeux s'accoutumer à l'obscurité tout en s'enfonçant toujours plus bas.

Lorsqu'il toucha enfin le fond, il leva la tête et vit le bord du trou se découper très nettement sur le ciel. Un cercle presque parfait. Mais ça ne servait à rien de le regarder. Il fallait avancer. À pas hésitants, il suivit un chemin qui passait devant une étrange statue blanche et luisante, tel un fantôme envoyé pour le hanter. Puis il rencontra des marches en béton menant à l'entrée d'une grotte creusée dans les couches de sédiments. Au-delà, toute clarté était avalée par la nuit.

Il avait de nouveau besoin de la torche de son téléphone pour descendre des marches assez raides qui formaient un coude avant de plonger encore plus profondément sous terre.

Du plafond des galeries creusées dans le grès par les eaux des rivières souterraines durant des millions d'années, tombait sur sa tête une pluie de gouttes de condensation. Finalement, l'escalier prit fin ; une anfractuosité dans le rocher offrait un étroit passage. Après les températures quasi glaciales de la surface, l'air semblait chaud, mais l'obscurité était si profonde que la lumière du téléphone la perçait à peine.

Les parois se resserraient de chaque côté et cette grande fissure dans le rocher disparaissait dans les ténèbres au-dessus de sa tête tandis qu'il avançait résolument, en braquant devant lui la torche de son téléphone. Il entendait de l'eau couler, mais ne la voyait pas. Soudain, tout s'élargit autour de lui et le faisceau lumineux se refléta sur une eau noire.

Des rampes métalliques brillantes, destinées à séparer les touristes en files, aboutissaient à un tourniquet, puis à un embarcadère où une demi-douzaine de longues barques étroites dansaient contre des quais en béton. Un des emplacements était vide. Bauer avait dû prendre un bateau. Enzo rechignait à le poursuivre sur une embarcation aussi fragile, dans l'obscurité. Qui savait si l'eau était profonde, et si le courant ne risquait pas de lui en faire perdre le contrôle. Il promena le faisceau lumineux sur les parois de la grotte, dans la zone de l'embarcadère, et repéra à l'autre bout du quai un gros câble descendant du plafond vers un boîtier métallique fixé dans la roche. Il avança avec précaution sur le béton glissant, l'ouvrit et trouva à l'intérieur un gros interrupteur. Bien sûr ! On éclairait les grottes pour les touristes. Il le bascula. Des projecteurs de couleur cachés au-dessus de lui transformèrent soudain l'espace en illuminant le parcours de la rivière souterraine. Des cascades de rochers se déversaient des cieux, des stalactites ressemblaient à des lances liquides gelées par le temps. Formations étranges et merveilleuses colorées en vert, rouge et bleu par les lumières.

Enzo contempla la scène avec étonnement avant que ses yeux ne tombent sur de longues perches entreposées dans un coin ; il en déduisit que l'eau ne pouvait pas être trop profonde si elles servaient à faire avancer les barques sur la rivière. Il en attrapa une et monta sur l'embarcation la plus proche, qui se balança dangereusement. Tenant la perche à l'horizontale, il finit par retrouver son équilibre ; quand le bateau s'arrêta de bouger, il se déporta vers l'avant afin de mieux répartir son poids.

Sous sa poussée, la barque traça un sillon silencieux dans l'eau noire, entre des parois qui empiétaient sur la rivière et l'obligeaient à manœuvrer en zigzag, d'un côté à l'autre, pour éviter les rochers en saillie ; il les heurtait malgré tout de temps en temps et s'en dégageait à l'aide de la perche. Les sels calciques déposés au fil des siècles formaient des colonnes et des cascades ; le doux bruissement de l'eau contre la coque emplissait maintenant l'air, avec le son des myriades de gouttes tombant en pluie fine.

Au bout d'un certain temps, dont il perdait la notion, l'étroite rivière souterraine déboucha dans une autre grotte ; à quai se trouvait une seule barque. Celle de Bauer. Enzo s'amarra à côté et tendit l'oreille. Ne percevant aucun bruit, il en conclut que l'Allemand devait déjà être loin.

Du débarcadère, un couloir s'enfonçait vers les ténèbres. Enzo trouva un autre boîtier sur le mur et actionna l'interrupteur qui illumina le passage. Après avoir parcouru tout ce chemin dans le noir, probablement à la lueur de son téléphone, Bauer devait être affolé par cette brusque explosion de lumière.

Pour Enzo, il n'y avait pas d'alternative. Il devait continuer en espérant trouver une issue dans les meilleurs délais. Le sang, qui lui laissait dans la bouche un goût très prononcé, avait séché sur ses lèvres et formé une croûte sur le dos de sa main. La douleur devenait plus sourde, mais tout son corps le faisait souffrir, il éprouvait de plus en plus de difficulté à mettre un pied devant l'autre.

Pendant plusieurs minutes, il avança d'un pas incertain, jusqu'à ce que l'étroit passage s'ouvre sur une vaste salle souterraine, où les eaux calmes d'un lac, éclairées depuis le fond en turquoise, reflétaient des parois vertigineuses qui se fondaient dans une obscurité brumeuse.

C'était un cul-de-sac. Au bout de ce lac, l'eau s'écoulait dans une autre rivière emplissant complètement la galerie qu'elle avait creusée dans le roc. À droite, un escalier métallique fixé sur la paroi s'élevait en pente raide à l'intérieur d'une anfractuosité, tournait et disparaissait. Ce devait être la sortie.

Enzo foula le sol rocheux usé par les pieds d'un million de touristes, dépassa une série de panneaux illuminés, et grimpa, grimpa cet escalier qui semblait sans fin. Ses jambes tremblaient, ses muscles le brûlaient. Puis, à son grand désarroi, il se rendit compte que la passerelle, sur laquelle il arrivait, contournait une formation rocheuse ressemblant à un chou-fleur géant, avant de redescendre dans l'obscurité. Il jeta un coup d'œil en arrière et fut étonné d'être monté aussi haut. Au-delà du garde-corps de la passerelle, la roche lisse tombait comme une cascade gelée jusqu'au sol de la grotte, trente ou quarante mètres plus bas. Tout à coup, cette passerelle lui parut d'une fragilité terrible. Devant lui, il en voyait d'autres qui enjambaient des crevasses. On aurait dit un de ces escaliers improbables à la Escher d'où on ne peut jamais s'échapper. Les sels calciques façonnés par des centaines de milliers d'années d'érosion dégringolaient des parois qui l'entouraient comme des grappes de méduses multicolores.

Un bruit lui fit lever la tête. Juste à temps pour voir l'ombre noire de Bauer fondre sur lui depuis une corniche. Les deux hommes s'écrasèrent contre la rambarde, au-dessus de laquelle, entraînés par leur poids combiné, ils basculèrent sur une étroite plateforme rocheuse mouillée d'où ils commencèrent à glisser vers le vide. Enzo s'agrippa désespérément à la rambarde. Bauer le dépassa et s'arrêta brutalement sur une excroissance qui faisait penser à une grosseur maligne poussée sur la lèvre de l'abîme.

Haletant au bord du précipice, les deux hommes se regardaient fixement. L'écho de la voix de Bauer se répercuta au-dessus d'eux, dans l'obscurité :

– Qu'est-ce que vous me voulez à la fin !

Enzo risqua un coup d'œil vers le bas et sentit son estomac chavirer. La chute serait longue et ne pourrait que le tuer ; sa vie semblait tenir à un fil.

– J'essaye de vous aider, nom d'un chien !

Mais cela n'émut pas l'Allemand, qui se redressa pour attraper le garde-corps en métal de la passerelle et se hisser sur le rebord où Enzo, impuissant, était allongé. Il s'accroupit et le saisit par le col.

– Qu'est-ce qui m'empêche de vous balancer par-dessus bord ? Personne ne saura jamais que ce n'était pas une simple chute.

Enzo s'efforça de retrouver assez de souffle pour parler.

– *Vous* le saurez. Et vous le regretterez. Comme toujours. Mais je ne serai pas là pour vous pardonner, comme Lise. Et vous aurez ma mort sur la conscience jusqu'à la fin de vos jours.

Déconcerté, Bauer fronça les sourcils.

– Pourquoi parlez-vous de ma Lise ?

– J'en sais long sur vous, Hans. Je sais que vous avez un sale caractère et que la colère vous pousse à faire des choses que vous regrettez par la suite. Mais je sais aussi que vous n'êtes pas foncièrement mauvais, pas vraiment. Vous n'avez pas le gène du mal qui vous obsède tant. Vous devenez vite violent, d'accord, mais ce n'est pas votre faute si vous avez hérité ça de Wolff.

Bauer se retrouvait confronté à une vision de lui-même à laquelle il ne s'attendait pas. Surtout dans cet endroit, venant de cet homme. Enzo sentit sa poigne se desserrer. Tentant le tout pour le tout, il dit :

– Je suis descendu parce que je vous croyais blessé. C'est comme ça que vous comptez me remercier ? Je ne vous crois pas capable de me tuer. Votre grand-père vous a peut-être transmis des traits de son caractère, mais certainement pas la capacité de tuer. Je sais que vous n'avez pas assassiné Narcisse. Quelqu'un a simplement voulu faire croire que c'était vous.

Bauer se laissa tomber, assis jambes croisées sur la corniche. Toute sa colère et sa peur semblaient l'avoir quitté. Enzo le vit flancher.

– Comment savez-vous que je ne l'ai pas tué ?

– Parce que j'ai été, autrefois, l'un des meilleurs experts en scène de crime, Hans.

Enzo lui parla des taches de sang séché, de l'absurdité de la thèse selon laquelle il se serait sauvé, paniqué, plusieurs minutes après le meurtre.

– Si vous aviez été capable de tuer quelqu'un de sang-froid, vous ne vous seriez pas affolé, vous seriez reparti par où vous êtes arrivé. La porte de la terrasse.

– Comment pouvez-vous savoir tout ça ? Sur moi, sur ce qui s'est passé ce soir-là ?

– Je suis allé en Allemagne, Hans. J'ai discuté avec Lise. J'ai obtenu l'ADN des restes humains trouvés dans le square de Carennac, et établi la correspondance familiale avec le vôtre. Karlheinz Wolff était bien votre grand-père. Lise m'a dit que vous aviez son journal. C'est en le lisant que vous avez appris l'existence d'une copie de *La Joconde* ?

Bauer hocha la tête, en fixant ses mains d'un air absent.

– Je savais que si j'arrivais à mettre la main dessus, je pourrais en tirer une fortune. Mais je savais aussi qu'il me fallait de l'aide. Voilà pourquoi je suis allé voir Narcisse à Paris.

Son visage refléta son ancienne fureur quand il ajouta :

– Il s'est moqué de moi. Il m'a pratiquement jeté dehors. Et ensuite, ce salaud est venu ici et a essayé de la récupérer pour lui seul.

– Que s'est-il passé ce soir-là, Hans ? Le soir du meurtre.

Bauer leva vers Enzo des yeux étincelants de colère.

– Quand je suis arrivé à l'hôtel de Carennac, je me suis rendu compte que Narcisse m'avait précédé. Je me suis arrangé pour qu'il ignore ma présence. L'après-midi, j'étais dans le square quand je l'ai vu frapper à la porte de madame Lavigne.

Enzo mit un bref instant à comprendre qu'il parlait d'Anny.

– Il est entré, continua Bauer, et ressorti au bout d'un quart d'heure. J'ai attendu qu'il ait disparu pour aller frapper moi aussi à la porte. J'étais tellement enragé que j'ai sûrement crié. Je lui ai raconté que j'étais le petit-fils de Wolff, que je connaissais l'existence de la copie de *La Joconde* parce qu'il en parlait dans son journal. Et j'ai exigé de savoir ce que voulait Narcisse. (Il a froncé les sourcils.) Elle était si... comment dire ? Si calme. Avec ce drôle de petit sourire. Elle m'a répondu que Narcisse était venu lui débiter la même histoire ridicule et qu'elle l'avait envoyé balader.

– Vous l'avez crue ?

– Non. J'ai rétorqué que je ne partirais pas avant de savoir ce qu'était devenu le tableau. Elle a refusé de me laisser entrer. Mais, sans toutefois admettre quoi que ce soit, elle m'a dit que si je revenais chez elle à huit heures du soir elle me révèlerait la vérité.

– Et vous avez accepté ?

– Qu'est-ce que je pouvais faire d'autre. (Il prit une profonde inspiration.) Un peu avant sept heures et demie, j'étais assis au bar du Fénelon, bouillant d'impatience en attendant huit heures, quand j'ai vu Narcisse sortir de l'hôtel. Et là, j'ai eu la certitude qu'elle avait conclu un marché avec lui. Alors, dès qu'il a été hors de vue, j'ai traversé la route et pénétré dans le jardin de la maison qui se trouve juste en face. Un petit chemin le traverse jusqu'à une autre porte, en haut, qui donne sur une ruelle derrière la maison de madame Lavigne. Il y faisait noir comme dans un four ; je pouvais surveiller la rue et l'escalier qui mène à sa porte. J'étais à peine arrivé que Narcisse s'est avancé sous la lumière d'un réverbère. Je l'ai entendu monter les marches.

Bouleversé par ce souvenir, il se frotta le visage avec les deux mains.

– J'ai patienté quelques minutes. J'hésitais sur la décision à prendre. Attendre jusqu'à huit heures ? Non, j'en étais incapable. Alors, aller les affronter tout de suite ? C'est ce que je me préparais à faire quand, soudain, une porte s'est ouverte sur le côté de la maison. J'ai vu madame Lavigne se précipiter dehors et dévaler les marches vers la ruelle. Certain qu'elle allait me voir, je me suis figé sur place. Mais comme j'étais encore dans l'ombre, elle est passée sans me voir. Elle a pris un chemin qui semblait monter vers la route d'Alvignac.

À son regard, Enzo comprit que Bauer ne voyait rien d'autre que la scène qu'il rejouait de mémoire dans sa tête.

– Je n'ai pas bougé pendant un bon moment. Je savais que Narcisse n'avait pas quitté la maison et je ne comprenais pas pourquoi. Où allait madame Lavigne alors qu'elle m'avait donné rendez-vous à huit heures ? Finalement, j'ai décidé d'affronter Narcisse. Je suis monté sur la terrasse pour entrer dans la maison par la porte latérale. À l'intérieur, il faisait très sombre. Et pas moyen de trouver un interrupteur qui fonctionne. J'ai appelé, personne n'a répondu. J'ai réussi à passer tant bien que mal de la grande pièce où je me trouvais à la cuisine. Là, un peu de lumière provenait de la rue. Mais je n'ai pas vu Narcisse par terre avant de tomber sur lui. Alors, oui, j'ai paniqué. Il y avait du sang partout, j'en avais plein sur moi. Il fallait absolument que je sorte au plus vite. Et tout en me sauvant dans la rue, couvert de sang, je savais exactement quelles conclusions on en tirerait.

– Ce que madame Lavigne espérait, dit Enzo. Bien qu'elle n'ait certainement pas imaginé que vous seriez couvert du sang de Narcisse. Un coup de chance sur lequel elle n'avait pas compté.

Bauer, qui revivait encore ce moment, hocha la tête.

– Je suis monté dans ma chambre sans croiser personne. J'ai pris une douche, changé de vêtements, rassemblé mes affaires et filé. J'ai emporté un dépliant que j'avais regardé un peu plus tôt. Une maison à louer près du gouffre de Padirac. Je savais qu'elle serait vide et que je pourrais m'y rendre à pied en deux heures. Sur les routes de campagne, la nuit, personne ne me verrait.

– Et en arrivant en haut de la colline, vous avez repéré un vélo dans une grange.

Bauer jeta à Enzo un regard plein de curiosité. Décidément, cet homme semblait tout savoir sur lui et sur le déroulement des événements ce soir-là sans qu'il lui ait raconté quoi que ce soit.

– Ça facilitait les choses. Le gouffre de Padirac est désert à cette époque de l'année. Personne n'habite là-bas. Je n'ai eu aucun mal à m'introduire dans le gîte. Les derniers locataires avaient laissé des provisions dans le frigo, et les propriétaires n'avaient pas encore nettoyé les lieux pour l'hiver. J'étais en sécurité, j'avais de quoi survivre. Au moins quelques jours.

Enzo secoua la tête.

– Mais pourquoi ? À quoi bon ? Vous auriez bien été obligé de vous rendre à un moment ou un autre, non ?

– Pas avant que la police comprenne que je n'avais pas tué Narcisse. C'était obligé. Puisque ce n'était pas moi l'assassin. Mais sur Internet, tous les articles disaient qu'on me recherchait. Ensuite, vous êtes arrivé et je me suis affolé.

Enzo rassembla ses forces pour se remettre sur ses pieds, en se tenant désespérément d'une main à la rambarde ; il offrit l'autre à Bauer pour l'aider à en faire autant.

– Eh bien, moi, je sais que ce n'est pas vous. À nous deux, nous pourrons le prouver.

Bauer hocha la tête et tendit le bras vers lui tout en se relevant. Mais, soudain, son pied glissa sur la roche mouillée.

Il essaya de se retenir à Enzo avec l'énergie du désespoir ; leurs doigts se touchèrent, puis, involontairement, il recula sa main et moulina des bras pour tenter de garder l'équilibre. Malheureusement, un coup d'œil par-dessus son épaule, vers le vide, lui fut fatal. Juste avant sa chute, il fixa sur Enzo des yeux noirs de peur lançant un ultime appel au secours. Totalement impuissant, Enzo ne put que regarder avec désarroi le jeune Allemand basculer en arrière et tomber dans un silence des plus étranges rompu seulement par le bruit de son corps se fracassant sur le sol de la grotte, cent mètres plus bas. L'écho de sa mort se répercuta tout autour de cette salle souterraine préhistorique, devenue pour lui, en un clin d'œil, l'antichambre de l'éternité.

*

Enzo mit très longtemps à rassembler ses forces, escalader la rambarde dans l'autre sens et reprendre pied sur la passerelle. Il lui fallut ensuite près d'une demi-heure pour revenir en arrière le long des tunnels et de la rivière souterraine avant d'émerger enfin à la clarté de la lune qui avait alors atteint dans le ciel un point situé presque exactement à l'aplomb de sa tête. Guidé par sa lumière qui inondait le gouffre, il se lança avec lassitude dans la remontée des escaliers. Ses jambes peinaient de plus en plus à le soutenir quand, arrivé à quelques volées de marches du haut, il entendit soudain du remue-ménage au-dessus de lui. En levant les yeux, il vit des éclats de lumière bleue, des silhouettes qui se penchaient sur la rambarde encerclant le trou. Des faisceaux lumineux se braquèrent sur lui.

Une voix qu'il connaissait cria :

– Monsieur Macleod ! Mais qu'est-ce qui se passe, nom d'un chien ?

C'était le capitaine Arnaud.

Enzo faillit s'évanouir de soulagement. Avec difficulté, il réussit à trouver assez de voix pour crier à son tour :

– C'est une longue histoire, capitaine. Commencez plutôt par me sortir d'ici.

Chapitre 31

Il était presque onze heures quand, sur le perron couvert de la maison d'Anny, Enzo souleva le marteau en fer forgé et frappa trois fois. Le son se répercuta à travers la placette et le square, où la lune jetait des ombres profondes sur l'endroit qui aurait dû être la dernière demeure de Karlheinz Wolff. Il baissa les yeux vers le pied de l'escalier en entendant un bruit de pas dans la ruelle obscure, sur le côté de la maison, d'où Bauer avait vu Anny sortir le soir du meurtre.

La porte s'ouvrit sur la vieille dame, qui ressemblait à un spectre sous la lumière de la lune. Tout habillée, curieusement ratatinée.

– J'espère que vous n'étiez pas couchée, dit-il.

Elle lui adressa un sourire las.

– Bien sûr que non. Je vous attendais.

Elle lui tourna le dos pour traverser la cuisine en direction du grand salon. Enzo referma la porte derrière lui et la suivit.

Anny s'installa comme d'habitude dans son rocking-chair, devant les braises mourantes du feu et le regarda s'asseoir dans le fauteuil où il l'avait écoutée raconter l'histoire de sa mère, de Paul Lange, de Wolff. Et de *La Joconde*. Elle lui jeta un regard curieux. Ses pupilles étaient tellement dilatées que ses yeux paraissaient noirs.

– Vous en avez bavé, marmonna-t-elle.

Par pur réflexe, il porta les doigts à son visage contusionné. Il avait eu le temps de se laver et de se changer. Mais sa figure, il le savait, était abîmée.

– Vous n'avez pas vu l'autre, répliqua-t-il d'un air sinistre.

Cela ne les fit sourire ni l'un ni l'autre. Enzo sortit son téléphone de sa poche, activa l'application dictaphone, et le posa sur une table basse.

– Je vais enregistrer notre conversation. Vous n'y voyez pas d'objection ?

Elle se contenta de hausser les épaules.

– Vous l'avez tué, Anny, n'est-ce pas ? Narcisse.

Sans rien dire, elle continua à fixer sur lui ses yeux anormalement sombres.

– Vous lui avez donné rendez-vous à sept heures et demie. Vous avez coupé le courant avec le disjoncteur pour plonger la maison dans le noir. Vous lui avez tranché la gorge avec un couteau de cuisine et vous l'avez abandonné. Vous saviez que Bauer arriverait une demi-heure plus tard. La porte n'était pas verrouillée. Vous avez pensé qu'il y avait de fortes chances pour qu'il entre et, dans l'obscurité, trébuche sur Narcisse. Vous n'aviez probablement pas imaginé qu'il glisserait et tomberait dans le sang, mais cela n'a fait qu'étayer votre version des faits. Qu'il se soit enfui en courant a renforcé les soupçons de la police sur sa culpabilité.

Elle ferma les yeux et dit d'une petite voix :

– C'était très bien calculé de ma part.

– Ça l'était.

Quand elle les rouvrit, ils paraissaient vitreux.

– J'ai un alibi.

Enzo secoua la tête.

– Bauer vous suspectait d'avoir conclu un marché avec Narcisse. Il est arrivé plus tôt que prévu. Il se trouvait dans la ruelle quand vous êtes sortie par la terrasse pour remonter vers la route d'Alvignac par le petit chemin. (Il soupira.) Je serais étonné que votre amie résiste encore longtemps. Sauf, bien sûr, si elle est dans le coup.

– Bien sûr que non ! grogna Anny. L'idiote. Quand on est parties avec sa voiture, je me suis « souvenue », arrivée en haut de la route, que j'avais laissé mon téléphone à la maison. J'ai dit à Marie-Christine de m'attendre devant l'auberge du Vieux Quercy au lieu de faire le tour pour revenir devant chez moi, et j'ai pris ce petit chemin. Je l'ai assurée que j'en avais seulement pour une minute. Ça n'a pas pris beaucoup plus.

– Vous auriez pu rencontrer Bauer en retournant chez vous. Il devait déjà être à mi-chemin.

– À quel fil ténu tient le destin, monsieur Macleod. Tout est dans le minutage.

– Vous avez donc tué Narcisse, puis vous êtes allée profiter d'un bon dîner chez votre amie à Vayrac.

– Ça me donne l'air d'être terriblement insensible.

– Oui, en effet. Un peu comme votre père, non ?

Elle tressaillit. Il l'observa un long moment avant de lancer :

– Est-ce que je dois vraiment tout faire moi-même ?

– C'est votre travail, non ?

– Ce le serait si j'étais payé. (Il marqua une pause.) Donc quand vous êtes revenue ici avec Marie-Christine, et avez « découvert » le corps, vous lui avez demandé de ne pas dire que vous étiez retournée chercher votre téléphone, pour que la police ne puisse pas vous soupçonner d'être coupable du meurtre. Mais elle a dû avoir des doutes.

– Je paye les études universitaires de sa fille à Paris, monsieur. Elle n'avait aucune envie de perdre mon soutien financier. (Elle soupira.) Mais, évidemment, c'était le maillon faible.

Avec un regard rancunier à Enzo, elle ajouta :

– Et là-dessus, vous êtes venu fouiner partout. Obstinément. Scientifiquement.

Sa voix trembla dans sa gorge quand elle ajouta :

– Je suis trop vieille pour aller en prison.

Incapable d'éprouver de la sympathie, Enzo rétorqua :

– Vous auriez peut-être dû y penser avant d'ôter la vie à un homme. Où est-elle ?

Elle sembla surprise.

– Qui ?

– *La Joconde*. La copie.

– Il n'y a pas de copie.

– Pourquoi avez-vous tué Narcisse, alors ?

Elle ferma de nouveau les yeux, son souffle semblait s'amenuiser. Puis, comme si elle finissait par céder, elle dit :

– Ma mère a perdu l'homme qu'elle aimait, mon père, pour sauver *La Joconde*. Je ne l'aurais jamais laissée tomber entre les mains d'un marchand qui vend des œuvres volées par les nazis.

Sa tête s'inclina en avant, sur sa poitrine. Inquiet, Enzo bondit sur ses pieds.

– Madame ? Ça ne va pas ?

Il s'agenouilla près d'elle et lui souleva le menton. Les yeux de la vieille dame clignotèrent un bref instant.

– Une bonne surdose des jolies pilules roses prescrites par le docteur pour m'aider à dormir.

Enzo se précipita à la porte et, depuis le perron, appela dans le noir :

– Capitaine, capitaine ! Vite.

Arnaud, accompagné par deux de ses hommes, émergea de l'ombre, gravit les marches quatre à quatre et suivit Enzo à l'intérieur de la maison.

– Elle a avalé des médicaments. Il faut appeler d'urgence une ambulance.

Le capitaine aboya un ordre dans son talkie-walkie, puis ils essayèrent de la réveiller. Mais elle garda les yeux obstinément fermés, même quand elle souleva un peu la tête pour murmurer dans un dernier souffle :

– Trop tard, monsieur. Trop tard. Pour tout.

À quatre heures du matin, la lune projetait les ombres des maisons sur la petite place, en contrebas du square. Les gyrophares bleus de plusieurs véhicules de police garés devant chez Anny se reflétaient sur la pierre froide des murs. Lorsque l'ambulance avait fini par arriver, la vieille dame était déjà morte. On l'avait transportée à la morgue de l'hôpital de Saint-Céré.

Masqués, gendarmes et agents de la police scientifique allaient et venaient dans la maison. Assis dans la cuisine, Enzo était hanté par l'histoire de Georgette et du tableau, et par la tragédie qui venait de s'achever ici, ce soir. Il se frottait les yeux, qui le brûlaient de fatigue, quand Arnaud descendit du premier étage et annonça :

– On a trouvé quelque chose. Vous voulez voir ?

Il se leva et, malgré son épuisement, suivit le capitaine dans le grenier. Devant la porte de la chambre d'Anny, un malinois, variété de chien de berger belge, tenu en laisse par son maître, mâchouillait une balle en caoutchouc, sa récompense pour avoir réussi.

Le lit avait été déplacé et des lames du parquet soulevées, révélant un espace entre les chevrons d'environ quatre-vingts centimètres sur soixante. Doublé de skaï et de papier ignifugé, c'était l'endroit parfait pour dissimuler *La Joconde*. Mais ce n'était pas un tableau que le malinois avait senti. Enveloppé dans un sac poubelle, c'était le tablier en plastique porté par Anny pour trancher la gorge de Narcisse, et le couteau de cuisine qu'elle avait utilisé. Cachés en hâte avant d'aller dîner à Vayrac avec Marie-Christine.

Enzo était déçu.

– Aucune trace du tableau ?

– Il devrait y en avoir, à votre avis ? s'étonna Arnaud.

– Pas forcément.

– Vous pensez toujours qu'elle existe ? La copie de *La Joconde* ?

– Oui.

– Pourquoi en êtes-vous si certain ?

– Trop de gens sont morts à cause d'elle, capitaine. Lange, Wolff, Narcisse, Bauer. Et maintenant Anny Lavigne.

– Où est-elle, alors ?

– Aucune idée, répondit Enzo en désignant du menton la cache sous le plancher. Mais, à mon avis, le tableau est resté là jusqu'au jour où Narcisse et Bauer sont venus frapper à la porte.

Arnaud soupira et se gratta la tête.

– Et la personne qui vous a poursuivi dans le village, l'autre soir, avant de vous repêcher dans la rivière ? Vous avez une idée de qui ça peut être ?

Enzo prit sur la table de chevet une photo de famille encadrée et la contempla d'un air sombre.

– Oui, je crois, capitaine.

Chapitre 32

À la porte du cimetière, les bacs étaient remplis de fleurs fanées. D'autres demeuraient sur les tombes où les familles les avaient déposées pour la Toussaint.

L'enterrement ayant été retardé à cause de l'autopsie, Enzo avait fait coïncider sa visite à la gendarmerie de Vayrac, où il devait signer sa déclaration définitive, avec les funérailles d'Anny. La cérémonie se déroulait ce matin-là au petit cimetière qui surplombait le village de Bétaille ; malgré le confinement, il avait le droit de circuler. Il voulait y assister.

La journée s'annonçait superbe, avec un ciel d'un bleu pur au-dessus de la vallée ; de part et d'autre de la plaine, les falaises luisaient d'une lumière presque rose sous le soleil de cette fin de matinée. Et il faisait doux. Un répit bienvenu après la pluie et le froid d'octobre. De là-haut, Anny jouirait au moins d'une vue exceptionnelle pour l'éternité.

Bien que les restrictions liées à la Covid autorisent la présence de trente personnes, il y avait très peu de véhicules sur le parking, à côté du corbillard. Enzo descendit de sa voiture en grimaçant. Les blessures guérissant plus lentement avec l'âge, il souffrait encore de ses récentes mésaventures.

Il leva les yeux vers le bout de l'allée et vit un petit groupe rassemblé autour du caveau familial. Chacun était masqué et à distance réglementaire des autres ; Enzo entendit à peine l'éloge marmonné par un prêtre qui, de toute évidence, n'avait jamais connu Anny Lavigne. Dalles et stèles se succédaient en rangs serrés, les unes au-dessus des autres jusqu'au sommet de la colline. Deux grands pins se dressaient en sentinelles de chaque côté de la porte du fond ; en contemplant le village, Enzo pensa qu'il pourrait apercevoir l'appartement du garage double, où la copie de *La Joconde* avait passé les dernières années de la guerre.

Le prêtre et l'assistance redescendirent bientôt l'allée. Enzo retourna au parking. Il eut droit à quelques regards indifférents pendant qu'il attendait que le petit groupe dont il avait vu la photo sur la table de chevet d'Anny franchisse les grilles.

Élodie devait avoir à peine une quarantaine d'années. C'était une jolie femme ; Enzo se demanda si elle ressemblait à Georgette. Elle avait des cheveux auburn tirés en un chignon très sobre et portait un manteau noir qui lui arrivait sous les genoux. Son mari, grand, chauve, paraissait mal à l'aise dans son costume d'enterrement. Leur fils adolescent jeta un coup d'œil méfiant à Enzo par-dessus son masque.

Élodie s'arrêta et dit en fronçant les sourcils :

– C'est vous qui avez arrêté ma tante.

Enzo inclina la tête.

– Désolé, madame.

– Moi aussi.

S'il s'attendait à ressentir le feu de sa colère, il eut la surprise de ne voir que de la tristesse dans ses yeux.

– J'ai du mal à comprendre ce qui lui a pris. Faire une chose pareille.

Le regard d'Enzo glissa vers son fils. Un garçon de dix-sept ou dix-huit ans. Grand, comme son père, avec une épaisse tignasse de cheveux noirs coupés court sur les côtés du crâne et plaqués en arrière avec du gel sur le dessus, il rougit et baissa les yeux vers le sol.

– Qu'y a-t-il ? demanda sa mère, à qui ça n'avait pas échappé.

– Demandez-lui d'ôter son masque, dit Enzo.

– Pourquoi ?

– Demandez-le lui, c'est tout.

Élodie fixa Enzo sans comprendre, puis se tourna vers son fils.

– Fais ce qu'il dit.

– M'man... protesta-t-il.

– Fais-le, Franck.

Franck tira à contrecœur son masque chirurgical bleu sous son menton et lança un regard de défi à Enzo.

– Tu as bien failli me tuer !

– Je vous ai sauvé la vie.

– Seulement après l'avoir mise en danger ! explosa Enzo.

Très inquiète, Élodie intervint :

– Attendez ! Qu'est-ce que ça veut dire ?

Comme ni l'un ni l'autre ne répondait, elle insista :

– Franck ? Raconte-moi tout.

Le garçon fit la moue et grogna :

– C'était l'idée de tante Anny. Pour faire une blague.

– Pas pour faire une blague, répliqua Enzo. Pour me faire peur. Pour me faire croire que tu étais Bauer. Et se débarrasser de moi une bonne fois pour toutes.

– Je vous ai sorti de la rivière, non ?

Élodie regarda son mari dans l'espoir de mieux comprendre, mais ne voyant que de l'incompréhension sur son visage, elle se retourna vers Enzo :

– Est-ce que vous voulez bien m'expliquer ?

Enzo secoua la tête.

– Franck vous expliquera plus tard, j'en suis sûr. Qu'il s'estime heureux que je ne le dénonce pas aux gendarmes. (Il marqua une pause.) Puis-je vous dire un mot, madame ?

Il jeta un coup d'œil à son mari et à son fils avant d'ajouter :

– En particulier.

Élodie poussa un soupir exaspéré, hésita un instant, puis hocha la tête.

Lentement, ils traversèrent le parking tandis que le père et fils regagnaient leur voiture.

– Qu'y a-t-il, monsieur Macleod ?

– J'ai cru comprendre que vous alliez hériter de la maison de votre tante.

– Oui.

– Et d'autre chose encore ?

Elle s'immobilisa, sourcils froncés.

– Je ne vois pas en quoi cela vous regarde.

– Cela peut me regarder si je choisis de rendre la chose officielle.

Élodie poussa un nouveau soupir, théâtral cette fois.

– Ma tante avait de l'argent, certes, mais je ne dirais pas qu'elle était riche.

– Vous savez parfaitement que je ne parle pas d'argent.

Elle soutint un bref instant son regard avant de détourner les yeux.

– Je suppose que vous connaissez l'histoire de votre grand-mère ? Les circonstances dans lesquelles elle est arrivée ici, la façon dont elle a acquis sa maison.

– Évidemment. J'ai entendu cette histoire cent fois depuis que je suis haute comme trois pommes. Je connais tout ça par cœur.

– Vous savez donc de quoi je parle.

Cette fois, elle le fixa effrontément et déclara :

– J'ignore tout de ce tableau, monsieur.

Enzo hocha la tête.

– Bon, c'est peut-être mieux ainsi, après tout. Si Georgette avait déjà procédé à l'échange et caché l'original avant sa confrontation avec Lange, qui sait lequel des deux tableaux est retourné au Louvre.

Sceptique, elle fit la grimace.

– On s'en serait aperçu... Non ?

– On peut le penser, dit Enzo en haussant un sourcil. Mais, alors, on n'aurait peut-être pas voulu que le monde entier sache qu'on avait commandé un faux et réussi à perdre l'original.

À voir l'expression d'Élodie, il était clair que ça ne lui était jamais venu à l'esprit. Elle voulut répliquer quelque chose, mais rien se sortit.

– Enfin, qui sait ? dit Enzo en souriant. Chaque fable a son heure et son lieu. Toutes les anecdotes sur les efforts, les faiblesses et les trahisons humaines finissent par entrer dans l'Histoire. Ignorées. Oubliées. (Il souffla, comme s'il se débarrassait d'un fardeau invisible.) Je vous souhaite une excellente journée, madame.

Et il retourna d'un pas rapide à sa voiture.

Chapitre 33

PARIS, PRINTEMPS 2021

Avec la levée, enfin, des restrictions de déplacement dans le pays, Enzo, Dominique et Laurent, accompagnés de Sophie, Bertrand et le bébé, firent le voyage à Paris dans un monospace de location. Première réunion familiale depuis plus d'un an, et première fois que Kirsty verrait son nouveau neveu.

Ils étaient nombreux autour de la table, dans le salon sur cour de la rue de Tournon. L'arrivée du printemps semblait avoir insufflé un regain d'énergie au pianiste de l'immeuble, qui martelait avec fougue une interprétation bégayante du *Scherzo en* si *bémol* de Schubert.

Raffin avait débouché une bouteille de champagne. Cela faisait des années qu'Enzo ne l'avait vu aussi en forme. Les révélations sur l'existence d'un faux de *La Joconde* commandé par le Louvre pendant la guerre l'enthousiasmaient littéralement. Il avait écrit une série d'articles sur le sujet pour le quotidien *Libération*.

– Une véritable bombe lâchée dans le monde de l'art international, dit-il avec jubilation en se servant un deuxième verre. Naturellement, les démentis répétés du Louvre n'ont fait qu'alimenter les rumeurs et contre-rumeurs de tous les prétendus critiques d'art et écrivaillons d'Europe et d'Amérique.

– Et les extraits du journal de Wolff que tu as publiés le mois dernier, Roger, n'ont fait que mettre le feu aux poudres, ajouta Kirsty.

Raffin avala une longue gorgée de champagne, les bulles explosant sur ses lèvres.

– C'est une histoire qui n'a pas fini de faire parler d'elle, lança-t-il en levant son verre. À Enzo !

Tous les autres levèrent leur verre. Enzo rougit et but une petite gorgée du sien. Puis, se penchant vers Kirsty, il demanda à voix basse :

– On a combien de temps avant le dîner ?

– On mangera à sept heures, à cause des enfants.

Puis elle plissa les yeux :

– Pourquoi ?

– Dominique et moi avons un rendez-vous cet après-midi. Mais sept heures, c'est bon. Nous serons de retour bien avant.

– Où allez-vous ?

Enzo regarda Dominique :

– Au Louvre.

Si Enzo avait visité plusieurs fois le Louvre, pour Dominique c'était une première. Il y avait tellement de choses qu'elle voulait voir. *La Mort de Marat*, de David ; *Les Saisons*, d'Arcimboldo ; le grand sphinx de Tanis. Ils mirent presque deux heures à atteindre la salle des États. Pour lui faire plaisir, Enzo n'avait manifesté aucune impatience ; maintenant, ils étaient enfin dans la salle 711 de l'aile Denon, face au portrait de Mona Lisa accroché sur le mur fraîchement repeint en bleu nuit, et protégé par une vitre.

La foule des visiteurs, toujours masqués et à distance réglementaire les uns des autres, la contemplait bouche bée. La salle était baignée d'un brouhaha d'excitation murmurée, du sentiment feutré de se trouver en présence de l'œuvre d'un génie. Enzo n'y prêtait pas attention. Il n'avait d'yeux que pour le sourire et le regard qui ne le lâchait pas. Il avait les poils des bras et de la nuque hérissés. Il se sentait moins en présence d'un chef-d'œuvre qu'en présence de l'histoire. Comme si Georgette elle-même se tenait devant lui. Il avait envie de tendre la main pour la toucher, lui dire à quel point il était désolé. Mais il était trop tard. Cela faisait trop longtemps.

Dominique chuchota :

– Elle a l'air authentique... Elle l'est, n'est-ce pas ?

Enzo eut du mal à parler sans que les larmes lui montent aux yeux.

– Elle est ce qu'elle est, finit-il par répondre. Et qui pourrait dire qu'elle ne l'est pas ?

Postface

La Gardienne de Mona Lisa est le fruit de la pandémie du coronavirus, né d'une annulation, d'un impératif et d'un confinement.

J'avais passé une bonne partie de la fin 2019 et du début 2020 plongé dans les recherches et la mise au point de la trame de mon prochain roman dont l'action devait se dérouler sur un archipel norvégien de l'océan Arctique, le Svalbard. Toutes les réservations avaient été faites depuis des mois : les vols de Paris à Longyearbyen, sur le Svalbard, en passant par Oslo ; les chambres d'hôtel ; la croisière au milieu des glaciers en train de fondre jusqu'à la station de recherche internationale de Ny-Ålesund, et Pyramiden, ville minière soviétique abandonnée.

J'avais prévu de m'envoler en mai pour revenir en juin et m'atteler aussitôt à l'écriture du livre que j'espérais terminer vers la fin de l'été afin de respecter les termes de mon contrat.

Puis la Covid-19 a fait son entrée dans nos vies. Contraint d'annuler mon voyage au Svalbard, j'ai laissé mon histoire en veilleuse. Mais j'avais toujours une date de remise de manuscrit à respecter et un lectorat avide à satisfaire.

Il fallait tout recommencer à zéro. Or le confinement compliquait sérieusement les choses. Comme tout le monde, j'étais obligé de rester chez moi – impossible donc de me déplacer pour effectuer d'autres recherches alors que je ne parle jamais d'endroits que je n'ai pas vus de mes propres yeux.

Il ne me restait plus qu'à trouver une histoire qui se déroulerait dans un cadre que je connaissais, ou à une époque sur laquelle je pourrais me documenter en ligne. J'ai alors eu une idée.

Je me suis souvenu avoir posté en 2019 sur un blog baptisé Blipfoto, la photo d'une maquette de *La Joconde* dans la caisse en bois à l'intérieur de laquelle elle avait été évacuée au début de la guerre. Je l'avais prise lors d'une exposition organisée à la mairie d'un village proche de chez moi, sur le thème de l'évacuation massive des œuvres du Louvre au cours des mois qui avaient précédé l'invasion allemande de 1940. Pendant les quatre années suivantes, celles-ci avaient voyagé de château en château, des pays de la Loire à la vallée de la Dordogne en passant par l'Aveyron et la ville de Montauban – toujours avec une longueur d'avance sur les Allemands.

Pourquoi avait-on choisi de monter l'exposition à cet endroit ? Parce que presque toutes les œuvres les plus précieuses du musée du Louvre s'étaient retrouvées dans la région. La plupart, dont *La Joconde*, avaient été abritées au château voisin de Montal. Mais comme il ne pouvait pas les contenir toutes, des toiles avaient été stockées dans d'autres endroits.

En visitant cette exposition, j'avais été stupéfait de tomber sur la photo noir et blanc d'un bâtiment m'appartenant – un garage double surmonté d'un appartement que j'étais en train d'aménager pour en faire mon espace de travail créatif. J'ai ainsi découvert que certains tableaux parmi les plus célèbres du monde y avaient été entreposés – des toiles immenses ôtées de leur cadre et roulées autour de grands bâtons de bois pour les transporter. Des tableaux que j'avais admirés au Louvre peu de temps auparavant : *Les Noces de Cana* de Véronèse, *Le Sacre de Napoléon* de David, et d'autres tout aussi inestimables. Ils avaient été rangés par terre sur toute la longueur de l'appartement où j'écris aujourd'hui ces lignes.

Cette photo également postée sur Facebook et Twitter m'avait valu une avalanche de réactions de lecteurs persuadés que cela ferait un roman génial.

À l'époque, je manquais d'inspiration pour développer le sujet. Mais, un an plus tard, l'annulation de mon voyage au Svalbard m'a poussé à me repencher dessus, et les premiers éléments d'une histoire ont commencé à se cristalliser dans mon imagination. Une histoire sur la rivalité entre deux hommes à l'ego démesuré, Hitler et Göring, chacun envoyant son propre pilleur d'œuvres d'art à la chasse à *La Joconde*. Hitler la voulant pour son futur super musée de Linz en Autriche, Göring pour sa collection privée. Les deux marchands d'art allemands chargés de voler le tableau, et incorporés dans l'armée, se retrouvent en concurrence non seulement l'un avec l'autre, mais avec une jeune étudiante en art chargée par de Gaulle, alors à Londres, de veiller sur le portrait de Mona Lisa.

Naturellement, il me fallait aussi un sujet actuel puisque le genre que j'ai adopté est celui du roman policier contemporain. Mon récit débute donc à l'automne 2020 avec la découverte, entre les racines d'un arbre abattu par la tempête, du corps d'un homme tué d'une balle dans la tête, et l'assassinat sauvage d'un célèbre critique d'art, dans le même village. Deux meurtres commis à soixante-dix ans d'intervalle.

J'ai décidé de faire appel à mon personnage d'Enzo Macleod, expert en sciences médico-légales, désormais à la retraite. En se rendant sur les lieux de l'arbre déraciné à la demande d'une archéologue médico-légale de Paris afin d'examiner pour elle le site de la découverte, il se retrouve mêlé à l'enquête sur le crime le plus récent. D'où la mise en place de deux récits parallèles – l'un historique, ayant pour toile de fond des événements réels survenus dans la France occupée des années 1940, l'autre contemporain, dans une France de nouveau confinée à cause de la Covid-19.

Je sais que, ces deux dernières années, plusieurs auteurs ont évité d'aborder le sujet de la pandémie en situant leur histoire dans le passé, ou en ignorant tout simplement la question. Pour ma part, j'ai décidé de l'affronter ; l'élément contemporain de *La Gardienne de Mona Lisa* a pour contexte un monde qui s'efforce de venir à bout des deuxième et troisième vagues de l'épidémie de Covid-19.

Ensuite commença le processus complexe des recherches.

Pour les lieux contemporains, j'ai utilisé des endroits familiers. Le village de Carennac, où se déroule une grande partie de l'action, n'est pas loin de chez moi, juste de l'autre côté de la vallée de la Dordogne. J'y suis venu en vacances pendant dix ans. La maison dans laquelle est commis le meurtre s'inspire de celle d'une amie très chère aujourd'hui décédée, Maud Taillard, qui m'a servi de modèle pour un personnage de premier plan dans l'un de mes premiers romans *The Noble Path*.

J'ai eu la chance de pouvoir revisiter d'autres lieux au cours de l'été, lorsque les restrictions de déplacement ont été allégées : le château de Montal, que je connais depuis plus de quarante ans ; les tours de Saint-Laurent, qui dominent la ville de Saint-Céré, mon foyer spirituel des quatre dernières décennies (j'ai écrit *The Noble Path* au café des Voyageurs) ; le gouffre de Padirac, site souterrain le plus visité de France (réseau de galeries, rivières et lacs). La direction de ce dernier a même organisé pour moi une visite privée en début de soirée, après le départ des touristes. J'ai navigué sur la rivière à bord d'une barque étroite, progressé à l'intérieur des fissures rocheuses sur des passerelles métalliques qui faisaient un bruit d'enfer, et bu du champagne au bord d'un lac souterrain éclairé en turquoise par des projecteurs immergés ; tout autour de moi cascadaient sur les murs de la grotte des concrétions en forme de méduses géantes multicolores.

Je me suis rendu à Montauban, où j'avais déjà participé à plusieurs événements littéraires. J'ai revisité le musée Ingres, site de stockage des œuvres du Louvre pendant près de deux ans, et la fameuse place Nationale, entourée d'arcades. C'est là que mon héroïne, Georgette, retrouve Paul Lange, le marchand d'art d'Hitler.

J'avais déjà décrit ou exploré la plupart des lieux parisiens mentionnés, à l'exception de la prison de Fleury-Mérogis où Enzo revoit son ancienne maîtresse, qui a voulu le tuer et qui est aussi la mère de son fils. Mais j'ai pu y pénétrer virtuellement grâce à l'étonnante série des photos prises par Philippe Blanchot.

Mes recherches historiques furent plus contraignantes. Tout comme j'avais décidé d'utiliser des endroits réels, j'ai choisi d'intégrer à mon histoire des événements et des personnages réels.

Hitler a bien visité Paris à l'aube avec un groupe d'artistes et d'architectes.

Les films tournés par son amie Eva Braun m'ont permis de recréer sa retraite bavaroise, le Berghof.

Carinhall, le pavillon de chasse de Göring, agrandi et amélioré aux frais des contribuables allemands, qui fut (comme le Berghof) détruit à la fin de la guerre, a fait l'objet d'un grand nombre de photos, documents et descriptions.

Jacques Jaujard, directeur du Louvre pendant la guerre, joue un rôle relativement mineur dans le livre, mais c'est lui qui a organisé l'évacuation des œuvres et mené des négociations fébriles avec les Allemands afin de les tenir hors de portée des nazis, tout en communiquant en même temps secrètement avec les Alliés.

Les œuvres du Louvre furent fréquemment déplacées durant la guerre, d'abord vers les châteaux de la Loire (où certaines sont restées jusqu'à la fin), puis vers différents lieux du Sud-Ouest, avant de se retrouver au château de Montal. Les détails et dates de ces déménagements cités dans *La Gardienne de Mona Lisa* sont fidèles à la réalité historique. De même que le conservateur René Huyghe, qui accompagnait la majorité des tableaux les plus précieux et finit par s'installer au château de Montal, où il fournit des armes à la Résistance, a vraiment existé. Conservateur des peintures du musée du Louvre avant la guerre, il a ensuite embrassé une carrière d'écrivain et publié de nombreux ouvrages sur l'art.

Le véritable personnage de Rose Valland mériterait à lui seul un livre entier. Cette petite femme d'une quarantaine d'années était conservatrice du musée du Jeu de Paume au moment où les Allemands ont occupé Paris. Les nazis ont réquisitionné son musée pour en faire le dépôt des œuvres qu'ils volaient aux Français, des Juifs principalement, avant de les expédier en Allemagne. Feignant de ne pas comprendre l'allemand, Rose a méticuleusement enregistré chaque pièce entrée au Jeu de Paume, ainsi que la date de son départ et sa destination. Après la guerre, elle fut ainsi en mesure d'aller en récupérer un grand nombre en Allemagne. Göring a visité plusieurs fois le musée pendant la guerre pour choisir parmi les œuvres volées celles qu'il voulait ajouter à sa collection privée. Plus tard, Rose témoignera contre lui au procès de Nuremberg.

Autre découverte intéressante faite au cours de mes recherches, celle de l'existence d'une version française de la Gestapo, la Carlingue. Cette officine installée à Paris, rue Lauriston, était dirigée par des truands et des collaborateurs. On y torturait les gens ; les malheureuses victimes étaient attachées à des poteaux scellés dans le sol de la cave et exécutées d'une balle. Quand l'un de mes personnages s'y trouve emmené, il a affaire à une énorme femme du nom de Violette Morris, décrite comme une ancienne athlète ayant représenté la France dans des compétitions internationales en participant à diverses disciplines dont la boxe. Violette Morris a vraiment existé, et récolté ce qu'elle méritait le jour où, au volant de sa voiture, elle est tombée dans une embuscade montée par des résistants qui l'ont abattue.

En structurant mon histoire autour de ces événements réels, j'ai pu intégrer le drame auquel ont échappé de justesse une quarantaine d'habitants de Saint-Céré deux jours après le débarquement. Je connaissais bien ces plaques apposées sur les murs de la ville pour marquer les endroits où des résistants avaient été tués, sans savoir ce qu'il s'était exactement passé.

Le *SS-Obersturmbannführer* Christian Tychsen, lieutenant-colonel des *Waffen-SS*, commandait la 2e division SS « Das Reich » qui a traversé Saint-Céré le 8 juin 1944, en remontant vers le nord pour bloquer l'invasion alliée. Ses hommes exécutèrent sommairement, sur le Pont Neuf et en face de l'hôpital, des résistants qu'ils avaient capturés, avant d'encercler sur le boulevard Gambetta un groupe de plus de quarante civils – principalement des femmes et des enfants – qu'ils se préparaient à tuer. C'est uniquement grâce à l'intervention d'une femme d'origine tchèque, Berthe Nasinec, l'épouse du coiffeur, que le massacre a été évité. Parlant couramment allemand, elle a harangué le commandant Tychsen pendant plusieurs heures avant de réussir finalement à lui faire honte, ou le persuader de renoncer à cette tuerie.

Prise au milieu de ces événements, Georgette, mon héroïne, croit sa dernière heure venue. Une demi-heure plus tôt elle envoyait un message du haut des tours de Saint-Laurent pour demander aux alliés de ne pas lâcher de bombes sur les Allemands dans le secteur de peur que le château de Montal soit touché et les œuvres détruites, y compris *La Joconde*. Les résistants avaient effectivement installé dans cette tour leur matériel de transmission clandestin qu'ils appelaient, pour plaisanter, Radio Quercy.

Les habitants de Saint-Céré doivent une fière chandelle à Berthe Nasinec. Vingt-quatre heures plus tard, les hommes de Tychsen pendaient 99 combattants de la résistance dans les rues de la ville de Tulle. Et le lendemain, un autre régiment de la division « Das Reich » commettait l'infâme atrocité d'Oradour-sur-Glane où toute la population civile fut exterminée.

Peter May

Remerciements

Je tiens à remercier chaleureusement tous ceux qui m'ont généreusement accordé leur temps et leur expertise pendant mes recherches pour *La Gardienne de Mona Lisa*. En particulier : le Dr Steven C. Campman, médecin légiste à San Diego, Californie ; Mike Baxter, ancien directeur des services de criminalistique du *Police Forensic Science Laboratory* de Dundee, Écosse ; Madeleine J. Hinkes, PhD, D-ABFA (*American Board of Forensic Anthropology*) ; Charles Berberich pour ses connaissances approfondies sur la recherche généalogique en Allemagne ; le gouffre de Padirac pour m'avoir fait bénéficier d'une visite privée des salles souterraines ; ma femme Janice Hally qui, en parfaite assistante de recherche, s'est plongée dans les événements et conditions de vie en France pendant la guerre.

Plusieurs personnages cités dans ce livre ont réellement existé – Jacques Jaujard, Rose Valland, René Huyghe, l'*Obersturmbannführer* Christian Tychsen. Et beaucoup d'événements ont réellement eu lieu – les œuvres d'art évacuées du Louvre pendant la Seconde Guerre mondiale ; les tableaux brûlés par les nazis (même si j'ai pris une certaine liberté avec la date et le lieu) ; les maquisards fusillés à Saint-Céré et le massacre de civils évité par l'intervention courageuse de Berthe Nasinec ; l'installation d'un émetteur radio par les résistants dans les tours de Saint-Laurent ; l'extraordinaire courage de Rose Valland, qui a fait l'inventaire des œuvres volées par les nazis et les a recherchées, après la guerre, pour les restituer à leurs propriétaires légitimes ; la présence d'immenses toiles du Louvre roulées dans un appartement situé au-dessus d'un garage double dans le village lotois de Bétaille.

Quant à l'existence d'une copie de *La Joconde*, je laisse mes lecteurs décider si elle relève de la réalité ou de la fiction.

Votre livre est fabriqué en France sur un papier certifié PEFC,
pour une gestion durable de la forêt.

Ouvrage réalisé par Cédric Cailhol Infographiste

Achevé d'imprimer sur Roto-Page en avril 2022
par l'Imprimerie Floch (Mayenne)
Dépôt légal : mai 2022 – Numéro d'impression : 100266
ISBN : 978-2-8126-2339-4

Imprimé en France